LEV TOLSTÓI
(1828-1910)

No decorrer de sua longa vida, o escritor e pensador Lev Tolstói foi autor de romances, novelas, contos, narrativas, teatro e histórias para crianças, bem como de ensaios sobre religião, arte, política, filosofia, moral e história.

Entre as muitas obras de sua autoria, podem ser citadas a trilogia *Infância, Adolescência, Juventude*; as novelas "caucasianas" *Os cossacos* e *Hadji Murat*; o romance "moralista" *A sonata a Kreutzer*; o "depoimento" *Minha confissão*; o romance-libelo *Ressurreição*; a novela "camponesa" *Polikuchka*; os *Relatos de Sebastopol*, sobre a guerra da Crimeia; e as três obras-primas da literatura russa e universal: o imenso painel-afresco histórico-social do seu maior romance, *Guerra e paz*; o grande romance social e psicológico *Anna Karênina*; e, por fim, a novela que é considerada por muitos críticos a maior da literatura mundial: *A morte de Ivan Ilitch*.

Livros do autor na Coleção **L&PM** POCKET:

A felicidade conjugal seguido de O diabo
Infância, Adolescência, Juventude
Guerra e Paz (Edição em 4 volumes)
A morte de Ivan Ilitch
Senhor e servo & outras histórias

Lev Tolstói

Infância
Adolescência
Juventude

Tradução, introdução, cronologia e posfácio de
Maria Aparecida Botelho Pereira Soares

www.lpm.com.br

L&PM POCKET

Coleção **L&PM** POCKET, vol. 1064

Texto de acordo com a nova ortografia.

Título original: *Detstvo, Otrotchestvo, Iunost*

Primeira edição na Coleção **L&PM** POCKET: setembro de 2012
Esta reimpressão: dezembro de 2024

Tradução, introdução, cronologia e posfácio: Maria Aparecida Botelho Pereira Soares
Capa: Marco Cena
Preparação: Gustavo de Azambuja Feix
Revisão: Guilherme da Silva Braga

CIP-Brasil. Catalogação na Fonte
Sindicato Nacional dos Editores de Livros, RJ.

T598i

Tolstói, Leão, graf, 1828-1910
 Infância, Adolescência, Juventude / Lev Tolstói; tradução, introdução, cronologia e posfácio de Maria Aparecida Botelho Pereira Soares. – Porto Alegre, RS: L&PM, 2024.
 400p. : 18 cm. – (Coleção L&PM POCKET; v. 1064)

Apêndice
ISBN 978-85-254-2676-5

1. Romance russo. I. Título. II. Série.

12-3379.	CDD: 891.73
	CDU: 821.161.1-3

© da tradução, L&PM Editores, 2012

Todos os direitos desta edição reservados a L&PM Editores
Rua Comendador Coruja, 314, loja 9 – Floresta – 90220-180
Porto Alegre – RS – Brasil / Fone: 51.3225.5777

Pedidos & Depto. Comercial: vendas@lpm.com.br
Fale conosco: info@lpm.com.br
www.lpm.com.br

Impresso na Gráfica e Editora Pallotti em Santa Maria, RS, Brasil
Primavera de 2024

Sumário

Introdução – Tolstói e as obras da juventude 9

Cronologia 12

Infância
Capítulo I – O professor Karl Ivânytch 19
Capítulo II – Maman 24
Capítulo III – Papai 27
Capítulo IV – As aulas 31
Capítulo V – O beato 34
Capítulo VI – Preparativos para a caçada 39
Capítulo VII – A caçada 41
Capítulo VIII – Brincadeiras 45
Capítulo IX – Algo parecido com o primeiro amor 47
Capítulo X – Que tipo de pessoa era meu pai? 49
Capítulo XI – As atividades no escritório e no salão 51
Capítulo XII – Gricha 54
Capítulo XIII – Natália Sávichna 57
Capítulo XIV – A separação 61
Capítulo XV – Infância 65
Capítulo XVI – Versos 68
Capítulo XVII – A princesa Kornakova 74
Capítulo XVIII – O príncipe Ivan Ivânytch 78
Capítulo XIX – Os Ívin 82
Capítulo XX – Chegam os convidados 89
Capítulo XXI – Antes da mazurca 93
Capítulo XXII – A mazurca 97
Capítulo XXIII – Depois da mazurca 99
Capítulo XXIV – Na cama 103
Capítulo XXV – A carta 105
Capítulo XXVI – O que nos aguardava na aldeia 111
Capítulo XXVII – Dor 114
Capítulo XXVIII – As últimas recordações tristes 118

ADOLESCÊNCIA

Capítulo I – A viagem 129
Capítulo II – A tempestade.. 135
Capítulo III – Um novo olhar para o mundo..................... 140
Capítulo IV – Em Moscou 144
Capítulo V – O irmão mais velho 145
Capítulo VI – Macha... 148
Capítulo VII – O chumbinho 150
Capítulo VIII – A história de Karl Ivânytch..................... 153
Capítulo IX – Continuação do capítulo anterior 156
Capítulo X – Continuação... 160
Capítulo XI – A nota um 163
Capítulo XII – A chavinha 168
Capítulo XIII – A traidora 170
Capítulo XIV – Eclipse da razão...................................... 172
Capítulo XV – Devaneios 174
Capítulo XVI – Depois da moagem sai a farinha 178
Capítulo XVII – O ódio 183
Capítulo XVIII – O quarto das criadas 185
Capítulo XIX – Adolescência 190
Capítulo XX – Volódia.. 193
Capítulo XXI – Kátenka e Liúbotchka 196
Capítulo XXII – Papai 197
Capítulo XXIII – Vovó 200
Capítulo XXIV – Eu 202
Capítulo XXV – Os amigos de Volódia 203
Capítulo XXVI – Reflexões 205
Capítulo XXVII – Começo de uma amizade 210

JUVENTUDE

Capítulo I – O que considero o início da juventude........... 215
Capítulo II – A primavera 216
Capítulo III – Sonhos 219
Capítulo IV – Nosso círculo familiar................................. 223
Capítulo V – Regras... 227
Capítulo VI – A confissão 228

Capítulo VII – A ida ao mosteiro 230
Capítulo VIII – A segunda confissão 233
Capítulo IX – Como me preparei para os exames 236
Capítulo X – A prova de história 238
Capítulo XI – A prova de matemática 242
Capítulo XII – A prova de latim 245
Capítulo XIII – Já sou adulto 249
Capítulo XIV – O que estavam fazendo Volódia e Dúbkov ... 253
Capítulo XV – Recebo felicitações 257
Capítulo XVI – A discussão 261
Capítulo XVII – Preparo-me para fazer visitas 265
Capítulo XVIII – As Valákhina 269
Capítulo XIX – Os Kornakov 273
Capítulo XX – Os Ívin 276
Capítulo XXI – O príncipe Ivan Ivânytch 280
Capítulo XXII – Conversa sincera com meu amigo 282
Capítulo XXIII – Os Nekhliúdov 287
Capítulo XXIV – O amor 292
Capítulo XXV – Conheço novas pessoas 297
Capítulo XXVI – Mostro-me pelo meu lado mais favorável 301
Capítulo XXVII – Dmítri 304
Capítulo XXVIII – Na aldeia 309
Capítulo XXIX – As relações entre nós e as meninas 313
Capítulo XXX – Minhas ocupações 317
Capítulo XXXI – *Comme il faut* 321
Capítulo XXXII – Juventude 324
Capítulo XXXIII – Nossos vizinhos 330
Capítulo XXXIV – O casamento de meu pai 334
Capítulo XXXV – Como recebemos essa notícia 337
Capítulo XXXVI – A universidade 342
Capítulo XXXVII – Questões sentimentais 346
Capítulo XXXVIII – A alta sociedade 348
Capítulo XXXIX – A farra 351
Capítulo XL – A amizade com os Nekhliúdov 355
Capítulo XLI – Minha amizade com Nekhliúdov 359
Capítulo XLII – A madrasta 363

Capítulo XLIII – Novos colegas 368
Capítulo XLIV – Zúkhin e Semiônov 374
Capítulo XLV – Sou reprovado 380

Posfácio – Sem fronteiras entre a vida e a obra 385

Introdução

Maria Aparecida Botelho Pereira Soares

Tolstói e as obras da juventude

I – Reminiscências dos primeiros anos

Os três livros da trilogia de Tolstói, *Infância*, *Adolescência* e *Juventude*, publicados pela primeira vez em 1852, 1854 e 1857, respectivamente, são obras de ficção, embora contenham muitos elementos autobiográficos. O autor iniciou muito mais tarde outra obra de caráter autobiográfico, que chamou de *Recordações*, mas que não foi terminada, tendo escrito apenas a parte da infância e uma parte da adolescência, com descrições detalhadas de sua família. Por essa obra inacabada pode-se ver que, na trilogia, embora fazendo ficção, ele se inspirou em muitos dos seus parentes e em alguns personagens que conheceu na infância e na juventude, bem como em acontecimentos vividos ou que lhe foram narrados (ver Posfácio).

Quando recebeu os manuscritos de *Infância*, Nekrássov, editor da revista *O contemporâneo*, ficou agradavelmente surpreso e elogiou muito a novidade e o frescor desse tipo de prosa, e mais tarde cobrou do autor as continuações. Infelizmente a quarta parte, que seria o prosseguimento de *Juventude*, não foi realizada.

Os fatos são narrados na primeira pessoa, por um personagem fictício chamado Nikolai Irtêniev, menino nascido numa família da nobreza rural, como o próprio Tolstói.

Nessas obras, através das lembranças da criança e, mais tarde, do adolescente, descortina-se diante do leitor todo um mundo da Rússia semifeudal da metade do século XIX, com suas rígidas divisões de classes e com a mentalidade que esse tipo de sociedade gerava. Ler Tolstói é ter aulas de história e de etnografia. Ficamos sabendo como era organizada a vida nas propriedades rurais, que eram unidades economicamente independentes, onde tudo era produzido por camponeses semiescravos, desde alimentos até calçados, roupas e móveis; vemos que os donos das terras podiam viver nas cidades ou fora da Rússia, esbanjando ou perdendo no jogo o dinheiro gerado pelo trabalho de seus servos.

Temos também uma ideia de como eram a educação e os divertimentos das crianças da nobreza rural e de que, nesses rincões da Rússia, as pessoas estavam sintonizadas com o que se passava em outros países europeus, conheciam sua literatura e importavam de lá as modernidades de então.

Mesclando realidade com ficção, Tolstói nos mostra como a mente de um jovem rico foi abrindo-se para o mundo, para a existência de outras classes de pessoas, não nobres, com quem ele fora privado de conviver até os dezesseis anos pelo excessivo zelo de sua mãe, que antes de morrer fizera o marido lhe prometer que não entregaria os filhos a nenhum estabelecimento público de ensino, para não correrem o risco de terem "más influências" (esse detalhe é autobiográfico). As lembranças da criança e do adolescente são contadas com graça, lirismo e riqueza de detalhes, combinando a visão inocente da infância com reflexões maduras do adulto. Nessa sua obra da juventude, Tolstói já exercita um recurso que usará mais tarde intensamente nas obras maduras, como *Guerra e Paz* e *Anna Karênina*, que é o da análise e da descrição do mundo interior dos personagens.

II – SOBRE OS NOMES EM RUSSO

A leitura dos textos literários russos costuma causar alguma dificuldade por causa da grande variação dos nomes dos personagens; por isso, para facilitar, damos aqui uma visão geral de como os russos costumam se dirigir uns aos outros.

De acordo com a tradição russa, as pessoas são registradas com três nomes: um prenome (geralmente simples, raramente composto): Anna, Ivan; um patronímico, que é formado a partir do prenome do pai e os sufixos -itch, -ovitch ou -evitch: Ilitch (de Iliá), Ivânovitch, para homens, e -ovna ou -evna para mulheres: Ivânovna, Andrêievna; um sobrenome de família, geralmente o do pai: Gorbatchov, Tchékhov, Dostoiévski.

Na linguagem coloquial, o patronímico masculino costuma ser abreviado: em vez de Aleksândrovitch, torna-se Aleksândrytch (o y representa aí uma vogal posterior, quase um [u] sem arredondamento dos lábios); Ivânovitch se torna Ivânytch.

A maneira respeitosa de se dirigir a uma pessoa que ocupa um lugar de destaque na sociedade ou é mais idosa é usar sempre o prenome seguido do patronímico: Mária Ivânovna, Piotr Vassílievitch (ou Vassílhitch numa situação menos formal).

Para crianças, usa-se um *apelido*. Os russos têm apelidos (às vezes mais de um) para os nome mais usados. (Para fazer uma analogia, no romance *Quincas Borba*, de Machado de Assis, não era difícil para os contemporâneos deduzir que o personagem se chamava Joaquim, porque Quincas era um apelido usual para Joaquim, assim como Quinzinho; da mesma forma todos sabem que se alguém é chamado de Chico, seu nome de batismo é Francisco, e Chico é um apelido). Em russo, se uma menina se chama Tatiana, ela será chamada pelo apelido de Tânia, e um menino chamado Vladímir será chamado de Volódia. O nome Ielena tem apelidos como Lena e Liôlia. Esses apelidos são também usados informalmente para adultos, no seio da família ou entre colegas. Quando se trata de criados, empregados, pessoas de status inferior, pode-se usar somente o prenome, sem o patronímico (nestas novelas vamos encontrar Iákov, Vassíli), ou então um apelido (Macha, Gacha).

Os russos são altamente afetivos no tratamento interpessoal e utilizam inúmeros diminutivos. Esses diminutivos podem incidir no prenome ou no apelido. Por exemplo, O nome de Tolstói, Lev, pode receber os diminutivos Lévotchka e Levucha, maneira afetuosa como ele era chamado pela esposa e parentes; o apelido de Ivan, Vânia, pode ganhar os diminutivos Vaniucha, Vânitchka ou Vanka (este último tem uma nuance pejorativa e nunca era usado para nobres); o apelido de Iekaterina, Kátia, pode ter os diminutivos Kátenka, Katiucha ou Katka, estes dois últimos mais usados nas camadas populares[1].

---

1. Para uma visão mais completa deste assunto, ver a introdução do livro *A felicidade conjugal seguido de O diabo*, de Tolstói (Coleção L&PM POCKET).

Cronologia

1828 – 28 de agosto (9 de setembro pelo novo calendário) – Nasce Lev Nikoláievitch Tolstói, em Iásnaia Poliana, província de Tula, Rússia.

1830 – Morre sua mãe, Maria Nikoláievna Tolstaia.

1837 – 10 de janeiro – Seu pai, Nikolai Ilitch Tolstói, muda-se com a família para Moscou e vem a falecer repentinamente no verão do mesmo ano. A tia paterna Aleksandra Iliínitchna Osten-Saken é nomeada tutora de Lev Tolstói e de seus quatro irmãos.

1841 – Morre a tia e tutora, e no seu lugar é nomeada sua irmã, Pelagueia Iliínitchna Iuchkóvskaia, que residia em Kazan, para onde leva os órfãos.

1844 – Tolstói ingressa na universidade de Kazan, na faculdade de filosofia, departamento de línguas orientais.

1845 – Abandona a faculdade de filosofia e ingressa na de direito, que tampouco terminará.

1849 – Deixa Kazan e vai para Iásnaia Poliana, propriedade que lhe coubera na partilha entre os irmãos.

1851 – Vai para o Cáucaso, onde estava seu irmão mais velho, tenente Nikolai Tolstói.

1852 – Ingressa no Exército, no posto de sargento da artilharia. Adoece e na estação termal de Piatigórski, onde convalesce, escreve *Infância*. Envia o manuscrito a Nekrássov, editor da revista *O contemporâneo*, que a publica no mesmo ano.

1854 – Sai *Adolescência*, na revista *O contemporâneo*. Nesse mesmo ano, Tolstói pede para ser transferido para Sebastopol, cidade sitiada pelos turcos.

1855 – A revista *O contemporâneo* publica suas crônicas "Sebastopol em dezembro e Sebastopol em maio".

19 de novembro – Tolstói chega a São Petersburgo, onde fica conhecendo uma plêiade de escritores que se

reuniam na redação da revista *O contemporâneo* (o editor Nekrássov, Turguêniev, Gontcharov, Fet, Tiútchev, Tchernichévski, Saltykov-Schedrin, Ostróvski, Panáev, Sollogub, Drujínin, Grigoróvitch, entre outros).

1856 – Tolstói pede baixa do exército. Sai a crônica *Sebastopol em agosto*, em *O contemporâneo*. Em maio, muda-se para Iásnaia Poliana.

1857 – 29 de janeiro – Parte em uma viagem pela Europa Ocidental, onde fica até agosto.

1859 – Abre em Iásnaia Poliana uma escola para os filhos dos camponeses.

1862 – A escola é fechada pelas autoridades após invasão da polícia.

23 de setembro – Tolstói casa-se com Sófia Andrêievna Bers, em Moscou, e os dois vão morar em Iásnaia Poliana.

1863 – É publicada a novela *Os cossacos*. Tolstói começa a escrever *Guerra e Paz*.

1865 – Aparecem os primeiros capítulos de *Guerra e Paz* na revista *O mensageiro russo*.

1866 – Tolstói e sua família instalam-se em Moscou.

1869 – É publicada a sexta e última parte de *Guerra e Paz*.

1871 – Tolstói publica sua primeira cartilha de alfabetização.

1874 – Escreve um artigo sobre educação pública, uma nova cartilha e livros de leitura para crianças.

1875 – A revista *O mensageiro russo* publica os catorze primeiros capítulos de *Anna Karênina*.

1877 – É publicada a sétima e última parte de *Anna Karênina* em *O mensageiro russo*.

1878 – Tolstói escreve *Primeiras recordações*.

1879 – N. N. Strákhov visita Tolstói e comenta ter adotado uma postura contra qualquer tipo de governo e contra todas as religiões institucionais.

O escritor compra uma mansão em Moscou, na travessa Dolgo-Khamovítski (hoje um museu a ele dedicado).

1881 – Em carta à irmã, a esposa de Tolstói diz que o marido já não se interessa por nada que seja mundano.
1882 – Termina de escrever *Confissão*.
1883 – Conhece V. G. Tchertkov, seu futuro colaborador e seguidor.
1884 – Funda a editora *Posrédnik* (*O intermediário*), para a publicação de livros populares e para a difusão de suas opiniões sobre religião e assuntos sociais e políticos em geral.

A censura apreende na tipografia todos os exemplares de *Qual é a minha fé*, que passa a circular em cópias manuscritas.
1885 – É publicada em Paris a tradução de *Qual é a minha fé*, com o título de *A minha religião*.
1886 – São publicadas a peça *O poder das trevas* (proibida de ser encenada) e a novela *A morte de Ivan Ilitch*.
1888 – É encenada em Paris a peça *O poder das trevas*.
1891 – Julho – Tolstói envia uma carta aos jornais anunciando que pretende renunciar aos direitos autorais de suas últimas obras e, como reação a isso, sua esposa tenta suicidar-se.

Setembro – Envia uma carta aos editores dos jornais *Notícias Russas* e *Novo Tempo*, onde declara que está renunciando aos direitos autorais de suas obras e traduções posteriores a 1881, ano que ele considera o momento de seu renascimento espiritual.

Termina *Sonata a Kreutzer*, mas a novela é proibida pela censura.

Tolstói, suas filhas Tatiana e Maria e amigos do escritor viajam para o sul da Rússia a fim de organizar cantinas populares para os camponeses que estão passando fome devido a uma seca prolongada (essa atividade dura até 1893).
1892 – É encenada no Pequeno Teatro de Moscou a peça *Frutos da instrução*.
1895 – É publicado o conto *O patrão e o empregado*, no *Mensageiro Russo*. É encenada, no Pequeno Teatro de

Moscou, a peça *O poder das trevas*. Tolstói escreve o artigo *É vergonhoso*, onde protesta contra castigos corporais inflingidos a camponeses.

1896 – Tolstói publica o artigo "Mas então o que fazer?".

1898 – Organiza socorro aos camponeses da província de Tula, que passam fome devido à seca.

Decide que o dinheiro da publicação de *Padre Sérgio* e de *Ressurreição* seria usado para ajudar os membros da seita dos *dukhobórtsy*, que são perseguidos pelo tsarismo e desejam emigrar para o Canadá.

Tolstói visita a prisão de Oriol, buscando material para escrever *Ressurreição*.

1899 – Termina *Ressurreição*, que é publicada em partes na revista *Niva* (*Campo*).

1901 – Escreve a peça *O cadáver vivo*, publicada postumamente em 1911.

O Santo Sínodo, órgão máximo da igreja ortodoxa russa, proclama a excomunhão de Tolstói.

1902 – Escreve uma carta ao tsar Nikolai II, instando para que este acabe com a propriedade privada sobre a terra e termine com a opressão que impede a livre manifestação do pensamento.

1903 – Inicia a redação de *Recordações* e escreve o conto *Depois do baile*.

Tolstói passa uma procuração para sua mulher a fim de que ela administre os bens da família, pois ele já não se interessa por assuntos materiais.

1904 – Termina de escrever a novela *Hadji Murat*.

1906 – Escreve o artigo "Significado da revolução russa" (sobre a revolução de 1905).

1907 – Escreve uma carta a P. A. Stolýpin (primeiro-ministro de 1906 a 1911), falando sobre a situação do povo russo e sobre a necessidade de se liquidar com a propriedade privada sobre a terra.

1908 – Escreve o artigo "Não posso me calar", contra a pena de morte.

1909 – Julho – Começa uma disputa entre o escritor e sua esposa por causa dos direitos autorais a que ele quer renunciar. Mais uma vez, Tolstói pensa em abandonar a família.

1910 – Julho – Na presença de um tabelião, um advogado e testemunhas, Tolstói escreve um testamento em que dá poderes aos editores de publicarem qualquer de suas obras. Ocorre novo conflito com a esposa, que simula suicidar-se.

28 de outubro – Tolstói parte às seis da manhã de Iásnaia Poliana, acompanhado do seu médico particular Makovítski, e faz uma visita a sua irmã Maria, que vivia num mosteiro.

31 de outubro – Na estação Astápovo, Tolstói, seu médico e sua filha Aleksandra, que viera se juntar a ele, descem do trem, porque o escritor de 82 anos está febril. Ele se abriga no quarto do chefe da estação.

7 de novembro – Morre de pneumonia Lev Nikoláievitch Tolstói na estação Astápovo, que hoje é um museu dedicado ao escritor.

Infância

Capítulo I

O professor Karl Ivânytch[1]

No dia 12 de agosto de 18..., exatamente três dias depois do meu aniversário, quando completei dez anos e ganhei presentes maravilhosos, Karl Ivânytch me acordou às sete horas, ao matar uma mosca acima da minha cabeça com um mata-moscas feito de papel de embrulhar açúcar preso na ponta de um pau. Ele fez isso com tanta falta de jeito que atingiu o pequeno ícone de anjo que ficava pendurado na cabeceira da minha cama e atirou a mosca morta bem na minha cabeça. Botei o nariz para fora do cobertor, imobilizei o anjinho, que continuava a balançar, e joguei a mosca morta no chão, fitando Karl Ivânytch com olhos irados e ainda cheios de sono. Nesse meio-tempo, vestido com um roupão acolchoado multicor que se ajustava na cintura por uma faixa do mesmo tecido, a cabeça coberta por um gorro de malha vermelho com um pompom e calçado com botas macias de pele de cabra, ele continuava contornando as paredes, fazendo pontaria e golpeando as moscas.

"Vá lá que eu seja pequeno", pensava eu, "mas por que ele me perturba? Por que não fica matando moscas perto da cama de Volódia[2]? Olha lá que montão! Mas não, Volódia é mais velho, eu sou o menor de todos, por isso me tortura. Ele não pensa em outra coisa na vida que não seja me aborrecer", sussurrei. "Vê perfeitamente que me acordou e me assustou, mas finge que não está notando. Que homem insuportável! Até o roupão, o gorro e o pompom são insuportáveis!"

Enquanto eu expressava mentalmente minha indignação, Karl Ivânytch aproximou-se de sua cama, deu uma olhada no relógio que ficava acima dela, dentro de um sapatinho bordado com miçangas, pendurou o mata-moscas num prego e dirigiu-se a nós, num humor excelente que saltava aos olhos.

– *Auf, Kinder, auf!... s'ist Zeit. Die Mutter ist schon im Saal*[3] – gritou ele com sua bondosa voz de alemão; depois

---

1. Forma coloquial do patronímico Ivânovitch (filho de Ivan). (N.T.)
2. Apelido de Vladímir. (N.T.)
3. Acordem, crianças, acordem!... Está na hora! A mamãe já está na sala. (N.A.)

aproximou-se de mim, sentou-se na beira da minha cama e tirou a caixa de rapé do bolso. Fingi que estava dormindo. Primeiro Karl Ivânytch cheirou o rapé, assoou o nariz, estalou os dedos e só então se ocupou de mim. Dando risadinhas, ficou fazendo cócegas nos meus calcanhares, dizendo:

– *Nun, nun, Faulenzer!*[4]

Apesar de todo o meu pavor de cócegas, não pulei da cama nem lhe dei resposta, apenas afundei mais a cabeça debaixo do travesseiro, esperneei com todas as minhas forças e fiz o maior esforço para conter o riso. "Como ele é bom e como gosta de nós! E fui capaz de pensar tão mal dele!"

Estava aborrecido comigo mesmo e com Karl Ivânytch. Tinha vontade de rir e de chorar, pois aquilo havia mexido com os meus nervos.

– *Ach, lassen Sie,* Karl Ivânytch!*[5]* – gritei com lágrimas nos olhos, tirando a cabeça de debaixo do travesseiro.

Karl Ivânytch ficou surpreso, largou meus pés e ficou me perguntando, preocupado, o que eu tinha, se não havia sonhado com coisas ruins. Seu rosto bondoso de alemão e seu interesse em descobrir o motivo de minhas lágrimas fizeram-me chorar ainda mais; eu estava envergonhado e não entendia como, um minuto atrás, pude não gostar de Karl Ivânytch e achar insuportável seu roupão e seu gorro com pompom. Agora, pelo contrário, estava achando tudo aquilo encantador, e até o pompom parecia uma demonstração clara de sua bondade. Eu lhe disse que estava chorando porque tivera um sonho ruim: sonhei que mamãe havia morrido e estava sendo conduzida para ser enterrada. Isso foi inventado, porque, de fato, não me lembrava do que havia sonhado naquela noite. Mas, quando Karl Ivânytch começou a me consolar e a me acalmar, comovido com a minha história, pareceu-me que realmente havia tido aquele sonho terrível, e as lágrimas começaram a jorrar já por um motivo diferente.

Quando Karl Ivânytch se afastou e eu, meio levantado na cama, comecei a calçar as meias nos meus pequenos pés, as lágrimas diminuíram um pouco, mas os pensamentos sombrios

---

4. Vamos, vamos, preguiçoso! (N.A.)

5. Ah, me deixe em paz, Karl Ivânytch! (N.A.)

ligados ao sonho inventado não me abandonavam. Entrou nosso camareiro, Nikolai – um homem baixinho, limpinho, sempre sério, bem-arrumado, respeitoso e grande amigo de Karl Ivânytch. Veio trazer nossas roupas e nossos calçados: para Volódia, botas, e para mim, detestáveis sapatos com lacinhos. Seria vergonhoso eu chorar na sua presença e, além do mais, o sol matinal iluminava alegremente as janelas. Volódia, imitando Mária Ivânovna (a governanta de minha irmã), dava risadas tão sonoras e divertidas inclinado sobre o lavatório que até o sério Nikolai, com uma toalha no ombro, o sabão em uma das mãos e a jarra de água na outra, lhe disse sorrindo:

– Já chega, Vladímir Petróvitch, faça o favor de se lavar.

Eu também fiquei alegre.

– *Sind sie bald fertig?*[6] – ouviu-se a voz de Karl Ivânytch da sala de aula.

Sua voz estava severa e já não tinha aquele tom bondoso que me havia feito chorar. Na sala de estudos, Karl Ivânytch era uma pessoa completamente diferente: era o professor. Vesti-me com rapidez, lavei-me e, ainda com a escova na mão e penteando os cabelos molhados, atendi ao seu chamado.

Karl Ivânytch, com os óculos no nariz e um livro na mão, estava sentado no seu lugar de costume, entre a porta e a janelinha. À esquerda da porta havia duas pequenas estantes: uma era a nossa, das crianças, e a outra era a de Karl Ivânytch, *propriedade sua*. Na nossa havia livros de todos os tipos, de estudo ou não. Alguns ficavam de pé, outros, deitados. Apenas os dois grandes volumes da *Histoire des voyages*, encadernados em vermelho, ficavam solenemente apoiados na parede. Depois seguiam-se livros diferentes, compridos, grossos, grandes, pequenos, capas sem livros e livros sem capas. Tudo isso era amassado e enfiado ali de qualquer jeito, quando, antes do recreio, recebíamos a ordem de arrumar a biblioteca, como sonoramente era chamada essa pequena estante. A coleção de livros na estante de *sua propriedade*, embora não fosse tão grande quanto a nossa, era, em compensação, mais variada. Lembro-me de três deles: uma brochura em alemão sobre adubação de repolho, sem encadernação; um volume

---

6. Vocês vão estar prontos logo? (N.A.)

de *História da Guerra dos Sete Anos*, encadernado em pergaminho e com um canto queimado; e um curso completo de hidrostática. Karl Ivânytch passava a maior parte do tempo lendo e por isso até estragou a vista. Mas, além desses seus livros e da *Abelha do Norte*[7], ele não lia mais nada.

Entre os objetos que ficavam sobre a estante de Karl Ivânytch havia um que me faz lembrar dele mais do que os outros: era um disco de papelão preso a um pé de madeira por meio de pinos que lhe permitiam mover o anteparo. No disco havia sido colada uma gravura cômica de uma dama e seu cabeleireiro. Karl Ivânytch era habilidoso com colagens e foi ele mesmo que inventou esse disco para proteger seus olhos da luz forte.

Como se fosse agora, vejo diante de mim sua figura alongada, de roupão acolchoado e gorro vermelho, sob o qual se veem uns poucos cabelos grisalhos. Está sentado ao lado da mesinha onde o disco com o cabeleireiro faz sombra no seu rosto; uma das mãos segura o livro, a outra está apoiada no braço da poltrona. Ao seu lado há um relógio com um caçador pintado no mostrador, um lenço xadrez, uma tabaqueira preta redonda, um estojo verde para óculos e umas pinças numa bandejinha. Tudo está disposto com tanta ordem e tanto cuidado que apenas isso é suficiente para se deduzir que Karl Ivânytch tem a consciência limpa e a alma tranquila.

Algumas vezes, depois de me cansar de correr pelo salão, eu subia na ponta dos pés à sala de estudos e esperava. Karl Ivânytch estava sentado na sua poltrona e, com uma expressão serena e majestosa, lia um dos seus livros preferidos. Às vezes eu o surpreendia num momento em que ele não lia; os óculos haviam escorregado pelo grande nariz aquilino, os olhos azuis semicerrados tinham uma expressão peculiar e os lábios sorriam tristemente. Na sala silenciosa só se ouviam sua respiração uniforme e as batidas do relógio com o caçador.

Acontecia de ele não notar a minha presença e eu ficava perto da janela, pensando: "Pobre velho, pobre velho! Nós somos muitos, brincamos, nos divertimos, mas ele é sozinho no

---

7. Jornal russo que saía três vezes por semana em São Petersburgo. (N.T.)

mundo e ninguém lhe faz um carinho. Quando ele diz que é órfão, isso é verdade. E a história de sua vida, como é terrível! Eu me lembro de ouvir quando ele a contava a Nikolai... que horrível estar nessa situação!". E dava tanta pena que eu às vezes me aproximava, pegava na sua mão e dizia: *"Lieber Karl Ivânytch!"*.[8] Ele gostava quando eu lhe falava assim, me fazia um carinho e era visível que ficava emocionado.

Na outra parede havia mapas, quase todos rasgados, mas colados com arte pela mão de Karl Ivânytch. Na terceira parede, no centro da qual ficava a porta para o andar inferior, em um dos lados estavam penduradas duas réguas – uma delas cheia de cortes, que era a nossa, e outra novinha, de *sua propriedade*, que ele usava mais para nos incentivar do que para traçar linhas; no outro lado havia um quadro-negro onde eram anotadas nossas faltas – as graves, marcadas com círculos, e as leves, com cruzinhas. À esquerda do quadro ficava o canto em que nos colocavam ajoelhados, de castigo. Quantas lembranças tenho desse canto! Lembro-me da tampa da lareira com seu respiradouro e do barulho que ele fazia quando era virado. Às vezes eu ficava ali tanto tempo que os joelhos e as costas começavam a doer. Então pensava: "Karl Ivânytch se esqueceu de mim; para ele deve ser cômodo ficar sentado na poltrona macia, lendo sua hidrostática, mas, e eu?". E, para lembrá-lo de minha existência, começava a abrir e a fechar devagarinho a tampa da lareira, ou então cavoucava o reboco da parede; mas se, de repente, um pedaço grande de reboco caía com barulho no chão, o medo que eu passava era pior do que qualquer castigo. Eu dava uma olhadela para Karl Ivânytch, porém ele continuava com o livro na mão, como se não tivesse notado nada.

No centro da sala havia uma mesa coberta com um oleado negro cheio de rasgos, que deixavam ver em vários lugares as bordas da madeira cortadas com canivete. Ao redor da mesa havia alguns tamboretes sem pintura, que pareciam envernizados de tanto uso. A última parede era ocupada por três janelinhas. A vista que se tinha delas era a seguinte: bem em frente se estendia um caminho, e cada sulco, cada pedrinha, cada

---

8. Querido Karl Ivânytch! (N.A.)

trilha dele eu conhecia e amava. Mais além desse caminho havia uma aleia de tílias podadas, atrás das quais se entrevia uma cerca de ramos trançados. Atrás da aleia se avistava um campo, onde de um lado havia um galpão e, ao fundo, um bosque. Lá longe, no bosque, avistava-se a pequena choupana do vigia. No lado direito das janelas podia-se ver uma parte da varanda onde os adultos costumavam se sentar antes do almoço. Às vezes, enquanto Karl Ivânytch corrigia nossos ditados, eu dava uma espiada para aquele lado e via a cabeça escura de minha mãe e as costas de alguém, e ouvia um ruído confuso de vozes e risos. Ficava aborrecido por não poder estar lá e pensava: "Quando é que vou ser grande e não vou mais estudar, quando vou poder ficar na companhia das pessoas que amo, em vez de decorar diálogos?". O aborrecimento se transformava em tristeza, e só Deus sabe em que eu ficava a pensar tão profundamente que nem ouvia Karl Ivânytch ralhar por causa dos erros.

Karl Ivânytch tirou o roupão, vestiu um fraque azul-escuro com enchimentos e com franzidos nos ombros, ajeitou a gravata diante do espelho e nos conduziu para baixo, para darmos bom-dia à mamãe.

Capítulo II

Maman

Mamãe estava sentada na sala de estar e servia o chá: com uma das mãos ela segurava o bule e, com a outra, a torneira aberta do samovar. A água transbordava pela boca do bule e entornava na bandeja. Porém, mesmo olhando fixamente, ela não percebia isso. Não percebeu também a nossa chegada.

Quando se tenta ressuscitar na imaginação os traços de uma pessoa querida, surgem tantas recordações do passado que, por meio delas, eles aparecem deformados, como se você os visse através das lágrimas. São as lágrimas da imaginação. Quando me esforço para me lembrar de minha mãe tal como ela era naquele tempo vejo apenas seus olhos castanhos, que tinham sempre a mesma expressão de bondade e amor, e também uma pintinha que ela tinha na nuca, um pouco abaixo do lugar onde nasciam os cabelos. Lembro-me da golinha branca bordada e de sua mão magra e delicada, que tantas vezes me acariciou e que eu tantas vezes beijei. Mas a aparência geral me escapa.

À esquerda do divã ficava um velho piano de cauda inglês; diante dele estava sentada minha irmãzinha Liúbotchka[9], moreninha, com dedinhos rosados que ela acabara de lavar na água fria. Visivelmente tensa, ela tocava estudos de Clementi. Tinha onze anos, usava um vestido curto de linho e calções brancos com arremates de renda. Ela era capaz de alcançar as oitavas apenas em *arpeggio*. Junto dela, meio de lado, estava sentada Mária Ivânovna, de touca com fitinhas cor-de-rosa, vestida com uma batinha azul-clara e com um rosto vermelho e zangado, que assumiu uma expressão ainda mais severa quando Karl Ivânytch entrou. Olhou ameaçadoramente para ele e, sem retribuir ao seu cumprimento, continuou a contar, batendo o pé: "*Un, deux, trois, un, deux, trois*", num tom mais alto e autoritário do que antes.

Karl Ivânytch não prestou nenhuma atenção a isso e, segundo seu costume, foi direto beijar a mão de mamãe, saudando-a em alemão. Ela imediatamente voltou à realidade, sacudiu a cabeça como se quisesse enxotar pensamentos tristes, estendeu a mão a Karl Ivânytch e deu-lhe um beijo na testa enrugada, enquanto ele beijava sua mão.

– *Ich danke, lieber* Karl Ivânytch[10] – disse ela.

E, continuando a falar em alemão, perguntou:

– As crianças dormiram bem?

Karl Ivânytch era surdo de um ouvido e, naquele momento, com o barulho do piano, não estava escutando nada. Ele se inclinou sobre o divã, apoiou-se na mesa com uma das mãos, pisando com uma perna só, e com um sorriso que, naquela ocasião, me parecia o máximo de finura, ergueu um pouco seu gorro e indagou:

---

9. Diminutivo de Liúba, apelido do nome feminino Liubóv (amor, em russo). (N.T.)

10. Eu lhe agradeço, querido Karl Ivânytch. (N.A.)

– A senhora me dá licença, Natália Nikoláevna?

Para não pegar um resfriado em sua careca, Karl Ivânytch nunca tirava seu gorro vermelho, mas, sempre que entrava na sala de estar, pedia permissão para conservá-lo.

– Cubra a cabeça, Karl Ivânytch. Eu lhe perguntei se as crianças dormiram bem – disse *maman*, aproximando-se dele e elevando bastante a voz. Mas ele novamente não ouviu nada e cobriu sua calva com o gorrinho vermelho, sorrindo de modo ainda mais amável.

– Pare um instante, Mimi – disse *maman* a Mária Ivânovna, com um sorriso. – Não se ouve nada.

Quando mamãe sorria, seu rosto, mesmo que já estivesse com ótima aparência, tornava-se muito melhor, e tudo parecia ficar mais alegre à sua volta. Se nos momentos difíceis da vida eu pudesse ver esse sorriso por um instante que fosse, eu não saberia o que é dor. Penso que, sozinho, o sorriso define o que se costuma chamar de beleza de um rosto: se o sorriso lhe acrescenta encanto, significa que o rosto é belo; se não o modifica em nada, significa que o rosto é comum; e se ele o estraga, é porque o rosto é feio.

Depois de me dar bom-dia, *maman* segurou minha cabeça entre as mãos, inclinou-a para trás, depois me fitou com atenção e disse:

– Você hoje chorou?

Não respondi. Ela beijou meus olhos e perguntou em alemão:

– Por que você chorou?

Quando conversava de um jeito amigável conosco ela sempre falava nessa língua, que dominava com perfeição.

– Eu chorei durante o sonho, *maman* – falei, recordando com todos os detalhes o sonho que havia inventado e estremecendo involuntariamente àquele pensamento.

Karl Ivânytch confirmou minhas palavras, mas guardou silêncio quanto ao sonho. Após fazer alguns comentários sobre o tempo – conversa de que Mimi também participou –, *maman* colocou sobre uma bandeja pedacinhos de açúcar para alguns criados prediletos, ficou de pé e aproximou-se do bastidor que ficava junto à janela.

– Bem, vão agora ver o papai, crianças, e digam a ele que venha sem falta me ver antes de ir para a eira.

A música, a contagem e os olhares ameaçadores recomeçaram, e nós fomos ver o papai. Atravessando o cômodo que desde os tempos do vovô era chamado de *sala dos criados*, entramos no escritório.

Capítulo III

Papai

De pé junto à escrivaninha, apontando com o dedo para alguns envelopes, papéis e pilhas de dinheiro, papai conversava acaloradamente com o administrador Iákov Mikháilov, que estava no seu lugar habitual, entre a porta e o barômetro, de mãos nas costas e movendo com rapidez os dedos em diversas direções.

Quanto mais papai se inflamava, mais os dedos de Iákov se movimentavam, e, ao contrário, quando ele se calava, os dedos paravam. Mas quando o próprio Iákov começava a falar, seus dedos se agitavam fortemente, saltando desesperados para todos os lados. Pelo movimento deles, imagino que seria possível adivinhar os pensamentos mais secretos de Iákov. Já seu rosto, este estava sempre tranquilo – expressava a consciência de sua própria dignidade e, ao mesmo tempo, sua submissão, algo como: "Eu tenho razão, mas seja feita a sua vontade".

Ao ver-nos, papai disse apenas:

– Esperem, já falo com vocês.

E, com um movimento de cabeça, indicou a porta, para que um de nós a fechasse.

– Ah, Deus misericordioso! O que há com você hoje, Iákov? – continuou, dirigindo-se ao administrador e elevando um ombro, como era seu costume. – Este envelope contém oitocentos rublos...

Iákov puxou o ábaco, lançou lá oitocentos, fixou o olhar num ponto indefinido e ficou esperando a continuação.

– ...para as despesas da casa na minha ausência. Está entendendo? Você deve receber mil rublos referentes ao moinho... é isso mesmo ou não? Você deve receber oito mil rublos referentes ao resgate de aplicações no tesouro; pelo feno, que, segundo seus próprios cálculos, devem dar uns sete mil *puds*[11], vou colocar a quarenta e cinco copeques o *pud*, você vai receber três mil; consequentemente, quanto dinheiro você vai ter? Doze mil, é isso mesmo ou não?

– Exatamente isso, senhor – disse Iákov.

Porém, pela rapidez dos movimentos dos seus dedos, notei que queria fazer alguma objeção, mas meu pai se adiantou.

– Bem, desse dinheiro você vai mandar dez mil para o Conselho, referentes à propriedade de Petróvskoie. Agora, quanto ao dinheiro que está no escritório da administração – continuou papai, enquanto Iákov desmanchava os doze mil anteriores e colocava no ábaco vinte e um mil –, você vai trazer para mim e vai lançar na conta das despesas com a data de hoje. (Iákov misturou as bolinhas e virou o ábaco, talvez para mostrar que os vinte e um mil desapareceriam da mesma forma.) Este envelope com dinheiro você vai entregar ao destinatário, de minha parte.

Eu estava perto da mesa e dei uma olhada no destinatário: estava escrito "Para Karl Ivânytch Mauer".

Provavelmente vendo que eu havia lido algo que não precisava saber, papai colocou a mão no meu ombro e, com um leve movimento, indicou que me afastasse da mesa. Não entendi se era um carinho ou uma repreensão, mas, por via das dúvidas, beijei a mão grande e cheia de veias apoiada no meu ombro.

– Sim, senhor – disse Iákov. – E o que o senhor ordena quanto ao dinheiro de Khabárovka?

Khabárovka era a propriedade de *maman*.

– Deixe no escritório e não utilize para nada sem minhas ordens.

Iákov ficou alguns segundos calado, depois seus dedos começaram a se mover com velocidade redobrada e, trocando

---

11. Antiga medida russa para peso, equivalente a 16,3 quilos. (N.T.)

a expressão de submissão obtusa com a qual ele ouvia as ordens do patrão pela habitual expressão de astúcia e sagacidade, puxou o ábaco para si e começou a falar:

— Permita-me informá-lo, Piotr Aleksândrytch[12], que será feito como o senhor desejar, mas não será possível pagar ao Conselho no prazo devido. O senhor disse — continuou ele pausadamente — que nós vamos receber dinheiro do tesouro, do moinho e do feno (ele colocou as cifras correspondentes no ábaco). Tenho receio de que possamos nos enganar nos cálculos — finalizou, olhando para meu pai com expressão pensativa.

— Por quê?

— Veja, por favor: no caso do moinho, o moleiro já veio duas vezes pedir um adiamento e jurou por Cristo que não tem dinheiro algum... A propósito, ele está aqui agora: não gostaria de falar com ele pessoalmente?

— Mas o que ele diz? — perguntou meu pai, fazendo com a cabeça um sinal de que não queria falar com o moleiro.

— O mesmo de sempre. Diz que ninguém usou o moinho, e o dinheirinho que entrou, ele usou na barragem. Mas veja o senhor: se o mandarmos embora, vamos lucrar alguma coisa? Quanto às aplicações no tesouro, informaram, como me parece que já noticiei ao senhor, que nosso dinheirinho está preso lá e não será possível resgatá-lo tão cedo. Há pouco tempo mandei uma carroça de farinha de trigo à cidade, para Ivan Afanássitch[13], com um bilhete sobre esse assunto. Ele de novo respondeu que ficaria feliz em servir a Piotr Aleksândrytch, mas que não está em suas mãos tratar desse assunto e que, pelo visto, mesmo daqui a dois meses, dificilmente o senhor receberá sua quitação. Quanto ao feno, suponhamos que se consiga vender por três mil rublos...

Ele colocou três mil no ábaco e ficou um minuto calado, olhando ora para as bolinhas, ora para os olhos de meu pai, com a expressão de quem diz: "O senhor mesmo está vendo como isso é pouco! E vamos outra vez perder dinheiro com o feno se o vendermos agora, o senhor mesmo sabe disso...".

---

12. Forma coloquial do patronímico Aleksândrovitch (filho de Aleksandr). (N.T.)

13. Forma coloquial do patronímico Afanássievitch (filho de Afanássi). (N.T.)

Pelo visto, ele tinha ainda uma grande reserva de argumentos, e, talvez por isso, meu pai o interrompeu:

– Não vou mudar minhas ordens – disse –, mas, se de fato houver atraso no recebimento desse dinheiro, não será possível fazer nada, então você tire do dinheiro de Khabárovka o que for necessário.

– Sim, senhor.

Pela expressão do rosto e pelos dedos de Iákov, via-se que a última instrução lhe causara um grande prazer.

Ele era servo de nossa propriedade. Era um homem muito trabalhador e dedicado e, como todo bom administrador, era avarento ao extremo com relação ao dinheiro do seu senhor, tendo ideias muito estranhas no que se referia aos lucros do patrão. Estava sempre preocupado em aumentar a riqueza do seu senhor às custas da propriedade de sua patroa, e esforçava-se para provar que era necessário aplicar toda a renda da propriedade dela na de Petróvskoie, onde vivíamos. Naquele momento ele estava triunfante porque havia conseguido isso.

Papai nos deu bom-dia e disse que nós já não éramos pequenos e que não podíamos mais ficar de vadiagem pela aldeia, e que deveríamos estudar com seriedade.

– Vocês já sabem, penso eu, que esta noite vou para Moscou e vou levá-los comigo – disse ele. – Vocês vão morar com a vovó, mas *maman* e as meninas vão ficar aqui. E vocês bem sabem que o único consolo que ela vai ter é saber que vocês estão estudando bem e que todos estão satisfeitos com vocês.

Pelos preparativos, visíveis há vários dias, nós já esperávamos uma coisa anormal, porém aquela novidade nos surpreendeu terrivelmente. Volódia ficou vermelho e com voz trêmula transmitiu o pedido de mamãe.

"Então era isso que meu sonho estava predizendo!", pensei. "Deus permita que não aconteça nada pior."

Tive imensa pena de mamãe, mas, ao mesmo tempo, a ideia de que já éramos grandes me deixava contente.

"Se vamos partir hoje, provavelmente não teremos aula. Isso é formidável!", pensei. "Mas tenho pena de Karl Ivânytch. Na certa ele será despedido, senão não teriam preparado aquele envelope para ele... Seria melhor continuar estudando aqui a vida toda e não ir embora, ficar junto de mamãe e não maltratar o pobre Karl Ivânytch. Ele já é tão infeliz!" Tais pensamentos passavam pela minha cabeça. Fiquei parado no mesmo lugar, olhando fixamente para os lacinhos pretos dos meus sapatos.

Papai disse alguma coisa a Karl Ivânytch a respeito da queda da pressão atmosférica e deu ordem a Iákov para que não alimentassem os cachorros, porque tencionava levar os galgos jovens para uma caçada depois do almoço. Contra minhas expectativas, ele nos mandou para a aula, porém, como consolo, prometeu nos levar à caçada.

Quando subia as escadas, dei uma passadinha no terraço. Junto à porta, de olhos semicerrados e tomando um solzinho, estava deitada a cadela preferida de papai, a borzói Milka.

– Mílotchka, hoje nós vamos embora – disse eu, acariciando e beijando seu focinho. – Adeus! Nunca mais nos veremos!

Fiquei emocionado e comecei a chorar.

Capítulo IV

As aulas

Karl Ivânytch estava de péssimo humor. Isso se notava por seu sobrolho franzido, pelo jeito como atirou a casaca na cômoda, pelo modo raivoso como ajustou o cinto e pela força com que marcou com a unha os diálogos no livro, indicando até onde teríamos de estudar. Volódia saiu-se bastante bem. Quanto a mim, estava tão infeliz que não conseguia fazer absolutamente nada. Fiquei olhando apalermado para o livro durante um longo tempo e, devido às lágrimas que vinham aos meus olhos quando me lembrava da iminente separação, eu não conseguia ler. Quando chegou minha vez de dizer os diálogos para Karl Ivânytch, que me escutava de cenho franzido (isto era um mau sinal), exatamente no ponto em que um dizia: "*Wo kommen Sie her?*"[14] e o outro respondia: "*Ich komme vom Kaffe-Hause*"[15], eu não pude mais conter as lágrimas e, soluçando, não consegui pronunciar: "*Haben Sie die Zeitung nicht gelesen?*"[16]. Quando chegou a vez da caligrafia, por causa das lágrimas que caíam sobre o papel, fiz um monte de borrões, como se estivesse escrevendo com água em papel de embrulho.

Karl Ivânytch ficou bravo, mandou-me ficar de joelhos, disse que era teimosia minha, um teatro de marionetes (sua expressão favorita), ameaçou com a régua e exigiu que eu pedisse desculpas, mas, chorando, eu não conseguia pronunciar uma palavra; por fim, talvez sentindo que estava sendo injusto, ele foi para o quarto de Nikolai e bateu a porta.

Da sala de estudos dava para ouvir a conversa no quarto do criado.

– Você ouviu dizer, Nikolai, que as crianças vão para Moscou? – disse Karl Ivânytch, entrando no quarto.

– Como não? Ouvi, sim.

Provavelmente Nikolai quis se levantar, porque Karl Ivânytch disse: "Fique sentado, Nikolai!", e em seguida trancou a porta. Saí do meu canto e me aproximei da porta para escutar.

– Por mais que você faça o bem para os outros, por mais afetuoso que seja, vê-se que não se pode esperar gratidão, não é, Nikolai? – disse Karl Ivânytch, com emoção.

Sentado junto à janela, executando um trabalho de sapateiro, Nikolai balançou afirmativamente a cabeça.

– Eu vivo nesta casa há doze anos e posso dizer perante Deus, Nikolai – continuou Karl Ivânytch, levantando os olhos e a tabaqueira em direção ao teto –, que os amei e me dediquei a eles mais do que faria se fossem meus próprios filhos. Você se lembra, Nikolai, de quando Volódenka[17] teve aquela febre e fiquei junto ao seu leito nove dias sem fechar os olhos? Pois é! Naquela época eu era o bom e querido Karl Ivânytch, naquela época eu era necessário. Mas, agora – acrescentou com um

---

14. De onde o senhor está vindo? (N.A.)
15. Estou vindo do Café. (N.A.)
16. O senhor não leu o jornal? (N.A.)
17. Diminutivo de Volódia. (N.T.)

sorriso irônico –, agora *as crianças estão grandes e precisam estudar a sério*. Por acaso aqui eles não estudam, Nikolai?

– Parece que estudam bastante – disse Nikolai, deixando de lado a sovela e esticando com as mãos o fio encerado.

– Pois é, agora não sou mais necessário, é preciso me mandar embora. E as promessas? E a gratidão? Eu respeito e estimo Natália Nikoláevna – disse ele, colocando a mão no peito –, mas o que ela é? Sua vontade nesta casa é o mesmo que isto – disse, jogando dramaticamente um pedaço de couro no chão. – Eu sei de quem são essas ideias e por que me tornei desnecessário: isso acontece porque não bajulo nem concordo com tudo, como *algumas pessoas*. Estou acostumado a dizer sempre a verdade diante de todos – disse com orgulho. – Que fiquem com Deus! Sem mim eles não vão ficar mais ricos. Mas Deus é misericordioso, hei de encontrar um pedaço de pão... Não é, Nikolai?

Nikolai levantou a cabeça e olhou para Karl Ivânytch como se quisesse se certificar de que ele podia realmente encontrar um pedaço de pão para si, e não disse nada.

Durante muito tempo Karl Ivânytch falou nesse tom. Lembrou que na casa de um certo general, onde ele vivera antes, davam mais valor aos seus serviços (fiquei muito triste ao ouvir isso); falou sobre a Saxônia, sobre seus pais, sobre o alfaiate Schönheit, seu amigo, e também sobre outras coisas.

Eu compartilhava de sua dor e sofria porque meu pai e Karl Ivânytch, que eu amava quase com a mesma intensidade, não se entendiam; voltei para o canto, fiquei de cócoras e comecei a pensar num meio de reconciliá-los.

Voltando à sala de aula, Karl Ivânytch me mandou ficar de pé e preparar o caderno para o ditado. Quando tudo estava pronto, ele se deixou cair de modo majestoso sobre a poltrona e, com uma voz profunda, pôs-se a ditar o seguinte: *"Von al-len Lei-den-schaf-ten die grau-samste ist... haben sie geschrieben?"*.[18] Aqui ele fez uma pausa, vagarosamente cheirou o rapé e continuou com novo vigor: *"die grausamste ist die Un-dank-bar-keit... Ein grosses U"*.[19] Eu fiquei olhando para ele, esperando a continuação depois da última palavra.

---

18. De todos os pecados, o mais grave é... escreveram? (N.A.)
19. ...o mais grave é a ingratidão... com I maiúsculo. (N.A.)

– *Punctum* – disse ele com um sorriso quase imperceptível, e fez sinal para que lhe entregássemos os cadernos.

Ele leu várias vezes essa frase, que expressava o que lhe ia no íntimo, com diferentes entonações e imenso prazer. Depois nos deu uma aula de história e sentou-se junto à janela. Seu rosto já não estava sombrio e demonstrava a satisfação de uma pessoa que havia se vingado dignamente por uma ofensa recebida. Eram quinze para a uma, mas Karl Ivânytch parecia nem pensar em nos liberar: a toda hora ele vinha com novas matérias. O tédio e a fome aumentavam na mesma proporção. Com grande impaciência eu acompanhava qualquer sinal que indicasse a aproximação do almoço. Uma criada da casa passou com a esponja para lavar os pratos. Ouviam-se o barulho de vasilhas no bufê e o de gente arrastando a mesa e colocando cadeiras ao redor dela; Mimi, Liúbotchka e Kátenka[20] (a filha de doze anos de Mimi) chegavam do jardim. Mas ainda não havia aparecido o mordomo Foka, anunciando, como sempre fazia, que o almoço estava pronto. Só então poderíamos largar os livros e descer correndo, sem ligar para Karl Ivânytch.

De repente ouvem-se passos na escada, mas não eram os de Foka! Eu havia estudado seu modo de andar e reconhecia sempre o rangido de suas botas. A porta se abriu e nela surgiu uma figura completamente desconhecida para mim.

Capítulo V

O beato[21]

Na sala entrou um homem de uns cinquenta anos, com um rosto comprido e pálido, marcado pela varíola, cabelos grisalhos e longos, e uma barbinha rala meio ruiva. Ele era tão alto que, para passar pela porta, teve de inclinar não só a cabeça, mas o corpo todo. Vestia uma roupa rasgada, parecida

---

20. Diminutivo de Kátia, apelido do nome Iekaterina (Catarina). (N.T.)

21. Na Rússia, pessoas mentalmente perturbadas ou deficientes eram consideradas protegidas por Deus e acreditava-se que elas tinham dons divinos ou proféticos. (N.T.)

com um cafetã ou uma batina. Trazia na mão um enorme cajado. Ao entrar na sala, bateu com ele no chão com toda a força, arqueou as sobrancelhas, escancarou a boca e começou a dar gargalhadas de um modo terrível e anormal. Era cego de um olho, e a pupila desse olho pulava sem parar, dando ao seu rosto, já por si feio, uma expressão mais repulsiva ainda.

– Ahá! Peguei! – gritou, correndo com passinhos miúdos na direção de Volódia.

Ele agarrou a cabeça do meu irmão e pôs-se a examiná-la. Depois, com uma expressão muito séria, afastou-se dele, aproximou-se da mesa e começou a soprar debaixo do oleado e a benzê-la.

– Oh, que pena! Oh, que dor! Os queridinhos... vão voar – disse a seguir, com voz trêmula, olhando emocionado para Volódia, e pôs-se a enxugar com a manga lágrimas verdadeiras.

Sua voz era áspera e rouca, seus movimentos, apressados e irregulares, a fala era sem sentido e desconexa (ele nunca usava pronomes), mas sua entonação era tão comovente, seu rosto amarelo e monstruoso assumia às vezes uma expressão tão triste, que ao ouvi-lo não se podia evitar um sentimento de pena, medo e tristeza.

Era o beato e peregrino Gricha[22].

De onde era ele? Quem eram seus pais? O que o fazia levar aquela vida errante? Ninguém sabia. Só sei que desde os quinze anos ele se tornou conhecido como um beato, andava descalço no inverno e no verão, visitava os mosteiros, presenteava com santinhos as pessoas de quem gostava e falava palavras misteriosas, que alguns acreditavam proféticas. Ninguém o conhecia de outro modo. De vez em quando ele vinha visitar minha avó e alguns diziam que era o filho infeliz de pais ricos e uma alma pura, enquanto outros afirmavam que era simplesmente um camponês preguiçoso.

Por fim apareceu o tão esperado e pontual Foka, e nós descemos. Gricha, soluçando e ainda dizendo coisas sem nexo, seguiu-nos batendo o cajado nos degraus da escada. Papai e *maman* caminhavam de braços dados pela sala de estar,

---

22. Apelido do nome Grigóri. (N.T.)

conversando em voz baixa. Mária Ivânovna estava sentada com ar digno numa das poltronas que ladeavam simetricamente o sofá, em ângulo reto com ele, e, com voz severa, embora contida, passava um sermão nas duas meninas sentadas ao seu lado. Assim que Karl Ivânytch entrou na sala, ela o olhou e de imediato virou o rosto, com uma expressão que se podia traduzir como: "eu não estou notando sua presença, Karl Ivânytch". Pelos olhos das meninas via-se que elas queriam nos comunicar com urgência alguma coisa muito importante, mas levantar-se de seus lugares e aproximar-se de nós seria infringir as regras de Mimi. Nós teríamos de nos aproximar dela e dizer: "*Bonjour, Mimi!*", fazer uma reverência, e só depois poderíamos iniciar uma conversa.

Que mulher insuportável, essa Mimi! Na sua presença não se podia conversar sobre nada: para ela tudo era inconveniente. Além disso, ela implicava o tempo todo: "*Parlez donc français*"[23], quando tudo o que queríamos era bater um papo em russo. Ou então, durante o almoço, quando alguém estava saboreando uma comida e desejava que ninguém o atrapalhasse, infalivelmente ela vinha: "*Mangez donc avec du pain*"[24], ou: "*Comment ce que vous tenez votre fourchette?*"[25]. "E ela com isso?", você pensa. "Ela que eduque suas meninas, nós já temos Karl Ivânytch." Eu compartilhava inteiramente o ódio dele por *certas pessoas*.

– Peça à sua mãezinha que nos leve à caçada – disse Kátenka, sussurrando e me segurando pela jaqueta, quando os adultos tomaram a dianteira e foram para a sala de jantar.

– Está bem, faremos o possível.

Gricha almoçou na sala de jantar, mas numa mesinha separada; ele não levantava os olhos do prato, dava um suspiro de vez em quando, fazia caretas horrendas e parecia falar consigo mesmo: "Que pena! A pomba voou... Vai voar para o céu... Oh, há uma lápide sobre a sepultura...". E outras coisas do gênero.

---

23. Fale francês. (N.A.)

24. Coma com pão. (N.A.)

25. Como você segura o garfo? (N.A.)

Maman estava angustiada desde de manhã; a presença de Gricha, suas palavras e gestos visivelmente pioravam seu estado de ânimo.

– Ah, eu quase ia me esquecendo de lhe pedir uma coisa – disse ela, passando a meu pai um prato de sopa.

– O que é?

– Mande, por favor, prender seus horríveis cachorros, que por pouco não morderam o pobre do Gricha quando ele passou pelo pátio. Eles também podem avançar nas crianças.

Ao ouvir que falavam dele, Gricha virou-se para a mesa, mostrando as barras rasgadas de sua roupa, e disse, sem parar de mastigar:

– Queria que despedaçassem... Deus não permitiu. É um pecado atacar com cachorros! Um grande pecado! Não bata, patrão[26]! Para que bater? Deus há de perdoar... Esse tempo já passou.

– O que ele está dizendo? – perguntou papai, lançando a Gricha um olhar fixo e severo. – Não estou entendendo nada.

– Mas eu entendo – respondeu *maman*. – Ele me contou que um caçador atiçou de propósito os cachorros contra ele, por isso ele disse: "Queria que me despedaçassem, mas Deus não permitiu", e está lhe pedindo que não o castigue por isso.

– Ah, então é isso! – disse papai. – E de onde ele tirou que quero castigar esse caçador? Você sabe que, de modo geral, não aprecio muito esses senhores – continuou em francês –, mas este, em particular, não me agrada e deve ser...

– Ah, não diga isso, querido – interrompeu-o *maman*, como se alguma coisa a tivesse assustado. – Como você pode saber?

– Acho que já tive oportunidade de estudar esse tipo de gente, pela grande quantidade deles que a procuram, todos saídos da mesma forma. É sempre a mesma história...

Era evidente que nessa questão mamãe tinha opinião completamente diferente e não queria discutir.

– Passe-me um pastel, por favor – disse ela. – E então, estão bons os pastéis hoje?

---

26. Com essa palavra ele se dirigia a todos os homens, indiferentemente. (N.A.)

– Não, eu fico irritado – continuou papai, pegando um pastel, mas segurando-o a uma certa distância para que mamãe não pudesse alcançá-lo. – Não, eu fico irritado quando vejo que pessoas inteligentes e cultas se deixam enganar.

E bateu com o garfo na mesa.

– Eu lhe pedi que me passasse um pastel – disse ela, estendendo o braço.

– E fazem muito bem de botarem na cadeia essa gente – continuou papai, afastando mais a mão. – Só o que eles fazem é transtornar os nervos de certas pessoas, que mesmo sem isso já têm nervos fracos – acrescentou ele com um sorriso.

Notando que essa conversa não agradava nem um pouco a mamãe, entregou-lhe o pastel.

– Sobre isso, só vou lhe dizer uma coisa: é difícil acreditar que um homem que, apesar de seus sessenta anos, anda descalço no inverno e no verão e, sem nunca tirar, carrega sob as roupas correntes que pesam dois *puds*, e que várias vezes recusou ofertas para viver tranquilo e enfrenta qualquer coisa... é difícil acreditar que esse homem faça tudo isso unicamente por preguiça – disse mamãe. – E quanto às previsões – acrescentou com um suspiro, calando-se por um instante –, *je suis payée pour y croire*[27]; penso que já lhe contei que Kiriucha[28] previu para meu paizinho o dia e a hora exatos da sua morte.

– Ah, o que você me fez! – disse papai, sorrindo e colocando a mão na boca no lado em que estava Mimi. (Quando ele fazia isso eu escutava com atenção redobrada, esperando algo engraçado.) – Por que você me fez lembrar dos pés dele?[29] Dei uma olhada e agora não vou conseguir comer!

O almoço estava terminando. Liúbotchka e Kátenka piscavam para nós sem parar, remexiam-se nas cadeiras, demonstrando forte preocupação. As piscadelas significavam: "Por que vocês não pedem que nos levem à caçada?". Dei uma cotovelada em Volódia, que me deu outra, e enfim ele se decidiu: a princípio timidamente, depois com bastante firmeza e em

---

27. Paguei caro para acreditar nelas. (N.A.)

28. Apelido do nome Kiril. (N.T.)

29. Jogo de palavras baseado na semelhança fonética das palavras francesas *payée* (paga) e *pieds* (pés). (N.T.)

voz alta, ele explicou que, uma vez que íamos partir naquele dia, desejávamos que as meninas fossem conosco à caçada, no breque. Depois de uma breve conferência entre os adultos, essa questão foi resolvida a nosso favor e – o que era ainda mais agradável – *maman* disse que ela também iria.

Capítulo VI

Preparativos para a caçada

Durante a sobremesa Iákov foi chamado e lhe deram instruções sobre o breque, os cachorros e as montarias, tudo isso com profusão de detalhes, chamando cada cavalo por seu próprio nome. O cavalo de Volódia estava mancando e papai mandou que arreassem para ele um de caça. Esse termo "cavalo de caça" soava estranho aos ouvidos de *maman*: parecia-lhe que deveria ser algo como um animal bravio, que fatalmente iria disparar e matar Volódia. Apesar das declarações de papai e de Volódia – que, com uma valentia incrível, dizia que aquilo não era nada e que ele gostava muito quando o cavalo disparava –, a coitadinha da *maman* continuava insistindo que iria sofrer muito durante o passeio.

O almoço terminou; os adultos foram para o escritório tomar café e nós corremos para o jardim, onde ficamos arrastando os pés pelas aleias cobertas de folhas amarelas e conversando. Comentamos que Volódia iria no cavalo de caça, que era vergonhoso que Liúbotchka corresse mais devagar que Kátenka, que seria interessante ver as correntes de Gricha e assim por diante. Sobre nossa partida, não se disse uma palavra. Nossa conversa foi interrompida pelo barulho do breque que se aproximava, com moleques sentados em cada feixe de molas. Atrás do breque vinham os caçadores a cavalo e os cachorros, e atrás deles vinha o cocheiro Ignat montando o cavalo destinado a Volódia e conduzindo pela rédea meu velho *Kleper*[30]. Imediatamente nos atiramos para a cerca, de onde se viam todas essas coisas interessantes. Depois, com

---

30. Raça alemã de cavalos pequenos. (N.T.)

barulho e gritaria, subimos para nos vestir da maneira mais parecida possível com caçadores. Um dos principais meios para isso era enfiar as calças para dentro das botas. Sem perda de tempo fizemos isso e corremos para a entrada da casa, para nos deliciarmos com a visão dos cachorros e cavalos e com as conversas com os caçadores.

O dia estava quente. Desde a manhã nuvens brancas com formas fantásticas haviam surgido no horizonte. Mais tarde, um ventinho foi aproximando-as cada vez mais, de modo que vez por outra elas encobriam o sol. Mesmo se movimentando e ficando escuras, pelo visto não havia perigo de formarem uma tempestade, estragando nossa última diversão. À tarde elas novamente começaram a se dispersar: algumas empalideceram, viraram fiapos e correram para o horizonte; outras, que pairavam diretamente sobre nossas cabeças, transformaram-se em escamas brancas transparentes. Uma única nuvem negra e grande continuava estacionada no oriente. Karl Ivânytch sabia sempre para onde cada nuvem se dirigia e declarou que aquela estava indo para Máslovka, e que não iria chover e o tempo seria maravilhoso.

Apesar da idade avançada, Foka desceu correndo as escadas com grande agilidade e rapidez e gritou: "Tragam o breque!". Fincou firmemente os pés com as pernas abertas na entrada, entre o ponto onde o cocheiro deveria trazer o breque e a soleira da porta, com a pose do homem a quem não era necessário recordar suas obrigações. As senhoras desceram e, após uma pequena discussão a respeito do lado em que cada uma se sentaria e em quem se segurar (embora, na minha opinião, não houvesse necessidade de se segurar em ninguém), elas se acomodaram, abriram as sombrinhas e puseram-se a caminho. Quando o breque começou a mover-se, *maman* apontou para o "cavalo de caça" e perguntou ao cocheiro, com voz trêmula:

– Esse é o cavalo para Vladímir Petróvitch?

O cocheiro respondeu afirmativamente, ela fez um gesto de desânimo com a mão e virou a cabeça.

Eu estava muito impaciente: montei meu cavalinho e dei várias voltas no pátio, olhando entre suas orelhas.

– Tenha cuidado para não atropelar os cachorros – disse-me um dos caçadores.

– Fique tranquilo, não é a primeira vez que monto – respondi, orgulhoso.

Volódia montou no "cavalo de caça" não sem algum receio, embora tivesse um caráter firme, e, fazendo carinho no animal, perguntou várias vezes:

– Ele é manso?

Estava muito bonito a cavalo, parecia um adulto. Suas coxas dentro das calças justas apoiavam-se tão bem sobre a sela que até me deu inveja, sobretudo porque, a julgar pela minha sombra, eu estava longe de ter uma aparência tão bonita.

Ouvimos os passos de papai na escada. O caçador encarregado dos cães reunia os galgos que se dispersavam; os caçadores chamaram os borzóis e começaram a montar. O cavalariço conduziu o cavalo de papai para perto da escada. Seus cachorros, que até então estavam deitados nas poses mais pitorescas, correram em sua direção. Seguindo-os, surgiu com alegria Milka, de coleira bordada com miçangas e uma plaquinha tilintante de metal. Quando saía, ela sempre cumprimentava os outros cachorros do canil, brincando com uns, cheirando outros, dando rosnados ou catando pulgas.

Papai montou no seu cavalo e partimos.

Capítulo VII

A caçada

O chefe dos encarregados dos cães, que tinha o apelido de Turka, ia na frente, montado num cavalo cinza de focinho adunco. Usava um gorro de pele com pelos desgrenhados e trazia um enorme chifre pendurado no ombro e uma faca na cintura. Por seu aspecto sombrio e feroz era mais fácil pensar que ele estava indo para um combate mortal e não a uma caçada. Junto às patas traseiras de seu cavalo corria uma matilha de galgos, formando uma massa colorida e ondulante. Dava pena ver a sorte do infeliz que tivesse a ideia de ficar para trás.

Ele teria de alcançar com grande esforço seus companheiros e, além disso, os caçadores que vinham na retaguarda os incitavam a chicotadas, gritando: "Vá para o grupo!".

Quando saímos pelo portão, papai mandou que nós e os caçadores fôssemos pela estrada, e ele próprio seguiu pelo campo de centeio.

A colheita estava no auge. O imenso campo amarelo-brilhante, que se estendia a perder de vista, fazia limite, por um lado, com o alto bosque azulado que, naquela época, me parecia um lugar muito longínquo e misterioso, atrás do qual ou o mundo terminava, ou começavam países inabitados. Todo o campo estava salpicado de montes de espigas e de pessoas. No meio do centeio alto e denso vislumbrava-se por vezes o dorso curvado de uma ceifadora, o balançar das espigas, quando ela as reunia em suas mãos, ou uma mulher na sombra, inclinada sobre um berço. Havia feixes de espigas atirados aqui e ali, no campo já ceifado e coberto de centáureas. Do outro lado, homens em mangas de camisa, de pé nas carroças, colocavam nelas os fardos, levantando poeira no campo ressecado e escaldante. O capataz, de botas e com uma túnica larga de linho grosseiro atirada nos ombros e com as mãos cheias de plaquinhas de madeira, ao avistar meu pai, tirou seu chapéu de feltro, enxugou com uma toalha o suor da cabeça ruiva e gritou alguma coisa para as mulheres. O cavalo alazão de meu pai trotava com leveza e alegria, abaixando de vez em quando a cabeça em direção ao peito, esticando as rédeas e enxotando com a cauda as mutucas e as moscas que se colavam nele com avidez. Dois borzóis, saltando graciosamente sobre os restolhos e elevando as patas, corriam atrás do cavalo com os rabos empinados em forma de foice. Milka corria na frente, virando a cabeça para trás, à espera de um petisco. O burburinho das pessoas, o tropel dos cavalos e das carroças, os pios alegres das codornizes, o zumbido dos insetos que, em enxames, pairavam imóveis no ar, o cheiro do absinto, da palha, do suor dos cavalos e dos milhares de flores variadas, as sombras que o sol ardente lançava no restolhal amarelo-claro, o bosque azulado ao longe, as nuvens de um lilás pálido, as teias de aranha brancas que voavam pelo ar ou caíam no solo – tudo isso eu via, ouvia e sentia.

Quando nos aproximamos do bosque de Kalínovo, encontramos lá o breque, e – uma coisa que não esperávamos – havia também uma carroça puxada por um cavalo, no alto da qual estava sentado o rapaz do bufê. Debaixo de um monte de palha podiam-se ver o samovar e também uma dorna com a forma para sorvete, além de alguns saquinhos e caixinhas muito atraentes. Não havia engano: íamos tomar chá ao ar livre, com sorvete e frutas. Ao ver a carroça, demonstramos ruidosamente nossa alegria, porque tomar chá no bosque, sobre a relva, num lugar onde ninguém costumava tomar chá, era considerado algo muito delicioso.

Turka aproximou-se da clareira, parou, ouviu com atenção as instruções de papai sobre como deveríamos nos alinhar e para onde ir (coisa que, aliás, ele nunca obedecia, pois sempre agia a seu modo), soltou os cachorros, amarrou sem pressa as cordas na garupa, montou no cavalo e, assobiando, desapareceu atrás das bétulas. Os galgos soltos no começo manifestaram sua alegria balançando a cauda, depois deram um pequeno galope, cheirando aqui e ali, abanando o rabo, e correram em diferentes direções.

– Você tem um lenço? – papai me perguntou.

Tirei um lenço do bolso e lhe mostrei.

– Amarre o lenço no pescoço daquele cachorro cinzento...

– Do Jiran? – perguntei, com ar de entendido.

– É, e corra com ele pela estrada. Quando chegar à campina, pare. Veja lá, hein, não me volte aqui sem uma lebre!

Amarrei o lenço no pescoço peludo de Jiran e corri a todo vapor para o lugar indicado. Rindo, papai gritava para mim:

– Mais rápido, mais rápido, senão não vai chegar a tempo.

A todo momento Jiran parava, levantava as orelhas e ficava escutando os gritos de incitamento dos caçadores. Eu não tinha forças para arrastá-lo do lugar e pus-me a gritar: "Pega! Pega!". Então Jiran arrancou tão bruscamente que mal consegui segurá-lo, caindo várias vezes até chegar à campina. Junto às raízes de um grande carvalho escolhi um lugar plano e sombreado, deitei-me, fiz Jiran sentar-se ao meu lado e fiquei à espera. Minha imaginação, como sempre ocorre em ocasiões semelhantes, se distanciou muito da realidade: eu já me via acuando a minha terceira lebre, quando no bosque se ouviu o primeiro latido de um galgo. A voz de Turka ressoou mais alta e incitadora pelo bosque, o galgo gania e seus ganidos eram cada vez mais frequentes. Juntou-se a ele outro ladrido, mais grave, depois um terceiro, um quarto... Os latidos às vezes cessavam, outras vezes recomeçavam. Aos poucos foram se tornando cada vez mais fortes e constantes, até se transformarem numa gritaria ensurdecedora. O vozerio encheu o bosque, e os galgos corriam na maior excitação.

Ouvindo isso, fiquei imóvel no meu lugar, sorrindo com ar apatetado e com os olhos cravados na orla do bosque. Estava suando em bicas e, apesar de sentir cócegas das gotas que escorriam pelo meu queixo, não me enxugava. Tinha a sensação de que não haveria nada mais decisivo do que aquele minuto. Essa tensão era anormal demais para durar muito tempo. Ora os galgos faziam um alarido bem perto da orla do bosque, ora aos poucos se afastavam de mim, mas não surgiu nenhuma lebre. Pus-me a olhar ao redor. Com Jiran se passava a mesma coisa: a princípio ele gania e queria correr, depois deitou-se ao meu lado, colocou o focinho sobre os meus joelhos e aquietou-se.

Milhares de formigas fervilhavam junto às raízes nuas do carvalho sob o qual eu estava sentado, na terra seca, por entre as folhas secas, bolotas, gravetos secos, o musgo amarelo-esverdeado e algum matinho verde que despontava aqui e ali. Elas corriam em fila pelas trilhas que haviam traçado, algumas carregando pesados volumes, outras sem nada. Peguei um graveto e o segurei, barrando o caminho delas. Só vendo como algumas, desprezando o perigo, passavam por baixo do graveto ou atravessavam por cima! Algumas, sobretudo as que levavam cargas, ficavam totalmente desorientadas e não sabiam o que fazer: paravam, procuravam um desvio ou voltavam para trás, ou então subiam pelo graveto e atingiam a minha mão, como se pretendessem se enfiar por dentro da manga da minha jaqueta. Fui despertado dessas interessantes observações por uma borboleta de asinhas amarelas que esvoaçava perto de mim de um modo muito sedutor. Logo em seguida ela voou e pousou sobre uma flor quase murcha de trevo selvagem. Não sei se foi o solzinho que a aqueceu ou se ela colheu algum néctar daquela flor – só sei que parecia se sentir muito bem. De vez em quando agitava as asinhas e se apertava contra a flor, ficando por fim imóvel. Feliz, com minha cabeça apoiada nas mãos, eu a observava.

De repente, Jiran começou a uivar e deu um pinote tão forte que quase me derrubou. Olhei ao redor: na orla do bosque, com uma orelha levantada e outra abaixada, saltitava uma lebre. Senti o sangue subir para a minha cabeça e me esqueci de tudo, comecei a gritar freneticamente alguma coisa, soltei meu cão e me atirei atrás dele, mas no mesmo instante me arrependi: a lebre parou, deu um salto e não a vi mais.

Qual não foi minha vergonha quando Turka surgiu na minha frente, saindo de trás dos arbustos, acompanhando os galgos que o guiaram para a orla do bosque. Ele percebeu o meu erro, que consistiu em não ter sabido esperar o momento oportuno. Olhou-me com desprezo e disse apenas: "Ora, ora, senhor!". Era preciso ouvir como isso foi dito! Seria mais fácil para mim se ele me pendurasse na sela, como uma lebre.

Fiquei ali parado muito tempo em grande desespero, não chamei o cachorro e repetia sem parar, batendo nas minhas coxas:

– Ai, meu Deus, o que foi que eu fiz!

Ouvi que estavam conduzindo os galgos para longe, para o outro lado da clareira, gritando "Pega, pega!", e que finalmente apanharam a lebre, e depois Turka os chamou soprando seu enorme chifre – eu, porém, não saí do lugar.

Capítulo VIII

Brincadeiras

A caçada havia terminado. À sombra das bétulas jovens foi colocado um tapete, sobre o qual o grupo se sentou. Amassando a relva verde e sumarenta, o copeiro Gavrilo enxugava os pratos e tirava das caixas ameixas e pêssegos, que vinham envolvidos em folhas. Raios de sol atravessavam os ramos verdes das bétulas e traçavam círculos no tapete, nas minhas pernas e até na careca suada de Gavrilo. Um ventinho leve e refrescante corria pela folhagem das árvores, pelos meus cabelos e pelo meu rosto úmido de suor.

Depois de comermos sorvete e frutas, não havia mais o que fazer no tapete, então fomos brincar, sem ligar para os raios oblíquos e causticantes do sol.

– Vamos brincar de quê? – perguntou Liúbotchka, saltitando pela grama com o rosto franzido por causa do sol. – Que tal brincar de Robinson?

– Não, é chato – disse Volódia, atirando-se preguiçoso sobre a relva e mastigando uma folha. – Sempre Robinson! Mas, se fazem questão, é melhor construirmos um caramanchão.

Volódia se fazia de importante: na certa ele se orgulhava por ter vindo no cavalo de caça e fingia estar muito cansado. Talvez também porque ele já tivesse muito juízo e pouca imaginação para se divertir com brincadeiras de Robinson, que consistiam em representar cenas do *Robinson Suisse*[31], que havíamos lido recentemente.

– Vamos, por favor... Por que você não quer nos dar esse prazer? – insistiam as meninas. – Você vai ser Charles, ou Ernest, ou o pai. O que prefere? – disse Kátenka, tentando levantá-lo do chão e puxando sua manga.

– Não estou mesmo com vontade. É chato! – disse Volódia, espreguiçando-se e sorrindo de satisfação.

– Então era melhor ficar em casa, já que ninguém quer brincar – disse Liúbotchka por entre lágrimas.

Ela era uma tremenda chorona.

– Então vamos. Só não chore, por favor; não suporto choro!

A condescendência de Volódia proporcionou-nos muito pouco prazer; seu jeito preguiçoso e entediado destruiu todo o encanto da brincadeira. Quando nos sentamos no chão e começamos a remar com todas as forças, fingindo que estávamos numa pescaria, ele ficou sentado de braços cruzados, numa pose que não tinha nada a ver com a postura de um pescador. Fiz-lhe essa observação, mas ele respondeu que não íamos ganhar nem perder nada, e nem iríamos mais longe pelo fato de

---

31. *O Robinson Suíço*. (N.A.)

agitarmos os braços com mais ou com menos força. A contragosto concordei com ele. Depois, quando, com um pedaço de pau no ombro, eu fingi que ia caçar, ele se deitou de costas, com os braços sob a nuca, e me disse para fazer de conta que ele também estava indo. Seu procedimento e suas palavras esfriavam nosso entusiasmo pelo divertimento e eram muito desagradáveis, ainda mais porque, no fundo, sabíamos que Volódia tinha razão.

Eu mesmo sabia que não se pode atirar numa ave com um pau, era apenas uma brincadeira. Se fôssemos pensar assim, também não seria possível cavalgar nas cadeiras. E o próprio Volódia, estou certo, se lembrava de como nas longas noites de inverno cobríamos uma poltrona com xales, fazendo dela uma carruagem; um de nós era o cocheiro, o outro, o lacaio, as meninas ficavam no centro e três cadeiras eram os três cavalos da troica. E nós partíamos pela estrada. E quantas aventuras diferentes aconteciam nessa estrada! As noites de inverno passavam assim de forma rápida e alegre... Se formos levar tudo a sério, não haverá brincadeiras. E se não houver brincadeiras, o que vai sobrar?

Capítulo IX

Algo parecido com o primeiro amor

Quando fingia que estava colhendo umas frutas americanas de uma árvore, Liúbotchka arrancou de uma folha uma lagarta enorme e, com pavor, jogou-a no chão, levantou os braços e recuou, como se temesse que da lagarta esguichasse alguma coisa. A brincadeira terminou e nós todos nos lançamos ao chão, juntamos nossas cabeças e ficamos olhando aquela raridade.

Eu espiava por cima do ombro de Kátenka, que se esforçava para levantar a lagarta com uma folha, a fim de levá-la para a estrada.

Eu havia notado que muitas meninas tinham o hábito de levantar os ombros, tentando com esse movimento fazer o decote do vestido voltar para o devido lugar. Lembro-me também de que Mimi ficava brava quando via esse gesto e dizia: "*C'est un geste de femme de chambre*"[32]. Kátenka fez o mesmo gesto e nesse instante o vento levantou o lenço que tinha na cabeça, descobrindo seu pescocinho branco. O ombro franzino estava a dois dedos dos meus lábios quando ela fez aquele movimento. Eu já não olhava para a lagarta, olhava fixamente para o ombro de Kátenka e dei um beijo nele. Ela não se virou, mas notei que seu pescocinho e suas orelhas ficaram rosados. Sem levantar a cabeça, Volódia disse com desprezo:

– Que carinhos são esses?

Mas eu estava com os olhos cheios de lágrimas e não conseguia tirá-los de Kátenka. Já de há muito me acostumara com seu rostinho louro e fresco, de que sempre gostara, mas naquele momento comecei a observá-la com mais atenção e passei a gostar ainda mais.

Quando nos reunimos com os adultos, para nossa grande alegria papai anunciou que, atendendo a pedidos de mamãe, nossa partida ficaria adiada até a manhã seguinte.

Voltamos para casa junto com o breque. Volódia e eu, tentando superar um ao outro na arte de cavalgar e na coragem, fazíamos os cavalos andarem em círculos em volta do carro. Minha sombra estava mais comprida do que na vez anterior e, a julgar por ela, imaginei ter a aparência de um cavaleiro bem garboso. Mas a sensação de prazer que eu sentia em breve seria destruída pelo que se passou a seguir. Desejando definitivamente deslumbrar as passageiras do breque, deixei-me ficar para trás; depois, por meio do chicote e das pernas, aticei meu cavalinho, fiz uma pose despreocupada e graciosa, tencionando passar como um furacão pelo breque, do lado em que Kátenka estava. Só não sabia o que era melhor: passar calado ou gritando? Porém o insuportável do cavalinho, assim que alcançou os cavalos do breque, parou de modo tão brusco que saltei da sela para seu pescoço e por pouco não voei para o chão.

---

32. Isto é um gesto de camareira. (N.A.)

Capítulo X

Que tipo de pessoa era meu pai?

Meu pai era um homem do século passado e, como a juventude daquela época, tinha um traço sutil de cavalheirismo, espírito empreendedor, autoconfiança, amabilidade e gosto pela farra. Olhava com desprezo as pessoas do nosso século, em parte devido ao seu orgulho inato, em parte por um despeito secreto por não poder, no nosso século, exercer a influência e alcançar os êxitos que tivera no seu tempo. Suas duas principais paixões eram o baralho e as mulheres. No decorrer de sua vida ele ganhou alguns milhões de rublos e se relacionou com inúmeras mulheres, de todas as classes sociais.

Ele era alto e bem-proporcionado, caminhava com passinhos miúdos e tinha o costume de erguer um ombro. Tinha olhinhos pequenos e sempre sorridentes, um grande nariz aquilino, lábios irregulares, que se moviam de maneira desajeitada, embora agradável; tinha um defeito de pronúncia – ele falava ceceando – e uma grande calva. Essa era a aparência do meu pai como eu me recordo dele, e com essa aparência ele conseguiu angariar a fama de ser, e ser efetivamente, um homem *à bonnes fortunes*[33]. Conseguia também agradar a todos sem exceção – às pessoas de todas as classes sociais e fortunas, e particularmente àqueles que lhe interessava agradar.

Sabia se colocar acima dos outros em qualquer relacionamento. Sem nunca ter sido um membro das altas-rodas, dava-se com inúmeras pessoas desse círculo, fazendo-se respeitar sempre. Conhecia a medida justa do orgulho e da presunção, de modo a elevar seu conceito perante os demais sem ofender ninguém. Era original, embora nem sempre, e usava a originalidade para substituir o mundanismo ou a riqueza. Nada no mundo poderia deslumbrá-lo: por mais magnificente que fosse a situação, parecia que ele tinha nascido especialmente para ela. Sabia tão bem esconder dos outros e afastar de si o lado escuro e cheio de pequenos aborrecimentos e desgostos que havia em sua vida que era impossível não invejá-lo. Era bom

---

33. Pessoa bem-sucedida. (N.A.)

conhecedor de todas as coisas que proporcionam conforto e prazer e sabia aproveitá-las. Uma de suas obsessões eram as pessoas eminentes com que se relacionava, fossem da família de minha mãe, fossem seus antigos companheiros de juventude, pelos quais, no fundo, tinha despeito porque alcançaram altos postos nas carreiras, enquanto ele permaneceu um tenente reformado da guarda. Como todos os ex-militares, ele não sabia se vestir de acordo com a última moda, mas, em compensação, arrumava-se com elegância e originalidade. Usava trajes folgados e leves, finíssima roupa-branca, belos punhos e golas. Aliás, tudo combinava bem com sua estatura, sua compleição forte, sua cabeça calva e seus movimentos suaves e seguros.

Era um homem sensível, inclusive capaz de chorar. Quando lia em voz alta, era comum sua voz começar a tremer e lágrimas surgirem em seus olhos nas passagens mais comoventes, e então ele abandonava o livro, aborrecido. Gostava de música e, acompanhando-se ao piano, cantava romanças do seu amigo A., cantigas ciganas e alguns trechos de óperas, mas não gostava de música erudita e, desprezando a opinião geral, dizia abertamente que as sonatas de Beethoven lhe davam sono e tédio, e que ele não conhecia nada melhor do que a canção "Não me despertes", cantada por Semiônova, e "Não estou sozinha", interpretada pela cigana Taniúcha[34]. Por sua natureza, ele necessitava de público para atuar bem e só considerava bom aquilo de que o público gostava. Só Deus sabe se tinha princípios morais. Sua vida era tão cheia de distrações de toda espécie que não lhe sobrava tempo para elaborá-los. Ademais, era feliz com sua vida e não considerava isso necessário.

Na velhice ele adotou pontos de vista imutáveis e regras permanentes, mas apenas no plano prático, ou seja, as ações e o modo de viver que lhe proporcionavam felicidade ou prazer ele considerava bons, e achava que todos deveriam agir assim. Sua maneira de falar era muito atraente, e penso que esse dom aumentava a flexibilidade de suas normas: era capaz de narrar uma ação como a mais graciosa brincadeira, ou como a baixeza mais infame.

---

34. Diminutivo de Tânia, apelido do nome Tatiana. (N.T.)

Capítulo XI

As atividades no escritório e no salão

Já estava escurecendo quando chegamos em casa. *Maman* sentou-se ao piano e nós, as crianças, trouxemos papéis, lápis e tintas e nos acomodamos em volta da mesa redonda para desenhar. Eu só tinha tinta azul, mas resolvi desenhar uma cena de caçada. Rapidamente desenhei um menino azul, montado num cavalo azul, rodeado de cachorros azuis, mas fiquei indeciso, sem saber se era possível fazer uma lebre azul, então corri ao escritório de papai a fim de pedir seu conselho. Ele estava lendo e à minha pergunta "Existem lebres azuis?" respondeu: "Existem, querido, existem.", sem levantar a cabeça. Voltei à mesa redonda e desenhei minha lebre azul, mas depois resolvi transformá-la numa moita. A moita também não me agradou e a transformei numa árvore e, depois, num monte de palha que, por sua vez, virou uma nuvem. No final, o papel ficou tão borrado de tinta azul que o rasguei, aborrecido, e fui cochilar na poltrona voltairiana.

Mamãe tocava o *Concerto nº 2* de Field, de quem era aluna. Enquanto eu cochilava, pela minha cabeça passavam algumas lembranças leves, claras e transparentes. Ela começou a tocar a sonata *Patética* de Beethoven e me vieram lembranças tristes e sombrias. *Maman* tocava frequentemente essas duas peças, por isso me lembro dos sentimentos que me despertavam, parecidos com lembranças. Mas lembranças de quê? Tinha a impressão de que me recordava de coisas que nunca haviam acontecido.

À minha frente ficava a porta do escritório, e vi quando lá entrou Iákov, seguido por alguns homens barbudos, vestidos com cafetãs. Assim que entraram, a porta foi fechada. "Já vão tratar de seus assuntos", pensei. Na minha opinião, não havia nada mais importante do que os assuntos que eram resolvidos no escritório de papai, e essa ideia era confirmada pelo fato de que todos sussurravam e andavam nas pontas dos pés quando se aproximavam da porta do escritório. De lá de dentro me chegavam a voz forte de meu pai e cheiro de charuto, e esse último, não sei por que, me parecia muito atraente. De repente, meio sonhando, fui surpreendido por um rangido de botas que eu conhecia bem, vindo da sala dos criados. Com uma expressão sombria e decidida, Karl Ivânytch aproximou-se pé ante pé da porta do escritório, segurando nas mãos uns papéis escritos, e deu uma batidinha. Deixaram-no entrar e a porta novamente se fechou.

"Tomara que não aconteça nenhuma desgraça", pensei. "Karl Ivânytch está zangado, é capaz de qualquer coisa..."

Tornei a cochilar.

Mas não aconteceu nenhuma desgraça. Uma hora mais tarde fui despertado pelo mesmo rangido de botas. Karl Ivânytch, enxugando com um lenço as lágrimas que eu percebi nas suas faces, saiu pela porta e subiu para o andar superior, balbuciando alguma coisa para si mesmo. Em seguida papai também saiu e foi para o salão.

– Sabe o que acabei de decidir? – disse ele com voz alegre e colocando a mão no ombro de *maman*.

– O que, meu querido?

– Vou levar Karl Ivânytch com os meninos. Tem lugar na caleche. Estão acostumados com ele, e ele também parece gostar muito dos garotos. E setecentos rublos por ano não é uma despesa tão grande assim, *et puis au fond c'est un très bon diable*[35].

Eu não conseguia entender por que papai estava xingando Karl Ivânytch.

– Fico muito contente – disse *maman* – pelas crianças e por ele mesmo. É um velho excelente.

– Se você visse como ficou emocionado quando eu lhe disse que guardasse os quinhentos rublos como um presente meu... Mas o mais engraçado foi esta conta que ele me trouxe. Vale a pena ver – acrescentou papai com um sorriso, estendendo um papel com a letra de Karl Ivânytch. – É uma maravilha!

Eis o conteúdo do bilhete:

---

35. Além disso, no fundo ele é um sujeito excelente. (N.A.)

> *Dois anzóis para as crianças – 70 copeques*
> *Papel colorido, um rolo de papel dourado, cola e molde para uma caixinha, para dar de presente – 6 rublos e 55 copeques*
> *Um livro e um arco, presentes para os meninos – 8 rublos e 16 copeques*
> *Um par de calças para Nikolai – 4 rublos*
> *Um relógio de ouro que Piotr Aleksândrovitch prometeu trazer de Moscou no ano de 18... – 140 rublos*
> *No total, Karl Mauer deve receber 159 rublos, além do salário.*

Ao ler essa nota, em que Karl Ivânytch exigia que devolvessem todo o dinheiro que ele gastara em presentes e até que pagassem por um relógio que fora prometido, qualquer um pensaria que ele não passava de um egoísta interesseiro e sem sentimentos, mas essa opinião seria completamente errada.

Ao entrar no escritório com essa nota e com um discurso preparado na cabeça, tinha a intenção de expor da maneira mais eloquente possível para papai todas as injustiças que sofrera em nossa casa; porém, quando se pôs a falar com sua voz emocionada e com a entonação cheia de sentimentos que ele usava em seus ditados, sua retórica teve efeito maior sobre ele próprio. Quando começou a dizer: "por mais que seja triste para mim me separar das crianças", ele se perturbou, sua voz tremeu e precisou tirar do bolso seu lenço quadriculado.

– Bem, Piotr Aleksândrytch – disse por entre lágrimas algo que não estava no discurso que havia preparado –, eu me acostumei tanto com as crianças que não sei o que vou fazer sem elas. Prefiro continuar trabalhando para o senhor, mesmo sem receber salário – acrescentou, enxugando as lágrimas com uma das mãos e entregando o papel com a outra.

Posso afirmar sem sombra de dúvida que, naquele momento, Karl Ivânytch estava sendo sincero, porque conheço seu bom coração, mas como poderia conciliar aquela conta e suas palavras continua a ser um mistério para mim.

– Se o senhor fica triste, eu ficaria ainda mais triste por me separar do senhor – disse papai, dando-lhe palmadinhas no ombro. – Acabo de mudar de ideia.

Pouco antes do jantar, Gricha entrou na sala. Desde que chegara à nossa casa, não parara de suspirar e chorar, o que, na opinião das pessoas que acreditavam na sua capacidade de fazer previsões, era prenúncio de alguma desgraça para a nossa casa. Ele começou a se despedir e disse que na manhã seguinte iria embora. Dei uma piscadela para Volódia e saí da sala.

– O que é?

– Se querem ver as correntes de Gricha, vamos lá para cima, para a ala dos homens. O quarto de Gricha é o segundo. Do quarto de despejo se vê perfeitamente.

– Grande ideia! Espere aqui, vou chamar as meninas.

Elas vieram correndo e subimos. Depois de uma discussão para saber quem entraria primeiro no escuro quarto de despejo, sentamo-nos e ficamos esperando.

Capítulo XII

Gricha

Estávamos todos apavorados na escuridão e, bem apertados uns contra os outros, não dizíamos uma palavra. Logo depois, Gricha, com passos silenciosos, entrou no seu quarto. Numa das mãos ele segurava o cajado e, na outra, uma vela num castiçal de bronze. Nós prendemos a respiração.

– Senhor Jesus Cristo! Santa Mãe de Deus! Em nome do Pai, do Filho e do Espírito Santo... – repetia ele com diferentes entoações, respirando fundo e com as abreviações próprias de quem repete muito essas palavras.

Ainda rezando, colocou seu cajado num canto, examinou a cama e começou a se despir. Desamarrou a faixa negra e gasta e tirou o esfarrapado cafetã de algodão rústico, dobrou-o com cuidado e o pendurou no encosto de uma cadeira. Naquele momento seu rosto não expressava a ansiedade e a estupidez habituais. Ao contrário, estava calmo, pensativo e até mesmo imponente. Seus movimentos eram lentos e calculados.

Vestido apenas com a roupa de baixo, sentou-se na beirada da cama, benzeu-a em todas as direções e, com visível esforço, a julgar pelas caretas que fazia, ajeitou suas correntes debaixo da camisa. Ficou algum tempo sentado, examinando com ar preocupado a roupa de baixo, rasgada em vários lugares; depois levantou-se e, sempre rezando, ergueu o castiçal à altura do oratório, onde havia algumas imagens, persignou-se diante delas e virou a vela de cabeça para baixo. A chama se apagou com um estalo.

Uma lua quase cheia clareou as janelas que davam para o bosque. A figura esguia do beato estava iluminada, de um lado, pelos pálidos raios prateados da lua. O outro lado estava escuro, e sua sombra negra, junto com as das janelas, estendia-se pelo chão, pela parede e ia até o teto. Lá fora o vigia fazia soar sua matraca.

Com suas enormes mãos cruzadas sobre o peito, a cabeça baixa e suspirando sem parar, Gricha permaneceu calado diante dos ícones, depois ajoelhou-se com dificuldade e começou a rezar.

No início ele repetia orações conhecidas, pondo ênfase em algumas palavras. Depois repetiu as mesmas orações, mais alto e com mais emoção. Passou a rezar com suas próprias palavras, fazendo esforço para expressar-se em eslavo[36]. Suas palavras eram sem sentido, mas comoventes. Rezou por todos os seus benfeitores (assim ele chamava as pessoas que o recebiam), o que incluía minha mãe e nós; rezou por si mesmo, pediu a Deus que perdoasse seus pecados graves, repetindo: "Meu Deus, perdoe os meus inimigos!". Ele se levantava com gemidos e caía novamente de joelhos, sempre repetindo as mesmas palavras, o que fez várias vezes, apesar do peso das correntes que emitiam um ruído forte ao bater no solo.

Volódia beliscou com força minha perna, mas nem me virei: somente esfreguei o lugar do beliscão e continuei observando os movimentos e as palavras de Gricha com o espanto, a compaixão e o respeito próprios de uma criança.

---

36. Eslavo, aqui, significa antigo eslavo eclesiástico, ou antigo búlgaro, que é a língua em que foram escritos os primeiros textos religiosos para a igreja ortodoxa dos países eslavos; até hoje o idioma é usado, com algumas modificações, no serviço religioso da igreja ortodoxa russa. (N.T.)

Em vez da diversão e do riso que eu esperava ao entrar no quarto de despejo, o que eu sentia eram arrepios e um aperto no coração.

Durante muito tempo ainda Gricha permaneceu nessa pose de êxtase religioso, improvisando orações. Ora ele repetia várias vezes seguidas "Senhor, tem piedade", cada vez com mais força e expressão, ora dizia "Perdoa-me, senhor, ensina-me o que devo fazer... ensina-me o que devo fazer, ó Senhor!", e dizia isso com uma expressão tal, como se esperasse uma resposta imediata às suas palavras. De vez em quando ouviam-se apenas débeis soluços... Ele se ajoelhou, cruzou os braços sobre o peito e ficou em silêncio.

Devagarinho espiei pela porta, sem me atrever a respirar. Gricha não se mexia; seu peito soltava suspiros profundos; a pupila opaca de seu olho cego estava iluminada pela luz da lua e sobre ela brilhava uma lágrima.

– Seja feita a tua vontade! – exclamou ele de repente, com uma expressão inimitável, caindo e batendo com a testa no chão e soluçando como uma criança.

Muita água correu desde então, muitas recordações do passado perderam importância para mim, ficando apenas como sonhos confusos, e até mesmo o beato Gricha já terminou sua última peregrinação. Mas a impressão que ele provocou em mim naquela noite e os sentimentos que me despertou jamais morrerão na minha memória.

Ó grande cristão Gricha! Tua fé era tão forte, que tu sentiste a presença de Deus; teu amor era tão grande que as palavras brotavam sozinhas de tua boca, sem passar pelo raciocínio... E que suprema louvação fizeste ao Senhor quando, sem encontrar as palavras adequadas, te lançaste ao chão, em lágrimas!

O enternecimento com que eu escutava o que Gricha dizia não podia durar muito, primeiro porque minha curiosidade já estava satisfeita, e segundo porque fiquei com as pernas dormentes pela posição em que estava sentado. Além disso, queria me juntar aos cochichos e ao rebuliço que ouvia às minhas costas, no quarto escuro. Alguém pegou na minha mão e sussurrou: "De quem é esta mão?". Estávamos numa completa escuridão, mas, só pelo toque e pela voz que sussurrou bem perto do meu ouvido, adivinhei imediatamente que se tratava de Kátenka. Sem consciência do que estava fazendo, segurei seu cotovelo (ela estava de mangas curtas) e pousei meus lábios sobre seu braço. Kátenka provavelmente se espantou com meu gesto e puxou o braço, derrubando uma cadeira quebrada que havia no quarto de despejo. Gricha levantou a cabeça, olhou para os lados em silêncio e, ainda orando, pôs-se a benzer todos os cantos. Com barulho e cochichando, saímos correndo do quarto de despejo.

Capítulo XIII

Natália Sávichna

Em meados do século passado, nos quintais da aldeia Khabárovka, costumava correr uma jovem camponesa chamada Natachka[37]. Ela andava com pobres roupas caseiras e descalça, era gordinha, corada e estava sempre alegre. Graças ao mérito de seu pai, o corneteiro Sava, e atendendo a um pedido deste, meu avô levou-a *para cima*, para integrar a criadagem feminina de minha avó. A camareira Natachka distinguiu-se nessa função por seu esforço e sua docilidade.

Quando minha mãe nasceu e foi preciso arranjar uma babá, essa missão foi confiada a Natachka. Nessa nova função, ela recebeu elogios e recompensas por sua dedicação, fidelidade e afeição à jovem patroa. Porém a cabeleira empoada e as meias com fivelas do jovem e ativo copeiro Foka, com quem, devido ao trabalho, ela se encontrava com frequência, cativaram seu coração rude, mas amoroso. Ela decidiu ir pessoalmente pedir a meu avô permissão para se casar com o copeiro. Vovô interpretou o pedido como ingratidão, ficou encolerizado e, como castigo, mandou a pobre Natália para uma aldeia na estepe, para cuidar de animais. Entretanto, como ninguém era capaz de substituí-la, seis meses depois

---

[37]. Diminutivo com nuance pejorativa de Natacha, apelido do nome Natália; geralmente é usado para camponesas, mulheres e moças de baixo status social. (N.T.)

ela foi trazida de volta à casa de meu avô para exercer a antiga função. Ao voltar do exílio com sua pobre roupinha, ela procurou meu avô, caiu a seus pés e pediu que ele a perdoasse, que lhe desse novamente afeto e carinho e esquecesse a bobagem que havia feito, jurando-lhe nunca mais repeti-la. E de fato cumpriu sua palavra.

A partir daí, Natachka virou Natália Sávichna e passou a usar uma touca. Toda a reserva de amor que havia dentro dela foi transferida para sua jovem patroa.

Quando uma governanta a substituiu junto a minha mãe, deram-lhe as chaves da despensa e ela passou a ser responsável pelas roupas e pelas provisões. Executava as novas funções com o mesmo zelo e amor. O mais importante para ela era cuidar dos bens dos patrões. Via desperdício, falta de cuidado e roubo em tudo, e fazia o possível para combatê-los.

Quando *maman* se casou, desejou recompensar de algum modo Natália Sávichna pelos vinte anos de trabalho e dedicação. Chamou-a a seu quarto, expressou com as palavras mais elogiosas sua gratidão e seu amor e entregou-lhe uma folha de papel timbrado, na qual estava escrita a alforria para Natália Sávichna. Disse ainda que, independente de sua decisão de continuar ou não trabalhando na nossa casa, ela iria receber uma pensão anual de trezentos rublos. Natália Sávichna ouviu tudo isso em silêncio, depois olhou com ódio para o documento, resmungou por entredentes alguma coisa e saiu correndo do quarto, batendo a porta. Sem entender as razões daquele procedimento estranho, *maman* foi pouco depois ao quarto de Natália Sávichna. Ela estava sentada sobre o baú com os olhos vermelhos de tanto chorar, retorcendo um lenço nas mãos e olhando fixamente para os pedaços de sua alforria espalhados pelo chão.

– Que você tem, minha querida Natália Sávichna? – perguntou-lhe *maman*, tomando sua mão.

– Nada, mãezinha – respondeu ela. – Com certeza fiz alguma coisa que a desagradou, por isso a senhora está me expulsando de sua casa. Que fazer? Eu vou embora.

Ela puxou sua mão e, mal contendo as lágrimas, queria sair do quarto. Mamãe a segurou e deu-lhe um abraço, e puseram-se ambas a chorar.

Desde que me entendo por gente tenho lembranças de Natália Sávichna, de seu amor e carinho, mas só agora consigo dar-lhe o devido valor. Naquela época eu não tinha a menor ideia da pessoa maravilhosa e rara que era aquela velhinha. Não apenas recusava-se a falar de si mesma como parecia nem mesmo pensar na própria existência: sua vida resumia-se a amor e autossacrifício. Eu estava tão acostumado com seu amor pela nossa família, terno e desinteressado, que nunca me veio à cabeça que tudo poderia ser diferente, e tampouco sentia qualquer gratidão nem me perguntava se ela era feliz, se estava satisfeita.

Às vezes, alegando uma necessidade inadiável, eu fugia da aula para o quarto de Natália Sávichna, onde ficava sentado, sonhando em voz alta, sem me constranger nem um pouco por sua presença. Ela estava sempre ocupada com alguma coisa: ora tecia uma meia, ora remexia nos baús que enchiam seu quarto, ora preparava listas de roupas. Ouvia todas as tolices que eu dizia, tais como: "Quando for general, vou me casar com uma jovem maravilhosa, vou comprar um cavalo alazão e construir uma casa de vidro, e vou mandar buscar os parentes de Karl Ivânytch lá da Saxônia", e assim por diante. Ela só dizia baixinho: "Sim, patrãozinho, sim". Quando eu me levantava para sair, ela costumava abrir um baú azul – eu me lembro bem – no forro de cuja tampa havia várias coisas coladas: uma figura colorida de um hussardo, uma gravura tirada de uma latinha de brilhantina e um desenho de Volódia. Tirava lá de dentro um pedacinho de incenso, acendia-o e, agitando-o, dizia:

– Este incenso é ainda de Otchákov[38]. Foi seu finado avozinho – que Deus o tenha – que trouxe, quando foi guerrear com os turcos. Só ficou este último pedacinho – acrescentava com um suspiro.

Nos baús que enchiam seu quarto havia rigorosamente de tudo. Quando alguém precisava de alguma coisa, fosse o que fosse, geralmente se dizia: "Peça para Natália Sávichna". De fato, depois de remexer um pouco nos baús, ela encontrava o objeto desejado e dizia: "Ainda bem que eu guardei". Naqueles baús havia milhares de objetos, de cuja existência ninguém, além dela, sabia ou se importava.

---

38. Cidade situada no sul da Ucrânia, palco da famosa batalha naval e do longo cerco na guerra de 1787-1792, da Rússia contra os turcos. (N.T.)

Certa vez fiquei com raiva dela. Foi assim: durante o almoço, quando eu me servia de *kvas*[39], derrubei a jarra e molhei a toalha da mesa.

– Vá chamar Natália Sávichna para que ela fique feliz com seu preferido – disse *maman*.

Natália Sávichna entrou e, ao ver a lambança que eu fizera, balançou a cabeça com ar de reprovação. Depois, *maman* sussurrou-lhe alguma coisa ao ouvido e ela, ameaçando-me com o dedo, saiu da sala.

Depois do almoço fui saltitando para o salão, no melhor dos humores, quando de repente entra pela porta Natália Sávichna com a toalha molhada e, apesar de toda a minha resistência, pôs-se a esfregá-la no meu rosto, dizendo: "Não suje as toalhas, não suje as toalhas!". Senti-me tão ofendido que comecei a chorar de raiva.

"Mas como!" dizia para mim mesmo, andando pela sala, sufocado pelas lágrimas. "Natália Sávichna, que não passa de *Natália, me* trata por *você* e ainda bate no meu rosto com uma toalha molhada, como se eu fosse um moleque do quintal. Não, isso é terrível!"

Ao ver que eu me debulhava em lágrimas, ela saiu correndo, enquanto eu continuava a caminhar, pensando num plano para me vingar da petulante Natália pela ofensa que me fizera.

Minutos depois Natália Sávichna voltou e aproximou-se timidamente de mim, dizendo:

– Já chega, patrãozinho, não chore... Perdoe esta boba... Sou culpada, mas perdoe-me, meu queridinho... Olhe, isto é para você.

Ela tirou de dentro do xale e me estendeu com a mão trêmula um saquinho de papel vermelho, com dois caramelos e um figo seco dentro. Não tive forças para encarar a bondosa velhinha. Virei o rosto e peguei o presente.

As lágrimas correram ainda mais abundantes, só que desta vez não eram de raiva, e sim de amor e vergonha.

---

[39]. Bebida refrescante tradicional russa, feita geralmente de centeio fermentado, escura e adocicada como cerveja preta, porém sem teor alcoólico. (N.T.)

Capítulo XIV

A separação

No dia seguinte aos acontecimentos narrados anteriormente, ao meio-dia, a carruagem e a caleche estavam diante da entrada de nossa casa. Nikolai estava em trajes de viagem, ou seja, com as calças enfiadas dentro das botas e uma sobrecasaca já velha ajustada na cintura por um cinto. Estava de pé dentro da caleche e colocava capotes e almofadas debaixo dos assentos; quando lhe parecia que estavam muito altos, ele se sentava e dava pequenos saltos para baixá-los.

– Faça-me essa caridade, Nikolai Dmítritch, o senhor não poderia colocar aí o cofre do patrão? – perguntou ofegante o camareiro de papai, saindo da carruagem. – Ele é pequeno.

– O senhor devia ter dito antes, Mikhei Ivânytch – respondeu rapidamente Nikolai, aborrecido, atirando com toda a força uma trouxa no fundo da caleche. – É demais! Estou tonto com tudo isso e o senhor vem com seus cofres – acrescentou, tirando o quepe e enxugando o suor de sua testa queimada de sol.

Vários camponeses, alguns de casacos longos, outros de cafetãs ou de camisas, sem gorros, mulheres em trajes caseiros e lenços listrados, carregando crianças nos braços, moleques descalços, todos pararam junto à entrada para ver as carruagens e conversar entre si. Um dos cocheiros, um velhinho curvado, com um gorro de inverno e casaco longo, segurava o varal da carruagem, tocava nele, fitando pensativo o eixo das rodas. O outro era um jovem vistoso, de camisa branca com um reforço de tecido vermelho nas axilas, e um chapéu de feltro que ele jogava ora para cima de uma orelha, ora para cima da outra, quando coçava sua cabeça de cachos louros. Deixou seu casaco e as rédeas na boleia e, dando batidinhas com o chicote trançado, olhava para as próprias botas ou para os cocheiros que untavam as rodas da caleche. Um deles suspendia o carro com grande esforço, enquanto o outro, inclinado sobre a roda, untava cuidadosamente o eixo e a bucha. Isso eles faziam com todo o zelo, para não desperdiçar o alcatrão.

Surrados cavalos de posta, de diversas cores, estavam parados junto à cerca e sacudiam as caudas para espantar as moscas. Alguns fechavam os olhos e cochilavam, esticando as patas grossas e peludas; outros, de tédio, coçavam-se mutuamente, ou arrancavam as folhas e os caules das samambaias verde-escuras que cresciam perto da entrada. Alguns galgos respiravam profundamente, deitados ao sol; outros metiam-se debaixo da carruagem e da caleche e lambiam a graxa junto dos eixos. Pairava no ar uma névoa poeirenta, o horizonte tinha um tom lilás-acinzentado. Porém não havia nenhuma nuvem no céu. Um vento forte vindo do oeste levantava nuvens de pó no campo e nas estradas, vergava as copas das altas tílias e das bétulas do jardim, atirando longe as folhas amarelas que caíam. Sentado junto à janela, eu aguardava com impaciência o fim dos preparativos.

Quando nos reunimos todos na sala de jantar ao redor da mesa redonda para ficarmos os últimos momentos juntos, jamais me passou pela cabeça que teríamos pela frente instantes tão dolorosos. Eu só pensava em coisas sem importância. Tinha interesse em saber qual cocheiro iria dirigir o breque e qual iria na carruagem, quem iria com papai e quem com Karl Ivânytch, e por que razão queriam a todo custo me embrulhar num cachecol e num casacão de lã acolchoado.

"Por acaso sou tão delicado? Dificilmente vou passar frio. Tomara que tudo isso acabe logo para podermos partir de uma vez", pensava.

– A quem devo entregar a lista das roupas dos meninos? – perguntou Natália Sávichna a minha mãe, com os olhos vermelhos e uma folha de papel na mão.

A velhinha quis dizer alguma coisa, mas parou, cobriu o rosto com o lenço e saiu da sala, com um gesto de desânimo. Ao ver isso, senti um pequeno aperto no coração, mas a impaciência para partir era mais forte e continuei a ouvir com indiferença a conversa entre meu pai e minha mãe. Eles conversavam sobre coisas que claramente não interessavam a nenhum dos dois: o que era preciso comprar para a casa, o que dizer à princesinha Sophie e à madame Julie? E a estrada estará boa?

Entrou Foka e, com a mesma voz com que anunciava "O almoço está servido", ele disse, parado junto à porta:

– Os cavalos estão prontos.

Notei que *maman* estremeceu e ficou pálida, como se não esperasse por isso.

Ordenaram a Foka que fechasse todas as portas da sala. Achei aquilo divertido, "como se todos estivessem se escondendo de alguém".

Quando todos se sentaram, Foka fez o mesmo na beirinha da cadeira, junto à entrada, mas um segundo depois a porta rangeu e todos olharam para lá. Às pressas entrou Natália Sávichna e, sem levantar os olhos, acomodou-se na mesma cadeira que Foka. Vejo como se fosse agora a careca do mordomo, seu rosto enrugado e imóvel, e a figura encurvada da bondosa mulher, com sua touca de onde escapavam mechas de cabelos grisalhos. Ela e Foka, constrangidos, se apertaram na mesma cadeira.

Eu continuava despreocupado e impaciente. Os dez segundos que passamos ali a portas fechadas me pareceram uma hora. Por fim, todos se levantaram, persignaram-se e começaram as despedidas. Papai abraçou *maman* e beijou-a várias vezes.

– Deixa disso, minha querida, não estamos nos separando para sempre.

– Mesmo assim é muito triste – disse *maman* com voz trêmula e lacrimosa.

Quando ouvi sua voz e vi o tremor dos seus lábios e os olhos cheios de lágrimas, esqueci tudo o mais e senti tanta tristeza, dor e medo que teria preferido fugir a ter de me despedir dela. Naquele instante compreendi que, ao abraçar papai, ela já estava se despedindo de nós.

Tantas vezes ela beijou e benzeu Volódia que, supondo que depois ela se dirigiria a mim, eu avancei em sua direção, mas ela continuava abençoando-o e apertando-o contra o peito. Enfim, eu lhe dei um abraço apertado, chorei copiosamente, sem pensar em outra coisa que não fosse o meu sofrimento.

Quando caminhávamos em direção às carruagens, alguns criados inoportunos apareceram no vestíbulo para se despedir. Os pedidos de "Dá a mãozinha, por favor, senhor", os beijos sonoros nos nossos ombros e o cheiro de toucinho de suas cabeças despertaram em mim um sentimento próximo do aborrecimento, como acontece com pessoas irritáveis. Sob influência desse sentimento beijei com bastante frieza a touca de Natália Sávichna, quando ela, em lágrimas, veio se despedir de mim.

É estranho que agora eu consiga ver os rostos de todos aqueles criados e até poderia desenhá-los com os mínimos detalhes. No entanto, o rosto e a posição de *maman* definitivamente escapam da minha memória: é possível que seja porque, durante todo aquele tempo, eu não tivera coragem de olhar para ela. Tinha a impressão de que, se eu fizesse isso, a dor dela e a minha se tornariam insuportáveis.

Saltei para a carruagem antes de todos e me sentei no banco de trás. A parte dianteira não me deixava ver nada, mas algum instinto me dizia que *maman* ainda estava lá.

"Devo ou não olhar para ela mais uma vez? Bem, a última vez!", disse para mim mesmo, pondo a cabeça para fora. Nesse momento *maman* se aproximou da carruagem pelo outro lado, com o mesmo pensamento, e chamou meu nome. Ao ouvir sua voz atrás de mim, voltei-me com tanta rapidez que nossas cabeças se chocaram. Ela sorriu tristemente e, apertando-me com toda a força, beijou-me pela última vez.

Quando a carruagem havia andado algumas braças[40] resolvi dar uma olhada em minha mãe. O vento levantava o lencinho azul que cobria sua cabeça; cabisbaixa e com as mãos tapando o rosto, ela subia lentamente a escada, enquanto Foka a amparava.

Ao meu lado, papai estava em silêncio. Quanto a mim, eu mal respirava por causa das lágrimas, e sentia um aperto tão forte na garganta que fiquei com medo de sufocar. Quando entramos na estrada principal, avistei um lenço branco que alguém agitava numa sacada. Peguei o meu lenço e agitei também, e isso me acalmou um pouco. Continuava chorando, e pensar que minhas lágrimas eram uma prova da minha sensibilidade me dava prazer e satisfação.

Quando já tínhamos percorrido quase uma versta[41], acomodei-me melhor e pus-me a olhar com obstinada atenção para o objeto mais ao alcance da minha vista, que era a traseira do cavalo que estava atrelado no lado em que eu estava. Observei como esse cavalo malhado agitava a cauda, como

---

40. A antiga braça russa equivalia a 2,134 metros. (N.T.)
41. Antiga medida russa equivalente a 1,067 quilômetro. (N.T.)

ele batia uma perna na outra, como as duas pernas saltavam juntas quando o cocheiro o fustigava com o chicote; notei que os arreios bamboleavam pelo seu corpo, e as argolas, pelos arreios. Fiquei observando tudo isso até ver que os arreios, junto à cauda, se cobriam de espuma. Passei a olhar em volta: os campos de centeio maduro ondulando, a escura terra lavrada à espera de semeadura, onde aqui e ali se podiam ver um arado, um camponês, uma égua com um potro, os marcos que indicavam as verstas. Dei uma olhada na boleia para ver qual o cocheiro que ia conosco. As lágrimas ainda não haviam secado no meu rosto e meus pensamentos já estavam bem distantes de minha mãe, de quem me separara talvez para sempre. Todas as recordações, entretanto, levavam meu pensamento para ela. Lembrei-me de um cogumelo que havia encontrado na véspera, na aleia de bétulas, e de como Liúbotchka e Kátenka haviam discutido para saber quem iria colhê-lo, e também de como elas choraram ao se despedir de nós.

Que tristeza eu senti por me separar delas! E também de Natália Sávichna, da aleia de bétulas, de Foka! Fiquei triste até pela malvada da Mimi! Fiquei triste por isso tudo, tudo! E minha pobre *maman*? As lágrimas voltaram a encher meus olhos, mas não por muito tempo.

Capítulo XV

Infância

Feliz tempo da infância, tempo que não volta mais! Como não amar, como não acalentar suas lembranças, lembranças que refrescam e elevam minha alma, e são para mim fonte dos mais doces prazeres? Depois de correr até me cansar, eu costumava me sentar à mesa do chá, na minha poltroninha. Já é tarde. Já faz tempo que bebi minha xícara de leite com açúcar, meus olhos se fecham de sono, mas não saio do lugar, continuo sentado, ouvindo. Como não ficar escutando? *Maman* conversa com alguém e o som da sua voz é tão doce e acolhedor, e diz tanto ao meu coração! Eu fixo os olhos enevoados de sono no rosto dela e de repente ela fica pequenininha, seu rosto não está maior do que um botão, mas mesmo assim o vejo nitidamente, e vejo quando ela olha para mim e sorri. Gosto de vê-la assim pequenininha. Aperto mais os olhos e ela já não é maior do que a imagem de meninos refletida em pupilas. Porém me movo e o encanto some. Aperto os olhos, viro para o outro lado, tento de todas as formas fazê-lo voltar, mas é em vão.

Levanto-me, subo na cadeira e me sento com as pernas dobradas.

– Você vai tornar a dormir, Nikólenka[42] – diz *maman* –, é melhor você subir para o seu quarto.

– Não quero dormir, mãezinha – respondo, e sonhos confusos e doces preenchem minha imaginação, o saudável sono infantil fecha as minhas pálpebras e um minuto depois estou dormindo, alheio a tudo, até que alguém venha me despertar.

Às vezes, meio adormecido, sinto a mão macia de alguém me tocando. Apenas pelo toque reconheço a mão dela e a pego de maneira inconsciente, ainda dormindo, e aperto-a contra meus lábios.

Todos tinham ido para seus quartos e apenas uma vela está acesa na sala. *Maman* disse que ela mesma iria me acordar. Ela senta na beira da poltrona em que eu dormia, passa sua maravilhosa e delicada mão nos meus cabelos e, com sua voz familiar e doce, diz ao meu ouvido:

– Levante-se, meu benzinho, é hora de ir dormir.

Sem nenhum olhar indiferente para constrangê-la, ela pode derramar sobre mim toda a sua ternura e todo o seu amor. Eu não me movo e com ainda mais ardor beijo sua mão.

– Vamos, levante-se, meu anjo.

Com a outra mão ela começa a fazer cócegas no meu pescoço, movendo com rapidez os dedinhos. A sala está silenciosa e na penumbra meus nervos estão excitados pelas cócegas e pelo sono interrompido; mamãe está sentada a meu lado, bem juntinho, sinto seu perfume e ouço sua voz. Tudo isso me obriga a levantar, abraçar seu pescoço e apertar minha cabeça no seu peito e dizer, sufocado:

– Ah, mãezinha querida, como eu a amo!

---

42. Diminutivo de Nikolai. (N.T.)

Ela sorri com seu sorriso triste e encantador, toma minha cabeça entre as mãos, beija-me na testa e me senta nos seus joelhos.

– Então você me ama muito?

Ela fica um minuto calada, depois diz:

– Veja lá, hein, me ame sempre, não se esqueça disso. Se sua mãezinha não estiver mais aqui, você não vai se esquecer dela? Não vai, Nikólenka?

E ela me beija com ainda mais ternura.

– Pare, não diga isso, mãezinha querida! – exclamo, beijando seus joelhos, e as lágrimas correm como riachos dos meus olhos – lágrimas de amor e enlevo.

Depois disso, subo para o andar superior e fico de pé, no meu roupãozinho de algodão, diante dos ícones, com aquele sentimento maravilhoso, e peço: "Proteja, Senhor, o paizinho e a mãezinha". Ao repetir as orações que meus lábios infantis balbuciaram pela primeira vez pela minha mãezinha, o amor por ela e o amor a Deus se fundem estranhamente em um único sentimento.

Depois da oração me enrolo no cobertor com a alma leve, iluminada e alegre; uns sonhos se sucedem a outros. Com o que sonho? São sonhos fugazes, mas cheios de amor e esperança de uma felicidade luminosa. Às vezes me lembro de Karl Ivânytch e seu triste destino – era a única pessoa infeliz que eu conhecia –, e me dá tanta pena dele, tenho vontade de amá-lo mais, a ponto de lágrimas brotarem dos meus olhos, e então penso: "Queira Deus que ele seja feliz e que eu possa ajudá-lo e possa aliviar seu sofrimento; estou pronto a sacrificar qualquer coisa por ele". Depois pego um brinquedo de porcelana – uma lebre ou um cachorrinho –, meto-o num cantinho do meu travesseiro de penas e fico apreciando como ele ficou confortável e quentinho ali. Rezo mais uma oração, pedindo a Deus que faça todos felizes e satisfeitos e que no dia seguinte o tempo fique bom para os passeios. Depois me viro para o outro lado, as ideias e os sonhos se misturam e se confundem, e adormeço tranquilo, com o rosto ainda molhado de lágrimas.

Será que algum dia retornarão o frescor, a despreocupação, a necessidade de amor e a força da fé infantil? Que tempo pode ser melhor do que aquele, quando as duas melhores virtudes – a alegria inocente e a necessidade infinita de amor – eram os únicos estímulos na vida?

Onde estão aquelas orações fervorosas? Onde está seu melhor dom – aquelas lágrimas puras de enternecimento? O anjo da consolação vinha sorridente e enxugava aquelas lágrimas, trazendo doces sonhos à minha inocente imaginação infantil.

Será possível que a vida tenha deixado no meu coração marcas tão dolorosas que essas lágrimas e esse entusiasmo tenham acabado para sempre? Será possível que tenham restado apenas recordações?

Capítulo XVI

Versos

Quase um mês depois de nossa mudança para Moscou, eu estava no andar de cima da casa de vovó, sentado a uma grande mesa, escrevendo. À minha frente se encontrava o professor de desenho, também sentado, fazendo as correções finais em um retrato a lápis de um turco com um turbante. Atrás, de pé e espichando o pescoço para ver por cima do ombro do professor, estava Volódia, o autor do desenho. Essa era sua primeira obra a lápis preto e seria, naquele mesmo dia, o dia da santa padroeira de vovó, o seu presente para ela.

– Neste lugar o senhor não vai colocar mais sombra? – perguntou Volódia, elevando-se nas pontas dos pés e apontando para o pescoço do turco.

– Não, não é preciso – disse o professor, guardando os lápis no estojo –, agora está ótimo e não mexa mais. E você, Nikólenka – acrescentou ele, levantando-se e olhando para o retrato do turco com o rabo do olho –, conte-nos de uma vez o seu segredo. O que você vai dar à vovó? Sinceramente, seria bom se você também desenhasse um retrato. Adeus, senhores – disse ele, pegando o chapéu e o dinheiro do pagamento e saindo da sala.

Naquele instante eu também achava que teria sido melhor ter desenhado um retrato, em vez daquilo em que vinha trabalhando. Quando nos disseram que em breve seria o dia da padroeira de vovó e que deveríamos preparar presentes para ela, tive a ideia de escrever um poema para a ocasião. Imediatamente escrevi dois versos com rimas, esperando fazer os seguintes com a mesma rapidez. Não tenho lembrança alguma de como meti na cabeça essa ideia tão estranha para uma criança, só me lembro que gostei muito dela e a todas as perguntas sobre o assunto eu respondia que daria sem falta um presente à vovó, mas que não diria a ninguém o que era.

Ao contrário do que eu esperava, além daqueles dois versos que me saíram com facilidade, por mais que me esforçasse não consegui compor mais nada em continuação. Li as poesias que havia em nossos livros, mas nem Dmítriev nem Derjávin[43] foram de grande ajuda – pelo contrário, eles me convenceram ainda mais da minha incapacidade. Sabendo que Karl Ivânytch gostava de copiar versinhos, comecei a remexer nos seus papéis e, entre alguns poemas alemães, encontrei um em russo, saído pelo visto de sua própria pena:

À senhora L... Petróvskaia
3 de junho de 1828

Lembre-se próximo
Lembre-se longe,
Lembre-se meu
Ainda de agora e para sempre,
Lembre-se também até o meu túmulo,
Como fielmente amar tenho.[44]
KARL MAUER

---

43. Dois poetas russos da época do classicismo: Mikhail Aleksândrovitch Dmítriev (1796-1866), e Gavrila Românovitch Derjávin (1743-1816), político e poeta da corte de Catarina II. (N.T.)
44. Karl Ivânytch, sendo alemão, não dominava perfeitamente o russo, e seus versos estão escritos num russo "macarrônico". (N.T.)

Essa poesia, escrita com bela caligrafia redonda num fino papel de carta, me agradou pelo sentimento emocionado que a perpassava. Sem demora aprendi-a de cor e resolvi usá-la como modelo. Isso me facilitou muito a tarefa.

No dia do aniversário, minha poesia de felicitação em doze versos estava pronta, e eu a estava copiando numa folha de papel apergaminhado, sentado à mesa da sala de aula.

Já havia estragado duas folhas de papel... Não porque tivesse pensado em modificar alguma coisa, pois a poesia me parecia excelente, mas porque a partir da terceira linha os finais começavam a se dirigir para cima, e de longe se via que a escrita estava torta e não prestava para nada.

A terceira folha ficou tão torta quanto as anteriores, mas decidi não copiar mais. Na minha poesia eu felicitava a vovó, desejava-lhe muitos anos de vida, e terminava assim:

Faremos tudo para consolar-te
E como à nossa mãe vamos amar-te.

Achei que não estava nada mau, mas o último verso estranhamente feria-me o ouvido.

— E como à nossa mãe vamos amar-te — repetia eu pelo nariz. — Que outra rima posso achar, em vez de "amar-te"? Arte? Parte? Ah, está bom assim! De qualquer modo, são melhores do que os de Karl Ivânytch.

E copiei o último verso. Depois, na minha cama, li em voz alta o poema, com gestos e sentimento. Alguns versos estavam totalmente fora da métrica, mas não me importei com isso. O último, porém, me aborreceu ainda mais do que antes. Sentei-me na cama e fiquei pensativo.

Por que escrevi "como à nossa mãe"? Mamãe não está aqui, não havia necessidade de mencioná-la. É verdade que amo e respeito a vovó, mas é diferente... Por que escrevi aquilo, por que menti? É certo que são apenas versos, mas, mesmo assim, não devia ter feito isso.

Nesse instante entrou o alfaiate trazendo nossos trajes novos.

— Bom, não há nada a fazer! – disse eu impaciente e, enfiando os versos debaixo do travesseiro, fui correndo provar as roupas novas.

As roupas moscovitas me caíram maravilhosamente. Os casacos marrons com botões de bronze eram justos, e não como nos faziam na aldeia, bem folgados, para servirem enquanto fôssemos crescendo; as calças pretas também eram apertadas, deixavam ver os músculos e caíam bem sobre as botas.

"Até que enfim tenho calças com presilhas, calças de verdade", exclamei, estourando de alegria e examinando por todos os lados as minhas pernas. Embora a nova roupa estivesse muito apertada e incômoda, ocultei isso de todos dizendo que, pelo contrário, estava me sentindo confortável e, se houvesse um defeito naquela roupa, seria apenas que estava um pouquinho folgada. Depois disso fiquei muito tempo diante do espelho penteando meus cabelos, que havia untado generosamente com brilhantina. Mas, por mais que me esforçasse, não havia meio de abaixar o redemoinho no cocuruto, pois, quando eu parava de comprimi-lo com a escova, testando sua obediência, os cabelos se eriçavam para todos os lados, conferindo ao meu rosto uma expressão das mais engraçadas.

Karl Ivânytch se vestia no outro quarto. Do outro lado da sala de aula vi que lhe levaram um fraque azul e umas coisas brancas. Junto à porta que dava para o andar de baixo ouvi a voz de uma das camareiras de vovó. Saí para ver o que ela queria. A moça tinha nas mãos um peitilho duro de goma e me disse que era para Karl Ivânytch, e que ela não dormira a noite toda para conseguir lavá-lo a tempo. Tomei a incumbência de levá-lo a ele e perguntei à camareira se vovó já havia se levantado.

— Como não! A senhora já tomou o café e o arcipreste já chegou. Como o senhor está bonitão! – acrescentou ela com um sorriso, admirando minha roupa nova.

Essa observação me fez corar. Girei sobre um calcanhar, estalei os dedos e saltitei, desejando com isso demonstrar que ela ainda não vira nada.

Quando levei o peitilho para Karl Ivânytch, este já não precisava mais dele, pois havia colocado outro e estava dando um pomposo laço na gravata, inclinado diante do espelhinho que havia sobre a mesa e experimentando para ver se seu queixo recém-barbeado se movia livremente dentro da gravata. Depois de esticar nossos trajes para todos os lados e de pedir a Nikolai que fizesse o mesmo com o seu, ele nos conduziu para ver a vovó. Acho engraçado quando me lembro de como nós três estávamos cheirando a brilhantina quando descemos a escada.

Karl Ivânytch carregava nas mãos uma caixinha de sua fabricação; Volódia levava o desenho e eu, a poesia. Cada um tinha na ponta da língua uma saudação para quando fosse entregar o presente. No instante em que Karl Ivânytch abriu a porta do salão, o sacerdote vestia a casula e soaram as primeiras frases das orações.

Vovó já estava no salão. Meio encurvada, apoiando-se no espaldar de uma cadeira, estava de pé junto a uma parede, rezando com fervor. A seu lado se encontrava meu pai. Ele se virou para nós e sorriu ao notar que escondíamos às pressas atrás das costas os presentes que havíamos preparado. Tentando não ser percebidos, ficamos parados perto da porta. Todo o efeito da surpresa, que esperávamos, foi perdido.

Quando todos começaram a desfilar diante da cruz, de repente senti que estava dominado por uma timidez insuperável e, sentindo que nunca teria coragem de entregar meu presente, me escondi atrás de Karl Ivânytch. Este, após cumprimentar minha avó com as expressões mais rebuscadas, passou sua caixinha da mão direita para a esquerda e a entregou à aniversariante, afastando-se em seguida para dar lugar a Volódia. Vovó pareceu ficar maravilhada com a caixinha enfeitada com galões dourados e expressou sua gratidão com o mais carinhoso sorriso. Mas podia-se perceber que ela não sabia onde colocar o presente e talvez por isso tenha chamado meu pai para ver com que arte ele fora feito.

Satisfeita sua curiosidade, papai passou-o ao padre, que também pareceu gostar muito do pequeno objeto e, balançando a cabeça, olhava com curiosidade ora para a caixinha, ora para o artista que fizera aquele objeto tão maravilhoso.

Volódia entregou seu retrato do turco e também mereceu os melhores elogios, vindos de todos os lados. Chegou também a minha vez e vovó virou-se para mim com um sorriso encorajador.

Quem já sentiu timidez sabe que essa sensação aumenta na razão direta do tempo, e a capacidade de tomar decisão diminui na razão inversa, ou seja, quanto mais dura a situação, mais difícil se torna vencer a timidez e menor fica a capacidade de tomar uma decisão.

Os últimos resquícios de coragem e decisão me abandonaram enquanto Karl Ivânytch e Volódia estavam entregando seus presentes e minha timidez chegou ao auge: eu sentia o sangue subir à cabeça, meu rosto mudar de cor a cada instante e brotarem grossas gotas de suor na minha testa e no meu nariz. Minhas orelhas queimavam, e por todo o corpo eu sentia tremor e transpiração. Fiquei imobilizado no lugar, pisando ora com um pé, ora com o outro.

– Vamos lá, Nikólenka, mostre o que tem aí. É uma caixinha ou um desenho? – perguntou papai.

Eu não tinha saída: com a mão trêmula, entreguei meu fatal rolinho de papel amassado. Mas a voz se negou de todo a me obedecer e fiquei calado, imóvel diante da vovó. Não podia me refazer do horrível pensamento de que, em vez do esperado desenho, diante de todos seriam lidos meus horríveis versos com as palavras "E como à nossa mãe vamos amar-te", que seriam a prova clara de que eu nunca a amei e de que já a havia esquecido. Como descrever meu sofrimento quando vovó começou a ler em voz alta minha poesia e, sem entender, ela parava no meio do verso, com um sorriso que eu interpretava como caçoada, e olhava para o meu pai, ou quando ela não lia da maneira que eu desejava, ou ainda quando, alegando fraqueza da vista, passou o papel para o papai e pediu que ele lesse desde o princípio? Achei que ela fizera isso porque se cansara de ler versos tão ruins e tortos, e para que meu pai pudesse ler pessoalmente o último verso, que mostrava com tanta clareza quão insensível eu era, e também porque esperava que ele fosse esfregar aqueles versos no meu nariz e dizer: "Menino mau, não esqueça a sua mãe... Por causa disso, tome!". Mas nada disso aconteceu; ao contrário, terminada a leitura, vovó disse: "*Charmant*"⁴⁵, e me beijou na testa. A caixinha, o retrato e a poesia foram colocados, ao lado de dois lenços de cambraia e de uma tabaqueira com o retrato de *maman*, na mesinha embutida na poltrona voltairiana onde vovó costumava se sentar.

— A princesa⁴⁶ Varvara Iliínitchna — anunciou um dos dois imensos lacaios que costumavam ir atrás na carruagem de vovó.

Vovó estava pensativa olhando para o retrato gravado na tabaqueira de casco de tartaruga e não respondeu.

— Deseja que a faça entrar, Excelência? — perguntou o lacaio.

Capítulo XVII

A princesa Kornakova

— Mande entrar — disse vovó, acomodando-se no fundo da poltrona.

A princesa era uma mulher de uns quarenta e cinco anos, pequena, mirrada, seca e biliosa, com olhinhos desagradáveis de um verde-acinzentado, cuja expressão contradizia com nitidez sua boquinha artificialmente humilde. Sob o chapeuzinho de veludo com uma pluma de avestruz podiam-se ver cabelos claros, meio ruivos; as sobrancelhas e os cílios pareciam ainda mais claros e ruivos em contraste com o tom doentio de sua pele. Apesar disso, graças à desenvoltura dos seus movimentos, às suas minúsculas mãos e a uma secura peculiar em todos os seus traços, sua aparência geral tinha algo de aristocrático e enérgico.

---

45. Encantador. (N.A.)

46. Príncipe (e princesa) é a forma como tradicionalmente se traduz no Ocidente o mais elevado título nobiliárquico russo (em russo *kniaz'*, *kniaguínia*, etimologicamente aparentado com o alemão *König* e o inglês *king*). Corresponde aproximadamente ao de duque. Não se refere a príncipes e princesas da casa real ou herdeiros do trono, pois estes se chamam tsarévitch e tsarevna (filho e filha do tsar). (N.T.)

A princesa falava muito e era daquele tipo de pessoa que quando fala parece estar sempre respondendo a objeções, embora ninguém tivesse dito nada. Ora ela elevava a voz, ora a baixava aos poucos e, de repente, recomeçava a falar com nova vivacidade, olhando para os presentes que não participavam da conversa, como que buscando o seu apoio.

Apesar de a princesa ter beijado a mão da vovó e de chamá-la o tempo todo de *ma bonne tante*[47], notei que vovó estava aborrecida com a presença dela e elevou a sobrancelha de um modo peculiar ao ouvi-la contar por que razão o príncipe Mikhailo não tivera a menor possibilidade de vir pessoalmente cumprimentá-la, embora desejasse muitíssimo fazê-lo. Respondendo em russo ao discurso em francês da princesa, vovó disse, acentuando as palavras:

– Fico muito grata, minha querida, por sua atenção. E, se o príncipe Mikhailo não pôde vir, para que falar sobre isso? Ele é um homem muito ocupado. E depois, que prazer ele teria de ficar sentado, conversando com uma velha?

E, sem dar tempo à princesa de contestar suas palavras, ela continuou:

– E então, como vão seus filhinhos, minha querida?

– Ah, graças a Deus, *ma tante*, estão crescendo, estudam, fazem travessuras. Especialmente Étienne[48], o mais velho, está tão travesso que ninguém pode com ele. Mas, em compensação, é inteligente, *un garçon qui promet*[49]. Você faz ideia, *mon cousin*[50], você pode imaginar o que foi que ele fez há poucos dias... – continuou ela, dirigindo-se ao meu pai, porque vovó, sem se interessar nem um pouco pelos filhos da princesa e querendo gabar-se dos seus netos, pegou com cuidado meu poema de debaixo da caixinha e começou a abri-lo.

Inclinando-se para papai, a princesa começou a lhe contar algo com grande animação. Quando terminou a narrativa, que

---

47. Minha boa tia. (N.A.)

48. Segundo os costumes da nobreza russa, a princesa chama o filho pelo nome francês Étienne, que corresponde ao russo Stepan e ao português Estevão. (N.T.)

49. Um rapaz promissor. (N.A.)

50. Meu primo. (N.A.)

eu não ouvi, ela deu uma risada e disse, olhando para o rosto de papai com ar de interrogação:

– E então, que acha do menino, *mon cousin*? Ele merecia uma surra, mas sua travessura foi tão inteligente e engraçada que eu o perdoei, *mon cousin*.

A princesa continuou a sorrir sem dizer nada, olhando para a vovó.

– Por acaso você bate nos seus filhos, minha querida? – perguntou vovó, erguendo significativamente as sobrancelhas e acentuando em especial a palavra *bate*.

– Ah, *ma bonne tante* – respondeu a princesa com uma voz de boazinha, lançando um rápido olhar para papai –, eu conheço sua opinião a esse respeito, mas permita-me discordar apenas nisso. Por mais que tenha lido sobre o tema e pedido conselhos, a experiência me convenceu da necessidade de usar o medo com as crianças. Para conseguir alguma coisa das crianças é necessário usar o medo, não é, *mon cousin*? E o que, *je vous demande un peu*[51], as crianças temem mais do que um chicote?

Dito isso, ela olhou com ar de interrogação para nós, e confesso que fiquei um pouco encabulado.

– Digam o que quiserem, mas um menino, até os doze anos e mesmo até os catorze, ainda é uma criança; com as meninas é diferente.

"Que sorte não ser filho dela", pensei.

– É, isso é muito bom, minha querida – disse vovó, dobrando o meu poema e colocando-o debaixo da caixinha, como se, após o que escutara, achasse que a princesa não era digna de ouvir uma obra como aquela –, isso é muito bom, mas, por favor, apenas me diga que sentimentos delicados você pode esperar de seus filhos depois disso?

E, como se considerasse esse argumento irrefutável, para encerrar a conversa vovó acrescentou:

– Aliás, cada um pode ter uma opinião pessoal sobre esse assunto.

A princesa não respondeu, apenas deu um sorriso condescendente, para mostrar que perdoava aqueles estranhos preconceitos em uma pessoa a quem respeitava tanto.

---

51. Eu lhe pergunto. (N.A.)

– Ah, apresente-me os seus jovens – disse ela, olhando para nós e sorrindo de maneira amistosa.

Ficamos de pé e cravamos os olhos no rosto da princesa, sem ter a mínima ideia do que deveríamos fazer para demonstrar que estávamos apresentados.

– Vamos, beijem a mão da princesa – disse papai.

– Peço-lhe que ame esta tia velha – disse ela, beijando os cabelos de Volódia. – Embora eu seja uma parenta distante, o que vale são as relações de amizade, e não o grau de parentesco – acrescentou, visando especialmente a vovó.

Só que esta ainda estava desgostosa com ela e respondeu:

– Ora, minha querida, por acaso hoje em dia alguém ainda dá importância a essas coisas?

– Este aqui vai ser um jovem da alta sociedade – disse papai, apontando para Volódia –, já este será um poeta – acrescentou, no momento em que eu beijava a mãozinha seca da princesa e imaginava nitidamente aquela mão segurando um chicote, embaixo do chicote um banco etc. etc.

– Qual deles? – perguntou a princesa, segurando a minha mão.

– Este aí, o menor, com redemoinho nos cabelos – respondeu papai com um sorriso alegre.

"Que mal lhe fez meu redemoinho? Será que não tem outro assunto?", pensei, afastando-me para um canto.

Meus conceitos de beleza eram muito estranhos. Até Karl Ivânytch era para mim um dos homens mais bonitos do mundo. Porém sabia perfeitamente que eu não era bonito e não estava nem um pouco enganado quanto a isso. Por esse motivo, qualquer alusão ao meu aspecto físico me ofendia dolorosamente.

Lembro-me muito bem de que certa vez, durante o almoço (eu tinha então seis anos), estava-se comentando sobre a minha aparência e *maman*, tentando encontrar algo de bom no meu rosto, dizia que meu olhar era inteligente e meu sorriso era agradável, mas, no final, cedendo às razões do meu pai e às evidências, foi obrigada a reconhecer que eu era feio. Mais tarde, quando fui lhe agradecer pelo almoço, ela fez um carinho na minha bochecha e disse:

– Fique sabendo, Nikólenka, que ninguém vai gostar de você pelo seu rosto, por isso você deve se esforçar para ser um menino bom e inteligente.

Essas palavras não só me convenceram de que eu era feio, como também de que seria um menino bom e inteligente.

Apesar disso, frequentemente eu tinha momentos de desânimo: imaginava que não existia felicidade para uma pessoa com um nariz largo, lábios grossos e olhinhos pequenos e cinzentos como os meus. Pedia a Deus que fizesse o milagre de me transformar num rapaz bonitão, e tudo que então eu possuía e mais o que viria a ter no futuro, tudo eu daria em troca de um belo rosto.

Capítulo XVIII

O príncipe Ivan Ivânytch

Quando a princesa terminou de ouvir o poema e cobriu o autor de elogios, vovó ficou mais branda, passou a falar com ela em francês, deixou de se dirigir a ela como *a senhora, minha querida*, e lhe fez um convite para que ela viesse à noite nos visitar com todos os filhos. A princesa aceitou o convite, permaneceu um pouco mais e partiu.

Muitas visitas compareceram nesse dia para cumprimentar a vovó, tantas que no pátio, perto da entrada, viam-se estacionadas várias carruagens.

– *Bonjour, chère cousine* – disse um dos visitantes, entrando na sala e beijando a mão de vovó.

Era um homem de uns setenta anos, alto, de uniforme militar, com imensas dragonas e uma grande cruz branca saindo por debaixo do colarinho. A expressão do seu rosto era calma e aberta. A liberdade e a simplicidade de seus movimentos causaram-me uma grande impressão. Apesar de lhe restar apenas um ralo semicírculo de cabelos na nuca e de que a posição do lábio superior indicasse claramente a falta de alguns dentes, seu rosto conservava ainda uma beleza incomum. Graças ao seu nobre caráter, à sua aparência, à notável coragem, ao seu parentesco com pessoas poderosas e ilustres e, sobretudo, graças à sua sorte, no final do século passado o príncipe Ivan Ivânytch, ainda na juventude, já havia feito uma brilhante carreira. Continuou no serviço ativo mas, pouco depois, sua ambição já estava satisfeita a tal ponto que não lhe restava mais nada para desejar. Desde a mais tenra juventude ele já se portava como se estivesse se preparando para ocupar o destacado lugar na sociedade em que o destino o colocou mais tarde. Por isso, embora na sua vida brilhante e um tanto ambiciosa tivessem ocorrido insucessos, desilusões e amarguras, como acontece a qualquer um, ele nem uma vez mudou o seu sempre tranquilo caráter, suas ideias elevadas ou as regras básicas da religião e da moral. Ele conquistou o respeito de todos, não tanto por sua importante posição quanto por sua coerência e firmeza. Não era um homem de grande inteligência, mas, graças à sua posição, que lhe permitia olhar de cima todas as inquietudes da vida, suas ideias eram elevadas. Era bondoso e sensível, embora frio e um pouco arrogante no trato. Isso se devia ao fato de que ocupava uma posição em que lhe era possível ajudar a muita gente e, com sua frieza, ele buscava se proteger dos pedidos infindáveis e das adulações daqueles que só queriam se aproveitar de sua influência. Porém, essa frieza era suavizada por sua cortesia benevolente de um homem *da mais alta sociedade*. Era bastante culto e tinha muita leitura, mas sua formação se limitava ao que aprendera na juventude, ou seja, no final do século passado. Havia lido tudo que de importância se escrevera na França no campo da filosofia e da retórica, conhecia a fundo as melhores obras da literatura francesa, podendo citar passagens de Racine, Corneille, Boileau, Molière, Montaigne e Fénelon, o que fazia com frequência e prazer. Era brilhante no conhecimento da mitologia, estudou com proveito os épicos clássicos em traduções francesas e sabia bastante história por meio das obras de Ségur. Mas não tinha nenhuma noção de matemática, além da aritmética, nem de física, e desconhecia a literatura contemporânea: numa conversa ele podia calar-se educadamente ou proferir algumas frases gerais sobre Goethe, Schiller ou Byron, cujas obras nunca havia lido.

Apesar dessa educação clássica francesa, de que hoje em dia existem tão poucos representantes, sua conversa era simples, e essa simplicidade encobria seu desconhecimento de algumas áreas e também lhe conferia um tom agradável e tolerante. Era grande inimigo de qualquer tipo de originalidade, pois a considerava um subterfúgio de pessoas sem finura. Não podia viver sem a alta sociedade e a frequentava onde quer que estivesse. Em Moscou ou no exterior sempre viveu de portas abertas e em certos dias da semana recebia a cidade inteira em sua casa. Sua posição em Moscou era tal que um convite escrito por sua mão valia como um passaporte para todos os salões; muitas senhoras jovens lhe ofereciam com prazer suas bochechas rosadas para que as beijasse, aparentemente com sentimentos paternais, e algumas pessoas muito importantes e da melhor sociedade ficavam indescritivelmente alegres quando eram admitidas para um jogo de cartas em sua companhia.

Para ele, restavam já poucas pessoas como a vovó, que pertenciam ao mesmo círculo e tinham a mesma educação e visão das coisas, além da mesma idade. Por isso ele valorizava particularmente essa antiga amizade e tinha-lhe sempre muito respeito.

Eu não me cansava de olhar para o príncipe: o respeito que todos lhe devotavam, as enormes dragonas, a alegria especial que vovó demonstrou ao vê-lo e o fato de que ele era o único que não a temia, tratando-a com naturalidade e até ousando chamá-la de *ma cousine*, provocou em mim um respeito igual, se não maior, do que aquele que eu sentia por minha avó. Quando lhe mostraram meus versos, ele me chamou e disse:

– Quem sabe, *ma cousine*, talvez este venha a ser um segundo Derjávin?

E beliscou com tanta força a minha bochecha que eu só não gritei porque interpretei aquilo como um carinho.

As visitas se foram, papai e Volódia saíram e no salão ficamos somente o príncipe, a vovó e eu.

– Por que a nossa querida Natália Nikoláevna não veio? – perguntou de repente o príncipe Ivan Ivânytch, depois de um instante de silêncio.

– Ah, *mon cher* – respondeu vovó baixando a voz e colocando a mão na manga do uniforme dele –, ela viria com certeza, se fosse livre para fazer o que quisesse. Segundo o que ela me escreveu, Pierre teria sugerido que ela viesse, mas ela mesma se recusou, porque parece que não tiveram lucro nenhum este ano. E disse ainda: "Além disso, não há nenhuma razão para que me mude este ano para Moscou. Liúbotchka é ainda muito pequena; quanto aos meninos, eles vão morar com a senhora, e fico até mais tranquila do que se ficassem comigo". Tudo isso é maravilhoso! – continuou ela num tom que demonstrava claramente que não achava nada maravilhoso. – Os meninos deveriam ter sido mandados para cá há muito tempo para aprender alguma coisa e se acostumar à vida em sociedade, pois, na aldeia, que educação eles teriam? O mais velho em breve vai fazer treze anos, o outro, onze... Você percebeu, *mon cousin*, como eles agem aqui como verdadeiros selvagens... Nem sabem como entrar num salão.

– Mas eu não entendo qual a razão dessas eternas queixas a respeito da má condição financeira. A situação dele é muito boa; Khabárovka, que pertence a Natacha, onde no nosso tempo fazíamos o nosso teatrinho e que eu conheço tão bem como a palma da minha mão, é uma esplêndida propriedade! Deve proporcionar sempre ótimo rendimento.

– Digo isto a você, que é um amigo verdadeiro – interrompeu-o minha avó, com uma expressão triste. – Acho que tudo isso são pretextos para *ele* viver aqui sozinho, perambulando por clubes e almoços e fazendo sabe-se lá o que, enquanto ela nem desconfia de nada. Você sabe que ela é bondosa como um anjo e acredita em tudo que *ele* diz. Ele lhe afirmou que era necessário trazer os filhos para Moscou e que ela deveria permanecer na aldeia sozinha, com uma governanta boba, e ela acreditou. Se ele lhe dissesse que é necessário surrar os filhos, como a princesa Varvara Iliínitchna faz, penso que ela concordaria no mesmo instante – disse vovó, virando-se na sua poltrona, com uma expressão de total desprezo. – É verdade, meu amigo – continuou vovó, após um minuto de silêncio, enxugando com um dos lenços uma lágrima –, vivo pensando que ele não é capaz de lhe dar valor e nem de compreendê-la, apesar

81

de toda a sua bondade e amor por ele e do seu esforço para esconder sua amargura. Uma coisa sei muito bem: ela não pode ser feliz com ele; e lembre-se de minhas palavras, se ele não...

Vovó cobriu o rosto com o lenço.

– Que é isso, *ma bonne amie* – disse o príncipe, censurando-a –, estou vendo que você não ficou nem um pouquinho mais sensata, está sempre se amargurando e chorando por desgraças imaginárias. Não se envergonha? Eu o conheço há muito tempo, sempre o considerei um ótimo marido, bom, atencioso e, o que é mais importante, um homem da mais alta nobreza, *un parfait honnête homme*[52].

Após ouvir sem querer essa conversa, que não deveria ter ouvido, saí da sala na ponta dos pés e muito perturbado.

Capítulo XIX

Os Ívin

– Volódia! Volódia! Os Ívin! – gritei, ao ver pela janela três meninos de jaquetas azuis com golas de castor que, seguindo seu jovem e elegante preceptor, atravessavam a rua em direção à nossa casa.

Os Ívin eram nossos parentes e regulavam em idade conosco. Pouco depois de nossa chegada a Moscou, fomos apresentados e ficamos amigos.

O do meio, Serioja, era moreno, tinha cabelo crespo e narizinho arrebitado e atrevido. Tinha lábios vermelhos que quase nunca cobriam toda a fileira superior de dentes alvos, um pouco salientes, maravilhosos olhos azul-escuros e uma expressão de extraordinária vivacidade no rosto. Nunca sorria: ou olhava completamente sério, ou ria abertamente, soltando gargalhadas sonoras, nítidas e muito atraentes.

Logo à primeira vista fiquei muito impressionado com sua beleza peculiar e ele passou a exercer sobre mim uma atração irresistível. Só de vê-lo eu ficava feliz, e durante algum

---

52. Um perfeito homem de bem. (N.A.)

tempo todas as forças do meu ser ficaram concentradas nesse enlevo. Se passava três ou quatro dias sem vê-lo, sentia saudades e me entristecia a ponto de chorar. Dormindo ou acordado, todos meus sonhos eram com ele. Quando ia dormir, meu desejo era sonhar com ele e, de olhos fechados, via-o diante de mim. Embalava essa visão como o deleite mais sublime. Nunca ousaria confiar a ninguém esse meu sentimento, de tão precioso que era para mim. Talvez porque ele se incomodasse por sentir meu olhar inquieto fitando-lhe o tempo todo, ou apenas porque não sentisse por mim nenhuma simpatia, ele preferia claramente conversar ou brincar com Volódia. Mas eu ficava satisfeito, não desejava nem exigia nada, e estava pronto a sacrificar tudo por ele.

Além da atração apaixonada que ele exercia sobre mim, sua presença me despertava ainda outro sentimento, não menos forte: o medo de aborrecê-lo, de ofendê-lo, de não agradá-lo. Talvez fosse porque seu rosto tinha aquela expressão arrogante, ou porque, devido ao fato de eu desprezar minha aparência, eu valorizava exageradamente a beleza alheia, ou então, o que é mais provável, porque aquilo fosse um sinal inequívoco de amor: em relação a ele eu sentia tanto medo quanto amor.

Na primeira vez que Serioja falou comigo, fiquei tão perturbado com aquela felicidade inesperada que empalideci, corei e não consegui responder nada. Quando ficava pensativo, ele tinha o feio costume de fixar o olhar em um ponto e piscar sem parar, ao mesmo tempo em que levantava o nariz e as sobrancelhas. Era opinião geral que esse costume o enfeava muito, mas, para mim, era uma coisa tão simpática que sem notar me acostumei a fazer a mesma coisa e, alguns dias depois de tê-lo conhecido, vovó me perguntou se meus olhos estavam doendo, porque eu estava piscando como uma coruja. Nós nunca trocamos nenhuma palavra afetuosa, mas ele sentia seu poder sobre mim e inconscientemente, embora com tirania, utilizava-o nas nossas brincadeiras infantis; quanto a mim, por mais que desejasse expressar-lhe tudo que guardava na alma, temia-o demais para decidir-me por uma declaração e me esforçava por parecer indiferente, submetendo-me a ele em silêncio. Às vezes sua influência me parecia pesada e insuportável, mas livrar-me dela estava além das minhas forças.

Fico triste quando me lembro desse sentimento puro e maravilhoso, desse amor desinteressado e sem limites, que morreu sem ter se manifestado ou ser correspondido.

É estranho: quando eu era criança, esforçava-me para ser igual às pessoas grandes, mas, desde que me tornei adulto, muitas vezes desejei ser como as crianças. No meu relacionamento com Serioja, quantas vezes o desejo de não parecer criança reprimiu o sentimento que estava prestes a manifestar-se, obrigando-me a agir com hipocrisia. Não só não ousava beijá-lo, o que às vezes eu desejava muito, ou dar-lhe a mão e dizer o quanto estava feliz em vê-lo, como também nem ao menos conseguia chamá-lo de Serioja, e sim de Serguei, como ficara estabelecido entre nós. Qualquer manifestação de sentimentalismo era sinal de criancice e de que aquele que se permitisse agir assim não passava de um *pirralho*. Sem ter ainda passado pelas experiências amargas que forçam os adultos a serem cautelosos e frios nas relações pessoais, nós nos privávamos dos prazeres puros da terna amizade infantil apenas pelo estranho desejo de imitar as *pessoas grandes*.

Recebi os Ívin na sala dos lacaios, cumprimentei-os e desci correndo para avisar a vovó que os Ívin haviam chegado, com a certeza estampada no meu rosto de que aquela notícia deveria enchê-la de felicidade. Depois os segui até o salão sem tirar os olhos de Serioja, observando todos os seus movimentos. Enquanto vovó comentava o quanto ele havia crescido, fitando-o com seus olhos perspicazes, eu sentia aquele pavor e aquela esperança que os artistas devem experimentar quando aguardam o julgamento de sua obra feito por um juiz digno de respeito.

Herr Frost, o jovem preceptor dos Ívin, com permissão de vovó, levou-nos para o jardim, sentou-se num banco verde, cruzou artisticamente as pernas, colocou entre elas sua bengala de castão de bronze e ficou fumando um charuto, com ar de uma pessoa muito satisfeita com seus atos.

Herr Frost era alemão, mas um alemão completamente diferente do nosso bondoso Karl Ivânytch. Em primeiro lugar, falava o russo com correção; falava francês com sotaque e tinha, sobretudo entre as damas, a fama de ser muito culto; em segundo, tinha bigodes ruivos e usava um grande alfinete de gravata com um rubi, preso a uma echarpe de cetim preto, cujas pontas ele enfiava por baixo dos suspensórios; usava calças azul-claras com presilhas, de um tecido em *dégradé*. Em terceiro lugar, era jovem, bonito, seguro de si, com os músculos das pernas muito bem torneados e vistosos. Podia-se ver que ele dava um especial valor a essa última característica, pois considerava que ela exercia uma atração irresistível sobre o sexo feminino e, provavelmente por isso, exibia suas pernas do modo mais visível, movimentando, sentado ou em pé, os músculos de sua panturrilha. Era um exemplo do russo descendente de alemão, com pretensões a atleta e conquistador.

Estávamos nos divertindo muito no jardim. A brincadeira de bandoleiro estava indo muito bem, mas um incidente quase estragou tudo. Serioja era um bandoleiro e, quando corria atrás de uns viajantes, tropeçou e bateu com um joelho numa árvore. O choque foi tão forte que pensei que ele tinha se quebrado todo. Embora eu fosse um policial e devesse capturá-lo, aproximei-me com solidariedade e perguntei se ele estava sentindo dor. Serioja ficou furioso comigo, cerrou os punhos, bateu com o pé e gritou para mim, com uma voz que evidenciava que ele havia se machucado e estava sentindo dor:

– Mas o que é isso? Agora a brincadeira acabou! Por que não me prende? Por que não me prende? – repetiu ele algumas vezes, olhando com o rabo do olho para Volódia e para seu irmão mais velho, que faziam o papel de viajantes e corriam saltitando pela estradinha. De repente ele soltou um guincho e, com uma risada alta, correu para assaltá-los.

Não consigo expressar como me surpreendeu e fascinou essa atitude heroica – apesar da dor terrível, ele não só não chorou como sequer demonstrou que sentia dor, e nem por um minuto esqueceu a brincadeira.

Algum tempo depois, quando ao nosso grupo se uniu Ilinka[53] Grap e antes do almoço nós fomos para o andar de

---

53. Diminutivo de Iliá (Elias). (N.T.)

cima, Serioja teve oportunidade de me surpreender e cativar ainda mais com sua admirável coragem e firmeza de caráter.

Ilinka Grap era filho de um estrangeiro pobre que vivera uma certa época na casa do meu avô e achava que lhe devia obrigação. Ele considerava seu estrito dever mandar o filho nos visitar com frequência. Se supunha que a proximidade conosco poderia trazer alguma honra ou prazer ao filho, enganava-se redondamente, pois não apenas não tínhamos amizade por seu filho como só prestávamos atenção nele se desejávamos rir às suas custas. Ilinka Grap era um menino de treze anos, magro, alto, pálido, com uma cara de passarinho e uma expressão submissa e cândida. Estava sempre pobremente vestido, mas, em compensação, passava tanta brilhantina nos cabelos que nós dizíamos que num dia de sol provavelmente a brilhantina iria derreter e escorrer para dentro de sua jaqueta. Agora, quando me lembro dele, acho que era um menino muito quieto, bom e prestativo, mas naquele tempo ele me parecia uma criatura tão desprezível que não merecia compaixão e nem mesmo que se pensasse nele.

Depois que paramos de brincar de salteadores, fomos para cima e iniciamos uma brincadeira agitada e ruidosa e nos pusemos a nos exibir diante dos demais com várias façanhas de ginástica. Ilinka nos olhava com um sorriso tímido e admirado e, quando lhe propúnhamos tentar fazer o mesmo, recusava-se, dizendo que não era forte o suficiente. Serioja estava simpaticíssimo. Ele havia tirado a jaqueta e tinha o rosto e os olhos fulgurantes. Soltando a todo instante gargalhadas, inventava novas travessuras: saltou por cima de três cadeiras enfileiradas, rolou como uma roda por toda a sala, plantou bananeira sobre o dicionário de Tatíschev, colocado no meio da sala para lhe servir de pedestal, e fazia com as pernas movimentos tão engraçados que não conseguíamos parar de rir. Depois dessa última brincadeira, ficou pensativo e começou a piscar; de repente aproximou-se de Ilinka com o rosto todo sério e disse:

– Tente fazer isso. Garanto que não é difícil.

Percebendo que a atenção de todos estava voltada para si, Grap ficou vermelho e disse, com uma voz quase inaudível, que não era capaz de fazer aquilo.

– Mas afinal o que é isto? Por que ele não quer nos mostrar nada? É uma menina ou o quê? Tem de plantar bananeira – e Serioja puxou-o pelo braço.

– Vai plantar bananeira, vai plantar bananeira! – gritávamos, cercando Ilinka, que estava pálido e assustado, enquanto o puxávamos pelo braço em direção ao dicionário.

– Soltem-me que eu vou sozinho! Vão rasgar a minha jaqueta! – gritava o infeliz. Mas esses gritos desesperados aumentavam a nossa sanha e nos matavam de rir. As costuras de sua jaqueta verde estalavam.

Volódia e o mais velho dos Ívin abaixaram a cabeça dele e a encostaram no dicionário; eu e Serioja agarramos o pobre menino pelas pernas fininhas, que ele agitava em todas as direções, arregaçamos as pernas das calças até os joelhos e, rindo, as atiramos para o alto. O caçula dos Ívin segurava-o pelo tronco para mantê-lo equilibrado.

O que se passou em seguida foi que, de repente, depois das risadas barulhentas, nós todos nos calamos e no quarto fez-se um silêncio total, e a única coisa que se ouvia era a pesada respiração do infeliz Grap. Naquele momento eu não estava completamente convencido de que aquilo que fazíamos era engraçado e alegre.

– Agora sim, mostrou que é valente – disse Serioja, dando um tapinha em Ilinka.

O menino estava calado e esperneava, tentando se libertar. Num desses movimentos desesperados ele bateu com tanta força o tacão do sapato num olho de Serioja que este largou na hora as pernas dele e tapou com a mão o olho, do qual escorriam lágrimas abundantes, e empurrou Ilinka com toda a força. Mas nós já não o estávamos segurando, e o menino desabou no chão como um corpo sem vida. Devido ao choro, ele apenas foi capaz de dizer:

– Por que vocês me tiranizam assim?

A deplorável figura do pobre Ilinka com o rosto lacrimoso, cabelos arrepiados e calças arregaçadas, deixando à mostra as botas sujas, nos deixou perplexos. Permanecemos calados, tentando dar um sorriso forçado.

O primeiro a recobrar o autocontrole foi Serioja.

– Que mulherzinha! Chorão! – disse ele, roçando-o de leve com o pé. – Não se pode brincar com ele... Já chega, levante-se.

– Eu disse a eles que você é um moleque malvado – falou furioso Ilinka, e, dando as costas, pôs-se a soluçar alto.

– Ah! Bate com o tacão e ainda xinga! – gritou Serioja, pegando o dicionário e agitando-o sobre a cabeça do infeliz, que nem pensou em se defender e apenas cobria a cabeça com as mãos.

– Toma! Toma! Vamos largar ele aqui, já que não entende uma brincadeira. Vamos lá para baixo – disse Serioja, rindo forçado.

Eu olhava com pena para o pobre coitado, que chorava deitado no chão, escondendo o rosto nos dicionários. Parecia que estava prestes a morrer das convulsões que lhe sacudiam o corpo.

– Mas você, hein, Serioja? – disse-lhe eu. – Por que fez isso com ele?

– Ainda pergunta? Eu não chorei, parece, hoje cedo, quando cortei minha perna quase até o osso.

"É verdade", pensei. "Ilinka não passa de um chorão, já Serioja é muito valente... Como é valente!"

Não entendi que provavelmente o pobre menino havia chorado não tanto por causa da dor física, quanto pela ideia de que cinco meninos, de quem talvez ele gostasse, sem nenhum motivo combinaram que iriam odiá-lo e expulsá-lo.

Não consigo rigorosamente explicar para mim mesmo a crueldade do meu procedimento. Por que não me aproximei dele, não o defendi e consolei? Onde fora parar o sentimento de compaixão que às vezes me fazia chorar em torrentes quando via um filhote de gralha que caíra do ninho e que estavam levando para atirar fora, por cima da cerca, ou uma galinha que o cozinheiro ia matar para a sopa?

Será possível que esse sentimento maravilhoso fora sufocado em mim pelo meu amor por Serioja e pelo desejo de parecer tão valente quanto ele? Quão pouco invejáveis foram esse amor e esse desejo de parecer valente! Eles causaram as únicas manchas negras nas páginas de minhas recordações infantis.

Capítulo XX

Chegam os convidados

A julgar pela movimentação incomum no bufê, pela viva iluminação, que conferia um aspecto novo a todos os objetos conhecidos da sala de estar e do salão e, em especial, pelo fato de que o príncipe Ivan Ivânytch havia enviado seus músicos, era esperado um número grande de convidados para a festa.

Ao ruído de cada carruagem que passava em frente à nossa casa eu corria para a janela, colocava as palmas das mãos nas têmporas e no vidro e olhava para a rua com curiosidade impaciente. Na escuridão que cobria tudo lá fora pouco a pouco surgiam: uma lojinha conhecida com seu lampião, na calçada em frente; uma mansão com duas janelas iluminadas no andar térreo; no meio da rua, um coche de aluguel com dois passageiros; e uma caleche vazia que voltava sem pressa para casa.

De repente, uma carruagem parou diante de nossa entrada e, certo de que eram os Ívin, que haviam prometido vir cedo, corri para encontrá-los no vestíbulo. Em vez dos Ívin, a mão de um lacaio de libré abriu a porta e surgiram duas pessoas do sexo feminino. Uma era grande, vestida com um mantô azul com gola de zibelina, e a outra era pequena e estava enrolada num xale verde, debaixo do qual só se viam suas botinhas forradas de pele.

Sem prestar a mínima atenção à minha presença no vestíbulo, embora eu tenha me inclinado para saudá-las, como pensei que era o meu dever, a pequena se aproximou da grande e ficou calada diante dela. A maior desenrolou o xale que cobria toda a cabeça da pequena, desabotoou-lhe o mantô e, quando o lacaio de libré recebeu todas essas coisas para guardar e tirou-lhe as botinhas de pele, daquela figura agasalhada surgiu uma linda menina de doze anos, com um vestido curto e decotado de musselina, calções brancos e minúsculos sapatinhos pretos. No pescocinho branco ela trazia uma fita de veludo negro. A cabeça era completamente coberta por cachinhos louro-escuros que casavam muito bem com o lindo rostinho e, atrás, com os pequenos ombros nus. Eu não acreditaria em ninguém, nem mesmo em Karl Ivânytch, se dissesse que seus cabelos estavam encaracolados daquele jeito porque desde de manhã foram enrolados em pedacinhos do *Notícias de Moscou* e depois prensados com pinças quentes. Parecia que ela havia nascido com aquela cabeça cacheada.

Uma característica impressionante daquele rosto eram os olhos, de tamanho incomum, saltados e semicerrados, que contrastavam de maneira estranha, embora agradável, com a minúscula boquinha. Os lábios fechados, os olhos que fitavam com seriedade, tudo isso dava a seu rosto uma expressão tal que não se esperava dela um sorriso, mas, quando este surgia, era, por isso mesmo, mais encantador ainda.

Procurando passar despercebido, esgueirei-me pela porta da sala e fiquei andando de um lado para o outro, fingindo que estava mergulhado em meus pensamentos e que nem havia percebido a chegada das convidadas. Quando as visitas já estavam no meio da sala, fiz de conta que despertara. Perfilei-me e informei-as que vovó estava na sala de visitas. A senhora Valákhova, cujo rosto me agradou muito, especialmente porque encontrei nele muita semelhança com o de sua filha Sônetchka[54], fez-me uma afetuosa saudação com a cabeça.

Segundo me pareceu, vovó ficou muito feliz ao ver Sônetchka. Chamou-a para perto de si, ajeitou um cachinho que caíra na sua testa e, olhando fixamente para o seu rosto, disse:

– *Quelle charmante enfant!*[55]

Sônetchka sorriu, corou e ficou tão encantadora que eu também corei, olhando para ela.

– Espero que você não se sinta aborrecida em minha casa, queridinha – disse vovó, levantando seu queixinho. – Peço que se divirta e dance o máximo possível. Já temos uma dama e dois cavalheiros – acrescentou ela, dirigindo-se à senhora Valákhova e tocando-me com a mão.

Essa aproximação foi tão agradável para mim que me fez corar outra vez.

---

54. Diminutivo de Sônia, apelido do nome Sófia. (N.T.)
55. Que criança encantadora! (N.A.)

Senti que minha timidez aumentava e, ao ouvir o ruído de uma carruagem se aproximando, resolvi me afastar. No vestíbulo encontrei a princesa Kornakova com o filho e uma quantidade incrível de filhas. As filhas tinham todas o mesmo rosto, eram parecidas com a mãe e feias, por isso nenhuma delas chamava a atenção. Enquanto tiravam os mantôs e as capas, elas conversavam com umas vozinhas finas, alvoroçavam-se e riam por algum motivo, talvez porque fossem tantas. O irmão, Étienne, era um rapazinho de uns quinze anos, alto, encorpado, de rosto chupado, olhos encovados e grandes olheiras; tinha pés e mãos enormes para sua idade, era desajeitado e tinha uma voz desagradável e irregular, mas parecia muito satisfeito consigo mesmo e era exatamente como eu imaginava que deveria ser um menino que levava surras de chicote.

Ficamos um bom tempo um de frente para o outro sem dizer nada, observando-nos com atenção, depois nos aproximamos e parecia que pretendíamos nos beijar, mas, quando tornamos a nos olhar nos olhos, por alguma razão desistimos. Ao ouvir o farfalhar dos vestidos de suas irmãs, que passavam por nós, perguntei-lhe, como um pretexto para iniciar uma conversa, se não era muito apertado para eles dentro da carruagem.

– Não sei – respondeu ele com ar displicente. – Nunca viajo dentro da carruagem, pois basta eu entrar que começo logo a enjoar, e a mãezinha sabe disso. Quando vamos a algum lugar à tarde, sempre vou na boleia. É muito mais divertido e se vê tudo. Filipp me deixa dirigir, e às vezes uso o chicote. Quando passa algum coche ao lado – acrescentou com um gesto expressivo – é uma delícia!

– Vossa Alteza – disse um lacaio, entrando no vestíbulo –, Filipp está perguntando onde o senhor teria colocado o chicote.

– Onde eu coloquei? Eu entreguei a ele.

– Ele disse que o senhor não entregou.

– Então pendurei na lanterna.

– Filipp disse que na lanterna também não está, e seria melhor o senhor dizer que o pegou, mas perdeu, senão Filipp terá de pagar com seu dinheirinho pela sua travessura – continuou o lacaio, cada vez mais exaltado e aborrecido.

Esse lacaio, que tinha uma aparência respeitável e taciturna, parecia ter tomado a defesa de Filipp e estar decidido a esclarecer aquela questão, custasse o que custasse. Por um sentimento inconsciente de delicadeza eu me afastei, fingindo não estar notando nada, mas os lacaios presentes fizeram o contrário: aproximaram-se e ficaram olhando com ar de aprovação para o velho criado.

– Bom, se perdi, está perdido – disse Étienne, evitando dar mais explicações. – Eu pago a ele o preço do chicote. Essa é boa! – acrescentou, aproximando-se de mim e convidando-me para irmos para a sala de visitas.

– Não, com sua licença, senhor, com que vai pagar? Eu já sei como o senhor paga. Há oito meses diz que vai pagar vinte copeques a Maria Vassílievna; a mim, já são dois anos, ao Petruchka...

– Você vai se calar ou não?! – gritou o jovem príncipe, pálido de raiva. – Vou contar tudo isso!

– Vou contar, vou contar! – disse o lacaio. – Isso não está bem, Alteza! – acrescentou ele enfaticamente no momento em que nós entrávamos na sala, e foi levar os casacos para a arca.

– É isso mesmo! – disse alguém no vestíbulo.

Minha avó tinha um dom peculiar de expressar sua opinião sobre as pessoas dando um tom especial ao tratamento pessoal de segunda pessoa, tanto o formal quanto o informal. Ela usava *o senhor* e *você* ao contrário do uso geral e, saindo de seus lábios, essas palavras adquiriam significados completamente diferentes. Quando o jovem príncipe se aproximou, ela lhe dirigiu algumas palavras, tratando-o por *o senhor*, mas olhava para ele com uma expressão tão displicente que, se eu estivesse no lugar dele, teria ficado todo atrapalhado. Mas Étienne, como se viu, era um menino com uma personalidade diferente: não só não prestou a mínima atenção à recepção de vovó e à pessoa dela como saudou a sociedade presente de maneira desenvolta, ainda que desajeitada.

Sônetchka absorvia toda minha atenção. Lembro-me de que eu falava com animação, quando Volódia, Étienne e eu conversávamos no salão, num lugar em que podíamos vê-la e ela também podia nos ver e ouvir; se conseguia dizer algo engraçado ou ousado, eu o fazia bem alto e dava uma olhada para a porta da sala de visitas. Mas, no momento em que passamos para outro lugar, de onde nós não éramos vistos nem ouvidos da sala de visitas, calei-me e não achei mais graça nenhuma na conversa.

A sala de visitas e o salão aos poucos foram se enchendo de convidados, entre os quais, como sempre acontece nas festas infantis, havia algumas crianças já crescidas que não queriam deixar passar a oportunidade de dançar e se divertir, e o faziam como se estivessem apenas querendo ser agradáveis à dona da casa.

Quando chegaram os Ívin, em vez do prazer que eu sempre sentia com a chegada de Serioja, dessa vez senti uma animosidade estranha com relação a ele, porque ele iria ver Sônetchka e ser visto por ela.

Capítulo XXI

Antes da mazurca

– Oba! Vamos ter danças, pelo visto, é preciso pôr as luvas – disse Serioja, saindo da sala de visitas e tirando do bolso um par de luvas novas de pelica.

"E agora? Nós não temos luvas", pensei. "Preciso ir lá em cima procurar."

Por mais que revirasse todas as cômodas, só encontrei numa delas nossas luvas verdes de viagem, sem dedos, e em outra uma luva de pelica sem par, que não serviria, primeiro porque estava velhíssima e suja; segundo, porque era enorme para mim; e terceiro, e o mais importante, porque lhe faltava o dedo médio, que provavelmente fora cortado por Karl Ivânytch para fazer um protetor de dedo. Apesar disso, vesti aquele resto de luva e olhei com atenção para meu dedo médio, que estava sempre manchado de tinta.

– Se Natália Sávichna estivesse aqui, com certeza teria um par de luvas. Descer deste jeito eu não posso, pois, se me perguntarem por que não estou dançando, o que vou responder?

E ficar aqui também não posso, porque virão sem falta atrás de mim. O que vou fazer? – dizia eu, gesticulando.

– O que está fazendo aqui? – perguntou Volódia, entrando correndo no quarto. – Vá convidar uma dama... Já vai começar.

– Volódia – disse eu, com uma voz de desespero, mostrando a luva suja enfiada em dois dos meus dedos –, Volódia, você não se lembrou disto!

– De quê? – perguntou ele, impaciente. – Ah, das luvas? – acrescentou com total indiferença. – É verdade; é melhor perguntar à vovó o que ela acha.

E correu para baixo, sem pensar mais no assunto.

O sangue-frio com que ele encarou uma situação que me parecia tão crucial me deixou mais calmo e corri para a sala de visitas esquecendo completamente da horripilante luva que continuava na minha mão esquerda.

Aproximei-me com cautela da poltrona da vovó, puxei de leve sua mantilha e sussurrei:

– Vovó, o que vamos fazer? Nós não temos luvas!

– Que foi, querido?

– Não temos luvas – repeti, aproximando-me mais e colocando as mãos no braço da poltrona.

– E isto, o que é? – disse ela, segurando-me pelo braço esquerdo. – *Voyez, ma chère* – continuou ela, dirigindo-se à senhora Valákhina –, *voyez comme ce jeune homme s'est fait élégant pour danser avec votre fille*[56].

Vovó segurou meu braço com força, olhando com ar sério e inquiridor para os presentes, até que a curiosidade de todos ficasse satisfeita e o riso fosse geral.

Eu teria ficado muito aborrecido se Serioja tivesse me visto no momento em que eu contorcia o rosto de vergonha e em vão tentava soltar meu braço, mas na frente de Sônetchka, que deu boas risadas, a ponto de saírem lágrimas dos seus olhos e de seus cachinhos balançarem ao redor do rostinho corado, não fiquei nem um pouco constrangido. Compreendi que o riso dela era alto e espontâneo demais para ser cruel. Ao contrário: o fato de rirmos juntos olhando um para o outro deve ter nos aproximado. O episódio da luva, que poderia ter tido

---

56. Veja como este jovem se pôs elegante para dançar com sua filha. (N.A.)

um final ruim, trouxe de bom o fato de me fazer sentir mais à vontade naquele círculo da sala de visitas, que me aterrorizava sempre, e eu já não sentia nenhuma timidez ali.

O sofrimento das pessoas tímidas provém de não saberem a opinião que os outros têm delas. Assim que essa opinião, qualquer que seja, se torna conhecida, o sofrimento termina.

Como estava graciosa Sônetchka Valákhina quando dançava na minha frente a quadrilha francesa com o desajeitado príncipe! Com que encanto ela sorria quando me dava a mão na *chaîne*[57]; seus cachos louros balançavam ritmados de forma graciosa, e ela jogava os pezinhos de uma maneira ingênua no *jeté-assemblé*. Na quinta figura, quando minha dama correu para o outro lado e eu, aguardando o compasso, me preparava para fazer o solo, Sônetchka fechou os lábios com ar sério e ficou olhando para o outro lado. Mas ela não tinha motivo para temer por mim: corajosamente fiz a *chassé en avant, chassé en arrière, glissade*[58] e, no momento em que me aproximei dela, mostrei-lhe por brincadeira a luva com dois dedos espetados. Ela riu até mais não poder e deslizou com passinhos miúdos pelo salão com mais graça ainda. Lembro também que, quando fizemos uma roda e ficamos todos de mãos dadas, ela, sem soltar a minha mão, coçou o narizinho com sua luva. Agora vejo tudo isso como se estivesse diante dos meus olhos e ainda ouço a quadrilha "Donzelas do Danúbio", ao som da qual tudo isso se passou.

Começou a segunda quadrilha, que dancei com Sônetchka. Ao sentar-me ao seu lado, senti um terrível acanhamento e não tinha a menor ideia do que falar com ela. Quando meu silêncio já havia se prolongado demais, comecei a temer que ela me tomasse por um bobo e resolvi desfazer esse erro a todo custo.

– *Vous êtes une habitante de Moscou?*[59] – perguntei e, após sua resposta afirmativa, continuei: – *Et moi, je n'ai encore jamais fréquenté la capitale*[60].

---

57. Corrente (figura da quadrilha). (N.T.)
58. Figuras de dança. (N.A.)
59. A senhorita vive permanentemente em Moscou? (N.A.)
60. Quanto a mim, nunca havia visitado a capital. (N.A.)

Eu confiava especialmente no efeito da palavra *fréquenter*. Porém, sentia que, apesar do início ter sido brilhante e demonstrar meu alto conhecimento da língua francesa, eu não seria capaz de continuar a conversa naquele nível. Nossa vez de dançar ainda ia demorar e fez-se de novo o silêncio. Eu olhava preocupado para ela, tentando saber qual a impressão que causara e esperando alguma ajuda de sua parte.

– Onde você arranjou aquela luva tão engraçada? – perguntou ela de repente.

Fiquei feliz e aliviado com essa pergunta e expliquei que a luva pertencia a meu preceptor. Discorri um tanto ironicamente sobre a pessoa de Karl Ivânytch, contei como ficava engraçado quando tirava o gorro vermelho e também que certa vez ele caíra do cavalo em uma poça de água, vestido com uma jaqueta verde. Nem notamos quando a quadrilha terminou.

Tudo estava muito bom, mas por que me referi de modo tão zombeteiro a Karl Ivânytch? Será que Sônetchka mudaria a boa opinião sobre mim se o tivesse descrito com o amor e o respeito que sentia por ele?

Quando a quadrilha terminou, Sônetchka disse-me "*Merci*" com uma expressão encantadora, como se eu de fato tivesse merecido sua gratidão. Eu estava exultante, mal me continha de tanta alegria e nem me reconhecia mais: de onde tirara aquela coragem, segurança e mesmo aquela ousadia? "Não há nada que possa me embaraçar", pensava, enquanto passeava despreocupadamente pelo salão. "Estou pronto para qualquer coisa."

Serioja propôs que eu dançasse *vis-à-vis*[61] com ele.

– Está bem – falei. – Apesar de eu não ter dama, vou arranjar uma.

Percorri o salão com um olhar decidido e notei que todas as damas já estavam comprometidas para aquela dança, com exceção de uma jovem crescida que estava parada perto da porta da sala de visitas. Um rapaz alto se aproximava da moça com a intenção de convidá-la e já se encontrava a dois passos dela, enquanto eu me encontrava no lado oposto da sala. Num abrir e fechar de olhos deslizei com graciosidade

---

61. Figura em que um dançarino fica de frente para o outro. (N.T.)

pelo assoalho e transpus o espaço que me separava da jovem. Perfilei-me e, com voz firme, convidei-a para a contradança. A moça alta sorriu de maneira benevolente, deu-me a mão e o rapaz ficou sem sua dama.

Estava tão ciente do meu poder que nem prestei atenção no desgosto do rapaz. Mais tarde soube que ele perguntou quem era aquele menino de cabelo arrepiado que havia pulado na frente dele e lhe tomado a dama bem debaixo do seu nariz.

Capítulo XXII

A mazurca

O rapaz de quem eu tomei a moça alta ia formar com sua dama o primeiro par da mazurca. Ele saltou do seu lugar, de braço dado com sua parceira e, em vez de fazer o *pas de Basques*[62] que Mimi nos havia ensinado, simplesmente correu para a frente. Quando chegou a um canto do salão, fez uma paradinha, separou as pernas, perfilou-se batendo um tacão no outro, virou, deu uns saltinhos e continuou a correr. Como eu não tinha par para a mazurca, sentei-me atrás da poltrona de vovó e fiquei observando. "Mas o que ele está fazendo? Isso é bem diferente daquilo que Mimi nos ensinou. Ela afirmava que todos dançam a mazurca nas pontas dos pés, deslizando-os com suavidade e fazendo movimentos circulares. Mas estou vendo que dançam de uma maneira completamente diferente. Olha lá os Ívin e Étienne. Estão todos dançando, mas ninguém está fazendo *pas de basques*. Até Volódia adotou a nova maneira. E não está mal! E Sônetchka, como é bonitinha! Ela agora vai entrar...", pensava eu, sentindo-me muito contente.

A mazurca estava chegando ao fim. Alguns senhores mais idosos e algumas damas vieram despedir-se de vovó e partiram. Desviando-se dos dançarinos, os criados levavam com cuidado louças e talheres para o interior da casa. Vovó estava visivelmente cansada, sua fala estava arrastada e sem ânimo. Os músicos repetiam preguiçosamente a mesma melodia pela

---

62. Passo dos bascos (figura do balé clássico). (N.T.)

trigésima vez. A moça alta com quem eu havia dançado notou a minha presença e deu um sorriso ardiloso. Querendo, talvez, agradar à vovó, ela conduziu Sônetchka até onde eu estava, junto com uma das incontáveis princesinhas, e perguntou:

– *Rose ou hortie?*[63]

– Ah, você está aqui? – disse vovó, virando-se na sua poltrona. – Vá, queridinho, vá.

Embora naquele minuto meu desejo fosse me esconder debaixo da poltrona de vovó e não sair de lá, como eu poderia recusar? Levantei-me e disse *"rose"*, e olhei timidamente para Sônetchka. Ainda não havia caído em mim, quando senti a mão de alguém, vestida com luva branca, segurar a minha, e a princesinha, com um sorriso dos mais agradáveis, me puxou para a frente, sem de longe desconfiar que eu não tinha nem ideia do que fazer com os pés.

Eu sabia que o *pas de basques* era inapropriado e inoportuno e que eu poderia ficar completamente desmoralizado, mas os sons familiares da mazurca atingiram meus ouvidos, transmitiram um determinado estímulo aos nervos auditivos, os quais, por sua vez, o levaram para as minhas pernas. Estas começaram a executar os fatais movimentos circulares nas pontas dos pés de maneira totalmente involuntária e causando um espanto nos espectadores.

Enquanto íamos para a frente, saía-me mais ou menos, mas quando começamos a dar voltas, percebi que, se não tomasse alguma providência, fatalmente me adiantaria em relação à minha dama. Para evitar o inconveniente, dei uma paradinha, com a intenção de fazer o mesmo passo que o rapaz da primeira parelha fazia com tanta graça. Mas no instante em que afastei as pernas e já ia dar os pulinhos, a princesinha, que corria ao meu redor, ficou olhando de modo estúpido para meus pés com uma expressão de curiosidade e espanto. Esse olhar foi a minha perdição: fiquei tão desorientado que, em vez de dançar, fiquei pisoteando no mesmo lugar da maneira mais esquisita, sem ritmo ou qualquer outra coisa compreensível, e enfim parei. Todos olhavam para mim, uns com espanto,

---

63. Rosa ou urtiga? (N.A.)

outros, com curiosidade; alguns com ar de troça e outros com pena. Só vovó olhava com absoluta indiferença.

– *Il ne fallait pas danser, si vous ne savez pas!*[64] – disse meu pai com voz zangada ao meu ouvido. Afastando-me levemente, ele pegou a mão da minha dama, fez com ela uma volta à moda antiga, com ruidosos aplausos dos presentes, e a conduziu ao seu lugar. Logo depois a mazurca chegou ao fim.

Senhor! Por que me castiga dessa maneira tão terrível?

***

Todos me desprezam e vão me desprezar sempre... Está fechado para mim o caminho para tudo: a amizade, o amor, as honrarias... Tudo acabou! Por que Volódia me fez sinais que todos viram e que não podiam me ajudar? Por que essa asquerosa princesinha ficou olhando daquele jeito para minhas pernas? Por que Sônetchka... Ela é boazinha, mas por que ela ficou sorrindo o tempo todo? Por que papai ficou vermelho e me segurou pelo braço? Será que até ele ficou com vergonha de mim? Oh, isso é terrível! Se mamãe estivesse aqui, não ficaria vermelha de vergonha por causa do seu Nikólenka...

Essa doce lembrança me levou para longe. Recordei o campo diante da nossa casa, as tílias altas do jardim, o límpido laguinho sobre o qual as andorinhas esvoaçam, o céu azul, com nuvens brancas estacionadas, os perfumados montes de feno fresco e ainda muitas outras lembranças serenas e coloridas vieram à minha imaginação destroçada.

Capítulo XXIII

Depois da mazurca

Durante a ceia, o rapaz que formava o primeiro par, na mazurca, sentou-se conosco na mesa das crianças e pôs-se a me cobrir de atenções especiais, que teriam agradado ao meu amor-próprio se eu pudesse sentir alguma coisa depois da

---

64. Não era preciso dançar, se não sabia. (N.A.)

desgraça que me acontecera. Mas o rapaz parecia decidido a me alegrar a qualquer custo: fez várias brincadeiras comigo, me chamou de valente e, quando nenhum dos adultos estava olhando, enchia minha taça com vinho de diferentes garrafas e me obrigava a beber. No fim da ceia, quando o mordomo me serviu apenas um quarto de taça de champanhe de uma garrafa embrulhada num guardanapo, o rapaz insistiu para que enchesse a taça, obrigando-me a bebê-la de um trago. Senti um calor agradável em todo o corpo e uma simpatia especial pelo meu protetor, e alguma coisa me fez dar boas gargalhadas.

De repente ressoaram na sala os sons do "Grossvater"[65], e todos começaram a se levantar das mesas. A minha amizade com o rapaz terminou ali: ele foi se juntar aos adultos e eu, não ousando segui-lo, aproximei-me curioso para ouvir o que a senhora Valákhina e a filha conversavam.

– Mais meia horinha – dizia Sônetchka com ardor.

– Não podemos, meu anjo, de verdade.

– Faça isso por mim, por favor! – dizia a menina, fazendo-lhe um carinho.

– Será que você ficará feliz se eu amanhecer doente? – disse a mãe, cometendo a imprudência de sorrir.

– Ah, permitiu! Vamos ficar mais? – disse Sônetchka, pulando de alegria.

– Quem pode com você? Vá dançar, então. Aí está seu cavalheiro – disse ela, apontando para mim.

Sônetchka me deu a mão e nós corremos para o salão.

O vinho e a presença alegre de Sônetchka fizeram-me esquecer completamente o incidente desagradável da mazurca. Pus-me a executar com as pernas os passos mais engraçados: ora imitava um cavalo que trotava ou levantava as patas com elegância, ora batia os pés no chão como um carneiro que se irrita com um cachorro, e ria para valer, sem me preocupar nem um pouco com a impressão que causava nos espectadores. Sônetchka também ria sem parar. Ela riu quando nós dois girávamos de mãos dadas, riu ao ver um senhor idoso que andava muito devagar, levantando as pernas, por cima de um

---

65. O avô (em alemão). Espécie de cotilhão de origem francesa com que geralmente se encerravam as festas. (N.T.)

lenço estendido no chão, fingindo que isso era uma coisa muito difícil para ele, e quase morreu de rir quando fiquei dando pulos para lhe mostrar como eu era ágil.

Quando passei pelo escritório de vovó, dei uma olhada no espelho: meu rosto estava suado, os cabelos, desgrenhados e o redemoinho estava arrepiado como nunca. Porém meu rosto estava com uma expressão tão alegre, boa e saudável que agradou a mim mesmo. "Se eu for sempre assim, como agora, pode ser que gostem de mim", pensei.

Mas quando olhei de novo para o lindo rostinho de minha dama, vi que, além daquela expressão alegre, saudável e despreocupada que tanto havia me deixado feliz no meu rosto, ao me ver no espelho, ela tinha uma beleza suave e radiante, e isso me fez ficar aborrecido, percebendo que era uma grande tolice *eu* ter esperanças de atrair a atenção de uma criatura tão maravilhosa. Não poderia esperar ser correspondido, e nem pensava nisso, pois minha alma já tinha felicidade suficiente. Eu não compreendia que, pelo amor que enchia minha alma, poderia exigir uma felicidade ainda maior e desejar alguma coisa a mais, além de querer que aquele sentimento nunca acabasse. Para mim, o que eu tinha já era suficiente. Meu coração se agitava como uma pomba. O sangue subia e eu tinha vontade de chorar.

Quando passamos pelo corredor perto de um quartinho que havia embaixo da escada, dei uma olhada lá dentro e pensei: "Que felicidade seria se pudesse viver para sempre com ela neste quartinho escuro, sem que ninguém soubesse da nossa presença ali!".

– Estamos nos divertindo muito, não é verdade? – disse eu baixinho e com voz trêmula, apressando em seguida o passo, assustado não tanto pelo que tinha dito quanto pelo que pretendia dizer.

– É, muito! – disse ela, voltando para mim seu rostinho, com uma expressão tão boa e franca que meus temores se acabaram.

– Principalmente depois da ceia... Mas se soubesse como sinto (queria dizer "como me entristece", mas não ousei) que a senhorita daqui a pouco vá embora e não nos vejamos mais.

– Por que não nos veríamos mais? – perguntou ela, olhando fixamente para as pontas dos seus sapatos e passando o dedinho pelo biombo de treliça ao lado do qual estávamos caminhando. – Todas as terças e sextas-feiras vou com minha mãe passear no Bulevar Tverskói. Você não sai para passear?

– Vou pedir que nos levem na terça-feira sem falta e, se não deixarem, vou sozinho, sem gorro. Eu conheço o caminho.

– Sabe de uma coisa? – disse Sônetchka de repente. – Eu e alguns meninos que vão à minha casa nos tratamos por *você*. O que acha? – acrescentou ela, sacudindo a cabecinha e olhando-me diretamente nos olhos.

Nesse momento entramos no salão, onde começava outra parte, mais animada, do "Grossvater".

– Como a senhorita quiser – disse eu, num instante em que a música e o barulho poderiam abafar minhas palavras.

– Como *você* quiser, e não *a senhorita* – corrigiu-me Sônetchka, sorrindo.

O "Grossvater" terminou sem que eu tivesse sequer uma oportunidade de me dirigir a Sônetchka por *você*, apesar de mentalmente não parar de inventar frases em que essa palavra se repetia várias vezes. Mas faltava-me coragem. "Você quer? Você vem?" soavam nos meus ouvidos, causando uma espécie de embriaguez que não me deixava ouvir ou ver nada além de Sônetchka. Vi quando lhe arrumaram os cachinhos atrás das orelhas, descobrindo a testa e as têmporas, que eu ainda não tinha visto; vi quando a enrolaram no xale verde, e tão bem que só ficou de fora a pontinha do seu nariz. Notei que ela ficaria sufocada se não abrisse um buraquinho junto à boca com seus dedinhos rosados e também que, ao descer a escada atrás da mãe, ela virou-se com rapidez para nós e fez um aceno de cabeça antes de desaparecer pela porta.

Volódia, os Ívin, o jovem príncipe e eu estávamos todos apaixonados por Sônetchka e a acompanhávamos com os olhos, de pé na escada. Para quem, em especial, ela fez aquele aceno de cabeça não sei dizer, mas, naquele momento, eu estava firmemente convencido de que foi para mim.

Ao me despedir dos Ívin, troquei algumas palavras com Serioja com muita independência, e até mesmo com frieza, e apertei sua mão. Se ele compreendeu que a partir daquele dia perdera meu afeto e seu poder sobre mim, provavelmente lamentou por isso, embora se esforçasse por parecer de todo indiferente.

Essa foi a minha primeira traição amorosa, e pela primeira vez provei a doçura dessa sensação. Fiquei feliz por trocar o surrado sentimento de fidelidade constante pelo sentimento mais novo do amor misterioso e desconhecido. Além disso, deixar de amar alguém e apaixonar-se ao mesmo tempo significa amar com o dobro de intensidade.

Capítulo XXIV

Na cama

"Como pude amar Serioja com tanta paixão e por tanto tempo?", refletia eu, deitado na cama. "Não! Ele nunca entendeu nem pôde apreciar o meu amor, e não o mereceu... E Sônetchka? Como é encantadora! '*Você* quer?' 'É *você* quem começa'."

Ainda com a imagem viva de seu rostinho, fiquei de quatro na cama, cobri a cabeça com o cobertor, prendi os lados dele debaixo do meu corpo e, quando não havia mais nenhuma fresta, eu me deitei, senti um calor agradável e mergulhei em doces sonhos e recordações. Fixando os olhos no forro do cobertor, eu a via com tanta nitidez como uma hora atrás. Conversava mentalmente com ela, e nossa conversa, embora não tivesse nenhum sentido, me dava um prazer indescritível, porque apareciam sem cessar *você, para você, com você, de você*.

Esses sonhos eram tão reais que a agradável agitação não me deixava dormir, e eu tinha vontade de dividir com alguém os excessos de minha felicidade.

– Minha querida! – disse eu quase em voz alta, virando-me de maneira brusca para o outro lado. – Volódia, você está dormindo?

– Não – respondeu ele com voz sonolenta. – Por quê?

– Estou apaixonado, Volódia! Você não imagina o que está acontecendo comigo... Agora mesmo estava aqui deitado, debaixo do cobertor, e é simplesmente incrível: eu a vi com tanta clareza que até conversei com ela. E sabe o que mais? Quando estou deitado pensando nela eu fico triste, sabe-se lá por que, e tenho uma vontade terrível de chorar.

Volódia se mexeu na cama.

– Eu só tenho um desejo: ficar sempre junto dela, vê-la sempre, e nada mais – continuei. E você, Volódia, está apaixonado? Confesse, Volódia.

É estranho, mas eu desejava que todos estivessem apaixonados por Sônetchka e que todos falassem sobre isso.

– E o que você tem com isso? – disse Volódia, voltando-se para mim. – Talvez.

– Você não está com sono, está fingindo! – exclamei, ao ver, por seus olhos brilhantes, que ele não tinha a menor vontade de dormir; e, afastando meu cobertor, disse: – Vamos falar sobre ela. Não é verdade que é um encanto? Ela é tão encantadora que se me dissesse: "Nikolacha, salte da janela", ou "Jogue-se no fogo", eu juro que na mesma hora saltaria ou me jogaria no fogo, com a maior alegria. Ah, que belezura! – acrescentei, vendo-a com nitidez diante de mim. E, para me deleitar plenamente com essa visão, dei um pinote para o outro lado e cobri a cabeça com o travesseiro.

– Tenho uma vontade terrível de chorar, Volódia – continuei.

– Bobalhão! – disse ele, sorrindo.

Depois de um breve silêncio, acrescentou:

– Eu sou completamente diferente de você. Acho que, se fosse possível, primeiro gostaria de me sentar ao lado dela e conversar...

– Ah! Então você também está apaixonado? – interrompi-o.

– Depois – Volódia continuou, sorrindo com doçura –, depois eu beijaria seus dedinhos, olhinhos, sua boquinha, seu narizinho, seus pezinhos... beijaria ela inteirinha...

– Quanta besteira! – gritei, com a cabeça embaixo do travesseiro.

– Você não entende nada – disse Volódia com desprezo.

– Não, eu entendo, quem não entende nada é você, e só fala besteira – disse eu, entre lágrimas.
– Só que não precisa chorar. Você é uma verdadeira menininha!

Capítulo XXV

A carta

No dia 16 de abril, quase seis meses depois desses fatos por mim descritos, meu pai subiu à sala de estudos durante nossa aula e anunciou que naquela mesma noite nós partiríamos com ele para a aldeia. Diante dessa notícia algo oprimiu meu coração e no mesmo instante pensei na minha mãezinha. O motivo daquela partida inesperada era a seguinte carta:

Petróvskoie, 12 de abril
Apenas agora, às dez horas da noite, recebi sua bondosa carta de 3 de abril e, de acordo com meu costume, respondo-a imediatamente. Fiódor trouxe-a da cidade ainda ontem à noite, mas, como já estava tarde, entregou-a a Mimi hoje de manhã. Esta, com o pretexto de que eu estava doente e indisposta, não a entregou a mim durante todo o dia. De fato, eu estava com um pouco de febre, e reconheço que há uns quatro dias não tenho me sentido muito bem e não me levanto da cama.

Por favor, não se preocupe, meu querido, estou me sentindo bastante bem e, se Ivan Vassílievitch permitir, amanhã pretendo me levantar da cama.

Na sexta-feira da semana passada fui dar um passeio com as meninas, mas perto da saída para a estrada principal, junto daquela pontezinha que sempre me causa terror, a carruagem atolou na lama. Fazia um dia maravilhoso e inventei de caminhar até a estrada principal enquanto desatolavam a carruagem. Ao chegar à capela, senti muito cansaço e sentei para descansar; passou-se uma meia hora até que reunissem pessoas para puxar a carruagem; fiquei com frio, acima de tudo nos pés, porque estava com umas botas molhadas de solas finas.

Depois do almoço senti calor e calafrios, mas, como de hábito, continuei a caminhar e, depois do chá, sentei-me ao piano com Liúbotchka, para tocarmos a quatro mãos (você não vai reconhecê-la: ela fez grandes progressos!). Mas imagine meu espanto quando percebi que não conseguia contar os compassos! Fiz algumas tentativas de contá-los, mas minha cabeça estava completamente confusa e eu ouvia um ruído estranho nos meus ouvidos. Eu dizia: um, dois, três, depois, de repente: oito, quinze e, o que é mais importante, notava que estava errada, mas era totalmente incapaz de me corrigir. Por fim, Mimi veio em meu auxílio e quase à força me colocou na cama.

Este, meu querido, é o relato detalhado de como eu caí doente e de que a culpada fui eu mesma. No dia seguinte tive uma febre bastante alta e chegou o nosso velho e bondoso Ivan Vassílievitch, que desde então está hospedado conosco e promete me deixar sair em breve neste mundo de Deus. É um velhinho maravilhoso esse Ivan Vassílievitch! Quando eu estava delirando de febre, ele passou toda a noite sentado junto à minha cama, sem pregar o olho, e neste momento, sabendo que escrevo esta carta, está sentado com as meninas na saleta e daqui posso ouvi-lo contar para elas contos de fadas alemães, e elas morrem de rir escutando-o.

La belle Flamande[66]*, como você a chama, está hospedada aqui há duas semanas, porque a mãe dela viajou para visitar alguém. Ela demonstra o mais sincero apreço por mim com suas solicitudes e me confia seus segredos mais íntimos. Com seu lindo rosto, seu bom coração e sua juventude, poderia transformar-se numa jovem maravilhosa, em todos os sentidos, se caísse em boas mãos; mas, naquele meio em que vive, a julgar pelo que conta, ficará completamente perdida. Veio-me à cabeça que, se eu já não tivesse tantos filhos, faria uma boa ação adotando-a.*

---

66. A bela flamenga. (N.A.)

Liúbotchka queria escrever pessoalmente uma carta para você, mas já estragou três folhas de papel e disse: "Eu sei como o papai é caçoador: se eu fizer nem que seja um único errinho, ele vai mostrar para todo mundo". Kátenka continua boazinha, e Mimi, boa e aborrecida.

Agora vamos falar de coisas sérias: você escreveu que seus negócios não vão bem neste inverno e que será necessário utilizar a renda de Khabárovka. É até estranho você pedir a minha permissão. Por acaso aquilo que me pertence não pertence também a você?

Você é tão bondoso, meu querido, que, por medo de me causar desgosto, esconde de mim a situação real dos seus negócios. Mas eu adivinho: provavelmente você perdeu muito no jogo, e não fico nem um pouco amargurada por isso, juro por Deus; portanto, se é possível consertar essa situação, por favor, não pense demais sobre isso e não sofra em vão. Já me habituei a não apenas não contar com seus ganhos, em prol dos nossos filhos, como tampouco, desculpe-me por isto, com todos os seus bens. Não me alegro quando você ganha nem me entristeço quando perde.

A única coisa que me causa amargura é essa sua paixão pelo jogo, que toma de mim uma parte de sua terna dedicação e me obriga a lhe dizer essas amargas verdades, como faço agora, e Deus sabe como me é doloroso fazê-lo! Não paro de rogar a Deus apenas uma coisa: que Ele nos livre... não da pobreza (que importa a pobreza?), mas sim da terrível situação que haverá se os interesses dos nossos filhos, que serei obrigada a defender, entrarem em conflito com os nossos. Até agora Deus atendeu às minhas preces: você não transpôs aquela linha após a qual seremos obrigados ou a sacrificar os bens que já não nos pertencem, mas a nossos filhos, ou... – é terrível só de pensar, porém essa imensa infelicidade é uma ameaça constante para nós. Essa é uma pesada cruz que Deus mandou a nós dois!

Você escreve ainda sobre os filhos e retorna àquela nossa velhíssima discussão: pede que eu concorde em enviá-los a um estabelecimento de ensino. Você conhece a minha convicção contra esse tipo de educação...

Não sei, meu querido, se vai concordar comigo. Em todo caso, pelo amor que me tem, lhe imploro a sua promessa de que isso jamais acontecerá enquanto eu viver, e também após a minha morte, se for desejo de Deus nos separar.

Você me escreve que terá de fazer uma viagem a Petersburgo para tratar de nossos negócios. Vá com Deus, meu querido, vá e volte logo. Sentimos tanto a sua falta! A primavera está maravilhosa: já retiramos a porta dupla do balcão, o caminho para a estufa há quatro dias está completamente seco, os pessegueiros estão cobertos de flores e só em alguns lugares ainda há neve. Já chegaram as andorinhas e ainda há pouco Liúbotchka me trouxe as primeiras flores da primavera. O doutor diz que dentro de uns quatro dias estarei totalmente sã e poderei respirar ar puro e me aquecer ao solzinho de abril. Despeço-me aqui, meu querido, e não se preocupe, por favor, nem com a minha doença, nem com suas perdas. Termine logo seus negócios e venha com os meninos passar um verão inteiro aqui. Estou fazendo planos fantásticos de como vamos passar o verão, e só falta você para concretizá-los.

A segunda parte da carta estava em francês, escrita com letras ligadas e desiguais em outro pedacinho de papel. Traduzo-a palavra por palavra:

Não acredite no que lhe escrevi a respeito da minha doença. Ninguém desconfia o quanto ela é séria. Só eu sei que não me levantarei mais da cama. Não perca nem um minuto, venha o mais de pressa possível e traga nossos filhos. Talvez ainda consiga vê-lo e abençoar os meninos: esse é meu último desejo. Sei o duro golpe que é para você receber esta carta, mas, de todo modo, cedo ou tarde, por mim ou por outros, você receberia essa notícia. Vamos tentar enfrentar essa infelicidade com firmeza e com esperança na misericórdia de Deus, e aceitar a sua vontade.

Não pense que o que estou escrevendo sejam delírios de uma imaginação enferma. Pelo contrário, meus pensamentos estão extraordinariamente claros neste instante, e estou com toda calma. Não se console em vão com a esperança de que essas coisas sejam pressentimentos falsos e vagos de uma alma temerosa. Eu sinto, eu sei – e sei por que Deus quis que isso me fosse revelado – que me resta muito pouco tempo de vida.

Com o fim da minha existência terminará o meu amor por você e pelos filhos? Compreendi que isso é impossível. Neste momento, tenho um sentimento tão forte que é impossível pensar que esse amor, sem o qual não consigo entender minha existência, possa um dia se acabar. Minha alma não pode existir sem o amor por vocês, e sei que ela existirá para sempre, pelo simples fato de que um sentimento, como o meu amor, não poderia ter surgido se um dia tivesse de terminar.

Não estarei com vocês, mas estou firmemente convencida de que meu amor nunca os abandonará, e esse pensamento é tão caro ao meu coração que aguardo a morte que se aproxima com serenidade e sem temor.

Estou tranquila, e Deus sabe que sempre encarei a morte como a passagem para uma vida melhor. Então, por que as lágrimas estão me sufocando? Para que privar as crianças da mãe querida? Para que desferir em você esse golpe terrível e inesperado? Para que eu devo morrer, se o amor de vocês fez a minha vida infinitamente feliz?

Mas que seja feita a vontade divina.

Não consigo escrever mais por causa das lágrimas. É possível que eu não o veja mais. Agradeço a você, meu amigo do coração, por toda a felicidade com que sempre me cercou nesta vida. De lá, estarei pedindo a Deus que lhe recompense por isso. Adeus, meu querido, lembre-se de que eu não estarei aqui, mas o meu amor estará sempre com você. Adeus, Volódia, meu anjo; adeus, meu benjamim, meu Nikólenka.

Será possível que eles um dia se esqueçam de mim?

Nessa carta havia um bilhete de Mimi, em francês, com o seguinte conteúdo:

> *Os tristes pressentimentos de que ela lhe fala foram plenamente confirmados pelas palavras do doutor. Ontem à noite ela deu ordem para que esta carta fosse levada às pressas ao correio. Pensando que ela estivesse delirando quando a escreveu, esperei até esta manhã e resolvi abri-la. Então Natália Nikoláevna me perguntou o que eu fizera com a carta, e ordenou que eu a queimasse, caso ainda não tivesse sido enviada. Ela não para de falar nela e afirma repetidamente que a carta irá matá-lo. Não atrase sua viagem, se quiser ver esse anjo antes que ele nos deixe. Desculpe a sujeira da carta. Faz três noites que não durmo. O senhor sabe o amor que tenho por ela!*

Natália Sávichna, que passara toda a noite de 11 de abril no quarto da mãezinha, contou-me que, após escrever a primeira parte da carta, maman colocou-a ao seu lado, na mesinha, e adormeceu.

– Eu mesma reconheço que cochilei na poltrona e o tricô caiu de minha mão – disse Natália Sávichna. – Lá pela meia-noite ou mais, meio adormecida, ouvi-a como que conversando; abri os olhos e vi: ela, a minha queridinha, estava sentada na cama, com as mãos cruzadas, assim, e toda banhada em lágrimas. "Então tudo está terminado?", foi só o que ela disse, e cobriu o rosto com as mãos.

Saltei da poltrona e perguntei várias vezes: "O que a senhora tem?".

– Ah, Natália Sávichna, se você soubesse quem acabei de ver!

Por mais que eu perguntasse, ela não disse mais nada, apenas me pediu para aproximar a mesinha e escreveu mais alguma coisa; pediu que a carta fosse selada na sua presença e remetida imediatamente. Depois disso seu estado só fez piorar.

Capítulo XXVI

O que nos aguardava na aldeia

No dia 18 de abril nós descemos da carruagem junto à entrada da casa de Petróvskoie. Na saída de Moscou, papai estava pensativo e, quando Volódia lhe perguntou se mamãe estava doente, ele o olhou triste e silencioso e confirmou com a cabeça. Durante a viagem ele se acalmou bastante, mas, à medida que nos aproximávamos de casa, seu rosto foi ficando cada vez mais triste, e quando, ao descer da carruagem, ele perguntou ao esbaforido Foka onde estava Natália Nikoláevna, sua voz não estava firme e ele tinha lágrimas nos olhos. O velho e bondoso Foka, olhando de esguelha para nós, baixou os olhos e, ao abrir a porta para o vestíbulo, virou-se de costas e disse, fitando o chão:

— Há seis dias a senhora não sai do quarto.

Milka, que, segundo eu soube depois, não parara de ganir tristemente desde que mamãe adoecera, lançou-se com alegria para o meu pai, pulando sobre ele, gemendo e lambendo suas mãos; mas ele a empurrou, foi para a sala de estar e dali para a saleta, cuja porta dava para o dormitório. Quanto mais se aproximava do quarto, mais era notório, pelos movimentos do seu corpo, o quanto estava preocupado. Ao entrar na saleta, ele caminhou nas pontas dos pés, suspendendo a respiração, e fez o sinal da cruz antes de ganhar coragem para tocar na maçaneta da porta fechada. Nesse momento, pelo corredor, veio Mimi, apressada, despenteada e com cara de choro.

— Ah, Piotr Aleksândrytch! — sussurrou ela, com expressão de desespero sincero.

E depois, notando que papai estava girando a maçaneta da porta, ela acrescentou bem baixinho:

— Por aqui não se pode passar; a entrada é pelo quarto das criadas.

Oh, que influência terrível tudo isso teve na minha imaginação infantil, preparada de antemão para a dor por um estranho pressentimento!

Fomos para o quarto das criadas. No corredor encontramos o bobo Akim, que sempre nos divertia com suas caretas; mas, naquele instante, ele não apenas não me pareceu engraçado como, mais do que qualquer coisa, me chocou pela expressão estúpida do seu rosto. No quarto das criadas, duas moças, que estavam ocupadas com seus afazeres, se levantaram para nos saudar com uma expressão tão triste que fiquei aterrorizado. Transpondo ainda o quarto de Mimi, papai abriu a porta do dormitório e nós entramos. À direita da porta havia duas janelas cobertas com xales; perto de uma delas estava sentada Natália Sávichna, com óculos no nariz, tecendo uma meia. Ela não veio nos beijar, como sempre fazia, só se levantou, olhou-nos através dos óculos e as lágrimas correram como uma torrente dos seus olhos. Fiquei muito aborrecido ao notar que todos, assim que nos viam, começavam a chorar, quando antes estavam totalmente tranquilos.

À esquerda da porta havia um biombo; atrás dele a cama, uma mesinha, um pequeno armário com remédios e uma grande poltrona, onde o doutor cochilava. Ao lado da cama, de pé, estava uma jovem loura de extraordinária beleza, vestida com uma bata branca matinal; com as mangas levemente arregaçadas, ela colocava gelo na cabeça de mamãe, que eu não conseguia ver naquele momento.

A moça era *la belle Flamande*, sobre quem *maman* havia escrito, e que mais tarde iria ter um papel muito importante na vida de toda a nossa família. Assim que entramos ela retirou uma de suas mãos da cabeça de *maman*, ajeitou no peito as pregas da bata e depois sussurrou:

– Ela está inconsciente.

Apesar da forte dor que eu sentia naquele momento, sem querer notava todos os detalhes. O quarto estava quase escuro, quente e cheirava a uma mistura de menta, água-de-colônia, camomila e gotas de Hoffman. Esse cheiro me marcou tão fortemente que, não apenas quando o sinto, mas também quando apenas o recordo, minha imaginação me leva instantaneamente para aquele quarto sombrio e abafado, e reproduz os mínimos detalhes daqueles minutos terríveis.

Os olhos de *maman* estavam abertos, mas ela não via nada... Nunca vou me esquecer daquele olhar terrível! Ele expressava tanto sofrimento!

Fomos retirados do quarto.

Mais tarde, quando perguntei a Natália Sávichna como tinham sido os últimos minutos de minha mãe, ela respondeu:

– Quando vocês saíram, ela ficou ainda muito tempo se debatendo, a minha queridinha, como se alguma coisa a oprimisse; depois deitou a cabeça no travesseiro e cochilou, calma e em silêncio, como um anjo do céu. Saí um instantinho do quarto para saber por que não traziam água; quando voltei, ela, o meu coraçãozinho, havia atirado para longe as cobertas e estava chamando para si o paizinho de vocês. Ele se inclinou para ela, mas, pelo visto, ela já não tinha forças para dizer o que queria: "Meu Deus! As crianças! As crianças!". Eu quis correr para chamar vocês, mas Ivan Vassílhitch[67] me impediu e disse: "Vai ser pior se ficar emocionada, é melhor não fazer isso". Depois disso ela apenas levantava a mão e a deixava cair. O que ela queria dizer com isso, só Deus sabe. Penso que ela estava abençoando vocês de longe. Parece que Deus não permitiu que ela visse seus filhinhos nos últimos instantes. Depois ergueu a cabeça e o tronco e fez assim com as mãos, e de repente disse, com uma voz que é terrível recordar: "Mãe de Deus, não os abandone!". Então senti uma dor bem debaixo do coração e pelos seus olhos podia-se ver que ela estava sofrendo terrivelmente, a pobrezinha. Sua cabeça caiu no travesseiro, ela mordeu o lençol e as lágrimas correram pelo seu rosto.

– Bem, e depois? – perguntei.

Natália Sávichna não pôde falar mais e virou-se para o outro lado, chorando com amargura.

Minha mãe morreu em meio a sofrimentos atrozes.

---

67. Forma curta coloquial do patronímico Vassílievitch (filho de Vassíli). (N.T.)

Capítulo XXVII

Dor

Na noite seguinte, bem tarde, tive vontade de dar mais uma olhada em mamãe. Vencendo uma sensação de medo, abri a porta sem fazer ruído e entrei no salão nas pontas dos pés.

No centro, sobre a mesa, estava o caixão rodeado por velas acesas, em altos castiçais de prata. Num canto distante estava sentado um sacristão, lendo salmos numa voz baixa e monótona.

Parei perto da porta e fiquei observando, mas meus olhos estavam tão inchados de chorar, e meus nervos tão perturbados, que eu não conseguia perceber nada. Via uma mistura estranha de luz, brocados, veludo, grandes castiçais, uma almofada cor-de-rosa com barrado de renda, uma coroa, a touquinha com fitas e ainda uma coisa transparente, cor de cera. Subi numa cadeira para ver o rosto dela, mas, no lugar em que ele deveria estar, vi novamente aquela coisa transparente, de um amarelo pálido. Não podia acreditar que aquilo fosse o rosto de *maman*. Fiquei olhando mais fixamente e aos poucos comecei a reconhecer os traços familiares e queridos. Senti um arrepio de terror quando me convenci de que aquele ser era ela; mas por que os olhos cerrados estavam tão fundos? Por que aquela horrível palidez e aquela mancha escura numa das faces, sob a pele transparente? Por que a expressão do rosto era tão severa e fria? Por que seus lábios estavam tão brancos e seu formato era tão maravilhoso, tão majestoso, e expressava uma tranquilidade não terrena, que me dava um arrepio na espinha e nos cabelos quando eu o fitava?

Eu olhava e sentia que uma força insuperável e misteriosa atraía a minha visão para aquele rosto sem vida. Eu não desviava os olhos dele, enquanto minha imaginação desenhava cenas cheias de vida e felicidade. Esqueci-me de que aquele corpo sem vida que estava diante de mim e que fitava estupidamente, como um objeto que não tinha nada a ver com minhas recordações, era *ela*. Eu a via em diversas situações: viva, alegre, sorridente; de repente, era surpreendido por algum traço no rosto pálido, no qual meu olhar havia se fixado, e a terrível realidade vinha à minha mente com um arrepio, mas eu não deixava de olhar. E novamente os sonhos ocupavam o lugar da realidade, e outra vez a consciência da realidade destruía os sonhos. Por fim, a imaginação se exauriu e parou de me enganar. A consciência da realidade também desapareceu e fiquei entorpecido. Não sei quanto tempo passei nesse estado, nem sei defini-lo; sei apenas que, durante esse tempo, perdi a noção de minha existência e sentia um deleite sublime, triste e inexplicavelmente agradável.

Talvez sua alma maravilhosa, ao voar para um mundo melhor, tenha olhado com tristeza para este em que nos deixava; ela viu a minha dor, compadeceu-se dela e nas asas do amor baixou à terra com um sorriso celestial para me consolar e abençoar.

A porta rangeu e na sala entrou outro sacristão, que veio substituir o anterior. O ruído me despertou e o primeiro pensamento que me ocorreu foi o de que, já que eu não chorava e estava de pé na cadeira, numa pose nem um pouco comovente, o sacristão poderia pensar que eu era um menino insensível que, por pena ou curiosidade, havia subido na cadeira. Persignei-me, abaixei a cabeça e comecei a chorar.

Ao recordar agora minhas impressões, penso que aquele instante de esquecimento foi meu único sentimento verdadeiro de dor. Antes e depois do enterro, eu não parava de chorar e estava triste, mas hoje me envergonho dessa tristeza, porque vinha sempre misturada com algum sentimento egoísta: ou o desejo de mostrar que estava mais amargurado que os demais, ou a preocupação com o efeito que causava nos outros, ou uma curiosidade inconsequente que me forçava a examinar a touca de Mimi e os rostos dos presentes. Desprezava-me por não estar sentindo unicamente dor e tentava disfarçar os outros sentimentos, e com isso minha tristeza era falsa e artificial. Além disso, eu sentia um certo deleite por saber que estava infeliz e fazia de tudo para despertar a consciência dessa infelicidade, e esse sentimento egoísta abafava a tristeza verdadeira.

Após a noite de sono profundo e tranquilo que costuma ocorrer depois de uma comoção forte, despertei com as lágrimas já secas e com os nervos acalmados. Às dez horas fomos chamados para o serviço fúnebre, que era rezado antes de levarem o caixão. O salão estava lotado de criados e camponeses que, em pranto, vieram se despedir de sua senhora. Durante a cerimônia eu chorei discretamente, persignei-me e fiz profundas reverências até o chão, mas não rezei com sinceridade e permaneci bastante frio; estava preocupado porque meu novo casaco estava apertado nas axilas e também cuidava para não sujar demais as calças nos joelhos, ao mesmo tempo em que examinava os presentes com o rabo do olho. Meu pai estava de pé na cabeceira do caixão, branco como um lençol, segurando as lágrimas com visível esforço. Sua figura alta, de fraque preto, seu rosto pálido e expressivo, seus movimentos, como sempre graciosos e seguros quando ele se persignava, inclinava-se tocando a mão no chão, quando tomava a vela das mãos do sacerdote ou quando se aproximava do caixão produziam um efeito extraordinário. Porém não me agradava nele, não sei por que, exatamente o fato de que ele conseguia parecer tão espetacular num momento como aquele.

Mimi estava de pé, encostada na parede, com a aparência de quem mal consegue se manter sobre as pernas; seu vestido estava amassado e cheio de penugens, a touca caíra para um lado, os olhos estavam inchados e vermelhos e sua cabeça estremecia. Ela não parava de soluçar com uma voz de cortar o coração, e todo o tempo cobria o rosto com as mãos e com um lenço. Tive a impressão de que fazia isso a fim de esconder-se das pessoas presentes e por alguns instantes descansar dos soluços fingidos.

Lembrei que, na véspera, ela dissera ao meu pai que a morte de *maman* era um golpe tão terrível para ela, do qual ela não tinha nenhuma esperança de se recuperar, que lhe tirara tudo e que aquele anjo (assim ela sempre se referia a *maman*), pouco antes de morrer, não a esquecera e expressara o desejo de garantir para sempre seu futuro e o de Kátenka. Ela derramava lágrimas amargas ao dizer isso, e é possível que sua dor fosse verdadeira, mas não era exclusivamente isso.

Liúbotchka, de vestidinho preto ornado com crepes, toda molhada de lágrimas e de cabeça baixa, de tempos em tempos lançava olhares para o caixão, e seu rosto expressava apenas terror infantil. Kátenka estava de pé ao lado da mãe e, apesar do rostinho alongado, estava rosada como sempre. O caráter franco de Volódia permaneceu franco também na dor: ora ele ficava de pé, pensativo, com os olhos fixos em algum objeto, ora sua boca começava de repente a entortar e ele se persignava e se inclinava às pressas.

Todos os estranhos que vieram ao enterro me incomodavam. As frases de consolo que diziam a papai, "Lá ela estará melhor", "Ela não era para este mundo", causavam-me um certo aborrecimento. Que direito tinham eles de falar dela e de chorar por ela? Alguns nos chamavam de *órfãos*. Como se, sem eles, não soubéssemos que crianças sem mãe são chamadas assim! É provável que sentissem prazer em ser os primeiros a nos chamar assim, da mesma forma que habitualmente as pessoas se apressam em ser as primeiras a chamar de *madame* uma jovem que acabou de se casar.

Num canto distante da sala, quase escondida atrás da porta aberta do bufê, estava ajoelhada uma velhinha curvada, de cabeça branca. De mãos postas e olhos para o alto, ela não chorava, e sim rezava. Sua alma dirigia-se a Deus e ela lhe pedia que Ele a levasse para junto daquela que ela amara mais do que tudo no mundo, com a firme esperança de que isso haveria de ocorrer em breve. "Aí está quem a amava de verdade", pensei, e fiquei envergonhado de mim mesmo.

O serviço fúnebre terminou, descobriram o rosto da defunta e todos os presentes, exceto nós, aproximaram-se um de cada vez do caixão para o último ósculo.

Uma das últimas pessoas a se aproximar do caixão foi uma camponesa que carregava no colo uma menina bonitinha de uns cinco anos, que ela trouxera sabe Deus por quê. Naquele instante eu havia deixado cair meu lenço molhado e quis pegá-lo, mas, mal havia me curvado, fui surpreendido por um grito apavorante e estridente, emitido com tal terror que, mesmo que eu viva cem anos, nunca esquecerei, e todas as vezes que o recordo sinto calafrios em todo o meu corpo. Levantei a cabeça: num tamborete ao lado do caixão estava de pé aquela camponesa, esforçando-se para segurar nos braços a menina que se debatia, agitando os bracinhos, com a carinha assustada inclinada para trás e os olhos arregalados fixos no rosto da defunta, gritando com aquela voz terrível e enlouquecida. Soltei um grito que me pareceu ainda mais horrível do que o dela e saí correndo da sala.

Apenas naquele instante compreendi de onde vinha aquele odor pesado e forte que enchia a sala, misturado com o cheiro do incenso, e a ideia de que aquele rosto, que alguns dias atrás estava cheio de beleza e ternura, o rosto daquela que eu amava mais do que tudo no mundo, podia provocar horror, pela primeira vez revelou para mim uma verdade amarga e encheu minha alma de desespero.

Capítulo XXVIII

As últimas recordações tristes

Maman já não estava entre nós, mas a nossa vida seguia o mesmo curso: deitávamos e levantávamos nos mesmos horários e nos mesmos quartos; o chá da manhã e o da tarde, o almoço e o jantar – tudo permanecia no horário habitual; as mesas e cadeiras continuavam nos mesmos lugares, nada havia mudado na casa e no nosso modo de viver. Somente não havia ela...

Eu pensava que depois daquela desgraça tudo deveria ser diferente; nosso modo de vida habitual parecia-me uma ofensa à sua memória e me lembrava muito fortemente a sua ausência.

Na véspera do enterro, depois do almoço, senti sono e fui ao quarto de Natália Sávichna, com a ideia de me deitar na sua cama, sobre o macio colchão de plumas, e cobrir-me com um edredom. Quando entrei, Natália Sávichna estava deitada na sua cama, provavelmente dormindo. Ao ouvir meus passos, ela levantou a cabeça e o tronco, retirou o lenço de lã com que cobrira a cabeça por causa das moscas, ajeitou a touca e sentou-se na beira da cama.

Como eu ia com frequência tirar uma soneca naquele quarto depois do almoço, ela adivinhou para que eu estava ali e, levantando-se, me disse:

– Decerto veio descansar, não é, meu querido? Deite-se.

– De jeito nenhum, Natália Sávichna – disse eu, segurando sua mão. – Não foi por isso que vim, só passei por aqui... Você mesma deve estar cansada, fique deitada.

– Não, patrãozinho, já dormi bastante – disse ela (eu sabia que ela ficara acordada três dias seguidos). – E não é hora de pensar em dormir – acrescentou, com um suspiro profundo.

Eu desejava conversar com Natália Sávichna sobre a nossa desgraça e conhecia sua sinceridade e seu amor, por isso era para mim um consolo chorar em sua companhia.

– Natália Sávichna – disse eu, depois de um breve silêncio, sentando-me na cama –, você esperava isso?

A velhinha olhou para mim perplexa e curiosa, pelo visto sem entender por que eu lhe fazia aquela pergunta.

– Quem poderia esperar isso? – insisti.

– Ah, patrãozinho – disse ela, lançando-me um olhar da mais terna compaixão –, não somente não esperava como mesmo agora não consigo pensar nisso. Esta velha aqui há muito tempo já deveria ter dado descanso a estes ossos gastos, mas veja só o que tive de passar: o velho senhor seu avô, o príncipe Nikolai Mikháilovitch – que Deus o tenha! –, seus dois irmãos, a irmã Ânuchka, todos eles eu enterrei, e todos eram mais novos do que eu. E agora, ao que tudo indica para pagar meus pecados, também sobrevivi a ela. É a vontade divina! Ele a levou porque ela era digna, lá também precisam de pessoas boas.

Essa ideia simples me deixou agradavelmente surpreso e me aproximei mais de Natália Sávichna. Ela cruzou as mãos no peito e olhou para cima. Seus olhos úmidos e caídos expressavam uma tristeza imensa, porém tranquila. Tinha uma esperança firme de que seria por pouco tempo que Deus a separaria daquela em quem durante tantos anos concentrara toda a força do seu amor.

– Pois é, patrãozinho, parece que faz muito tempo que eu a acalentava, trocava suas fraldas, e ela me chamava de Nacha. Às vezes ela vinha correndo para mim, abraçava-me com suas mãozinhas e beijava-me, dizendo: "Minha Náchik, minha belezinha, meu bichinho". Às vezes eu lhe dizia, brincando:

"Não é verdade, queridinha, você não gosta de mim. Deixe só você crescer um pouco mais, casar, e vai esquecer a sua Nacha". Ela de vez em quando ficava pensativa e dizia: "Não, prefiro não me casar se não puder levar Nacha comigo. Nunca vou me separar de Nacha". E aí está: separou-se e não me esperou. E como gostava de mim! Mas, na verdade, de quem ela não gostava? É, patrãozinho, você não pode esquecer a sua mãezinha; não era uma pessoa, era um anjo do céu. Quando sua alma estiver no reino dos céus, de lá também ela vai amá--los e se alegrar por vocês.

– Por que você diz "quando sua alma estiver no reino dos céus", Natália Sávichna? Na minha opinião, ela já está lá.

– Não, patrãozinho – disse Natália Sávichna, abaixando a voz e sentando-se mais perto de mim –, agora sua alma está aqui.

Ela apontou para o alto, falando quase num sussurro e com tal sentimento e convicção que sem querer levantei os olhos para o teto, procurando alguma coisa.

– Antes que a alma de um justo entre no paraíso, deve passar por quarenta provações, meu patrãozinho, durante quarenta dias, e pode permanecer ainda na sua própria casa.

Natália Sávichna ficou ainda falando durante muito tempo daquelas coisas, com simplicidade e convicção, como se estivesse contando algo muito comum, que ela mesma havia visto e de que ninguém jamais houvesse duvidado. Eu a ouvia com a respiração suspensa e, embora sem entender direito o que ela dizia, acreditava piamente.

– É verdade, patrãozinho, ela agora está aqui, está nos vendo e talvez ouvindo o que estamos dizendo – concluiu Natália Sávichna.

Ela baixou a cabeça e se calou. Precisou de um lenço para enxugar as lágrimas. Levantou-se, olhou diretamente para o meu rosto e disse, com uma voz trêmula de emoção:

– Com o que me aconteceu, estou mais próxima de Deus em vários degraus. O que me resta agora aqui? Para quem vou viver? Quem vou amar?

– Por acaso você não nos ama? – disse eu, censurando-a e mal contendo as lágrimas.

– Deus é testemunha do quanto amo vocês, meus queridinhos, mas amar como eu a amava eu nunca amei ninguém, nem posso amar.

Ela não conseguiu mais falar, virou o rosto para o outro lado e ficou soluçando alto.

Eu já não pensava em dormir. Ficamos sentados calados, um na frente do outro, chorando.

No quarto entrou Foka. Notando nossa situação e talvez sem querer nos perturbar, parou junto à porta, olhando timidamente, em silêncio.

– Que você quer, Fokacha? – perguntou Natália Sávichna, enxugando-se com o lenço.

– Preciso de uma libra[68] e meia de passas, quatro de açúcar e três de arroz para o *kutiá*[69].

– Já vou, já vou, meu amigo – disse Natália Sávichna.

E aspirando às pressas uma pitada de rapé, caminhou com passos miúdos para o baú. Os últimos vestígios de tristeza, causada por nossa conversa, desapareceram assim que retomou sua obrigação, tão importante para ela.

– Para que quatro libras? – resmungava, tirando o açúcar e pesando na balança. – Três e meia são suficientes.

E tirou alguns pedaços da balança.

– E tem cabimento isso? Ontem já lhes dei oito libras de arroz e já estão pedindo mais! Faça como quiser, Foka Demídytch, mas não vou dar mais arroz. Esse Vanka está feliz porque a casa está nessa confusão e ele acha que ninguém vai notar. Mas não, não permitirei furtos da propriedade dos patrões. Onde já se viu isso: oito libras!

– E como se vai fazer? Ele disse que já acabou tudo – disse Foka.

– Está bem, toma! Toma!

Fiquei espantado com aquela passagem de um sentimento tocante, com que ela havia conversado comigo, para aqueles resmungos e cálculos de ninharias. Pensando sobre isso

---

68. Antiga medida russa de massa que valia aproximadamente 410 gramas. (N.T.)

69. Espécie de mingau que se come em memória do defunto, depois do funeral. (N.T.)

mais tarde, entendi que, apesar do que lhe ia na alma, ela conservava bastante presença de espírito para se ocupar de seus afazeres, e a força do hábito empurrava-a para suas ocupações costumeiras. Sua dor era tão forte e verdadeira que não necessitava esconder que poderia se ocupar de outras coisas, e ela nem entenderia se alguém tivesse essa ideia.

A vaidade é o sentimento menos compatível com a verdadeira dor e, ao mesmo tempo, esse sentimento está tão arraigado na natureza humana que muito raramente uma dor, mesmo a mais forte, consegue expulsá-lo. Na dor, a vaidade se expressa pelo desejo de parecer ou amargurado, ou infeliz, ou inabalável; e esses sentimentos inferiores, que nós não confessamos, mas que não nos abandonam, nem mesmo na mais profunda tristeza, tiram à dor sua força, dignidade e sinceridade. Natália Sávichna já estava tão profundamente derrotada por sua dor que, na sua alma, não restava nenhum desejo, e ela continuava vivendo apenas pela força do hábito.

Depois de entregar a Foka os mantimentos e de lhe lembrar que era necessário preparar um empadão para servir aos religiosos, ela o dispensou, pegou a meia que estava tecendo e sentou-se a meu lado.

Voltamos a falar sobre o assunto anterior e outra vez choramos e enxugamos as lágrimas. Todos os dias repetíamos essas conversas; suas lágrimas silenciosas e as palavras tranquilas de fé me confortavam e aliviavam.

Mas logo fomos separados: três dias depois do enterro toda a família foi de mudança para Moscou, e o destino fez com que eu não a visse mais.

Vovó recebeu a trágica notícia somente na nossa chegada, e seu sofrimento foi indescritível. Não nos permitiam visitá-la, porque ela estava fora da realidade. Os médicos temiam a sua vida, porque ela não queria tomar nenhum remédio, não falava com ninguém, não dormia e não comia nada. Às vezes, sentada sozinha no seu quarto, na poltrona, de repente punha-se a rir, depois soluçava sem lágrimas, em convulsões, gritava palavras terríveis ou sem sentido com uma voz furiosa. Aquela era a primeira grande desgraça que lhe acontecera, e isso a tomou de surpresa e a levou ao desespero. Ela precisava culpar alguém por sua desgraça e pronunciava palavras estranhas, fazia ameaças com uma violência fora do comum, saltava da poltrona e, com passos largos e apressados, ficava andando pelo quarto, depois caía sem sentidos.

Certa vez entrei no seu quarto: ela estava sentada na poltrona, como de costume, e parecia tranquila, mas me causou espanto. Seus olhos estavam muito abertos, porém o olhar era indefinido e inexpressivo. Ela olhava diretamente para mim, mas era quase certo que não me via. Seus lábios começaram a sorrir lentamente e ela se pôs a falar com uma voz emocionada e terna: "Venha cá, meu bem, venha, meu anjo". Pensei que ela estivesse se dirigindo a mim e me aproximei, mas ela não estava olhando para mim. "Ah, se você soubesse, meu amor, como sofri e como agora estou feliz porque você chegou..." Compreendi que ela estava imaginando ver mamãe e fiquei parado. "E me disseram que você se foi", continuou ela, fechando o rosto. "Que tolice! Por acaso você poderia morrer antes de mim?", e ela começou a dar terríveis gargalhadas histéricas.

Só as pessoas capazes de amar intensamente podem sentir uma dor tão forte; mas, para elas, essa mesma necessidade de amar serve como antídoto para a dor e lhes traz a cura. Em consequência disso, a natureza moral da pessoa é ainda mais forte do que a natureza física. A dor nunca as mata.

Uma semana depois vovó já era capaz de chorar e começou a se sentir melhor. Seu primeiro pensamento ao voltar a si foi para nós, e seu amor por nós cresceu. Nós não saíamos de perto de sua poltrona. Ela chorava baixinho, falava sobre *maman* e nos acariciava com ternura.

Vendo sua tristeza, não podia passar pela cabeça de ninguém que estivesse exagerando nas demonstrações, e a expressão de sua dor era forte e tocante; entretanto, não sei dizer por que, eu me sensibilizei mais com a dor de Natália Sávichna, e até hoje estou convencido de que ninguém amou mamãe com mais sinceridade e pureza, nem sofreu tanto com sua morte, do que aquela criatura simples e amorosa.

Com a morte de mamãe terminou para mim o tempo feliz da infância e começou uma nova época – a fase da adolescência. Mas, como as recordações de Natália Sávichna, a quem não vi mais e que tivera uma influência tão forte e benéfica na minha orientação e no desenvolvimento de minha sensibilidade, pertenceram à minha primeira fase, vou dizer mais algumas palavras sobre ela e sobre sua morte.

Segundo o que narraram mais tarde as pessoas que permaneceram na aldeia, depois de nossa partida Natália Sávichna ficou muito entediada por não ter o que fazer. Embora todos os baús continuassem nas suas mãos e ela estivesse sempre revolvendo-os, reorganizando, pesando e desarrumando coisas, sentia falta do barulho e da agitação da casa senhorial e de seus moradores, aos quais estava acostumada desde menina. Tristeza, mudança no modo de vida e falta de preocupações fizeram surgir nela uma doença senil, para a qual já tinha tendência. Um ano exatamente após a morte de mamãe ela passou a sofrer de hidropisia e caiu de cama.

Penso que deve ter sido muito difícil para Natália Sávichna viver e mais difícil ainda morrer na grande mansão vazia de Petróvskoie, sem parentes, sem amigos. Todos na casa a amavam e respeitavam, mas ela não tinha amizade com ninguém, fato de que se orgulhava. Supunha que na posição de governanta, em que gozava da confiança dos patrões e que lhe dava poder sobre tantos baús e coisas de valor, a amizade com alguém ameaçaria sua imparcialidade e a levaria a uma condescendência indefensável. Por isso, ou talvez porque não tivesse nada em comum com os outros criados, ela guardava uma certa distância de todos e dizia que não tinha nem comadres nem parentes na casa, e que não permitia a ninguém roubar os bens de seus patrões.

Buscava e encontrava consolo ao confiar seus sentimentos a Deus em calorosas orações. Entretanto, às vezes, nos momentos de fraqueza, aos quais todos estamos sujeitos, quando o melhor consolo para o ser humano são as lágrimas e a presença de uma criatura viva, ela punha na cama sua cachorrinha, que lhe lambia as mãos e fitava-a com seus olhos amarelos. Falava baixinho com ela e a acariciava, e quando a cachorrinha começava tristemente a ganir, procurava acalmá-la, dizendo: "Chega, não preciso de você para saber que vou morrer em breve".

Um mês antes de sua morte ela tirou do seu baú um tecido branco de algodão, um pedaço de musselina branca e umas fitas cor-de-rosa. Com o auxílio de uma criada fez para si um vestido branco e uma touca, e deu instruções detalhadas sobre tudo que seria necessário para seu enterro. Também fez uma arrumação nos baús do patrão e, com grande exatidão, fazendo inventários, passou a guarda deles para a mulher do administrador. Depois pegou dois vestidos de seda e um xale muito antigo, que vovó lhe dera de presente em certa ocasião, e um uniforme militar do meu avô, com bordados em ouro, que também ganhara de lembrança. Graças aos seus cuidados, os bordados e os galões do uniforme estavam como novos e o tecido não fora comido pelas traças.

Antes de morrer, expressou o desejo de que um dos vestidos – o rosa – fosse entregue a Volódia para que ele mandasse fazer um robe ou um *bechmet*[70]; o outro, em xadrez marrom-avermelhado, era para mim, com a mesma finalidade; o xale era para Liúbotchka. Ela deixava o uniforme para o primeiro que se tornasse um oficial. O restante dos seus bens e dinheiro, excluídos os quarenta rublos que ela reservara para seu enterro e homenagens póstumas, ela deixava para seu irmão. Esse irmão, que tinha conseguido muito tempo antes a alforria, vivia em uma província distante e levava uma vida de esbanjamento, razão pela qual ela não teve nenhum contato com ele enquanto viveu.

Quando o irmão de Natália Sávichna apareceu para receber a herança e viu que todos os bens da finada limitavam-se a vinte e cinco rublos em papel-moeda, não quis acreditar, dizendo que era impossível que uma velha, que vivera sessenta anos numa casa rica, com tudo nas suas mãos, que toda a vida fora avarenta e fazia questão de qualquer trapo, não tivesse deixado nada. Mas essa era a verdade.

Natália Sávichna padeceu dois meses de sua doença e suportou todos os sofrimentos com uma paciência verdadeiramente cristã: não resmungava, não se queixava, apenas, como era seu costume, invocava Deus a todo instante. Uma hora antes de sua morte, com uma alegria discreta, ela se confessou, comungou e recebeu a extrema-unção.

---

70. Roupa comprida e larga de alguns povos asiáticos. (N.T.)

A todos da casa pediu perdão por alguma ofensa que pudesse ter cometido e solicitou ao seu confessor, padre Vassíli, que transmitisse a todos nós que não sabia como nos agradecer pela nossa bondade, e pedia que a perdoássemos se, por tolice, tivesse causado desgosto a algum de nós, "mas ladra ela nunca fora e não se enriqueceu com um fiapo sequer dos seus patrões". Essa era uma qualidade de que se orgulhava.

Vestida com a bata branca e a touca e com a cabeça reclinada no travesseiro, até o momento da morte ela falou com o padre. Lembrou-se de que não havia deixado nada para os pobres e pegou dez rublos, pedindo ao padre que distribuísse na paróquia. Depois persignou-se, deitou-se e exalou o último suspiro, com um sorriso feliz, pronunciando o nome de Deus.

Ela deixava a vida, feliz, sem queixumes, não temia a morte e a encarava como uma bênção. Isso é dito muitas vezes, mas raramente acontece na realidade! Natália Sávichna podia não temer a morte porque a enfrentou com uma fé inabalável, tendo cumprido os preceitos do Evangelho. Sua vida inteira foi de sacrifício e de amor puro e desinteressado.

Que importa que sua fé poderia ter sido mais elevada, sua vida direcionada a uma finalidade superior? Por acaso aquela alma pura é por isso menos digna de amor e admiração?

Ela realizou a melhor obra, a mais grandiosa nesta vida: morreu sem pesar nem temor.

Foi enterrada de acordo com sua vontade, perto da capela construída sobre a sepultura de mamãe. O pedaço de terra sob o qual descansa, coberto de urtigas e bardanas, está cercado por uma grade preta, e, quando vou à capela, nunca me esqueço de me aproximar dessa grade e me inclinar até o chão.

Às vezes fico parado em silêncio entre a capelinha e a grade preta. De repente, no meu espírito despertam recordações dolorosas, e penso: "Será que a Providência me uniu a esses dois seres apenas para me fazer lamentá-los eternamente?".

Adolescência

Capítulo I

A viagem

De novo estão parados junto à entrada principal da casa senhorial de Petróvskoie dois carros. Um é a carruagem na qual sobem Mimi, Kátenka, Liúbotchka, a criada de quarto e o administrador Iákov em pessoa, que vai na boleia. O outro é o breque em que vamos eu, Volódia e o criado Vassíli, que havia recentemente comprado sua liberdade.

Papai, que deveria partir também para Moscou alguns dias depois de nós, está parado na entrada, sem gorro, e faz o sinal da cruz nas janelas da carruagem e no breque.

– Bem, que Deus os acompanhe! A caminho!

Iákov e os cocheiros (viajamos com nossos próprios cavalos) tiram os gorros e se benzem.

– Eia, eia! Que Deus nos proteja!

A carruagem e o breque começam a sacolejar pela estrada irregular, e as bétulas da grande aleia passam por nós a grande velocidade. Não estou nem um pouquinho triste: minha mente se detém não no que estou deixando para trás, e sim no que me espera. À medida que me afasto dos objetos relacionados com as penosas recordações que até então preenchiam a minha imaginação, essas mesmas recordações vão perdendo força e são logo substituídas pela agradável consciência de uma vida cheia de vigor, novidades e esperanças.

Poucas vezes passei alguns dias, não digo alegremente, pois ainda tinha vergonha de demonstrar alegria, mas de maneira boa e agradável, como foram aqueles quatro dias de nossa viagem. Não via na minha frente nem a porta trancada do quarto de mamãe, diante da qual não podia passar sem estremecer, nem o piano fechado, do qual não nos aproximávamos e ainda olhávamos com certo receio, nem os trajes de luto (todos nós vestíamos roupas simples, de viagem), nem todas aquelas coisas que me recordavam a perda irreparável e me obrigavam a evitar qualquer manifestação de vida por medo de ofender de alguma maneira a memória *dela*. Aqui, ao contrário, havia o tempo todo novos e pitorescos lugares e coisas que prendiam e distraíam a minha atenção, e a primavera costuma infundir na alma sentimentos alegres, como a satisfação com o presente e uma luminosa esperança no futuro.

De manhã bem cedinho o impiedoso Vassíli, esforçando-se com exagero, como sempre acontece com pessoas que estão desempenhando novas funções, arranca meu cobertor e garante que já está na hora de partir e que tudo já está pronto. Por mais que você se aconchegue, use de espertezas, fique bravo, tentando prolongar nem que seja por quinze minutos o doce sono matinal, vê-se pelo rosto de Vassíli que ele está irredutível e pronto para arrancar o cobertor, e você salta da cama e corre para se lavar no pátio.

Na varanda já está fervendo o samovar, que o postilhão[71] Mitka, vermelho como um caranguejo, sopra para avivar. Lá fora está úmido e enevoado, como se um vapor se elevasse do esterco de cheiro penetrante. O sol ilumina com sua luz alegre e clara a parte oriental do céu e os telhados de palha dos grandes alpendres que rodeiam o pátio, fazendo cintilar as gotas de orvalho que os cobrem. Debaixo deles estão nossos cavalos, amarrados junto às manjedouras, e pode-se ouvir sua mastigação cadenciada. O peludo cachorro Jutchka, que dormia sobre um monte de esterco seco, espreguiça-se demoradamente e corre para o outro lado do pátio num trote miúdo, abanando a cauda. Uma zelosa dona de casa abre os portões barulhentos e toca as pensativas vacas para a rua, onde já é possível ouvir o tropel e os mugidos e balidos do rebanho, e troca uma palavrinha com sua sonolenta vizinha.

Com as mangas da camisa arregaçadas, Filipp puxa com a roldana um balde cheio de água límpida e joga-a, respingando, numa gamela de carvalho, ao redor da qual já estão chapinhando alguns patos que acabaram de acordar. Eu olho com prazer para o rosto de Filipp, impressionante com sua barba em leque, e para as veias grossas e os músculos que se desenham com nitidez em seus vigorosos braços nus quando ele faz um esforço qualquer. Percebe-se movimento do outro lado do tabique, onde dormiram Mimi e as meninas e através do qual nós conversamos

---

71. Cocheiro auxiliar que ia montado num dos cavalos. (N.T.)

durante a noite. A criada Macha[72] passa correndo por nós cada vez com mais frequência, carregando coisas que com seu vestido procura esconder de nossa curiosidade, e finalmente a porta se abre e somos chamados para o chá.

Tomado por um zelo excessivo, Vassíli entra a todo instante no quarto, retira ora uma coisa, ora outra, pisca para nós e suplica de todas as maneiras a Mária Ivânovna para que partamos mais cedo. Os cavalos já estão atrelados e de quando em quando manifestam impaciência fazendo tilintar os guizos. Malas, baús, cofres e cofrinhos são colocados de volta nos carros e cada um toma o seu lugar. Mas todas as vezes nós encontramos um montão de coisas nos assentos do breque e não conseguimos entender como tudo aquilo na véspera estava arrumado, nem como vamos nos sentar agora. Eu fico especialmente irritado com uma caixa de nogueira contendo chá, com uma tampa triangular, que transferiram para nós no breque e colocaram debaixo do meu assento. Mas Vassíli diz que ela se ajustará às outras coisas e sou obrigado a acreditar nele.

O sol tinha acabado de aparecer por cima de uma densa nuvem branca que cobria o oriente, e os arredores foram iluminados por uma luz tranquila e alegre. Tudo é belo à minha volta e minha alma está leve e serena... A estrada serpenteia ao longe, como uma faixa larga e selvagem, entre os campos de restolho seco e de vegetação brilhante de orvalho. Aqui e ali, ao longo da estrada, vê-se um salgueiro triste ou uma bétula jovem com suas folhas miúdas e pegajosas, lançando uma sombra comprida e imóvel nos sulcos de barro ressecado e na erva miúda e verde da estrada... O som monótono das rodas e dos guizos não encobre o canto das cotovias que esvoaçam bem junto da estrada. O cheiro de lã comida pelas traças, de poeira e de um certo ácido, característicos do nosso breque, fica encoberto pelo cheiro da manhã, e sinto na alma uma alegria inquieta, um desejo de realizar alguma coisa, o que era sinal de autêntico prazer.

Não tive tempo de fazer minhas orações na estalagem, mas, como já havia observado algumas vezes que sempre acontece alguma desgraça comigo nos dias em que, por qualquer

---

72. Apelido do nome Maria. (N.T.)

motivo, esqueço de cumprir esse ritual, procuro corrigir meu erro: tiro o boné, viro-me para um canto do breque, rezo minhas orações e faço o sinal da cruz debaixo do casaco, para que ninguém veja. Porém milhares de objetos diferentes distraem minha atenção e, desconcentrado, repito algumas vezes seguidas as palavras da oração.

Na trilha que serpenteia ao lado da estrada, feita pelos pedestres, surgem algumas figuras caminhando lentamente: são peregrinas. Suas cabeças estão cobertas por lenços sujos, têm às costas alforjes feitos de cascas de bétula, suas pernas estão enroladas em tiras de pano sujas e esfarrapadas, e os pés estão calçados em grosseiras *lápti*[73]. Balançando regularmente os cajados, sem prestar atenção em nós, elas avançam com um passo lento e pesado, em fila indiana, e me ponho a pensar: para onde e por que elas caminham? Vai ser muito demorada a sua viagem? As sombras compridas que elas lançam na estrada logo vão se unir à sombra do salgueiro, junto ao qual terão de passar? Surge um carro de posta puxado por quatro cavalos, vindo depressa em nossa direção. Dois segundos, e os rostos que nos olhavam com curiosidade e benevolência já ficaram para trás, e me parece estranho que essas pessoas não tenham nada em comum comigo, e que talvez não as veja mais. A um lado da estrada corre um carro puxado por dois cavalos peludos e cobertos de suor, com coelheiras e tirantes enlaçados nos pescoços, e atrás vai um rapaz com chapéu de feltro caído de banda, entoando uma canção arrastada, com as pernas compridas, metidas em longas botas, pendentes de cada lado do cavalo, em cuja crina está pendurado um sininho que de vez em quando tilinta. Seu rosto e sua pose expressam tanta satisfação preguiçosa e despreocupada que me parece o máximo de felicidade ser cocheiro e cantar canções tristes. Ao longe, atrás do barranco, destaca-se no céu azul-claro uma igreja de aldeia com telhado verde. A seguir, o vilarejo, o telhado vermelho da casa senhorial e um jardim verdejante. Quem será que vive nessa casa? Haverá ali crianças, pai, mãe, professor? Por que não podemos ir a essa casa e conhecer seus

---

73. Calçado rústico, feito com tiras de casca de árvore trançadas, usado antigamente pelos camponeses russos. (N.T.)

donos? Surge um longo comboio de imensas carroças puxadas por troicas de cavalos bem-alimentados e de patas grossas, às quais fomos forçados a dar passagem.

– Que estão transportando? – perguntou Vassíli ao primeiro cocheiro, cujas enormes pernas pendiam dos varais e que ficou um longo tempo olhando para nós com um olhar parado e inexpressivo, balançando o chicote, e só responde algo quando já é impossível ouvi-lo.

– Que mercadoria estão levando? – pergunta Vassíli a outro cocheiro.

Na parte dianteira de sua carroça, cercada e com uma esteira nova, um outro cocheiro está deitado. Uma cabeça alourada, com um rosto vermelho e uma barbicha ruiva, surge por um instante da esteira, lança um olhar indiferente e de desprezo para o nosso breque e esconde-se outra vez.

Vem-me à mente o pensamento de que na certa esses carroceiros não sabem quem somos, de onde estamos vindo e para onde vamos.

Durante hora e meia estou mergulhado em observações de toda ordem e não presto atenção aos números tortos que indicam as verstas, porém o sol começa a esquentar com mais força minha cabeça e minhas costas, a estrada fica mais poeirenta, a tampa triangular da caixa de chá passa a me incomodar com mais intensidade e mudo de posição várias vezes: sinto calor, desconforto e tédio. Concentro-me nos números dos postes, que indicam as verstas, e faço cálculos quanto ao tempo que levará para chegarmos à estação de muda. "Doze verstas são um terço de trinta e seis; até Lipets são quarenta e uma verstas, portanto, já percorremos um terço e mais quanto?" E assim por diante.

– Vassíli – disse eu, ao notar que ele começara a cabecear –, deixe-me subir na boleia, meu amigo.

Vassíli concorda e nós trocamos de lugar. Imediatamente ele começa a roncar e se esparrama de tal maneira no breque que não sobra lugar para mais ninguém. Quanto a mim, vejo descortinar-se lá do alto onde estou um quadro dos mais agradáveis: nossos quatro cavalos, Nerutchínskaia, Diatchok, Lévaia e Aptékar, que conheço nos mínimos detalhes e características.

— Por que hoje atrelaram Diatchok à direita, e não à esquerda? — pergunto ao cocheiro com certa timidez.

— O Diatchok?

— Pois a Nerutchínskaia não está fazendo esforço algum.

— Não é possível atrelar Diatchok à esquerda — diz Filipp, sem ligar para minha última observação. — Não é um cavalo para se atrelar no lado esquerdo. À esquerda é necessário um cavalo de verdade, e ele não é um cavalo desse tipo.

Com essas palavras, Filipp inclina-se para o lado direito e, puxando as rédeas com todas as suas forças, põe-se a açoitar o pobre Diatchok na cauda e nas pernas, de um modo especial, de baixo para cima, e só termina esse procedimento quando ele próprio sente necessidade de descansar e de deslocar seu chapéu para um lado, embora este até então estivesse bem assentado na sua cabeça, apesar de Diatchok ter dado o máximo de suas forças para puxar o breque. Aproveito aquele feliz instante e peço a Filipp que me deixe dirigir um pouquinho. De início Filipp me dá uma rédea; depois, me dá outra. Enfim, todas as seis rédeas e o chicote passam para as minhas mãos e eu me sinto completamente feliz. Procuro imitar Filipp em tudo, pergunto-lhe se estou indo bem, mas geralmente no final ele acaba ficando descontente comigo e, dizendo que um cavalo não está puxando nada, enquanto o outro está puxando demais, mete o cotovelo no meu peito e toma as rédeas. O calor fica cada vez mais forte, as nuvenzinhas começam a inchar como bolhas de sabão, vão subindo, juntando-se e tomando uma coloração cinza-escuro. Na janela da carruagem surge a mão de alguém segurando uma garrafa e uma trouxinha. Com uma agilidade surpreendente, Vassíli salta da boleia em movimento e traz para nós *kvas* e *vatrúchki*[74].

Nas ladeiras mais íngremes nós todos descíamos dos carros e às vezes apostávamos corrida até a ponte, enquanto Vassíli e Iákov, depois de colocar freios nas rodas, seguravam a carruagem de ambos os lados com as mãos, como se fossem capazes de sustentá-la, se ela viesse a tombar. Depois, com permissão de Mimi, Volódia ou eu nos transferíamos para a carruagem e Liúbotchka ou Kátenka vinham para o breque.

---

74. Pasteizinhos de ricota. (N.T.)

Essas trocas proporcionavam grande alegria às meninas, pois achavam, com razão, que no breque era muito mais divertido. Às vezes, nas horas de calor, ao passar por um bosque ficávamos para trás e arrancávamos alguns galhos verdes, com os quais fazíamos um caramanchão no breque. Esse caramanchão móvel corria a todo vapor para alcançar a carruagem, enquanto Liúbotchka soltava gritinhos com sua voz mais aguda, o que sempre fazia quando estava feliz.

Surge a aldeia em que vamos comer e descansar. Sentimos os cheiros característicos da aldeia – de fumaça, alcatrão, rosquinhas; ouve-se som de vozes, de passos, de rodas. Os guizos já não soam como no campo aberto. De ambos os lados, rapidamente, passam casas com telhados de palha, portas enfeitadas com entalhes de madeira e janelinhas pintadas de verde ou vermelho, atrás das quais surge aqui e ali o rosto de alguma mulher curiosa. Veem-se meninos e meninas camponeses só de camisas. Ficam ali parados, de boca aberta, com os braços caídos, ou correm com passinhos miúdos e pezinhos nus pela terra poeirenta e, apesar dos gestos ameaçadores de Filipp, correm atrás dos carros e tentam subir nas malas que estão amarradas na traseira. Nas estalagens, porteiros arruivados aproximam-se dos carros por ambos os lados e procuram atrair os viajantes com os mais agradáveis gestos e palavras. Os portões rangem, os eixos das rodas roçam nos postes e finalmente entramos no pátio. Temos quatro horas de descanso e liberdade!

Capítulo II

A tempestade

O sol inclinava-se para oeste e queimava de modo insuportável meu pescoço e minhas bochechas com seus raios oblíquos e abrasadores. Era impossível tocar nas bordas do breque, de tão quentes que estavam. Da estrada subia uma densa poeira que cobria o ar. Não havia um ventinho sequer para dispersá-la. Mais adiante, a uma distância constante, a alta e empoeirada carroceria da carruagem, com nossos baús, ia num balanço uniforme. À frente dela podiam-se ver de quando em quando o chicote que o cocheiro brandia, seu chapéu e o boné de Iákov. Eu não sabia onde me meter: nem o rosto negro de poeira de Volódia, que cochilava ao meu lado, nem os movimentos das costas de Filipp, nem a sombra comprida do nosso breque, que corria atrás de nós fazendo um ângulo agudo, conseguiam me distrair. Toda a minha atenção se concentrava nos marcos indicadores das verstas, que eu avistava ao longe, e nas nuvens, que antes se espalhavam pelo céu e que naquele instante, depois de se transformarem em monstruosas sombras negras, ajuntavam-se numa grande nuvem cinza e sombria. De tempos em tempos ressoava um trovão distante. Essa última circunstância aumentava ainda mais a minha impaciência por chegar o mais rápido possível à estalagem. Tempestades provocavam em mim um sentimento indescritível de melancolia e terror.

Até a próxima aldeia havia ainda umas dez verstas, e uma grande nuvem escura e lilás, que surgira não se sabe de onde, sem vento nenhum, movia-se com rapidez em nossa direção. O sol ainda não fora encoberto e iluminava fortemente o contorno ameaçador e as faixas cinzentas que partiam da nuvem e iam até o horizonte. Ao longe refulgia de vez em quando um relâmpago e ouvia-se um fraco rugir de trovoadas, que ia ficando mais forte, mais próximo, até se transformar numa sucessão ininterrupta de trovões que cobria toda a abóbada celeste. Vassíli levanta-se na boleia para erguer a capota do breque; os cocheiros vestem seus casacos e a cada ribombar de trovão tiram o gorro e se benzem. Os cavalos empinam as orelhas, dilatam as narinas, como se quisessem aspirar o ar fresco trazido pela nuvem que se aproxima, e o breque roda com maior rapidez pela estrada poeirenta. Um medo atroz se apoderou de mim, e sinto o sangue circular mais depressa nas minhas veias.

As nuvens mais próximas já começam a encobrir o sol, que ressurge pela última vez, iluminando um lado terrivelmente sombrio do horizonte, para depois desaparecer. Toda a paisagem ao redor muda de repente e adquire um aspecto tenebroso. Um bosque de álamos estremece; as folhas adquirem uma cor branca embaçada, destacando-se com nitidez no fundo lilás da nuvem, agitando-se e fazendo ruído. As pontas das copas das altas bétulas começam a oscilar e tufos de capim seco voam pela estrada. Andorinhões e andorinhas de peito branco esvoaçam em torno do carro, como que querendo nos deter, quase roçando no peito dos cavalos. As bordas do anteparo de couro com que nos resguardávamos começam a se levantar e deixam passar lufadas de vento úmido, agitando-se e batendo na carroceria do breque. Um relâmpago se acende como se estivesse dentro do breque, cega a vista e clareia por um momento o forro de lã cinza, os frisos e a figura de Volódia, que estava encolhido num canto. No mesmo instante, bem sobre nossas cabeças ressoa um estampido imponente, que parece subir cada vez mais alto e alargar-se cada vez mais em uma imensa espiral, tornando-se cada vez mais forte e transformando-se num estrondo ensurdecedor, que me faz tremer e prender a respiração.

A cólera divina! Quanta poesia há nessa crença popular!

As rodas giram cada vez mais depressa. Pelo movimento das costas de Vassíli e do cocheiro Filipp, que agita impacientemente as rédeas, noto que eles também estão com medo. O breque desliza veloz por um declive e faz barulho ao passar por uma ponte de madeira. Tenho receio até de me mexer e espero a qualquer minuto o fim de todos nós.

Ouve-se um ruído: uma correia se soltou do balancim justamente em cima da ponte, e somos obrigados a parar, apesar dos trovões ensurdecedores. Com a cabeça apoiada no beiral do breque, observo desesperançado, com a respiração suspensa e o coração apertado, os movimentos dos dedos negros e grossos de Filipp, que vagarosamente faz um nó e iguala os tirantes, empurrando um dos cavalos com a palma da mão e o cabo do chicote.

A angústia e o medo iam crescendo em mim à medida que a tempestade se aproximava, mas, quando chegou o momento majestoso do silêncio que em geral precede a explosão da tormenta, esses sentimentos chegaram a um nível tal que eu poderia morrer de comoção. Nesse instante, surgiu de sob a ponte um ser humano vestido com uma camisa suja e esfarrapada. Tinha um rosto inchado e inexpressivo, a cabeça, que ele balançava sem parar, estava raspada e descoberta, suas pernas eram tortas e descarnadas. Ele meteu dentro do breque um coto de braço vermelho e lustroso.

– Paizinho! Uma esmola pro aleijado, pelo amor de Deus! – ressoa uma voz doentia. O mendigo faz o sinal da cruz e a cada palavra inclina o tronco na altura da cintura.

Não consigo expressar o sentimento de gélido terror que tomou conta de mim naquele momento. Senti um calafrio no couro cabeludo e cravei os olhos estupidamente aterrorizados no mendigo.

Vassíli, que era quem distribuía esmolas ao longo da estrada, estava dando instruções a Filipp quanto à maneira de reforçar o tirante, e só quando isso ficou pronto e Filipp subiu na boleia, reunindo as rédeas, foi que ele começou a procurar algo no bolso lateral. Mas bastou que déssemos a partida e um relâmpago ofuscante inundou por um momento todo o vale com uma luz ígnea, obrigando os cavalos a pararem, sendo seguido pelo ribombar ensurdecedor de um trovão e dando assim a impressão de que a abóbada celeste estava desabando sobre nós. O vento ficou ainda mais forte: as crinas e as caudas dos cavalos, o capote de Vassíli e as bordas do anteparo agitam-se desesperadamente com as lufadas furiosas. Na capota de couro do breque pinga uma enorme e pesada gota de chuva, depois a segunda, a terceira, a quarta e, de repente, parece que alguém está tocando tambor sobre nossas cabeças. O ruído regular da chuva caindo enchia o espaço ao redor. Pelo movimento dos braços de Vassíli, percebi que ele estava desamarrando seu porta-moedas: o mendigo, curvando-se e fazendo o sinal da cruz, corria bem perto das rodas e a qualquer momento poderia ser esmagado por elas. "Uma esmola, pelo amor de Deus!" Por fim a moeda de cobre passa voando e a miserável criatura, com a camisa ensopada cobrindo os braços esquálidos, cambaleando por causa do vento, fica parada indecisa no meio da estrada e desaparece da minha visão.

Impelida pelo vento forte, caía a cântaros uma chuva oblíqua. Das costas do casaco felpudo de Filipp escorriam filetes de água que se juntavam no forro do breque, formando uma poça turva. A poeira da estrada se transformou numa lama rala, amassada pelas rodas. Os solavancos diminuíram e pelas trilhas barrentas corriam pequenos regatos. Os relâmpagos já tinham uma luz mais espalhada e pálida, e os trovões, em meio ao ruído compassado da chuva, já não eram tão impressionantes.

Agora a chuva está mais fina; a grande nuvem escura começa a se dividir em nuvenzinhas onduladas, o local onde deve estar o sol se ilumina, por entre as bordas branco-acinzentadas aos poucos vão aparecendo nesgas de céu azul. Um minuto depois, um tímido raio de sol já está brilhando nas poças da estrada, nos filetes de chuva miúda que caem verticalmente, como através de uma peneira, e na relva brilhante e verde da estrada. A nuvem negra agora encobre ameaçadoramente o lado oposto do céu, mas já não me faz medo. Sinto uma sensação indescritível de alegria e esperança na vida, numa rápida substituição ao penoso sentimento de terror. Minha alma está sorridente como aquela natureza renovada e festiva. Vassíli abaixa a gola do capote, tira e sacode o boné. Volódia solta o anteparo dianteiro e eu meto a cabeça para fora, aspirando com avidez o ar fresco e perfumado. A carroceria da carruagem, lavada pela chuva e brilhante, com os baús e malas, balança à nossa frente; os lombos dos cavalos, as retrancas, as rédeas estão molhados e reluzem ao sol, como se estivessem cobertos de verniz.

De um lado da estrada estende-se um campo que fora semeado no outono, parecendo um tapete escuro indo até o horizonte, cortado aqui e ali por barrancos pouco fundos. Sua terra molhada e a relva verde brilham ao sol. Do outro lado, um pequeno bosque de álamos, entremeado de nogueiras e cerejeiras silvestres, permanece imóvel, como se sentisse uma enorme felicidade, e lentamente de seus galhos lavados caem gotas transparentes de chuva sobre as folhas secas que restaram do ano anterior. De todos os lados esvoaçam calhandras de penacho, subindo e caindo, em alegre cantoria. Nos arbustos molhados ouve-se a algazarra diligente dos pequenos passarinhos, e do meio do bosque chega até nós o canto nítido do cuco. O perfume maravilhoso do bosque depois da chuva primaveril, o cheiro das bétulas, das violetas, das folhas em decomposição, dos cogumelos, das cerejeiras silvestres, fascinam-me tanto que não consigo ficar dentro do carro. Salto do estribo e, sem ligar para os pingos de chuva, corro para os arbustos, arranco alguns ramos floridos de cerejeira e bato com eles no meu rosto, deliciando-me com seu perfume maravilhoso. Sem nem mesmo atentar para o fato de que minhas botas ficaram cheias de lama e minhas meias há muito estão ensopadas, vou chapinhando no barro até a janela da carruagem.

– Liúbotchka! Kátenka! – grito, estendendo-lhes alguns ramos de cerejeira. – Vejam que maravilha!

As meninas soltam gritinhos e suspiros. Mimi berra para eu me afastar, senão fatalmente serei atropelado.

– Mas cheire só, sinta o perfume! – gritei.

Capítulo III

Um novo olhar para o mundo

Kátenka estava sentada ao meu lado no breque, com a linda cabecinha inclinada, olhando pensativa para a estrada poeirenta que fugia debaixo das rodas. Eu a fitava calado, espantado com a expressão triste e adulta que vi pela primeira vez em seu rostinho rosado.

– Logo chegaremos a Moscou – disse eu. – Como você imagina que é?

– Não sei – respondeu ela de má vontade.

– De qualquer modo, o que você acha: é maior do que Sérpukhov ou não?

– O quê?

– Nada.

Mas há um instinto que nos faz adivinhar os pensamentos do outro e serve de fio condutor numa conversa, e Kátenka entendeu que eu estava magoado com sua indiferença. Ela levantou a cabeça e se dirigiu a mim:

– Seu pai disse se nós vamos morar na casa de sua avó?

– Disse; vovó quer morar conosco, sobre isso não há discussão.

– E todos nós vamos morar lá?

– Claro. Nós vamos morar numa das metades da parte de cima, e vocês, na outra metade. Papai vai ficar no pavilhão. E vamos todos almoçar juntos no andar de baixo, com a vovó.

– *Maman* diz que sua avó tem um ar importante. Ela é brava?

– Que nada! Isso é só a primeira impressão. Ela tem ar importante, sim, mas não é nem um pouquinho brava. Ao contrário, é muito bondosa e alegre. Se você visse o baile que deu no seu aniversário!

– Mesmo assim tenho medo dela. Aliás, só Deus sabe se nós...

Kátenka se calou de repente e ficou novamente pensativa.

– Mas o quê? – perguntei preocupado.

– Não é nada.

– Como não é nada?! Você ia dizendo "só Deus sabe...".

– Mas então, você estava contando que sua avó deu um baile.

– Pois é, pena que você não estava lá. Tinha um montão de convidados, uns mil; tinha música, generais... Até eu dancei... Kátenka! – exclamei de repente, interrompendo minha descrição. – Você não está ouvindo?

– Sim, estou ouvindo; você estava dizendo que dançou.

– Por que você está tão entediada?

– Não se pode estar sempre alegre.

– Não, você mudou muito desde que chegamos de Moscou. Diga-me sinceramente – disse eu com ar decidido, virando-me para ela –, por que você ficou tão estranha?

– Por acaso estou estranha? – respondeu Kátenka com ardor, prova de que minha observação a interessava. – Não estou nem um pouco estranha.

– Não, você não é mais a mesma de antes – continuei. Antes era evidente que você estava sempre de acordo conosco, que nos considerava sua família e que gostava de nós como gostávamos de você, e agora você ficou séria e se afasta de nós...

– Não existe nada disso...

– Não, deixe-me terminar – interrompi, começando a sentir uma leve coceira no nariz, coisa que precedia as lágrimas que sempre me vinham aos olhos quando eu expressava algum pensamento íntimo guardado por muito tempo. – Você está se afastando de nós, conversa só com Mimi, como se nos ignorasse.

– Mas não se pode continuar sempre igual; algum dia temos de mudar – respondeu Kátenka, que, quando não sabia o que dizer, tinha o costume de explicar tudo por uma necessidade fatalista.

Lembro-me de que certa vez, tendo brigado com Liúbotchka, que a chamara de *menina tola*, ela respondeu: "Nem todos podem ser inteligentes; alguns precisam ser tolos". Mas aquela resposta de que todos devem mudar algum dia não me satisfez e continuei a perguntar:

– Mas por que é preciso mudar?

– Não vamos viver sempre juntos, não é verdade? – respondeu Kátenka, corando levemente e olhando fixamente para as costas de Filipp. – A mamãe podia morar com sua finada mãe, que era sua amiga. Já com a condessa, que todos dizem ser brava, será que ela vai se dar bem? Além disso, seja como for, algum dia vamos nos separar: vocês são ricos, são donos de Petróvskoie, mas nós somos pobres, a mãezinha nada possui.

"Vocês são ricos, nós somos pobres." Essas palavras e esses conceitos, aplicados a elas, me pareceram muitíssimo estranhos. Pelo entendimento que eu tinha naquela época, os pobres eram apenas os mendigos e os camponeses, e, na minha cabeça, não podia relacionar a ideia de pobreza com a bonita e graciosa Kátia. Eu pensava que Mimi e Kátenka iriam continuar a viver conosco, como sempre tinham vivido, compartilhando conosco de tudo. Para mim, não havia outra possibilidade. Mas agora milhares de ideias novas e confusas relativas à situação solitária das duas penetraram na minha mente, e comecei a sentir tanto remorso por sermos ricos e elas pobres que fiquei vermelho e não consegui olhar para Kátenka.

"Que importa que sejamos ricos e elas pobres?", pensava eu. "E por que disso se conclui que precisamos nos separar? Por que não podemos dividir igualmente o que possuímos?" Mas eu compreendia que não era conveniente falar sobre isso com Kátenka, e um instinto prático, contrário a esse raciocínio lógico, já me dizia que ela tinha razão e que seria inoportuno explicar a ela meu pensamento.

– Mas será possível que você vai mesmo nos deixar? – perguntei. – E como vamos viver longe uns dos outros?

– Que fazer? Para mim também será doloroso, mas, se acontecer, sei o que vou fazer...

– Vai ser atriz... Que bobagem! – interrompi, sabendo que esse sempre fora seu sonho.

– Não, isso eu dizia quando era pequena...

– Então o que vai fazer?

– Vou entrar para o convento. Vou viver lá, usar um vestidinho preto e um gorrinho de veludo.

Kátenka começou a chorar.

Já aconteceu a você, leitor, notar, numa determinada época da vida, que sua maneira de ver as coisas muda por inteiro, como se todos os objetos que você via até então de repente tivessem se virado e lhe mostrado um lado até então desconhecido? Uma mudança moral desse tipo ocorreu comigo pela primeira vez durante nossa viagem, e a considero o início da minha adolescência.

Pela primeira vez me veio à cabeça com clareza a ideia de que nós, isto é, nossa família, não somos os únicos a viver no mundo, de que nem todos os interesses giram em torno de nós, de que existe a vida de outras pessoas que não têm nada a ver conosco, não se preocupam conosco e nem sabem que existimos. Sem dúvida, antes eu sabia disso, mas não sabia como naquele momento, não tinha consciência, não sentia. A ideia se transforma em convicção só por um determinado meio, que muitas vezes é inesperado e diferente dos caminhos que outras mentes percorrem para chegar às mesmas convicções. Para mim, esse meio foi a conversa com Kátenka, que me emocionara fortemente e me obrigara a refletir sobre seu futuro. Quando eu olhava para as aldeias e cidades por que passávamos, onde em cada casa vivia pelo menos uma família igual à nossa; quando via mulheres e crianças que olhavam com curiosidade para nossa carruagem e depois sumiam para sempre de nossas vistas; e também quando encontrávamos pequenos comerciantes e camponeses, que não só não se inclinavam à nossa passagem, como eu estava acostumado a ver em Petróvskoie, como nem mesmo se dignavam a nos olhar – quando contemplava tudo isso pela primeira vez surgiu na minha cabeça esta pergunta: quais devem ser as preocupações deles, se não se importam nem um pouco conosco? E dessa pergunta surgiram outras: como e de que eles vivem, como educam seus filhos, será que estudam, os pais permitem que eles brinquem, como os castigam, e assim por diante.

Capítulo IV

Em Moscou

Com a chegada a Moscou, ficaram ainda mais nítidas as mudanças no meu modo de ver as coisas, as pessoas e minha relação com elas.

No primeiro encontro com vovó, ao ver seu rosto magro e sulcado de rugas e seus olhos sem vida, o exagerado respeito e o temor que eu sentia por ela foram substituídos por um sentimento de compaixão. E quando ela começou a soluçar com o rosto sobre a cabeça de Liúbotchka, como se estivesse vendo o cadáver de sua querida filha, minha compaixão transformou-se em afeto. Eu ficava constrangido ao ver sua tristeza, pois percebi que não éramos nada a seus olhos, que lhe éramos caros apenas pelas recordações, e eu sentia que cada um dos beijos com que ela cobria nossas faces expressava um pensamento: *ela* já não existe, *ela* morreu, não *a* verei mais.

Em Moscou papai quase não nos dava atenção. Vinha ver-nos apenas na hora do almoço, com o rosto permanentemente preocupado, de casaca preta ou de fraque. Já não usava suas camisas folgadas de colarinho armado nem seu robe de chambre, não se encontrava com seus administradores, com seus chefes de aldeia, não fazia caminhadas até a eira e nem caçadas. A meus olhos, ele perdeu muito com isso. Karl Ivânytch, a quem vovó chamava de *aio* e que de repente, sabe Deus por que, resolveu trocar sua calva venerável e familiar por uma peruca ruiva com uma risca feita com linha quase no meio da cabeça, me pareceu tão estranho e ridículo que me admirei de não ter notado isso antes.

Entre nós e as meninas também surgiu uma barreira invisível. Tanto elas como nós tínhamos segredos particulares. Era como se elas se orgulhassem de suas saias cada vez mais longas, e nós, de nossas calças com presilhas nos tornozelos. Quanto a Mimi, no primeiro domingo ela desceu para o almoço com um vestido tão luxuoso e com tantas fitas na cabeça que imediatamente ficou claro que não estávamos na aldeia e que dali em diante tudo seria diferente.

Capítulo V

O irmão mais velho

Eu era apenas um ano e alguns meses mais novo que Volódia. Nós crescemos, estudamos e brincamos sempre juntos. Nunca se fazia distinção de idade entre nós, mas, nessa época a que me referi no capítulo anterior, comecei a entender que Volódia não era da minha idade e tinha outras tendências e aptidões. Parecia-me mesmo que o próprio Volódia tinha consciência de sua superioridade e se orgulhava dela. Tal convicção, provavelmente falsa, espicaçava meu amor-próprio, que sofria abalos a cada enfrentamento com ele. Meu irmão era superior a mim em tudo: nos divertimentos, nos estudos, nas discussões e na maneira de se comportar, e isso fazia com que me afastasse dele e provocava em mim sofrimentos morais que eu não podia entender. Na primeira vez que fizeram para Volódia camisas de linho holandês com preguinhas, se eu tivesse dito com franqueza que estava triste por não ter camisas iguais estou certo de que me sentiria melhor e, cada vez que ele ajeitava o colarinho, não passaria pela minha cabeça que estava fazendo aquilo apenas para me ofender.

O que mais me torturava era que Volódia, como às vezes me parecia, me entendia perfeitamente, mas esforçava-se para ocultá-lo.

Quem nunca notou as relações silenciosas e secretas que transparecem num sorriso imperceptível, num gesto ou num olhar, entre pessoas que convivem permanentemente: irmãos, amigos, marido e mulher, patrão e criado, sobretudo quando essas pessoas não são inteiramente sinceras umas com as outras? Quantos desejos não ditos, pensamentos, temor de ser compreendido – são expressos num olhar casual, num encontro tímido e indeciso de olhares!

Mas é possível que naquele caso eu estivesse iludido por minha sensibilidade exagerada e por minha tendência para analisar tudo. Talvez Volódia nem sentisse aquilo que eu sentia. Ele era impulsivo, sincero e inconstante em seus interesses. Entusiasmava-se pelas coisas mais diversas, às quais se entregava com toda a alma. Ora se apaixonava pela pintura e punha-se a desenhar por conta própria, comprava material com seu dinheiro e ainda pedia ao professor de desenho, ao papai, à vovó; ora tomava-se de paixão por objetos com os quais enfeitava sua mesinha e que ele recolhia por toda a casa. Ou então encantava-se com romances que conseguia às escondidas e que passava dias e noites lendo... Sem querer, eu me interessava por suas paixões, mas era orgulhoso demais para seguir-lhe os passos e muito jovem e inseguro para escolher um caminho novo. Mas nada me causava tanta inveja como o temperamento feliz, nobre e franco de Volódia, que se revelava com mais nitidez nas nossas discussões e brigas. Eu sentia que ele estava certo, mas não conseguia imitá-lo.

Certa vez, durante o auge de sua paixão por enfeites, me aproximei de sua mesinha e sem querer quebrei um frasquinho vazio de vidro multicor.

– Quem lhe pediu para tocar nas minhas coisas? – perguntou Volódia ao entrar no quarto e ver a destruição da simetria que eu fizera nos diversos enfeites de sua mesa. – E onde está o frasquinho? Com certeza você...

– Deixei cair sem querer e quebrou; que importância tem isso?

– Tenha a bondade de nunca se *atrever* a tocar nas minhas coisas – disse ele, juntando os pedaços do frasquinho e olhando com tristeza para eles.

– Por favor, *não me dê ordens* – respondi. – Quebrei, está quebrado. Para que falar sobre isso?

E dei um sorriso, embora não tivesse nenhuma vontade de sorrir.

– Para você não é nada, mas é alguma coisa para mim – disse Volódia, elevando um ombro, gesto que herdara do nosso pai. – Quebrou e ainda ri, pirralho insuportável.

– Eu sou pirralho e você é grande, mas bobo.

– Não quero brigar com você – disse Volódia, empurrando-me de leve. – Fora daqui!

– Não me empurre!

– Fora!

– Estou lhe dizendo para não me empurrar.

Volódia pegou-me pelo braço e quis me puxar para longe da mesinha, mas eu já estava irritado demais: agarrei um pé da mesa e virei-a. "Isto é para você ver!", pensei, e todos os enfeites de porcelana e cristal voaram para o chão com estrondo.

– Pirralho nojento! – gritou Volódia, tentando aparar as coisas que caíam.

"Bem, agora está tudo acabado entre nós, estamos brigados para sempre", pensei, saindo do quarto.

Ficamos até a noite sem nos falar. Sentia-me culpado, tinha medo de olhar para ele e durante todo o dia não consegui me concentrar em nenhuma ocupação. Volódia, pelo contrário, estudou muito bem e, como sempre, depois do almoço conversou e riu com as meninas.

Assim que o professor terminou a aula, eu saí da sala, pois sentia medo, constrangimento e vergonha de ficar a sós com meu irmão. À tarde, depois da aula de história, peguei os cadernos e me dirigi à porta. Ao passar perto de Volódia, fechei a cara, embora minha vontade fosse me aproximar dele e fazer as pazes. Nesse instante Volódia levantou a cabeça e me olhou diretamente nos olhos, com um leve sorriso zombeteiro mas bondoso. Nossos olhares se encontraram e vi que ele me compreendia, e também que percebia que eu sabia que ele me compreendia. Porém, um sentimento irrefreável me obrigou a dar-lhe as costas.

– Nikólenka! – disse ele em tom simples, sem ser patético. – Chega de briga, perdoe-me se o ofendi.

De repente alguma coisa começou a comprimir meu peito e, como se subisse cada vez mais alto, a me cortar a respiração. Mas a sensação durou apenas um instante: meus olhos encheram-se de lágrimas e senti-me aliviado.

– Perdoe-me... Vo...ló...dia! – eu disse, apertando sua mão.

Mas meu irmão me olhava como se não entendesse a causa das minhas lágrimas...

Capítulo VI

Macha

Nenhuma das mudanças que ocorreram no meu modo de ver as coisas foi para mim tão surpreendente como aquela que fez com que eu deixasse de ver uma de nossas camareiras como uma criada do sexo feminino e passasse a vê-la como uma *mulher*, da qual poderiam depender, até certo ponto, minha tranquilidade e minha felicidade.

Desde que me entendo por gente, tenho lembrança de Macha na nossa casa e nunca havia prestado a mínima atenção nela até o acontecimento que mudou completamente meu modo de vê-la, e que passarei a contar agora. Macha tinha uns vinte e cinco anos quando eu tinha catorze. Era muito bonita, mas receio fazer sua descrição, pois temo que minha imaginação me traia outra vez e me traga uma figura fascinante e irreal, criada quando eu estava tomado pela paixão. Para não cometer um erro, direi apenas que Macha era extraordinariamente branca, bem desenvolvida e uma mulher feita; quanto a mim, tinha então catorze anos.

Num daqueles momentos em que a gente passeia pela sala com um livro na mão, tentando pisar apenas em determinadas frestas do assoalho, ou quando fica cantarolando uma melodia qualquer, ou lambuzando de tinta a beirada da mesa, ou repetindo sem pensar alguma frase – em suma, num daqueles momentos em que a mente se recusa a trabalhar e a imaginação toma a dianteira e busca impressões –, eu saí da sala de aula e, sem nenhum objetivo, desci até o patamar intermediário da escadaria.

Alguém de sapatos subia pelo outro lance da escada. Evidentemente, eu quis saber quem era, mas de repente o barulho dos passos cessou e ouvi a voz de Macha:

– Mas o que o senhor está fazendo? Está se divertindo, mas se Mária Ivânovna chegar, acha que vai ser bom?

– Ela não vai chegar – disse a voz sussurrada de Volódia, e em seguida ouviu-se um rumor, como se Volódia estivesse tentando agarrá-la.

– Ora, onde está metendo as mãos, seu sem-vergonha! – e Macha passou correndo junto de mim, com o lencinho da cabeça caído para um lado deixando ver o pescoço roliço e alvo.

Não consigo expressar o quanto fiquei surpreso com essa descoberta, mas a surpresa logo cedeu lugar à simpatia pelo procedimento de Volódia. Eu já não me espantava com seu comportamento, e sim com o modo como ele havia descoberto que aquele comportamento causava prazer. E sem querer tive vontade de imitá-lo.

Passei a ficar durante horas naquele patamar, sem pensar em nada, com a atenção fixa nos mínimos movimentos que ouvisse lá em cima. Mas nunca me forcei a imitar Volódia, embora isso fosse o que eu mais desejava neste mundo. Às vezes, escondido atrás da porta, cheio de inveja e ciúme, ouvia barulhos dentro do quarto das criadas, e à minha cabeça vinha a pergunta: que aconteceria se eu subisse ao andar de cima e tentasse beijar Macha, como Volódia fazia? O que eu lhe diria, com meu nariz largo e meus redemoinhos eriçados, quando ela me perguntasse o que queria? Às vezes eu ouvia Macha dizer a Volódia: "Isto é um castigo! Por que o senhor vive me atormentando? Vá embora daqui, seu danadinho! Por que será que Nikolai Petróvitch nunca vem aqui com gracinhas?". Ela não sabia que Nikolai Petróvitch estava naquele instante ali embaixo, na escada, e daria tudo para estar no lugar do endiabrado Volódia.

Eu era tímido por natureza, mas minha timidez ficava ainda maior pela convicção de que eu era horroroso. Estou convencido de que nenhuma coisa tem uma influência tão decisiva na determinação do futuro de uma pessoa quanto seu aspecto físico, e não tanto este, quanto sua convicção de ser ou não atraente.

Eu tinha um amor-próprio exagerado para aceitar a minha situação e me consolava como a raposa, dizendo para mim mesmo que as uvas estavam verdes, ou seja, tentava menosprezar todos os prazeres que a aparência agradável proporcionava e que eu via e invejava de coração em Volódia, concentrando todas as forças de minha inteligência e da minha imaginação na busca do prazer em uma altiva solidão.

Capítulo VII

O chumbinho

– Meu Deus! Pólvora! – exclamou Mimi, com a voz sufocada pela comoção. – O que vocês estão fazendo? Querem pôr fogo na casa, matar todos nós?

Manifestando uma presença de espírito indescritível, Mimi ordenou a todos que se afastassem e, com passos largos e resolutos, aproximou-se de uma pequena quantidade de chumbinho que estava espalhada no chão e, sem ligar para o perigo de uma explosão inesperada, pôs-se a amassar os grãos com os pés. Quando achou que o perigo já havia passado, chamou Mikhêi e ordenou que atirasse toda aquela *pólvora* bem longe dali, ou, melhor ainda, na água. Isso feito, ela se dirigiu para a sala de visitas, sacudindo orgulhosamente sua touca. "É, eles são muito bem cuidados, não há o que dizer", resmungava ela.

Quando papai chegou do pavilhão e todos juntos fomos ao quarto de vovó, lá já estava Mimi, sentada junto à janela, olhando para a porta com uma expressão misteriosamente oficial e ameaçadora. Tinha na mão alguma coisa embrulhada em papel. Adivinhei que era chumbinho e que vovó já estava a par de tudo.

Além de Mimi, no quarto de vovó estavam ainda sua camareira Gacha que, a julgar pelo rosto irado e vermelho, estava muito abalada, e o doutor Blumenthal, um homenzinho com marcas de varíola que tentava em vão acalmar Gacha, fazendo-lhe com os olhos e com a cabeça enigmáticos sinais tranquilizadores.

Vovó estava sentada de lado e arrumava as cartas para jogar um tipo de paciência chamado *O viajante*, fato que sempre indicava um humor muito desfavorável.

– Como está se sentindo, *maman*? Dormiu bem? – perguntou papai, beijando com respeito sua mão.

– Maravilhosamente bem, meu querido: acho que você sabe que estou sempre com ótima saúde – respondeu vovó, como se a pergunta de papai fosse a mais inoportuna e ofensiva. – E então, quer me dar um lenço limpo? – continuou ela, dirigindo-se a Gacha.

– Já lhe dei – respondeu Gacha, apontando para um lenço de cambraia branco como a neve que estava sobre o braço da poltrona.

– Leve esse trapo sujo e traga-me um lenço limpo, querida.

Gacha foi até a cômoda, abriu uma gaveta e fechou-a com uma batida tão forte que os vidros das janelas tremeram. Vovó olhou ameaçadora para todos nós e continuou vigiando todos os movimentos da camareira. Quando esta lhe entregou o que me pareceu ser o mesmo lenço, vovó disse:

– E quando é que vai moer o tabaco para mim, minha cara?

– Quando tiver tempo.

– O que está dizendo?

– Que vou moer agora.

– Se não quer me servir, minha querida, devia me dizer. Eu a teria dispensado há muito tempo.

– Dispense se quiser, ninguém vai chorar – resmungou a camareira a meia-voz.

Nesse instante, o doutor ia começando a lhe piscar, mas ela olhou para ele com tanta raiva e decisão que ele se encolheu e ficou brincando com a chavinha do relógio.

– Está vendo, meu caro, como falam comigo na minha casa? – indagou vovó, dirigindo-se a meu pai quando Gacha, ainda resmungando, saiu do quarto.

— Permita-me, *maman*, eu mesmo vou moer o tabaco para a senhora — disse papai, que parecia ter ficado numa situação difícil com aquele inesperado discurso.

— Não é preciso, obrigada: ela é grosseira comigo porque sabe que ninguém além dela sabe moer o tabaco do jeito que gosto. Você está sabendo, meu querido, que seus filhos hoje cedo quase atearam fogo na casa?

Papai ficou olhando para vovó com uma curiosidade respeitosa.

— É verdade. Veja com o que estão brincando. Mostre para ele — disse ela, dirigindo-se a Mimi.

Papai pegou o chumbinho e não pôde deixar de sorrir.

— Mas isso é chumbinho, *maman* — disse ele. — Isso não tem perigo nenhum.

— Agradeço-lhe muito, querido, por vir me ensinar, mas estou muito velha para...

— São os nervos, são os nervos — cochichou o médico.

Então papai virou-se para nós e disse:

— Onde vocês arranjaram isso? E como ousam brincar com essas coisas?

— Não deve perguntar a eles, e sim ao *aio* deles — disse a avó, pronunciando a palavra *aio* com tom de desprezo. — É assim que ele toma conta deles?

— Voldemar[75] disse que foi o próprio Karl Ivânytch quem deu o chumbinho para eles — interveio Mimi.

— Está vendo como ele é bom? — continuou vovó. — E onde está ele, esse *aio*, como é mesmo o nome dele? Mande chamá-lo aqui.

— Eu lhe dei permissão para ir fazer uma visita — disse papai.

— Isso não é motivo, ele deve ficar sempre aqui. Os filhos não são meus, são seus, e não tenho o direito de lhe dar conselhos, porque você é mais inteligente do que eu — continuou vovó —, mas acho que já é hora de contratar um preceptor, em vez desse *aio*, desse camponês alemão. É um camponês bobo, que não pode ensinar a eles nada mais do que maus modos

---

75. Forma francesa, correspondente a Vladímir. (N.T.)

e canções tirolesas. Eu lhe pergunto: os meninos precisam mesmo saber cantar canções tirolesas? Enfim, *agora* já não há ninguém para pensar nessas coisas, e você pode agir como quiser.

A palavra *agora* significava: quando eles não têm mais mãe. Isso despertou-lhe tristes recordações e ela ficou pensativa, olhando para o retrato da filha na tabaqueira.

– Venho pensando nisso há muito tempo – apressou-se papai a dizer – e queria pedir seu conselho, *maman*: não seria bom chamar Saint-Jérôme, o professor que dá aulas particulares?

– Você fará muito bem, meu querido – disse vovó, já não com aquela voz aborrecida com que falara anteriormente. – Pelo menos Saint-Jérôme é um preceptor que sabe como educar *des enfants de bonne maison*[76], e não um simples *menin*[77], um *aio*, que só serve para levá-los a passear.

– Vou falar com ele amanhã mesmo – disse papai.

De fato, dois dias depois dessa conversa Karl Ivânytch cedeu o lugar ao jovem e elegante francês.

Capítulo VIII

A história de Karl Ivânytch

Na véspera do dia em que deveria partir para sempre de nossa casa, Karl Ivânytch, vestido com seu roupão acolchoado e seu gorro vermelho, estava de pé ao lado de sua cama, inclinado sobre a mala, e com cuidado colocava nela suas coisas.

Ultimamente Karl Ivânytch vinha nos tratando de um modo um tanto frio: parecia que evitava qualquer contato conosco. No momento em que entrei no quarto ele me lançou um olhar de esguelha, voltando em seguida ao que estava fazendo. Deitei-me na minha cama, mas Karl Ivânytch, que antes proibia com severidade que fizéssemos isso, não me disse nada. A ideia de que ele não iria mais zangar-se nem nos impor limites,

---

76. Crianças de boa família. (N.A.)
77. Acompanhante, pajem. (N.T.)

de que não tinha mais nada a ver conosco, trouxe vivamente à minha lembrança que nossa separação era iminente. Fiquei triste ao ver que ele deixara de nos amar e me deu vontade de lhe dizer isso.

– Permite que o ajude, Karl Ivânytch? – disse eu, aproximando-me dele.

Karl Ivânytch olhou-me rapidamente e deu-me as costas, mas, no rápido olhar que me lançou, não vi a indiferença com que eu explicava sua frieza, e sim uma tristeza sincera e contida.

– Deus tudo vê, tudo sabe, e sua divina vontade está em tudo – disse ele, endireitando-se e suspirando dolorosamente. – Pois é, Nikólenka, desde a infância até o meu túmulo, meu destino é ser infeliz – continuou ele, notando a expressão de sincera compaixão com que eu o fitava. – Sempre me pagaram com o mal o bem que fiz às pessoas, e minha recompensa não é deste mundo, e sim de lá – disse ele, apontando para o céu. – Se vocês conhecessem a minha história e tudo que já passei nesta vida! Fui sapateiro, fui soldado, fui desertor, fui operário, fui professor, e agora não sou nada! Eu, um filho de Deus, não tenho onde descansar minha cabeça – concluiu ele e, fechando os olhos, deixou-se cair na sua poltrona.

Percebendo que Karl Ivânytch estava naquela sensível disposição de ânimo, quando, sem prestar atenção aos ouvintes, ele expressava para si mesmo seus pensamentos mais íntimos, sentei-me em silêncio na minha cama, com os olhos fixos no seu rosto bondoso.

– Você não é mais criança, já pode entender. Vou lhe contar minha história e tudo por que já passei nesta vida. Algum dia você há de se lembrar do velho amigo que o amou muito!

Karl Ivânytch apoiou o cotovelo na mesinha ao seu lado, cheirou rapé, ergueu os olhos para o céu e começou sua narrativa, com aquela mesma voz monótona e gutural com que nos passava ditado.

– Eu *ser* infeliz ainda *na* ventre de minha mãe. *Das Unglück verfolgte mich schon im Schosse meiner Mutter*! – repetiu ele com mais sentimento ainda em alemão.

Karl Ivânytch havia me contado várias vezes sua história, sempre na mesma ordem e com as mesmas expressões e entonações, por isso espero transmiti-la quase que palavra por palavra, excetuando-se, é claro, os erros de gramática, que o leitor pôde notar na primeira frase. Se essa era realmente sua história, ou se foi uma fantasia que surgiu durante sua vida solitária na nossa casa e em que ele mesmo passou a acreditar de tanto repetir, ou se apenas enfeitou com fatos fantásticos os acontecimentos reais de sua vida – até hoje não tenho a resposta. Por um lado, ele contava sua história com um sentimento muito vivo e com uma sequencialidade metódica, indícios principais de sua verossimilhança, para que se pudesse duvidar dele. Por outro, havia um excesso de beleza poética na sua narrativa, e era essa beleza que suscitava dúvidas.

– Nas minhas veias corre o sangue nobre dos condes Von Sommerblat! *In meinen Adern fliesst das edle Blut des Grafen von Sommerblat!* Eu nasci seis semanas depois do casamento de minha mãe. O marido dela (a quem eu chamava de paizinho) era arrendatário do conde Von Sommerblat. Ele não podia esquecer a vergonha de minha mãe e não gostava de mim. Eu tinha um irmão menor, Johann, e duas irmãs, mas era um estranho em minha própria família! *Ich war ein Fremder in meinen eigenen Familie!* Quando Johann fazia alguma besteira, o paizinho dizia: "Com esse menino Karl, não terei um minuto de sossego!". Eu era xingado e castigado. Quando minhas irmãs brigavam, o paizinho dizia: "Karl nunca será um menino obediente!", e me xingavam e castigavam. Só minha boa mãezinha me amava e me acariciava. Muitas vezes ela me dizia: "Karl, venha aqui ao meu quarto", e então me beijava às escondidas. Ela dizia: "Pobre, pobre Karl! Ninguém o ama, mas não troco você por nada. Só uma coisa sua mãezinha lhe pede: estude direitinho e seja sempre um homem honesto, que Deus não o abandonará! *Trachte nur ein ehrlicher Deutscher zu werden – sagte sie – und der liebe Gott wird dich nicht verlassen!*". E eu me esforçava.

"Quando completei catorze anos e fiz a primeira comunhão, minha mãezinha disse a meu paizinho: 'Karl já é um menino crescido, Gustav; que vamos fazer com ele?'. E o paizinho disse: 'Não sei'. Então a mãezinha disse: 'Vamos mandá-lo para a cidade, para a casa do senhor Schultz, para que aprenda o ofício de sapateiro!'. E o paizinho disse: 'Está bem'; *und mein Vater sagte 'gut'*. Seis anos e sete meses eu vivi na cidade, na casa do mestre sapateiro, e o patrão gostava de mim. Ele disse: 'Karl é um bom trabalhador, em breve ele será meu *Geselle*[78]', mas... o homem propõe e Deus dispõe... Em 1796 foi decretado o recrutamento militar e todos que podiam servir, dos dezoito aos vinte e um anos, deveriam se apresentar na cidade.

"O paizinho e meu irmão Johann chegaram à cidade e fomos todos juntos tirar a sorte para ver quem iria ser *soldat*. Johann tirou um número ruim – eu não deveria ser *soldat*. Mas o paizinho disse: 'Eu tinha só um filho, e devo me separar dele! *Ich hatte einen einzigen sohn und von diesem muss ich mich trennen!*'".

"Peguei-o pelo braço e falei: 'Por que o senhor disse isso, paizinho? Venham comigo, vou lhes dizer uma coisa'. E o paizinho me seguiu. Fomos a uma taverna e nos sentamos a uma mesinha. 'Traga-nos duas canecas de cerveja', falei, e trouxeram-nos a cerveja. Cada um bebeu uma caneca e meu irmão Johann também bebeu.

"'Paizinho!', falei. 'Não diga que o senhor *tinha só um filho e deve se separar dele*'. Meu coração quer saltar do peito quando ouço isso. Meu irmão Johann não fará o serviço militar – eu vou ser *soldat*! Ninguém aqui precisa de Karl, e Karl vai ser *soldat*.'

"'Você é um homem honrado, Karl Ivânytch!', disse o paizinho, e me beijou. '*Du bist ein braver Bursche!, sagte mir mein Vater und küsste mich.*'

"E eu me tornei *soldat*."

Capítulo IX

Continuação do capítulo anterior

– Aquela era uma época terrível, Nikólenka – continuou Karl Ivânytch –, era a época de Napoleão. Ele queria conquistar a Alemanha e nós defendíamos nossa pátria com nosso

---

78. Contramestre. (N.A.)

sangue, até a última gota! *Und wir vertheidigten unser Vaterland bis auf den letzten Tropfen Blut*! Estive em Ulm, estive em Austerlitz, estive em Wagram! *Ich war bei Wagram*!

– Não me diga que o senhor também lutou! – perguntei, olhando espantado para ele. – Será possível que o senhor tenha também matado pessoas?

Karl Ivânytch imediatamente me tranquilizou a esse respeito.

– Certa vez um granadeiro francês ficou para trás em relação aos seus companheiros e caiu na estrada. Corri para ele com a baioneta e pretendia espetá-lo, mas o francês atirou fora sua arma e pediu clemência, *aber der Franzose warf sein Gewehr und rief Pardon*, e deixei-o ir!

"Em Wagram, Napoleão nos empurrou para uma ilha e nos cercou de tal maneira que não havia salvação para nós. Durante três dias ficamos sem provisões e com água pelos joelhos. O malvado Napoleão não nos fazia prisioneiros nem nos soltava! *Und der bösewicht Napoleon wollte uns nicht gefangen nehmen und auch nicht freilassen!*

"No quarto dia, graças a Deus, fomos feitos prisioneiros e levados para uma fortaleza. Eu estava com pantalonas azuis, uniforme de boa lã, tinha comigo quinze táleres e um relógio de prata, presente de meu paizinho. O *soldat* francês tomou tudo de mim. Por sorte eu tinha três moedas de ouro que minha mãezinha tinha costurado na minha camiseta. Essas ninguém achou!

"Não quis ficar muito tempo na fortaleza e resolvi fugir. Certa vez, durante uma grande festa, eu disse ao sargento que nos vigiava: 'Senhor sargento, hoje está havendo uma grande festa e quero me lembrar dela. Traga, por favor, duas garrafinhas de vinho madeira e vamos beber juntos'. O sargento disse: 'Está bem'. Quando o sargento trouxe o vinho, bebemos um cálice cada, então peguei-o pelo braço e disse: 'Senhor sargento, talvez o senhor tenha pai e mãe?'. Ele disse: 'Tenho, senhor Mauer...'. Então eu disse: 'Meu pai e minha mãe por *oito anos não me viram* e não sabem se estou vivo ou se meus ossos há muito estão debaixo da terra fria. Oh, senhor sargento! Tenho duas moedas de ouro que estavam escondidas na minha camiseta. Fique com elas e me deixe fugir. Seja meu benfeitor e minha mãezinha vai rezar pelo senhor a Deus todo-poderoso pelo resto de sua vida.'.

"O sargento bebeu um cálice de madeira e disse: 'Senhor Mauer, tenho pelo senhor apreço e compaixão, mas o senhor é um prisioneiro, e eu sou um soldado!'. Apertei sua mão e disse: 'Senhor sargento! *Ich drückte ihm die Hand und sagte: 'Herr Sergeant!'*.

"E o sargento disse: 'O senhor é um homem pobre e não vou aceitar o seu dinheiro, mas vou ajudá-lo. Quando eu for dormir, compre um garrafão de aguardente para os soldados. Eles vão dormir. Eu não vou vigiá-lo'.

"Ele era um homem bom. Comprei a aguardente e, quando os soldados estavam embriagados, calcei minhas botas, vesti meu velho capote e saí de mansinho pela porta. Fui dar no fosso e pensei em saltá-lo, mas havia água e eu não queria estragar minha última roupa, então fui em direção aos portões.

"A sentinela caminhava com o fuzil ao ombro *auf und ab*[79] e olhou para mim. *'Qui vive?'*, *sagte er auf einmal*[80], mas fiquei calado. *'Qui vive?'*, *sagte er zum zweiten Mal*[81], e eu fiquei calado. *'Qui vive?'*, *sagte er zum dritten Mal*[82], e eu correr. *Pulei no água, subiu na outra lado e soltei-me. Ich sprang in's Wasser, kletterte auf die andere Seite und machte mich aus dem Staube.*

"Corri toda a noite pela estrada, mas quando clareou fiquei com medo de ser reconhecido e me escondi num bosque alto. Ajoelhei-me e de mãos postas agradeci ao pai celeste por minha salvação. Tranquilizado, adormeci. *Ich dankte dem allmächtigen Gott für seine Barmherzigkeit und mit beruhigtem Gefühl schlief ich ein.*

"Quando anoiteceu, acordei e continuei caminhando pela estrada. De repente um grande carro alemão, puxado por dois cavalos negros, me alcançou. No carro ia um senhor bem-vestido que fumava um cachimbo. Ele me olhou. Comecei

---

79. De um lado para o outro. (N.A.)

80. Quem vem lá? – disse ele de repente. (N.A.)

81. Quem vem lá? – disse ele pela segunda vez. (N.A.)

82. Quem vem lá? – perguntou ele pela terceira vez. (N.A.)

a caminhar mais devagar, para que o carro passasse à minha frente. Eu ia devagar, mas o carro também ia devagar, e o homem não parava de me olhar; apressei o passo, e o carro também começou a andar mais depressa, o homem sempre me olhando. Então me sentei à beira da estrada: o homem parou os cavalos e olhou para mim. 'Jovem, para onde está indo tão tarde?', perguntou ele. Eu falei: 'Estou indo para Frankfurt'. 'Suba no meu carro, há lugar bastante, eu o levo... Por que você não carrega nada consigo e sua roupa está toda suja?', disse-me ele, quando sentei ao seu lado. 'Sou um homem pobre', disse eu, 'quero me empregar em alguma *fabric*; minha roupa está suja porque caí na estrada.' 'Você está mentindo, meu rapaz, a estrada agora está seca', disse ele. Fiquei calado.

"'Diga-me toda a verdade', falou o bondoso senhor, 'quem é você e de onde vem? Seu rosto me agradou, e se você for um homem honesto, vou ajudá-lo.'

"Então contei-lhe tudo. Ele disse: 'Está bem, meu jovem, vamos para a minha cordoaria. Vou lhe dar trabalho, roupas, dinheiro e você vai morar na minha casa'.

"Eu disse: 'Está bem'.

"Chegamos à cordoaria e o bom homem disse à sua esposa: 'Este rapaz lutou pela sua pátria e fugiu do cativeiro. Ele não tem casa, nem roupa, nem pão. Ele vai morar conosco. Dê-lhe roupa limpa e comida'.

"Durante um ano e meio, vivi na cordoaria e meu patrão estava tão satisfeito comigo que não queria me deixar ir embora. Eu também me sentia feliz lá. Naquele tempo era um rapaz bonito, jovem, alto, de olhos azuis e nariz romano... E madame L... (não posso dizer o nome), a esposa do meu patrão, era bem jovem e bonitinha. E ela se apaixonou por mim.

"Um dia, ao me ver, ela disse: 'Senhor Mauer, como a sua mãezinha o chama?'. Eu disse: 'Karlchen'.

"Então ela disse: 'Karlchen, sente-se ao meu lado'.

"Sentei-me ao seu lado e ela disse: 'Karlchen, dê-me um beijo'.

"Eu *o* beijei e *ele* disse: 'Karlchen, estou tão apaixonada por você que não consigo me conter'. E *ele* estremeceu *todo*."

159

Nesse ponto Karl Ivânytch fez uma longa pausa e olhou para o teto com seus bondosos olhos azuis e, sorrindo, balançou levemente a cabeça, como as pessoas fazem quando se recordam de coisas agradáveis.

– Pois é, na minha vida passei por muitas coisas, boas e más – recomeçou ele, ajeitando-se na poltrona e fechando o roupão. – Mas esta é a minha testemunha – disse, apontando para uma pequena imagem do Salvador bordada em talagarça que estava pendurada na cabeceira de sua cama. – Ninguém pode dizer que Karl Ivânytch tenha sido uma pessoa desonesta! Nunca desejei pagar o bem que o senhor L... me fez com a negra ingratidão, e resolvi fugir dali... À noite, quando todos foram dormir, escrevi uma carta para o meu patrão e a coloquei sobre a mesa do meu quarto; peguei minha roupa e três táleres e saí para a rua sem fazer barulho. Ninguém me viu e fui andando pela estrada.

Capítulo X

Continuação

– Fazia já nove anos que não via minha mãezinha e não sabia se estava viva ou se seus ossos repousavam debaixo do chão frio – prosseguiu ele. – Fui para a minha terra natal. Quando cheguei à cidade, perguntei onde morava Gustav Mauer, que era arrendatário do conde Sommerblat. Disseram-me: "O conde Sommerblat morreu e Gustav Mauer vive agora na rua principal, onde tem uma loja de licores". Vesti meu novo colete, uma boa casaca, presente do cordoeiro, penteei-me com cuidado e fui para a loja de licores do meu paizinho. Minha irmã Mariechen estava sentada na loja e me perguntou o que eu queria. Eu disse: "Posso tomar um cálice de licor?". Ela falou: "*Vater!* Um jovem está pedindo um cálice de licor". Então o paizinho disse: "Sirva ao jovem um cálice de licor". Sentei-me a uma mesinha, bebi meu cálice de licor, fumei meu cachimbo e fiquei olhando o paizinho, Mariechen e Johann, que também havia entrado na loja.

"No meio da conversa, o paizinho me disse: 'O senhor provavelmente sabe onde se encontra neste momento o nosso exército'. Eu disse: 'Eu mesmo venho do exército, ele está perto de Viena'. 'Nosso filho é soldado e já faz nove anos que não nos escreve, e não sabemos se está vivo ou morto. Minha esposa sempre chora por ele...' Tirei uma baforada do cachimbo e perguntei: 'Como se chamava seu filho e onde estava servindo? Talvez eu o conheça...'. 'Ele se chamava Karl Mauer, e serviu no corpo de caçadores austríacos', respondeu papai. 'Ele é alto e bonito como o senhor', disse minha irmã Mariechen. Eu disse: 'Conheço o seu Karl!'. '*Amalia!*', *sagte auf einmal mein Vater*[83], 'venha cá, está aqui um rapaz que conhece o nosso Karl'. E *meu querido* mãezinha entrou pela porta de trás. Eu reconheci *ele* na hora. 'O senhor *conhecer* nosso Karl?', perguntou ela, e olhou para mim, e *todo pálido* começou a tremer! 'Sim, *eu ver ele*', falei, sem ousar levantar os olhos. Meu coração queria saltar do peito. 'Meu Karl está vivo!', disse a mãezinha. 'Graças a Deus! Onde ele está, o meu querido Karl? Eu poderia morrer tranquila se pudesse ver mais uma vez o meu querido filho; mas não é a vontade de Deus', e ela começou a chorar. Eu não *poder* resistir... 'Mãezinha!', disse eu. 'Eu sou o seu Karl!'. E ela caiu *nas minhas* braços..."

Karl Ivânytch fechou os olhos e seus lábios tremeram.

– "*Mutter!*", *sagte ich* "*ich bin Ihr Sohn, ich bin Ihr Karl!*" *Und sie stürzte mir in die Arme* – repetiu ele, acalmando-se um pouco e enxugando as grossas lágrimas que corriam pelo seu rosto.

"Mas não era vontade de Deus que eu terminasse meus dias na minha pátria. Era meu destino ser infeliz! *Das Unglück verfolgte mich überall!*[84] Fiquei na minha pátria somente três meses. Um domingo, estava num café tomando cerveja, fumando meu cachimbo e conversando com meus conhecidos sobre política, sobre o imperador Francisco e sobre a guerra, e cada um dava sua opinião. Perto de nós estava sentado um senhor desconhecido de casaco cinzento, bebendo café e fumando cachimbo, sem conversar conosco. *Er rauchte sein*

---

83. 'Amália!' disse de repente meu pai. (N.A.)
84. A desgraça me perseguia por toda parte. (N.A.)

Pfeifchen und schwieg still. Quando o vigia noturno gritou que eram dez horas, peguei meu chapéu, paguei e fui para casa.

"No meio da noite bateram à porta. Acordei e perguntei: 'Quem está aí?'. '*Macht auf!*'[85] Eu disse: 'Diga quem está aí e eu abro!'. *Ich sagte: 'Sagt, wer Ihr seid, und ich werde aufmachen'*. '*Macht auf im Namen des Gesetzes!*'[86], disseram atrás da porta. Então eu abri. Dois soldados com fuzis estavam atrás da porta e na sala entrou o desconhecido com casaco cinzento que estava perto de nós no café. Ele era um espião! *Es war ein Spion!*...

"'Venha comigo!', disse o espião. 'Está bem', eu disse... Vesti as pantalonas e calcei as botas, coloquei os suspensórios andando pelo quarto. Algo fervia dentro do meu peito. Eu disse: 'É um patife!'. Quando me aproximei da parede onde estava pendurada a minha espada, eu a agarrei de repente e disse: 'Você é um espião, defenda-se!'. *Du bist ein Spion, verteidige dich! Ich gab ein Hieb*[87] à direita, *ein Hieb* à esquerda e *no* cabeça. Espião *cair*! Peguei minha mala e o dinheiro e pulei pela janela. *Ich nahm meinen Mantelsack und Beutel und sprang zum Fenster hinaus. Ich kam nach Ems*[88]*;* lá eu conheci o general *Sazin*[89]. Ele gostou de mim, conseguiu-me um passaporte com auxílio do embaixador russo e trouxe-me para a Rússia para ensinar às crianças.

"Quando o general *Sazin* morreu, a mãe de vocês me convidou para a casa dela. Ela disse: 'Karl Ivânytch! Eu lhe entrego meus filhos. Cuide deles com amor e nunca o abandonarei e lhe darei tranquilidade na velhice'. Agora ela se foi e tudo foi esquecido. Pelos meus vinte anos de serviço, agora, na velhice, tenho de ir para a rua buscar meu pedaço de pão duro... Deus está vendo isso e sabe de tudo, e seja feita sua santa vontade. Só tenho pena de vocês, crianças!', concluiu Karl Ivânytch, puxando-me pela mão e dando-me um beijo na testa.

---

85. Abra! (N.A.)
86. Abra em nome da lei! (N.A.)
87. Desferi um golpe. (N.A.)
88. Cheguei em Ems. (N.A.)
89. Sazin é pronúncia errada do sobrenome russo Súzin. (N.T.)

Capítulo XI

A nota um

Quando completou um ano de luto, vovó já estava um pouco refeita da tristeza que se abatera sobre ela e começou a receber visitas de vez em quando, especialmente meninas e meninos de nossa idade.

No dia 13 de dezembro, aniversário de Liúbotchka, antes do almoço chegaram a princesa Kornakova com as filhas, a senhora Valákhina e Sônetchka, Ilinka Grap e os dois mais jovens dos Ívin.

Lá de baixo, onde essa turma estava reunida, chegavam até nós ruídos de conversas, risos e correrias, mas não podíamos nos juntar a eles enquanto não terminassem as aulas da parte da manhã. No horário pendurado na parede estava escrito: *Lundi, de 2 à 3, Maître d'Histoire et de Géographie*[90]; e era esse *Maître d'Histoire et de Géographie* que nós tínhamos de esperar, ouvir e acompanhar até a porta antes de ficarmos livres. Já eram duas e vinte da tarde, mas nem sinal do professor de história; ele não era visível nem na rua por onde deveria vir e que eu vigiava, desejando com ardor não vê-lo.

— Parece que Lêbedev não vem hoje — disse Volódia, largando o livro de Smarágdov, pelo qual preparava a lição.

— Deus queira, Deus queira... Pois eu não sei nada mesmo... Mas parece que está vindo — acrescentei, com tristeza na voz.

Volódia se levantou e veio até a janela:

— Não, não é ele, é um senhor qualquer — disse. — Vamos esperar até duas e meia — falou, espreguiçando-se e coçando o alto da cabeça, coisa que habitualmente fazia quando descansava dos estudos. — Se não vier até duas e meia, podemos dizer a Saint-Jérôme que recolha os cadernos.

— Mas que necessidade ele tinha de vir! — exclamei, espreguiçando-me também e sacudindo sobre minha cabeça o livro de Kaidánov, que segurava com as duas mãos.

---

90. Segunda-feira, das 2 às 3, professor de História e Geografia. (N.A.)

Por falta do que fazer, abri o livro na página que deveríamos preparar e comecei a ler. Era uma lição longa e difícil, eu não sabia nada e vi que não conseguiria memorizar um mínimo que fosse dela, sobretudo naquele estado de excitação em que me encontrava, quando os pensamentos se recusam a se concentrar no que quer que seja.

Na última aula de história, matéria que sempre achei a mais aborrecida e difícil, Lêbedev queixou-se de mim a Saint-Jérôme e no caderno de notas me colocou um *dois*[91], o que era considerado uma nota muito ruim. Na ocasião, Saint-Jérôme ainda me disse que, se na aula seguinte eu tirasse menos de três, seria castigado. A aula seguinte era aquela, e confesso que estava morrendo de medo.

Estava tão entretido na leitura da lição não estudada que levei um susto ao ouvir no vestíbulo o barulho de alguém tirando as galochas. Mal virei-me e na porta já estava a cara bexiguenta e repulsiva do professor de história e sua familiar figura desajeitada, de fraque azul-marinho abotoado com botões de alguma sociedade científica.

O professor colocou devagar o gorro na janela e os cadernos sobre a mesa, separou com as mãos as abas do fraque (como se isso fosse muito necessário) e, suspirando profundamente, sentou-se na cadeira.

– Bem, senhores – disse ele, esfregando as mãos suadas. – Vamos ver de início o que foi dito na última aula, e depois tentarei apresentar-lhes os fatos que vêm a seguir na Idade Média.

Aquilo significava: exponham oralmente as lições.

Enquanto Volódia respondia com a desenvoltura e firmeza de quem sabe bem a matéria, eu saí sem nenhum motivo para a escada e, já que não poderia descer, muito naturalmente e sem nenhuma intenção fui parar naquele patamar. Porém mal tentei me enfiar no meu costumeiro posto de observação – atrás da porta – e Mimi, a eterna causa de minhas desgraças, surge de repente e esbarra em mim.

---

91. O sistema de notas na Rússia, tanto no passado como nos dias atuais, vai de zero a cinco. O zero quase nunca é usado, de modo que a nota um é considerada a pior de todas. (N.T.)

– Você por aqui? – disse ela, lançando um olhar ameaçador para mim e para a porta do quarto das criadas, e depois novamente para mim.

Eu me sentia culpado por um monte de coisas: por não estar na sala de aula, por estar num lugar onde não deveria – por isso fiquei calado, cabisbaixo, a própria imagem do arrependimento comovente.

– Não! Mas o que é isso? – disse Mimi. – O que o senhor estava fazendo aqui?

Eu continuava calado.

– Não, isso não vai ficar assim – continuou ela, batendo com os nós dos dedos no corrimão da escada. – Vou contar tudo à condessa.

Já eram cinco para as três quando voltei para a sala de aula. O professor, como se não notasse nem a minha ausência nem a minha presença, explicava para Volódia a lição seguinte. Ele terminou a exposição e começou a reunir os cadernos, enquanto Volódia ia à outra sala buscar o dinheiro. Nesse momento passou-me pela cabeça a feliz ideia de que a aula chegara ao fim e não iriam se lembrar de mim.

Mas, de repente, o professor se dirigiu a mim com um meio sorriso maldoso:

– Espero que tenha estudado a lição – disse, esfregando as mãos.

– Estudei, senhor – respondi.

– Faça o favor de dizer alguma coisa sobre a cruzada de São Luís – disse ele, balançando-se na cadeira e olhando pensativamente para os próprios pés. – Para começar, fale sobre os motivos que levaram o rei da França a abraçar a cruz – falou ele, levantando as sobrancelhas e apontando com o dedo para o tinteiro –, depois explique-me as características gerais dessa cruzada – acrescentou, fazendo com as mãos um movimento, como se quisesse apanhar alguma coisa –, e, por fim, qual a influência dessa expedição nos Estados europeus em geral – disse ele, batendo com os cadernos no lado esquerdo da mesa – e no reino da França em particular – concluiu, batendo no lado direito da mesa e inclinando a cabeça na mesma direção.

Engoli várias vezes a saliva, tossi, inclinei a cabeça para um lado e fiquei calado. Depois peguei uma pena que estava sobre a mesa e comecei a depená-la.

– Dê-me a pena – disse o professor, estendendo a mão –, ela ainda pode servir. E então?

– Luís... rei... São Luís foi... foi... foi... um tsar bom e inteligente...

– Foi o quê?

– Um tsar. Ele teve a ideia de ir a Jerusalém e passou as rédeas do governo à sua mãe.

– Como era o nome dela?

– B... B... lanca.

– Como? Bulanca?

Sorri sem graça.

– Então, senhor, saberia me dizer mais alguma coisa? – indagou ele com ironia.

Eu não tinha nada a perder, então pigarreei e comecei a falar toda a sorte de mentiras que me vinham à cabeça. O professor estava calado e varria o pó de cima da mesa com a pena que tinha me tomado, olhando fixamente para um ponto junto de minha orelha e dizendo baixinho: "Bom, muito bom". Eu me dava conta de que não sabia nada, me expressava mal e estava sofrendo terrivelmente com o fato de que o professor não me fazia parar nem me corrigia.

– Por que ele resolveu ir a Jerusalém? – perguntou ele, repetindo minhas palavras.

– Porque... por causa de... devido a...

Fiquei todo atrapalhado e não consegui pronunciar nem mais uma palavra, sentindo que, mesmo se esse professor perverso ficasse um ano inteiro calado, olhando interrogativamente para mim, eu não seria capaz de pronunciar nem um som. Ele ficou uns três minutos olhando para mim, depois de repente apareceu no seu rosto uma expressão de profunda tristeza e, com uma voz comovida, disse a Volódia, que nesse instante entrava na sala:

– Faça-me o favor de me trazer o caderno para eu dar as notas.

Volódia entregou-lhe o caderno e com cuidado colocou o dinheiro ao lado dele.

O professor abriu o caderno, molhou com toda a atenção a pena no tinteiro e escreveu com uma letra bonita a nota cinco para Volódia, na coluna de aproveitamento e na de comportamento. Depois, demorando com a pena sobre a coluna correspondente às minhas notas, ele olhou para mim, sacudiu a tinta e ficou pensativo.

De repente sua mão fez um movimento quase imperceptível e na coluna do aproveitamento apareceu um bem desenhado número um, seguido de um ponto; outro movimento, e na coluna de comportamento surgiu outro número um com ponto.

Fechando meticulosamente o caderno de notas, o professor se levantou e foi para a porta, como se não estivesse notando meu olhar de desespero, súplica e censura.

— Mikhail Lariônytch! — disse eu.

— Não — respondeu ele, já entendendo o que eu pretendia lhe dizer —, desta maneira não é possível estudar. Não quero receber dinheiro de graça.

O professor calçou as galochas, vestiu o casaco de chamalote e deu um caprichado nó no seu cachecol. Como era possível preocupar-se com alguma coisa, depois do que acontecera comigo? Para ele era apenas um movimento com a pena, mas para mim era uma imensa desgraça!

— A aula já terminou? — perguntou Saint-Jérôme, entrando na sala.

— Terminou.

— O professor está satisfeito com vocês?

— Está — disse Volódia.

— Que nota receberam?

— Cinco.

— E Nicolas?[92]

Fiquei calado.

— Parece que foi quatro — disse Volódia.

---

92. Nome francês, correspondente ao russo Nikolai (pronuncia-se Nicolás). (N.T.)

Ele entendeu que era preciso me salvar, pelo menos naquele dia. Que me castigassem, mas não no dia em que tínhamos visitas.

– *Voyons, messieurs*[93] (Saint-Jérôme tinha o hábito de a cada palavra dizer *Voyons!*) –, *faites votre toilette et descendons*[94].

Capítulo XII

A chavinha

Mal tínhamos acabado de descer e de cumprimentar os convidados quando nos chamaram para a mesa. Papai estava muito alegre (tinha ganhado no jogo). Deu de presente a Liúbotchka um caro serviço de prata e durante o almoço lembrou-se de que no pavilhão havia ainda uma bomboneira preparada para a aniversariante.

– Em vez de mandar um criado, é melhor que vá você, Koko[95] – disse-me ele. – As chaves estão na mesa grande, dentro da concha, sabe qual é? Então apanhe as chaves e, com a maior, abra a segunda gaveta à direita. Lá você vai encontrar uma caixa e um pacote de bombons. Traga-os aqui.

– Trago também seus charutos? – perguntei, sabendo que ele sempre mandava buscá-los depois do almoço.

– Traga, mas veja bem: não toque em nada meu! – disse ele, quando eu ia saindo.

Encontrei as chaves no lugar indicado e já ia abrir a gaveta, quando me deu vontade de saber para que servia uma chavinha minúscula que havia no molho.

Sobre a mesa, entre mil objetos variados, estava uma pasta bordada e nela havia um cadeado. Quis experimentar se a chavinha abria aquele cadeado. Tive êxito total, a pasta se abriu e vi dentro dela um monte de papéis. A curiosidade me incitava com tanta persuasão a descobrir que papéis eram

---

93. Vejamos, senhores. (N.A.)

94. Vão se aprontar e depois vamos descer. (N.A.)

95. Apelido carinhoso do nome Nikolai. (N.T.)

aqueles que não dei tempo à voz da minha consciência e pus-me a examinar o que havia na pasta.

O sentimento infantil de respeito incondicional a todos os mais velhos, e a papai em particular, era tão forte em mim que minha mente se recusava a tirar quaisquer conclusões do que eu acabara de ver. Eu sentia que papai devia viver num mundo completamente separado, maravilhoso, inatingível e incompreensível para mim, e que tentar penetrar nos segredos de sua vida seria uma espécie de sacrilégio de minha parte. Por isso as descobertas que fiz quase por acaso dentro da pasta não deixaram em mim nenhuma ideia clara além de uma vaga consciência de que havia procedido mal. Fiquei envergonhado e constrangido.

Influenciado por esses sentimentos, quis fechar o quanto antes a pasta, mas, pelo visto, estava fadado a passar por todas as desgraças possíveis naquele dia memorável: ao introduzir a chavinha no buraco do cadeado, girei-a para o lado errado. Supondo que o cadeado estava fechado, puxei a chavinha e – oh, desgraça! – na minha mão ficou só a parte de cima da chave! Tentei em vão unir aquele pedaço ao que havia ficado dentro do cadeado e, com algum passe de mágica, tirá-lo lá de dentro. Por fim, tive de me habituar com a terrível ideia de que tinha cometido mais um crime, que papai fatalmente descobriria quando voltasse ao escritório.

Primeiro houve a queixa de Mimi, depois a nota um, e agora a chavinha! Nada pior poderia me acontecer. Vovó me repreenderia pela queixa de Mimi, Saint-Jérôme pela nota ruim, papai pela chavinha... E tudo isso iria desabar sobre minha cabeça ainda naquela noite.

– Que vai ser de mim? Aaah! O que fui fazer! – exclamei, caminhando pelo tapete macio do escritório.

"Ora!" disse para mim mesmo, enquanto pegava os bombons e os charutos, "o que tem de ser, será... E voltei correndo para casa."

Esse ditado fatalista, que na minha infância ouvi muitas vezes de Nikolai, em todos os momentos difíceis de minha vida provocava em mim um efeito benéfico que me deixava calmo por algum tempo. Quando entrei na sala, estava num estado de espírito excitado, pouco natural, mas muito alegre.

Capítulo XIII

A traidora

Depois do almoço começaram os *petits jeux*[96], dos quais participei ativamente. Na brincadeira de "gato e rato", quando perseguíamos a governanta das meninas Kornakov, que também brincava, pisei sem querer no vestido dela e o rasguei. Notando que todas as garotas, em especial Sônetchka, tiveram um grande prazer ao ver a governanta com uma expressão desesperada e tendo que ir ao quarto das criadas para costurar seu vestido, decidi proporcionar-lhes outra vez essa alegria. Em consequência dessa amável intenção, assim que a governanta voltou para a sala comecei a galopar ao redor dela e continuei essas evoluções até achar um momento propício para meter novamente o tacão do sapato na sua saia e rasgá-la. Sônetchka e as princesinhas mal podiam segurar o riso, o que envaideceu muito minha autoestima. Porém, Saint-Jérôme, que deve ter notado minha travessura, aproximou-se de mim com as sobrancelhas franzidas (coisa que eu não suportava) e disse que minha alegria não parecia ter um bom motivo e que, se não me comportasse de maneira mais discreta, ele faria com que me arrependesse, apesar de ser dia de festa.

Mas eu me encontrava naquele estado de excitação de quem acaba de perder mais do que o que tem no bolso e teme fazer as contas, continuando a pôr mais cartas sobre a mesa, em desespero, sem nenhuma esperança de recuperar o que perdeu, apenas adiando o momento de enfrentar a realidade.

Depois do "gato e rato", alguém propôs uma brincadeira que chamávamos, me parece, de *Lange Nase*[97]. O jogo consistia em se colocar duas fileiras de cadeiras, uma defronte à outra. As damas se sentavam numa fileira, os cavalheiros, na outra, e alternadamente um escolhia alguém do outro grupo.

A princesinha mais nova todas as vezes escolhia o caçula dos Ívin; Kátenka escolhia ou Volódia, ou Ilinka; Sônetchka escolhia sempre Serioja e, para minha imensa surpresa, não

---

96. Jogos de salão. (N.A.)
97. Nariz comprido. (N.A.)

ficou nem um pouco embaraçada quando ele se sentou bem na frente dela. Rindo com sua risada sonora e encantadora ela lhe fez com a cabecinha um sinal que ele compreendeu. Quanto a mim, ninguém me escolhia. Para o cúmulo do insulto ao meu amor-próprio, eu estava ciente de que estava sobrando, que era *demais* ali, que era aquele de quem todos deveriam dizer: "Quem ainda resta?". "Bem, resta Nikólenka, escolha-o." Por isso, quando era minha vez de escolher, ia direto na minha irmã ou em uma das princesas mais feias e, para minha infelicidade, nunca errava. Já Sônetchka, essa parecia estar tão ocupada com Serioja Ívin que eu não existia para ela. Não sei em que me baseava para chamá-la de *traidora*, pois ela nunca prometera me escolher, em vez de Serioja, mas eu estava firmemente convencido de que ela agiu comigo da maneira mais sórdida.

Quando a brincadeira terminou, notei que a *traidora*, que eu desprezava, mas de quem não podia tirar os olhos, havia se afastado para um canto, junto com Kátenka e Serioja, e ali os três conversavam com ar misterioso. Aproximei-me de modo sorrateiro por trás do piano de cauda para descobrir o segredo deles e o que vi foi o seguinte: Kátenka segurava por duas pontas um lenço de cambraia e, como se fosse um biombo, tapava com ele as cabeças de Serioja e Sônetchka. "Não, você perdeu, agora pague!", dizia Serioja. Sônetchka estava de frente para ele, com os braços caídos e ar de culpada e, corando, dizia: "Não, eu não perdi, não é verdade, *mademoiselle Catherine*?". "Eu gosto da verdade", respondeu Kátenka, "você perdeu a aposta, *ma chère*."

Mal Kátenka pronunciou essas palavras, Serioja inclinou-se e beijou Sônetchka. Beijou-a diretamente nos lábios rosados!

Ela começou a rir, como se não estivesse ligando nada para aquilo, como se estivesse achando graça. Que horror! Oh, pérfida traidora!

Capítulo XIV

Eclipse da razão

De repente comecei a sentir desprezo pelo sexo feminino em geral e por Sônetchka em particular. Passei a tentar me convencer de que não havia nada de alegre naqueles jogos, que eram coisas de *meninas*, e tive vontade de fazer uma baderna, de realizar uma proeza tão ousada que deixasse todos boquiabertos. A oportunidade não demorou a surgir.

Após conversar alguma coisa com Mimi, Saint-Jérôme saiu da sala. Os sons de seus passos foram ouvidos de início na escada e depois sobre nossas cabeças, indo em direção à sala de aula. Veio-me a ideia de que Mimi lhe contara onde havia me visto no horário da aula e que ele tinha ido verificar o caderno de notas. Naquele momento eu não admitia que Saint-Jérôme tivesse outro objetivo na vida que não fosse o desejo de me castigar. Li em algum lugar que crianças dos doze aos catorze anos, ou seja, naquela fase de transição entre a infância e a adolescência, costumam ter uma inclinação para provocar incêndios e até para cometer assassinatos. Quando me recordo de minha adolescência e especialmente do estado de espírito em que me encontrava naquele dia nefasto, entendo com clareza que é possível uma pessoa cometer o crime mais terrível, sem objetivo, sem intenção de causar dano – apenas fazer por fazer, por curiosidade, por uma necessidade inconsciente de agir.

Há momentos em que o futuro se apresenta para alguém numa luz tão sombria que ele receia encará-lo com os olhos da razão, interrompe por completo a atividade inteligente e tenta se convencer de que não haverá futuro e de que o passado não existiu. Em momentos como esses, quando a razão não avalia com antecedência cada determinação da vontade e os únicos impulsos vitais que restam são os instintos carnais, eu entendo que uma criança, sobretudo aquela com tendência a entrar em tal estado, por inexperiência ateie e assopre fogo em sua própria casa, onde dormem seus irmãos, seu pai e sua mãe, aos quais ela ama com ternura, e faça isso sem a menor hesitação e medo, com um sorriso curioso.

Sob a influência dessa falta temporária de raciocínio, quase uma alienação, um jovem camponês de uns dezessete anos, ao examinar a lâmina recém-afiada de um machado que se encontrava junto ao banco sobre o qual seu velho pai dormia com o rosto para baixo, repentinamente agitou no ar o machado e depois ficou olhando com estúpida curiosidade a poça de sangue que se formava debaixo do banco, jorrando da ferida aberta no pescoço do velho. Sob a influência dessa mesma ausência de raciocínio, a pessoa encontra um certo deleite em ficar de pé na beira de um precipício, pensando: "O que aconteceria se eu me jogasse lá embaixo?". Ou então em colocar na testa uma pistola carregada e pensar: "E se eu apertar o gatilho?". Ou em olhar para uma pessoa muito importante, a quem toda a sociedade dedica um respeito servil, e pensar: "O que aconteceria se eu o pegasse pelo nariz e dissesse: 'Então vamos, meu caro?'".

Sob influência de uma agitação interior e de uma falta de raciocínio desse tipo, quando Saint-Jérôme desceu e me disse que eu não tinha direito de permanecer na festa porque havia me comportado e estudado mal, e que eu deveria subir imediatamente, mostrei-lhe a língua e disse que não sairia dali.

Num primeiro instante, Saint-Jérôme não conseguiu pronunciar uma palavra, tal a sua surpresa e raiva.

– *C'est bien*[98] – disse ele, correndo atrás de mim –, já prometi castigá-lo algumas vezes e você escapou graças à interferência de sua avó. Mas agora vejo que só com varas é possível fazê-lo obedecer, e hoje você fez por merecer.

Disse isso em voz tão alta que todos ouviram suas palavras. O sangue afluiu ao meu coração com força fora do comum, eu o sentia bater violentamente, meu rosto perdeu a cor e meus lábios ficaram tremendo. Eu devia estar com uma aparência horrível naquele instante, porque Saint-Jérôme, que evitava meu olhar, rapidamente veio e me segurou pelo braço. Mas o simples toque de sua mão fez-me sentir tão mal que, louco de raiva, puxei meu braço e dei-lhe um soco com toda a minha força infantil.

---

98. Está bem. (N.A.)

– O que está havendo com você? – perguntou Volódia, aproximando-se de mim, surpreso e horrorizado com o meu procedimento.

– Deixe-me em paz! – gritei para ele em meio às lágrimas. – Nenhum de vocês gosta de mim, vocês não compreendem como sou infeliz! São todos canalhas, nojentos – acrescentei com furor, dirigindo-me a todos os presentes.

Mas nesse instante Saint-Jérôme, com a fisionomia pálida e resoluta, tornou a se aproximar de mim e, sem me dar tempo de me preparar para a defesa, com um movimento vigoroso, agarrou meus dois braços e apertou-os como um torno, arrastando-me para longe. Minha cabeça girava com a excitação. Lembro-me apenas que me debatia desesperadamente, dando cabeçadas e joelhadas enquanto tive forças, e que meu nariz se chocou algumas vezes com a coxa de alguém e que a aba de um fraque entrou na minha boca; eu ouvia passos ao meu redor, sentia cheiro de poeira e da loção de violeta com que Saint-Jérôme costumava se perfumar.

Cinco minutos depois, ouvi fechar-se atrás de mim a porta do quarto de despejo.

– *Vassil!* – gritou *ele*, com voz repulsiva e triunfante. – Traga a correia.

Capítulo XV

Devaneios

Naquela ocasião, poderia eu imaginar que ficaria vivo após todas as desgraças que me atingiram, e que chegaria o tempo em que as recordaria com serenidade?

Quando me lembrei do que tinha feito não pude imaginar o que seria de mim, mas vagamente pressentia que estava irremediavelmente perdido.

No início, no andar de baixo e ao meu redor reinava um silêncio absoluto, ou pelo menos assim me parecia devido à minha fortíssima agitação interior, mas aos poucos comecei a distinguir diversos sons. Vassíli veio lá de baixo, atirou sobre a janela alguma coisa parecida com uma vassoura e, bocejando, deitou-se sobre uma arca.

Lá embaixo soou a voz forte de Avgust Antônytch[99] (provavelmente falando sobre mim), depois ouviram-se vozes infantis, risos, correria e, passados alguns minutos, a casa retornou à movimentação habitual, como se ninguém soubesse que eu estava trancado no quarto de despejo ou se preocupasse com isso.

Não chorei, mas algo pesado como uma pedra me oprimia o coração. Pensamentos e imagens passavam com velocidade vertiginosa por minha perturbada imaginação. Mas a lembrança da desgraça que me havia acontecido interrompia o tempo todo essa cadeia mágica e eu caía de novo no labirinto sem saída, povoado de desespero e terror, da ignorância sobre meu destino.

Às vezes me vinha à cabeça que deveria existir um motivo desconhecido para que todos não gostassem de mim e até mesmo me odiassem (naquela época, estava inteiramente convencido de que todos, começando pela vovó e chegando até o cocheiro Filipp, me odiavam e se deliciavam com meu sofrimento). "Eu não devo ser filho de minha mãe e do meu pai, nem irmão de Volódia, devo ser um órfão infeliz, uma criança abandonada que foi acolhida por piedade", dizia para mim mesmo, e essa ideia absurda não apenas me proporcionava um certo consolo triste, como até me parecia muito verossímil. Sentia prazer em pensar que era infeliz não por minha culpa, e sim porque aquele era o meu destino desde que nasci, e que minha sorte era semelhante à de Karl Ivânytch.

"Mas para que esconder mais esse segredo, se eu próprio já o descobri?", dizia para mim. "Amanhã mesmo vou procurar papai e lhe falar: 'Papai! É inútil esconder de mim o segredo do meu nascimento; eu já o descobri'. Ele dirá: 'Que fazer, meu querido, cedo ou tarde você ficaria sabendo. Você não é meu filho, mas foi adotado como tal, e se você for digno do meu amor, nunca o abandonarei'. Então eu lhe direi: 'Papai, embora não tenha o direito de chamá-lo por esse nome, e estou agora pronunciando-o pela última vez, sempre o amei e

---

99. Nome e patronímico (à moda russa) do preceptor Saint-Jérôme. (N.T.)

sempre vou amar, jamais esquecerei que você é meu benfeitor, mas não posso mais permanecer na sua casa. Aqui ninguém gosta de mim, e Saint-Jérôme jurou que me mataria. Um de nós deve deixar esta casa, porque já não respondo por mim. Odeio tanto esse homem que estou pronto para qualquer coisa. Hei de matá-lo'. Assim mesmo: 'Papai, vou matá-lo'. Papai vai começar a me implorar, mas eu, fazendo com a mão um gesto demonstrando que estou irredutível, responderei: 'Não, meu querido, meu benfeitor, eu e ele não podemos morar sob o mesmo teto, deixe-me ir embora'. E, dando-lhe um abraço, eu lhe direi (não sei por que, em francês): '*Oh mon père, oh mon bienfaiteur, donne moi pour la dernière fois ta bénédiction et que la volonté de Dieu soit faite*'."[100]

E eu, sentado sobre um baú no quarto escuro, choro copiosamente a esse pensamento. Mas, de súbito, lembro-me do humilhante castigo que me espera, a realidade se mostra nas suas verdadeiras cores e os devaneios se dissipam no mesmo instante.

Outra hora me imagino já livre, fora de nossa casa. Entro para o corpo de hussardos e vou para a guerra. De todos os lados inimigos me atacam. Brandindo o sabre, mato um. Com outro golpe, mato um segundo e um terceiro. Por fim, esgotado pelos ferimentos e pelo cansaço, caio por terra e grito: "Vitória!". O general se aproxima e pergunta: "Onde está ele, o nosso salvador?". Apontam para mim, ele me abraça e grita com lágrimas de alegria: "Vitória!". Eu me curo dos ferimentos e, com o braço numa tipoia, saio a passear pelo bulevar Tverskói. Agora sou um general! De repente o tsar cruza comigo e pergunta: "Quem é esse jovem ferido?". Respondem-lhe que se trata do famoso herói Nikolai. O soberano aproxima-se de mim e diz: "Obrigado, meu jovem. Farei qualquer coisa que você me pedir". Inclino-me respeitosamente e, apoiando-me no meu sabre, digo: "Sou feliz, grande soberano, por ter podido derramar meu sangue pela minha pátria, e gostaria de morrer por ela. Mas, se o senhor é tão generoso que me deixa fazer um pedido, peço-lhe uma coisa – permita-me

---

100. Oh, meu pai, oh, meu benfeitor, dê-me pela última vez a sua bênção e que seja feita a vontade de Deus. (N.A.)

destruir meu inimigo, o estrangeiro Saint-Jérôme. Meu desejo é destruir meu inimigo Saint-Jérôme". Eu paro em atitude ameaçadora diante de Saint-Jérôme e lhe digo: "Você causou minha desgraça. *À genoux!*[101]".

Mas de repente ocorre-me a ideia de que a qualquer momento Saint-Jérôme em pessoa pode entrar com o chicote e já não me vejo como um general salvador da pátria, e sim como a criatura mais infeliz e sofredora do mundo.

Em outro momento eu me ponho a pensar em Deus e lhe pergunto com arrogância por que Ele está me castigando. "Parece que não me esqueci de rezar pela manhã nem à noite. Por que então sofro tanto?" Sem sombra de dúvida, posso dizer que meu primeiro passo para os questionamentos a respeito da religião que tanto me inquietaram na adolescência foi dado justamente nessa ocasião, não porque a infelicidade me despertasse para a rebeldia e a descrença, mas porque a ideia da injustiça da Providência, que me ocorreu naquele instante de total perturbação mental e de isolamento por vinte e quatro horas, ao cair como uma semente que cai na terra fofa e molhada de chuva, começou a crescer rapidamente e a criar raízes.

Outras vezes eu imaginava que fatalmente morreria e via com nitidez o espanto de Saint-Jérôme ao encontrar no meu lugar um corpo sem vida. Lembrando das palavras de Natália Sávichna, que dizia que a alma do falecido permanece em sua residência durante quarenta dias, eu me imagino como um fantasma percorrendo todos os quartos da casa de vovó. Escuto as lágrimas sinceras de Liúbotchka, as lamentações de vovó e a conversa de papai com Avgust Antônytch. "Ele era um menino maravilhoso", dirá papai, com lágrimas nos olhos. "É verdade, mas era muito levado", dirá Saint-Jérôme. "O senhor deveria respeitar os mortos", dirá papai. "O senhor foi a causa de sua morte, o senhor o assustou, ele não pôde suportar as humilhações que o senhor lhe preparou... Fora daqui, seu monstro!" E Saint-Jérôme cairá de joelhos, chorando e pedindo perdão. Depois de quarenta dias minha alma voará para o céu. Lá vejo algo deslumbrante, maravilhoso, longo, branco, transparente, e sinto que é minha mãe. Essa coisa branca me envolve e me

---

101. De joelhos! (N.A.)

acaricia, mas sinto uma inquietação e é como se não a reconhecesse. "Se é você mesma, deixe-me vê-la melhor, para que eu possa abraçá-la", disse eu. E a voz dela me responde: "Aqui somos todos assim, não posso lhe dar um abraço melhor. Para você não está bom assim?". "Não é isso, para mim está muito bom, mas você não pode fazer cócegas em mim, e não posso beijar suas mãos..." "Isso não faz falta; aqui, mesmo sem isso é maravilhoso", diz ela, e sinto que de fato é maravilhoso, e nós dois juntos voamos cada vez mais alto. Nesse ponto, tenho a sensação de acordar e me sinto novamente sentado em cima do baú, no quarto escuro, com as faces banhadas em lágrimas, a cabeça vazia de pensamentos, repetindo: *e nós continuamos a voar cada vez mais alto*.

Durante muito tempo faço todos os esforços possíveis para esclarecer minha situação, mas naquele momento minha mente percebe somente algo muito distante, sombrio e impenetrável. Tento outra vez voltar para os sonhos felizes e alegres que foram interrompidos pela consciência da realidade. Mas, para minha surpresa, assim que entro na trilha dos devaneios anteriores vejo que a continuação é impossível e, o que é ainda mais surpreendente: eles já não me causam nenhum prazer.

Capítulo XVI

Depois da moagem sai a farinha[102]

Passei a noite no quarto de despejo e ninguém foi me ver; só no dia seguinte, ou seja, no domingo, fui levado para um quartinho anexo à sala de aulas, onde novamente me deixaram trancado. Comecei a ter esperanças de que meu castigo se limitaria à reclusão, e meus pensamentos começaram a ficar mais serenos sob o efeito de um sono doce e reparador, dos raios claros do sol que brincavam nos arabescos de cristais de gelo das janelas e do ruído habitual da rua. Mas, de qualquer forma,

---

102. Provérbio russo que significa "Tudo há de passar". (N.T.)

o isolamento era muito penoso. Queria me movimentar, contar a alguém tudo que se acumulava em minha alma, mas ao meu lado não havia nenhum ser vivo. Minha situação era ainda mais desagradável porque, por mais odioso que isso fosse para mim, não podia deixar de ouvir Saint-Jérôme caminhando de um lado para o outro no seu quarto, assobiando com a maior tranquilidade umas melodias alegres. Eu estava totalmente convencido de que ele fazia isso apenas para me atormentar.

Às duas horas da tarde Saint-Jérôme e Volódia desceram. Nikolai me trouxe o almoço, e quando comecei a lhe contar o que tinha feito e o que me esperava, ele disse:

– Calma, senhor! Não se aflija, depois da moagem sai a farinha.

Embora tenha me consolado com esse ditado popular, que mais tarde, em várias ocasiões, fortaleceu meu espírito, a própria circunstância de me terem mandado não pão e água, mas um almoço completo, inclusive com uma torta, me fez refletir profundamente. Se não tivessem mandado o doce, significaria que meu castigo era a prisão, mas agora parecia que eu ainda não tinha sido castigado, que estava apenas isolado dos outros como uma criatura nociva, e que o castigo haveria de vir. Quando estava mergulhado na resolução desse problema, uma chave girou na fechadura de minha prisão e Saint-Jérôme, com uma cara fechada e ar oficial, entrou no quarto.

– Venha ver sua avó – disse ele, sem me olhar.

Fiz um gesto para limpar as mangas do meu casaco, que estavam sujas de giz, antes de sair do quarto, mas Saint-Jérôme disse que isso era totalmente inútil, como se não valesse a pena preocupar-me com a aparência externa, já que me encontrava numa situação moral tão lastimável.

Quando Saint-Jérôme me levava pela mão através da sala, Kátenka, Liúbotchka e Volódia olharam para mim com a mesma expressão com que costumávamos olhar para os condenados a trabalhos forçados que eram conduzidos às segundas-feiras perto de nossas janelas. E quando me aproximei da poltrona da vovó com a intenção de beijar sua mão, ela se virou e escondeu a mão sob a mantilha.

— E então, meu querido — disse ela, depois de um silêncio bastante prolongado, durante o qual me examinou da cabeça aos pés, com um olhar tal que eu não sabia onde meter minhas mãos e meus olhos. — Posso dizer que o senhor dá muito valor ao meu amor e isso é para mim um verdadeiro consolo. *Monsieur* Saint-Jérôme, que a um pedido meu assumiu a sua educação, agora não quer permanecer na minha casa. Por qual motivo? Por sua causa, meu querido. Eu esperava que o senhor ficasse agradecido pelos seus serviços, mas o senhor, um fedelho, um moleque, resolveu levantar a mão contra ele! — continuou ela depois de breve silêncio, num tom que demonstrava que seu discurso tinha sido preparado de antemão. — Muito bem! Magnífico! Também começo a pensar que o senhor não é capaz de entender um tratamento nobre, que para o senhor são necessários outros métodos, mais baixos... Peça agora mesmo perdão — acrescentou ela, num tom severo e autoritário, apontando para Saint-Jérôme. — Está ouvindo?

Olhei na direção que a mão de vovó indicava e, vendo a casaca de Saint-Jérôme, virei-me para o outro lado e não me movi do lugar, novamente sentindo meu coração paralisar-se.

— E então? Por acaso o senhor não ouviu o que eu disse?

Pus-me a tremer dos pés à cabeça, mas não me movi do lugar.

— Koko! — disse vovó, provavelmente notando meu sofrimento interior. — Koko — repetiu ela, com uma voz menos autoritária e mais terna —, será que este é você mesmo?

— Vovó! Não vou pedir perdão a ele por nada neste mundo... — disse eu, e me calei de repente, sentindo que não seria capaz de conter as lágrimas que me sufocariam se pronunciasse mais uma palavra.

— Estou lhe mandando, estou lhe pedindo. Que há com você?

— Eu... eu... não... quero... eu não posso — murmurei. E os soluços contidos, acumulados no meu peito, romperam de repente a barreira que os retinha e transbordaram como uma torrente desesperada.

– *C'est ainsi que vous obéissez à votre seconde mère, c'est ainsi que vous reconnaissez ses bontés?*[103] – perguntou Saint-Jérôme com voz trágica. – *À genoux!*

– Meu Deus! Se ela visse isto! – disse vovó, virando-me as costas e enxugando algumas lágrimas que lhe brotaram. – Se ela visse isto! É melhor assim, ela não suportaria essa tristeza, não suportaria.

E vovó caiu num pranto cada vez mais forte. Eu também chorava, mas não pensava em pedir perdão.

– *Tranquillizez vous au nom du ciel, madame la comtesse*[104] – dizia Saint-Jérôme.

Mas vovó já não ouvia; ela cobrira o rosto com as mãos e seus soluços logo a levaram a um ataque de histeria. Com os rostos assustados, Mimi e Gacha entraram correndo no quarto. Espalhou-se um cheiro de álcool e, de repente, começaram por toda a casa correrias e sussurros.

– Admire o seu feito – disse Saint-Jérôme, levando-me para cima.

"Meu Deus! Olhe o que eu fiz! Que criminoso terrível que eu sou!"

Assim que Saint-Jérôme me deixou, dizendo-me que fosse para meu quarto, eu, sem me dar conta do que fazia, desci correndo a grande escadaria que dava para a rua. Se queria fugir definitivamente de casa ou me afogar, não lembro, sei apenas que, tapando o rosto com as mãos para não ver ninguém, eu corria sem parar escada abaixo.

– Aonde vai? – uma voz conhecida de repente me perguntou. – É com você mesmo que preciso falar, meu querido.

Quis escapulir, mas papai agarrou meu braço e me disse com severidade:

– Venha comigo, meu caro! Como você ousou mexer na minha pasta, no meu escritório? – disse ele, arrastando-me para a sala dos divãs. – Hein? Por que está calado? Hein? – repetiu ele, agarrando minha orelha.

– Sou culpado, não sei o que deu em mim – respondi.

---

103. É assim que o senhor obedece à sua segunda mãe, é assim que o senhor agradece sua bondade? (N.A.)

104. Acalme-se, em nome do céu, senhora condessa. (N.A.)

– Ah, não sabe o que deu em você? Não sabe, não sabe, não sabe, não sabe – repetia ele, e a cada palavra puxava minha orelha. – Ainda vai meter o nariz onde não deve? Vai?

Embora sentisse uma dor fortíssima na orelha, não chorei. A sensação moral que experimentava era agradável. Assim que papai soltou minha orelha, agarrei sua mão e, chorando, cobri-a de beijos.

– Bata-me mais – dizia entre lágrimas –, bata-me mais forte, para eu sentir mais dor. Eu não presto, sou mau, sou um infeliz.

– Que que há com você? – disse ele, empurrando-me de leve.

– Não, não vou por nada neste mundo – falei, agarrando-me ao seu casaco. – Todos me odeiam, estou certo disso, mas, pelo amor de Deus, me escute, me defenda ou me expulse de casa. Não posso viver com ele, *ele* quer por todos os meios me humilhar, me manda ficar de joelhos na sua frente, quer me surrar com um chicote. Não posso aguentar isso, não sou mais criança, não vou suportar isso, vou morrer, vou me matar. *Ele* disse a vovó que eu não presto, e agora ela está doente, ela vai morrer por minha causa, eu... com... ele... Pelo amor de Deus, surre-me... Por... que... me... martiri... zam...

As lágrimas me sufocavam, sentei-me no divã e, sem forças para continuar falando, tombei minha cabeça nos seus joelhos, soluçando de tal maneira que me pareceu que morreria naquele instante.

– Do que está falando, gordinho? – disse papai com pena, inclinando-se sobre mim.

– Ele é um tirano para mim... meu algoz... Vou morrer... Ninguém gosta de mim! – falei, mal conseguindo articular as palavras, e em seguida entrei em convulsão.

Papai me tomou nos braços e me levou para o meu quarto, onde adormeci.

Quando acordei, já era muito tarde. Havia uma vela acesa junto à minha cama e, sentados no quarto, estavam nosso médico de família, Mimi e Liúbotchka. Via-se pelos rostos que estavam preocupados com minha saúde. Quanto a mim, sentia-me tão bem e tão leve após doze horas de sono que poderia saltar da cama imediatamente, se não fosse desagradável para mim decepcioná-los na certeza de que eu estava muito doente.

Capítulo XVII

O ódio

Aquilo, sem dúvida, era o verdadeiro ódio. Não esse ódio que descrevem nos romances, no qual não acredito, que parece encontrar satisfação em fazer mal a um desafeto, e sim aquele ódio que incute na gente uma aversão incontrolável a uma pessoa que, no fundo, merece nosso respeito. Esse sentimento torna insuportável para você os cabelos, o pescoço, o modo de andar, o som da voz, os membros e os movimentos da pessoa odiada, ao mesmo tempo em que o atrai a ela com uma força incompreensível e o obriga a observar com ansiosa atenção as mínimas ações dela. Eu nutria esse sentimento em relação a Saint-Jérôme.

Havia já um ano e meio que Saint-Jérôme vivia em nossa casa. Hoje, avaliando com frieza esse homem, penso que era um bom francês, porém excessivamente francês. Era inteligente, com uma instrução bastante razoável, e cumpria com seriedade suas obrigações relativas a nós. Por outro lado, tinha certos traços muito característicos de todos os seus compatriotas e muito opostos ao caráter dos russos, como um egoísmo leviano, vaidade, atrevimento e uma autoconfiança calcada na ignorância. Esse conjunto me desagradava profundamente. É evidente que vovó lhe explicara sua opinião a respeito de castigos corporais e ele não ousava nos bater, mas, apesar disso, com frequência ele ameaçava com o chicote, sobretudo a mim, e pronunciava a palavra *fouetter*[105] (que soava como *fouatter*) de maneira tão odiosa e com uma entonação tal como se surrar-me fosse lhe proporcionar uma imensa satisfação.

Eu não temia nem um pouco a dor do castigo, embora nunca a tivesse experimentado, mas o simples pensamento de

---

105. Surrar. (N.A.)

que Saint-Jérôme poderia me bater levava-me a um estado penoso de desespero e raiva.

Às vezes, quando ficava aborrecido, Karl Ivânytch nos castigava com a régua ou com os suspensórios, mas a lembrança disso não me provoca o mínimo rancor. Naquela época (eu tinha então catorze anos), até mesmo se Karl Ivânytch me desse uma surra eu aceitaria isso com indiferença. Gostava dele, lembro-me dele desde que me entendo por gente e me acostumara a considerá-lo um membro de nossa família. Já Saint-Jérôme era um indivíduo orgulhoso, cheio de si, pelo qual eu não sentia nada, a não ser aquele respeito involuntário que me inspiravam todos os *adultos*. Karl Ivânytch era um velho engraçado, de quem eu gostava do fundo do meu coração e que, na minha concepção infantil das posições sociais, eu colocava abaixo de mim.

Saint-Jérôme, ao contrário, era um jovem elegante, instruído, bonito, que se esforçava para ser igual a todos. Karl Ivânytch se zangava conosco e nos castigava com serenidade, demonstrando que considerava isso uma obrigação necessária, mas desagradável. Saint-Jérôme, ao contrário, gostava de se colocar no papel de educador e via-se que, quando nos castigava, fazia isso mais para sua própria satisfação do que para o nosso bem. Ele se empolgava com sua importância. Suas pomposas frases em francês, que ele pronunciava acentuando particularmente a última sílaba, com *accent circonflexe*, eram para mim odiosas ao extremo. Karl Ivânytch, quando ficava bravo, dizia: é uma comédia de marionetes, menino *levadas*, mosquinha. Já Saint-Jérôme nos chamava de *mauvais sujet, vilain, garnement*[106] e outros nomes no gênero, que ofendiam meu amor-próprio.

Karl Ivânytch nos colocava de joelhos, virados para um canto, e o castigo consistia na dor física causada por aquela posição. Saint-Jérôme, estufando o peito e fazendo um gesto majestoso com o braço, gritava com voz trágica: "*À genoux, mauvais sujet!*", e ordenava que ficássemos de joelhos na sua frente e pedíssemos perdão. O castigo consistia na humilhação.

Daquela vez não me castigaram, nem mesmo me lembraram do que havia ocorrido, mas não pude esquecer tudo que

---

106. Canalha, velhaco, patife. (N.A.)

havia sofrido naqueles dois dias: o desespero, a vergonha, o medo e o ódio. Desde então Saint-Jérôme parecia ter desistido de mim e quase não estudava comigo, mas eu não conseguia olhar para ele com indiferença. Todas as vezes em que casualmente nossos olhares se cruzavam, eu tinha a impressão de transmitir uma animosidade evidente demais e apressava-me em assumir uma expressão de indiferença, porém desconfiava de que para ele estava claro o meu fingimento, então eu corava e virava para o outro lado.

Em suma, era-me indescritivelmente penoso manter qualquer relação com ele.

Capítulo XVIII

O quarto das criadas

Sentia-me cada vez mais sozinho e meus principais prazeres eram as reflexões solitárias e as observações. Sobre o objeto de minhas reflexões, contarei no próximo capítulo. Já o campo de minhas observações, esse era preferencialmente o quarto das criadas, onde se passava um romance que me interessava, comovente ao extremo. Como é evidente, a heroína desse romance era Macha, que estava apaixonada por Vassíli, a quem conhecera quando ainda vivia livre, ocasião em que o rapaz a havia pedido em casamento. O destino, que havia separado os dois cinco anos antes, reunira-os de novo na casa de vovó, mas colocou um obstáculo ao seu amor na pessoa de Nikolai, que era tio de Macha e não queria nem ouvir falar de casamento de sua sobrinha com Vassíli, a quem chamava de sujeito *inconveniente* e *desregrado*.

Esse obstáculo fez com que Vassíli, que antes era bastante indiferente e frio, de repente se enamorasse de Macha de tal modo como só é capaz um servo, alfaiate de formação, que gostava de usar uma camisa rosada e de untar os cabelos com brilhantina.

Apesar de demonstrar seu afeto de maneiras muito estranhas, fora de propósito (por exemplo, ao encontrar Macha, ele sempre procurava causar-lhe dor, ou beliscando-a, ou dando-lhe tapas, ou apertando-a com tal força que ela mal podia respirar), o seu amor era sincero, e a prova disso é que desde que Nikolai lhe negou terminantemente a mão de sua sobrinha, Vassíli passou a se embriagar de tristeza e a vagar pelos botequins promovendo confusões. Em suma, começou a se comportar tão mal que várias vezes passou pela vergonha de ser preso. Mas parecia que esse procedimento e suas consequências eram vantagens aos olhos de Macha e aumentavam ainda mais seu amor por ele. Quando Vassíli estava *detido na polícia*, Macha chorava durante vários dias sem secar as lágrimas, queixava-se do seu amargo destino para Gacha (que participava ativamente dos problemas dos infelizes namorados) e, ignorando as repreensões e surras do tio, corria às escondidas à polícia para visitar e consolar seu amigo.

Não fique indignado, leitor, com a sociedade na qual o introduzi. Se em sua alma não enfraqueceram as cordas do amor e da compaixão, também no quarto das criadas podem soar notas com as quais elas vibrarão. Queira você me seguir ou não, estou me dirigindo ao patamar da escada de onde consigo ver tudo que se passa dentro daquele quarto. Lá está a cama de tijolos, sobre a qual há um ferro de passar, uma boneca de papelão com o nariz quebrado, uma tina, uma bacia de lavar as mãos; no peitoril da janela estão atirados em desordem pedacinhos de cera preta, um novelo de seda, um pepino mordido, uma caixinha de bombons; a seguir, há uma grande mesa vermelha, sobre a qual, em cima de uma costura começada, repousa um tijolo envolvido em chita. Atrás dessa costura está *ela*, sentada, com o vestido rosa de linho rústico, meu preferido, e na cabeça um lencinho azul-claro que atrai especialmente minha atenção. Ela está costurando e interrompe o trabalho de vez em quando para coçar a cabeça com a agulha ou para endireitar a vela, e eu olho e penso: "Por que ela não nasceu numa família nobre, com esses olhos azul-claros, essa enorme trança louro-escura, esse busto alto? Como ela ficaria bem, sentada na sala de visitas, com uma touca de fitas cor-de-rosa e uma bata de seda púrpura, não igual à de Mimi, mas sim a uma que vi no Bulevar Tverskói. Ela bordaria, sentada diante de um bastidor, e eu veria sua imagem refletida num espelho. E faria tudo que ela quisesse, buscaria seu agasalho, sua comida...".

E que cara de bêbado, que figura repugnante tem esse Vassíli, com o casaco apertado sobre a camisa rosada, solta e suja! Em cada movimento, em cada curva de suas costas tenho a impressão de ver sinais inequívocos do horrível castigo que lhe impuseram...

— Que é que há, Vássia[107]? De novo? — disse Macha, espetando a agulha na almofada, sem levantar a cabeça na direção de Vassíli, que entrava.

— Que haveria de ser? Será que *dele* se pode esperar alguma coisa boa? Que, pelo menos, decidisse alguma coisa; do contrário, estou me destruindo assim por nada, e tudo por culpa *dele* — respondeu Vassíli.

— Quer tomar chá? — perguntou Nadeja[108], outra criada.

— Fico muito agradecido. E por que esse bandido do seu tio me odeia? Porque tenho boas roupas, pela minha força, pelo meu modo de andar. E não passa disso! — concluiu Vassíli, fazendo um gesto de desânimo com a mão.

— É preciso ser humilde — disse Macha, cortando a linha com os dentes —, mas você continua...

— Não aguento mais! É isso aí!

Nesse instante ouviram-se uma batida de porta no quarto de vovó e resmungos de Gacha, que se aproximava pela escada.

— Quem consegue agradá-la, se ela mesma não sabe o que quer?... Vida desgraçada, de trabalhos forçados! Senhor, perdoa meus pecados — murmurava ela, gesticulando.

— Meus respeitos, Agáfia Mikháilovna — disse Vassíli, levantando-se

— Ah, saia daqui! Não estou nem aí para os seus respeitos — respondeu ela furiosa, olhando para ele. — E que vem fazer aqui? Por acaso é lugar para homem, no quarto das moças?

— Queria saber se a senhora está bem de saúde — disse Vassíli timidamente.

---

107. Apelido do nome Vassíli. (N.T.)
108. Apelido do nome Nadejda (Esperança, em russo); o apelido mais comum para esse nome é Nádia. (N.T.)

– Vou morrer em breve, essa é a minha saúde – gritou Agáfia Mikháilovna, com mais fúria ainda.

Vassíli riu.

– Não há nada para rir aqui e, se estou mandando sair, então: fora! Vejam só, e o patife ainda quer se casar! Canalha! Fora daqui!

Pisando com raiva, Agáfia Mikháilovna foi para seu quarto e bateu a porta com tanta força que os vidros estremeceram nas janelas.

Atrás do tabique, durante muito tempo continuou xingando tudo e todos, maldizendo a vida, atirando suas coisas e puxando as orelhas do seu gatinho de estimação. Finalmente a porta se entreabriu e por ela passou voando o gato, atirado pelo rabo e miando tristemente.

– Pelo visto, é melhor tomar chá outra hora – sussurrou Vassíli. – Até um próximo encontro, mais agradável.

– Não é nada – disse Nadeja, piscando para ele –, vou ver se o samovar está pronto.

– Preciso tomar uma decisão – disse Vassíli, sentando-se mais perto de Macha, tão logo Nadeja saiu do quarto. – Ou vou diretamente falar com a condessa e lhe conto tudo, ou então... largo tudo e fujo para o fim do mundo, por Deus!

– E eu, como fico?

– A única pessoa de que sinto pena é você, senão a minha cabecinha já poderia estar livre há um tempão. Juro por Deus!

– Vássia, por que não traz suas camisas para eu lavar? – disse Macha, depois de um instante de silêncio. – Veja só, está preta de sujeira – acrescentou, examinando sua gola.

Nesse momento soou a sineta do quarto de vovó e Gacha saiu de seu tabique.

– Que está tentando conseguir dela, sujeito imprestável? – disse ela, empurrando para a porta Vassíli, que se erguera às pressas ao vê-la. – Levou a moça a esse estado e ainda fica cercando, criatura sem freios. Vê-se que fica alegre com as lágrimas dela. Suma daqui! Que não fique nem o seu cheiro. E o que você viu de bom nele? – continuou ela, dirigindo-se a Macha. – Será que foi pouco a surra que seu tio lhe deu hoje cedo por causa dele? Mas não, continua a mesma cantilena: não caso com mais ninguém, só com Vassíli Grúskov. Bobalhona!

– É verdade, não caso com ninguém, não gosto de ninguém, mesmo que me surrem até a morte por causa dele – disse Macha, desmanchando-se em lágrimas.

Fiquei durante muito tempo olhando para Macha, deitada sobre o baú, enxugando as lágrimas com seu lencinho de cabeça, e fiz um esforço para mudar minha opinião a respeito de Vassíli e encontrar aquele ponto de vista pelo qual podia parecer a ela tão atraente. Mas, apesar de minha compaixão sincera por sua dor, eu não conseguia entender como uma criatura tão encantadora como Macha podia amar Vassíli.

"Quando eu for grande", pensava comigo mesmo no meu quarto, "Petróvskoie vai ser minha propriedade; Vassíli e Macha serão meus servos. Um dia, estarei sentado no meu escritório, fumando cachimbo, e verei Macha passar com o ferro em direção à cozinha. Eu ordenarei: 'Chamem aqui Macha'. Ela virá, e não haverá mais ninguém no gabinete. De repente há de entrar Vassíli e, vendo Macha, dirá: 'Perdi minha cabeça!'. Macha também começará a chorar. Então eu falarei: 'Vassíli! Sei que você a ama, e que ela também o ama. Pegue estes mil rublos, case-se com ela e sejam felizes, com a graça de Deus'. E irei para a sala dos divãs."

No meio de uma quantidade incalculável de pensamentos e sonhos que passam sem deixar rastro pela mente e pela imaginação, há alguns que deixam um sulco profundo de sensibilidade, e muitas vezes, mesmo sem se lembrar do conteúdo do pensamento, você se lembra de que sua cabeça esteve cheia de alguma coisa boa, sente o rastro da ideia e se esforça para reproduzi-la novamente. A ideia de sacrificar meu sentimento em favor da felicidade de Macha, que esta só poderia encontrar casando-se com Vassíli, deixou um rastro profundo desse tipo no meu espírito.

Capítulo XIX

Adolescência

Dificilmente alguém acreditará se eu disser quais eram os objetos preferidos e mais constantes de minhas meditações durante a adolescência, de tão incompatíveis com a minha idade e posição. Mas, na minha opinião, a incompatibilidade entre a posição do indivíduo e sua atividade moral é o sinal mais seguro da verdade.

Durante um ano eu levei uma vida solitária, concentrado em mim mesmo, e todas as questões abstratas sobre a finalidade da existência humana, a vida futura, a imortalidade da alma, já tinham surgido para mim. Minha fraca inteligência infantil esforçava-se com todo o ardor da falta de experiência para explicar aquelas questões, cuja proposição já por si constitui um degrau superior a que pode atingir a inteligência, mas cuja resolução não lhe é dado alcançar.

Penso que em cada indivíduo particular a inteligência, no seu desenvolvimento, passa pelo mesmo caminho que foi trilhado pelas diversas gerações da humanidade, e que as ideias que estão na base das diversas teorias filosóficas constituem partes integrantes da inteligência, mas cada indivíduo, com maior ou menor clareza, já tinha consciência delas antes de saber da existência de teorias filosóficas.

Esses pensamentos se apresentavam à minha mente com tal precisão e assombro que eu até procurava aplicá-los à vida, imaginando que tinha sido o *primeiro* a descobrir verdades tão grandes e úteis.

Certa vez tive a ideia de que a felicidade não depende de fatores externos e sim de nossa relação com eles, e que o homem acostumado a suportar o sofrimento não pode ser infeliz. Para me acostumar com o trabalho, apesar da dor terrível que sentia, eu segurava com os braços estendidos dicionários de Tatíschev durante cinco minutos, ou então trancava-me no quarto de despejo e me açoitava com uma corda nas costas nuas até me correrem lágrimas.

De outra feita, conscientizando-me de repente de que a morte nos espera a cada instante, resolvi que o indivíduo não pode ser feliz a não ser aproveitando o momento presente, sem pensar no futuro, e não entendia por que as pessoas não haviam compreendido isso ainda. Sob influência desse pensamento, durante três dias abandonei as lições e não fiz nada além de ficar deitado na cama, deliciando-me com a leitura de algum romance e com os pães de mel que havia comprado com minhas últimas economias.

Houve uma ocasião em que estava desenhando figuras variadas no quadro-negro e de repente tive uma ideia que me surpreendeu: por que a simetria é agradável aos olhos? O que é a simetria? "É uma sensação inata", dizia para mim mesmo. Em que ela se baseia? Por acaso em tudo na vida há simetria? Mas, ao contrário, eis a vida – e eu desenhei uma figura oval. Depois da vida, a alma passa para a eternidade. Eis a eternidade – e tracei, a partir de um lado da figura oval, uma linha até a extremidade do quadro-negro. Por que no outro lado não há uma linha igual a esta? E, de fato, como poderia haver eternidade de um lado só? Nós, com certeza, já existíamos antes desta vida e perdemos a lembrança disso.

Esse raciocínio, que me pareceu extraordinariamente novo e claro, e cujo nexo agora tenho dificuldade em perceber, me agradou muitíssimo; peguei uma folha de papel para expô-lo por escrito, mas, ao fazê-lo, minha cabeça foi inundada por uma tal profusão de ideias que fui obrigado a me levantar e passear pela sala. Quando me aproximei da janela, minha atenção foi atraída pela carroça do aguadeiro, que o cocheiro estava atrelando, e meus pensamentos se concentraram na resolução do problema: para qual animal ou ser humano passaria a alma daquele cavalo, quando morresse? Nesse momento Volódia atravessou o quarto e sorriu, vendo que eu estava mergulhado em reflexões, e esse sorriso foi suficiente para que eu compreendesse que tudo o que estava pensando era uma monstruosa asneira.

Contei esse caso apenas para dar ao leitor uma noção de quais eram as minhas reflexões. Mas nenhuma concepção filosófica me atraiu tanto como o ceticismo, que em certa época me levou a um estado próximo da loucura. Eu imaginava que não existia nada nem ninguém no mundo além de mim, que os objetos não eram objetos, e sim formas, que só apareciam quando voltava a minha atenção para eles e que desapareciam imediatamente, tão logo eu parava de pensar neles. Em resumo, concordei com Schelling na crença de que o que existe não são os objetos, e sim a minha relação com eles. Havia momentos em que, sob a influência dessa *ideia fixa*, eu chegava a tal ponto de perturbação mental que voltava minha cabeça rapidamente para o lado oposto, esperando encontrar o vazio (*néant*) lá onde eu não estava.

Pobre e insignificante mola da atividade moral é a inteligência humana!

Minha fraca inteligência não conseguia penetrar no impenetrável e, nessa tarefa acima de minhas forças, fui perdendo, uma após a outra, as convicções que, para ter uma vida feliz, nunca deveria ter ousado tocar.

Nada conservei de todo esse penoso trabalho moral, a não ser uma agilidade mental, que enfraqueceu minha força de vontade, e o costume de estar constantemente fazendo análises morais, o que destruiu o frescor dos meus sentimentos e a clareza do meu juízo.

Ideias abstratas formam-se em consequência da capacidade humana de, num determinado momento, captar com a consciência um estado de alma e transformá-lo em lembrança. Minha tendência para pensamentos abstratos desenvolveu a minha consciência de maneira não natural e, com frequência, quando me punha a pensar sobre as coisas mais simples, eu caía num círculo vicioso ao analisar meus pensamentos, de modo que já não pensava mais sobre a questão que me interessara, e sim sobre o que estava pensando. Ao perguntar a mim mesmo: "sobre o que estou pensando?", eu respondia: "estou pensando sobre o que eu estou pensando". "E agora, em que estou pensando?" "Eu penso que eu penso sobre o que estou pensando." E assim por diante. Eu estava ficando maluco...

Entretanto, minhas descobertas filosóficas lisonjeavam de maneira extraordinária o meu amor-próprio. Muitas vezes me imaginava um grande homem, que descobriria para o bem da humanidade novas verdades, e olhava para os demais mortais com orgulhosa consciência de meus méritos. Porém era estranho que ficasse intimidado quando tinha contato com esses mortais, e quanto mais alto eu me colocava, na minha própria opinião, menos era capaz de demonstrar a consciência que tinha dos meus próprios méritos, e não conseguia não me envergonhar de cada palavra ou gesto meu, por mais simples que fossem.

Capítulo XX

Volódia

Quanto mais avanço na descrição dessa fase da minha vida, mais difícil e penosa ela se torna para mim. Entre as recordações daquele tempo, raramente encontro momentos de verdadeiros e ternos sentimentos como os que iluminaram com tanta força e constância o início de minha vida. Sem querer, tenho vontade de passar correndo sobre o deserto da adolescência e chegar depressa ao feliz momento em que outra vez o sentimento verdadeiramente terno e nobre da amizade iluminou com um forte clarão o final dessa etapa e iniciou uma nova, cheia de encanto e poesia, a fase da juventude.

Não vou descrever passo a passo as minhas recordações; apenas lançarei um rápido olhar nas mais importantes, desde a época a que chegou a minha narrativa até o momento em que encontrei uma pessoa extraordinária, que teve influência decisiva e benéfica sobre meu caráter e minha orientação.

Volódia está perto de ingressar na universidade e já tem aulas separadas, com professores particulares. Com inveja e respeito escuto-o falar sobre funções, senos, coordenadas e outras coisas, batendo agilmente com o giz no quadro-negro. Vejo nisso uma demonstração de sabedoria inacessível.

Num domingo, depois do almoço, todos os professores particulares e dois catedráticos reúnem-se no quarto de vovó e, na presença de papai e de mais alguns convidados, fazem um ensaio do exame de ingresso à universidade. Para imensa satisfação de vovó, Volódia demonstra ter conhecimentos extraordinários. A mim propõem também algumas perguntas sobre várias matérias, mas me saio muito mal, e os catedráticos fazem o que podem para esconder de vovó a minha ignorância, o que me deixa ainda mais atrapalhado. De resto, não estão prestando muita atenção em mim: tenho apenas quinze anos e falta ainda um ano para eu prestar exames. Volódia passa os dias trancado lá em cima, estudando, e só desce na hora do almoço. Ele faz isso não porque seja obrigado, mas por vontade própria. É muito orgulhoso e não quer passar de qualquer maneira, e sim com a nota máxima.

Finalmente chega o dia da primeira prova. Volódia veste um fraque azul com botões de bronze, coloca seu relógio de ouro e botas de verniz. O faeton de papai para junto à entrada, Nikolai baixa a capota e Volódia, na companhia de Saint-Jérôme, parte para a universidade. As meninas, particularmente Kátenka, com rostos alegres e animados, acompanham pela janela a figura esbelta de Volódia, quando este sobe na carruagem. Papai diz: "Queira Deus, queira Deus!", e vovó, que também se arrastara até a janela, com lágrimas nos olhos e murmurando alguma coisa benze Volódia até o faeton dobrar a esquina.

Volódia está de volta. Todos lhe perguntam, impacientes: "E então? Foi bem? Quanto tirou?". Mas só pelo seu rosto alegre era visível que tinha ido bem, com a nota cinco. No dia seguinte, com os mesmos votos de êxito e o mesmo temor, ele foi acompanhado e recebido com igual impaciência e alegria. E assim foi durante nove dias. No décimo dia haveria o último exame, o mais difícil – de religião. De pé junto à janela, todos o esperam com impaciência ainda maior. Já são duas horas da tarde e Volódia ainda não voltou.

– Olha lá! Até que enfim! São eles, são eles! – grita Liúbotchka, colando o rosto à vidraça.

De fato, no faeton, ao lado de Saint-Jérôme, vinha Volódia, mas já não de fraque azul e quepe cinzento, e sim de uniforme de estudante da universidade, com um colarinho azul-claro bordado, um chapéu de três bicos e uma espada dourada na cintura.

– Ah! Se ela estivesse viva! – exclama vovó ao ver Volódia de uniforme. E em seguida desmaia.

Com o rosto radiante, Volódia entra correndo no vestíbulo, abraça e beija a mim, Liúbotchka, Mimi e Kátenka, que fica vermelha até as orelhas. Ele não cabe em si de contentamento. E como está bonito de uniforme! Como combina bem o colarinho azul-claro com seus incipientes bigodinhos! Que porte esbelto, cintura fina e caminhar aristocrático! Nesse dia memorável, todos almoçaram nos aposentos de vovó, com rostos radiantes de felicidade. E, quando chega a hora da torta, o mordomo, com uma expressão contida e majestosa, mas que deixa transparecer alegria, traz uma garrafa de champanhe enrolada num guardanapo. Pela primeira vez depois da morte de *maman*, vovó bebe champanhe. Bebe uma taça inteira, felicitando Volódia, e põe-se de novo a chorar de alegria, admirando-o.

Volódia já tem sua própria carruagem, sai sozinho do pátio, recebe *seus* amigos no seu quarto, fuma, vai a bailes, e até já o vi, no seu aposento, na companhia de alguns conhecidos, tomar duas garrafas de champanhe, levantando a cada taça um brinde a certas pessoas misteriosas e discutindo sobre quem ficaria com *le fond de la bouteille*[109]. Entretanto, ele almoça em casa regularmente e, como sempre, vai depois do almoço para a sala dos divãs e fica conversando a sós com Kátenka. Pelo que me é dado ouvir, já que não participo de suas conversas, eles só falam sobre heróis e heroínas dos romances lidos e sobre ciúme e amor. Não consigo entender o que podem achar de tão interessante naquelas conversas, nem por que sorriem com tanta sutileza e discutem com tanto ardor.

De modo geral, estou notando que entre Kátenka e Volódia, além da compreensível amizade entre companheiros de infância, está havendo uma relação estranha, que os afasta de nós e os une secretamente.

---

109. O fundo da garrafa. (N.A.)

Capítulo XXI

Kátenka e Liúbotchka

Kátenka está com dezesseis anos. Cresceu, e as formas desajeitadas, a timidez e desarmonia dos movimentos, próprias das meninas na idade de transição, deram lugar à graça e ao frescor de uma flor que acaba de desabrochar. Mas ela não mudou: os mesmos olhos azul-claros, o olhar sorridente, o mesmo narizinho reto, que forma quase uma linha contínua com a testa, as narinas enérgicas, a boquinha com um sorriso sempre aberto, covinhas minúsculas nas bochechas rosadas, as mesmas mãozinhas alvas... Como sempre, assenta-lhe magnificamente o qualificativo de menina *limpinha*. De novo vê-se apenas a trança de um louro-escuro, que ela usa à maneira adulta, e o busto jovem, cujo surgimento ao mesmo tempo a alegra e constrange.

Apesar de Liúbotchka ter crescido e se educado junto com Kátenka, em todos os sentidos é uma menina muito diferente. Liúbotchka é baixa e de pernas tortas, em consequência do raquitismo, e sua cintura não é nada graciosa. Bonitos nela são só os olhos. E estes – grandes, negros, com uma expressão indefinida de altivez e ingenuidade – são realmente soberbos e não podem passar despercebidos. Ela é em tudo simples e natural. Já Kátenka parece que quer imitar alguém. Liúbotchka olha sempre de maneira direta e, às vezes, fixa em certas pessoas seus enormes olhos negros e não os move até que alguém lhe chame a atenção, dizendo que isso não é educado. Kátenka, ao contrário, baixa as pálpebras e aperta os olhos, afirmando que é míope, embora eu saiba muito bem que ela enxerga com perfeição. Liúbotchka não gosta de carinhos exagerados diante de estranhos e, quando alguém começa a beijá-la diante das visitas, fecha a cara e diz que não suporta paparicos. Já Kátenka, ao contrário, quando há visitas se mostra especialmente carinhosa com Mimi, e gosta de passear pela sala de braços dados com alguma menina. Liúbotchka adora dar gargalhadas e às vezes, num acesso de riso, agita os braços e corre pelo aposento. Kátenka, ao contrário, cobre a boca com o lenço ou com as mãos quando está rindo. Liúbotchka se senta sempre reta e anda com os braços caídos; Kátenka inclina um pouco a cabeça para um lado e anda com os braços cruzados. Liúbotchka sempre fica terrivelmente alegre quando tem a oportunidade de conversar com um homem adulto, e gosta de dizer que há de se casar com um hussardo. Já Kátenka diz que tem aversão a todos os homens, que nunca se casará, e fica toda alterada quando algum homem conversa com ela, como se temesse alguma coisa. Liúbotchka fica constantemente aborrecida com Mimi porque lhe apertam o espartilho de tal maneira que "ela não consegue respirar", ao mesmo tempo em que gosta muito de comer. Kátenka, ao contrário, muitas vezes enfia o dedo sob o corpete do seu vestido e nos mostra como ele está largo, e come pouquíssimo. Liúbotchka gosta de desenhar rostos; já Kátenka desenha apenas flores e borboletas. Liúbotchka toca muito bem concertos de Field e sonatas de Beethoven; Kátenka toca variações e valsas, sustenta o andamento, bate as teclas com força, calca sem parar os pedais e, antes de começar a tocar, tira com sentimento três acordes em *arpeggio*.

Mas, segundo a opinião que eu tinha naquela época, Kátenka se parecia mais com os adultos, por isso me agradava muito mais.

Capítulo XXII

Papai

Papai está especialmente alegre desde que Volódia ingressou na universidade e almoça com a vovó com mais frequência que o normal. Entretanto, segundo eu soube por Nikolai, o motivo de sua alegria foi ter ganho nos últimos tempos enormes fortunas no jogo. Tem acontecido até que, à noite, antes de sair para o clube, ele entra na casa, senta-se ao piano, chama-nos para junto de si e canta canções ciganas, batendo no chão com suas botas macias (ele não suporta tacões altos e nunca os usa). É preciso ver o entusiasmo de sua adorada Liúbotchka, que também tem verdadeira veneração por ele. Às vezes ele vai à sala de aulas e, com uma expressão grave, ouve-me dizer a lição, mas, por algumas palavras com que tenta me corrigir, noto que ele sabe mal aquilo que estou estudando. Às escondidas, às vezes ele pisca e faz sinais para nós quando vovó começa a resmungar e a brigar com todos sem motivo. "Viram, sobrou também para nós, crianças", diz ele mais tarde. De maneira geral, na minha opinião ele desceu um pouco daquela altura inacessível a que minha imaginação infantil o havia colocado. Com o mesmo sentimento sincero de amor e respeito, beijo sua mão grande e branca, mas já me permito analisá-lo, julgar suas ações e involuntariamente me vêm sobre ele uns pensamentos que às vezes me assustam. Nunca esquecerei um fato que me fez pensar muito e me trouxe grandes sofrimentos morais.

Certa noite ele entrou na sala de visitas, de fraque preto e colete branco, para buscar Volódia que, naquele momento, estava se vestindo no seu quarto para irem a um baile. Vovó esperava que Volódia fosse aos seus aposentos para despedir-se e para que ela pudesse vê-lo (ela tinha o costume de chamá-lo ao seu quarto antes de cada baile, para lhe dar a bênção, ver se estava bem-vestido e lhe dar conselhos). Na sala, iluminada por uma única lâmpada, Mimi e Kátenka caminhavam de um lado para o outro, e Liúbotchka, sentada ao piano, ensaiava o *Concerto nº 2* de Field, que era a música preferida de *maman*. Nunca encontrei uma semelhança de família tão grande quanto a que havia entre minha irmã e minha mãe, mas não era uma semelhança de traços ou de corpo, e sim algo imperceptível nas mãos, no modo de andar, na voz e em certas expressões. Quando Liúbotchka estava com raiva e dizia: "Faz um século que não me deixam sair", nas palavras *um século*, que *maman* também costumava dizer, tinha a impressão de ouvi-la prolongar do mesmo modo a sílaba: *um sé-éculo*. Mas o mais impressionante era a semelhança na maneira como as duas tocavam piano, inclusive nos gestos: igual a mamãe, Liúbotchka ajeitava o vestido, virava as páginas da partitura por cima, com a mão esquerda, batia com os punhos nas teclas quando estava irritada por não conseguir vencer um trecho difícil e dizia: "Ah, meu Deus!". Ela tinha a mesma sutil delicadeza e precisão na interpretação, o modo fieldiano de tocar, que foi acertadamente chamado de *jeu perlé*[110], que os truques dos pianistas mais novos não conseguem fazer esquecer.

Papai entrou na sala com passos miúdos e rápidos e se aproximou de Liúbotchka, que parou de tocar assim que o viu.

– Não, continue tocando, Liúba, continue – disse ele, fazendo-a sentar-se –, você sabe como gosto de ouvi-la tocar...

Liúbotchka continuou tocando e papai sentou-se diante dela, apoiando-se num braço. Em seguida ele ergueu um ombro, levantou-se e começou a caminhar pela sala. Todas as vezes que se aproximava do piano, ele parava e ficava olhando para Liúbotchka. Por sua maneira de caminhar e se movimentar eu notei que ele estava emocionado. Após algumas idas e vindas pela sala, parou atrás da banqueta de Liúbotchka e beijou-lhes os cabelos negros, depois virou-se e continuou seu passeio. Ao terminar a música, Liúbotchka foi até ele e perguntou se havia tocado bem. Ele segurou sua cabeça e pôs-se a beijá-la na testa e nos olhos com uma tal ternura que eu nunca vira nele.

– Ah, meu Deus, você está chorando! – disse Liúbotchka de repente, soltando a corrente do relógio de papai e fitando seu rosto com seus grandes olhos cheios de espanto. – Desculpe, papai querido, esqueci completamente que essa era a música da mãezinha.

– Não, minha querida, toque sempre essa música – disse ele, com voz trêmula de emoção. – Se você soubesse como me faz bem chorar com você...

Beijou-a de novo e, tentando dominar a comoção interior, ergueu os ombros e saiu pela porta que dava para o corredor que levava ao quarto de Volódia.

– Voldemar! Vai demorar muito? – gritou ele, parado no meio do corredor.

Nesse meio-tempo passou perto dele a camareira Macha que, ao vê-lo, baixou os olhos e quis desviar-se, mas ele a fez parar.

---

110. Toque perolado. (N.A.)

— Está cada dia mais bonita — disse ele, fazendo-lhe uma reverência.

Macha enrubesceu e baixou ainda mais a cabeça, murmurando:

— Com licença.

— Voldemar, como é, ainda vai demorar? — repetiu papai, repuxando o ombro e tossindo ao me ver, no momento em que Macha passava por ele.

Amo meu pai, mas o cérebro humano é independente do coração e, muitas vezes, acolhe pensamentos incompreensíveis e cruéis, que ofendem os sentimentos. E tais pensamentos, embora eu tente afastá-los, me vêm à mente...

Capítulo XXIII

Vovó

A cada dia que passa vovó vai ficando mais fraca. Sua campainha, a voz queixosa de Gacha e batidas de porta são ouvidas com mais frequência no seu quarto. Ela já não nos recebe no gabinete, na poltrona voltairiana, mas em seu dormitório, na cama alta com travesseiros enfeitados com rendas. Quando vou cumprimentá-la, noto em sua mão um inchaço lustroso amarelo-claro, e no cômodo há um odor pesado, como o que senti no quarto de mamãe cinco anos antes. O doutor visita-a três vezes ao dia e várias juntas médicas já foram realizadas. Mas seu temperamento orgulhoso e sua maneira cerimoniosa de tratar a todos da casa, especialmente papai, não mudaram nem um pouco. Ela prolonga as palavras, levanta as sobrancelhas e diz: "Meu querido".

Há vários dias que já não podemos entrar no seu quarto. Certa feita, Saint-Jérôme, durante a aula, sugere que eu vá dar um passeio de trenó com Liúbotchka e Kátenka. Apesar de eu haver notado, ao subir no trenó, que diante das janelas de vovó a rua está coberta de palha e que uns homens de capote azul-marinho estão parados na frente dos nossos portões, não consigo entender por que nos mandam passear numa hora tão incomum. Por acaso, durante todo o passeio, Liúbotchka e eu estamos numa disposição de espírito tão alegre que qualquer palavra, movimento ou acontecimento, mesmo o mais simples, nos faz rir. Um mascate agarrado ao seu tabuleiro atravessa correndo a estrada e nós caímos na risada. Um cocheiro esfarrapado vem atrás de nós a galope, agitando as pontas das rédeas, alcança nosso trenó e nós damos gargalhadas. O chicote de Filipp prende-se no patim do trenó, ele se vira e diz: "Opa!", e nós quase morremos de rir. Com um ar de desagrado, Mimi diz que só os tolos riem sem motivo, e Liúbotchka, vermelha pelo esforço para conter o riso, olha-me de soslaio. Nossos olhares se encontram e soltamos gargalhadas tão homéricas que nossos olhos se enchem de lágrimas, e não conseguimos conter o acesso de riso que nos sufoca. Mal conseguimos nos acalmar um pouco, dou uma olhadela para Liúbotchka e pronuncio uma palavrinha fatal, que desde algum tempo tem o poder de nos provocar o riso, e caímos de novo na gargalhada.

Quando estamos nos aproximando de casa, eu abro a minha boca para fazer uma fantástica careta para Liúbotchka e, nesse instante, meus olhos dão com uma tampa preta de caixão apoiada numa banda da porta de entrada de nossa casa, e minha boca permanece naquela postura torta.

– *Votre grande-mère est morte!*[111] – diz Saint-Jérôme com o rosto pálido, vindo ao nosso encontro.

Durante todo o tempo que o corpo de vovó permanece na casa eu tenho uma sensação penosa de terror da morte, ou seja, um cadáver me lembra fortemente e de maneira desagradável que devo morrer algum dia, o que as pessoas costumam confundir com tristeza. Não lamento a morte de vovó e dificilmente alguém da casa a lamenta com sinceridade, embora nossa residência esteja lotada de visitantes trajando luto. A única exceção é uma pessoa, cuja amargura furiosa me surpreende, e essa pessoa é sua camareira Gacha. Ela se tranca no sótão e chora sem parar. Maldizendo a si mesma, arranca os cabelos, sem querer ouvir conselhos, e diz que o único consolo que lhe resta é a morte, depois da perda de sua querida patroa.

---

111. Sua avó morreu! (N.A.)

Torno a repetir que, se um sentimento é inverossímil, isso é o sinal mais seguro de sua sinceridade.

Já não temos a vovó, mas na casa estão vivas suas recordações e ouvem-se conversas a seu respeito. Na sua maioria, essas conversas tratam do testamento que ela fez antes de morrer e cujo teor ninguém conhece, a não ser o príncipe Ivan Ivânytch, seu testamenteiro. Entre os criados de vovó noto alguma agitação e com frequência ouço comentários sobre quem os herdará. Quanto a mim, confesso que sem querer me sentia alegre ao pensar que íamos receber uma herança.

Após seis semanas, Nikolai, que era sempre o primeiro a trazer as novidades, vem me contar que a vovó havia deixado toda a propriedade para Liúbotchka, e que confiou sua tutela, até que ela se casasse, não a papai, e sim ao príncipe Ivan Ivânytch.

Capítulo XXIV

Eu

Para meu ingresso na universidade faltam apenas alguns meses. Meus estudos vão bem. Não apenas espero os professores sem medo como sinto até algum prazer nas aulas.

Fico feliz de poder responder às lições com clareza e precisão. Preparo-me para a faculdade de matemática. Para falar a verdade, essa escolha foi feita apenas porque as palavras seno, tangente, diferencial, integral etc. me agradam imensamente.

Sou bem mais baixo que Volódia, corpulento, de ombros largos; continuo feio e, como antes, sofro por causa disso. Faço tudo para parecer original. A única coisa que me consola é que certa vez, falando de mim, papai disse que tenho *uma cara inteligente*, no que acredito de forma total.

Saint-Jérôme está satisfeito comigo, elogia-me, e não apenas já não o odeio, como até me parece que gosto dele nas ocasiões em que às vezes diz que, *com minhas capacidades, com minha inteligência*, é uma vergonha eu não fazer isso ou aquilo.

Já faz tempo que parei de observar o quarto das criadas e me dá vergonha me esconder atrás da porta. Além disso, confesso que a certeza do amor de Macha por Vassíli fez esfriar meu sentimento. O que me curou em definitivo dessa paixão infeliz foi o casamento de Vassíli, para o qual eu mesmo, a seu pedido, fui solicitar a permissão de papai.

Quando os recém-casados, com uma bandeja de doces, aproximam-se de papai para agradecer-lhe, e Macha, de touquinha com fitas azuis, também nos agradece e beija-nos a todos no ombro, a única coisa que sinto, sem qualquer sombra de emoção, é o perfume de rosas da brilhantina que ela passou nos cabelos.

De modo geral, começo a me curar de meus defeitos da adolescência, com exceção, talvez, do principal, que ainda me prejudicaria muito na vida: a tendência para filosofices.

Capítulo XXV

Os amigos de Volódia

Apesar de meu papel entre os amigos de Volódia ferir meu amor-próprio, gostava de me sentar no seu quarto quando ele recebia visitas e de ficar ali calado, observando tudo o que se passava. Os que com mais frequência visitavam Volódia eram o ajudante de campo Dúbkov e um universitário, o príncipe Nekhliúdov. Dúbkov era moreno, baixo, musculoso e já passara da primeira juventude; tinha pernas curtas, mas não era feio e estava sempre alegre. Era daquele tipo limitado, que agrada precisamente por sua limitação, que é incapaz de ver as coisas por vários ângulos diferentes e se deixa sempre levar pelo entusiasmo por alguma ideia. Os juízos que pessoas desse tipo fazem costumam ser unilaterais e errôneos, mas são sempre sinceros e atraentes. Até mesmo seu egoísmo estreito parece perdoável e simpático. Além disso, para Volódia e para mim, Dúbkov tinha um duplo encanto: um porte marcial e, acima de tudo, a idade, que os jovens têm o hábito de confundir com o conceito de boa sociedade (*comme il faut*[112]), que era altamente valorizado pela juventude naqueles tempos. Aliás, Dúbkov de fato era aquilo que costumam chamar de *un homme comme il faut*.

A única coisa que não me agradava era que Volódia parecia se envergonhar de alguns dos meus mais inocentes comportamentos e, sobretudo, de minha pouca idade.

Nekhliúdov era feio, tinha olhos pequenos e cinzentos, testa estreita e saliente e braços e pernas compridos de um jeito desproporcional, que não podiam ser chamados exatamente de bonitos. Suas únicas vantagens eram a estatura avantajada, a cor suave da pele e magníficos dentes. Seu rosto tinha uma expressão original e enérgica devido aos olhos pequenos e brilhantes e ao seu sorriso, ora severo, ora indefinivelmente infantil, e era impossível que ele passasse despercebido.

Parecia ser uma pessoa muito tímida, porque qualquer insignificância o fazia corar até as orelhas, mas sua timidez não era igual à minha. Quanto mais corado ficava, mais seu rosto expressava resolução. Era como se ficasse furioso consigo mesmo por sua fraqueza.

Apesar de parecer que tinha uma amizade estreita com Dúbkov e Volódia, era visível que se juntara a eles por mero acaso. Suas tendências eram diferentes: Volódia e Dúbkov pareciam temer qualquer coisa que se assemelhasse a uma reflexão séria e à sensibilidade. Nekhliúdov, ao contrário, deixava-se levar pelo entusiasmo e, apesar das zombarias dos amigos, mergulhava em discussões filosóficas e sentimentais. Volódia e Dúbkov gostavam de falar sobre os objetos de seus amores (e com frequência se apaixonavam por várias mulheres ao mesmo tempo, sendo que, às vezes, pelas mesmas). Já Nekhliúdov, este se zangava seriamente quando alguém fazia alusão ao seu amor por uma certa *ruivinha*.

Volta e meia Volódia e Dúbkov se permitiam fazer brincadeiras a respeito de seus próprios parentes, embora os amassem. Nekhliúdov, pelo contrário, poderia ficar fora de si se alguém insinuasse alguma coisa desfavorável a respeito de sua adorada tia. Volódia e Dúbkov costumavam ir a um certo lugar

---

112. Como deve ser. (N.T.)

depois do jantar sem Nekhliúdov, a quem chamavam de *bela jovem*[113]...

Fiquei muito impressionado com o príncipe Nekhliúdov desde a primeira vez em que o vi, tanto por suas conversas quanto por sua aparência. Mas, apesar de encontrar em suas tendências muita coisa em comum comigo, ou, talvez, precisamente por isso, o sentimento que ele de início me inspirou estava longe de ser amigável.

Não me agradaram seu olhar irrequieto, a voz firme, a aparência orgulhosa e, acima de tudo, sua completa indiferença quanto à minha pessoa. Muitas vezes, tinha uma imensa vontade de contradizê-lo nas conversas, vingar-me de sua altivez confrontando suas opiniões e, dessa maneira, mostrar-lhe como eu era inteligente, apesar de sua total indiferença para comigo. Mas a timidez me impedia.

Capítulo XXVI

Reflexões

Volódia estava deitado com os pés em cima do divã, apoiado em um braço, lendo um romance francês quando, como de hábito, entrei no seu quarto depois das aulas da tarde. Ele ergueu ligeiramente a cabeça para me ver, mas em seguida retomou a leitura. Esse gesto simples e natural me fez corar. Tive a impressão de que seu olhar expressava a indagação de por que eu fora até ali, o que ele teria desejado esconder de mim baixando com rapidez a cabeça. Naquela idade, era uma característica minha essa tendência para atribuir significado ao mais simples gesto. Aproximei-me da mesa e também peguei um livro, mas, antes de começar a ler, ocorreu-me que era engraçado que nós, que não nos víramos durante todo o dia, não disséssemos uma palavra um ao outro.

– E então, você vai ficar em casa hoje à noite? – indaguei.

– Não sei. Por quê?

---

113. No folclore e nos contos de fadas russos, *bela jovem* é um epíteto frequente para a personagem feminina principal. (N.T.)

– Por nada, só perguntei – disse eu, e, notando que a conversa não engrenava, peguei o livro e comecei a ler.

É estranho que, quando eu e Volódia estávamos a sós, ficávamos calados, mas bastava a presença de uma terceira pessoa, mesmo silenciosa, para que entabulássemos conversas das mais variadas e interessantes. Sentíamos que conhecíamos demasiadamente bem um ao outro. E conhecer demais ou conhecer muito pouco atrapalham igualmente a aproximação.

– Volódia está? – ouviu-se a voz de Dúbkov no vestíbulo.

– Estou – disse Volódia, baixando as pernas e colocando o livro sobre a mesa.

Dúbkov e Nekhliúdov, ambos de sobretudo e chapéu, entraram no quarto.

– Como é, vamos ao teatro, Volódia?

– Não, não tenho tempo – respondeu Volódia, corando.

– Era só o que faltava! Vamos, por favor.

– Mas nem ingresso eu tenho.

– Há ingressos à vontade na porta do teatro.

– Esperem um momento, já volto – disse Volódia, de modo evasivo.

Eu sabia que Volódia queria muito ir ao teatro com Dúbkov, que ele havia recusado apenas por não ter dinheiro, e saíra para pedir ao mordomo cinco rublos emprestados até sua próxima mesada.

– Boa noite, *diplomata*! – disse Dúbkov, estendendo-me a mão.

Os amigos de Volódia me chamavam de *diplomata* porque, certa vez, após um almoço com vovó, esta comentou sobre nosso futuro e disse que Volódia seria militar e, quanto a mim, ela tinha esperança de ver-me um *diplomata*, de fraque preto e penteado *à la coq*[114], o que, na sua opinião, era uma condição indispensável à carreira diplomática.

– Aonde foi o Volódia? – perguntou-me Nekhliúdov.

– Não sei – respondi, enrubescendo ao pensar que eles provavelmente adivinhavam por que Volódia tinha saído.

– Com certeza não tem dinheiro! Não é verdade? Oh! *Diplomata!* – acrescentou ele afirmativamente, explicando

---

114. Penteado semelhante a uma crista de galo. (N.T.)

meu sorriso. – Eu também não tenho dinheiro. Você tem, Dúbkov?

– Vamos ver – disse este, pegando seu porta-moedas e apalpando com cuidado algumas moedinhas. – Vejam, uma moeda de cinco copeques e outra de vinte. O resto é uma porcaria – disse ele, fazendo um gesto cômico com a mão.

Nesse momento Volódia entrou no quarto.

– E então, vamos?

– Não.

– Como você é engraçado! – disse Nekhliúdov. – Por que não diz que não tem dinheiro? Fique com meu ingresso.

– E você?

– Ele pode ficar no camarote com as primas dele – disse Dúbkov.

– Não, não vou ao teatro e está encerrado.

– Por quê?

– Porque, como você sabe, não gosto de ficar sentado no camarote.

– E por quê?

– Não gosto, me constrange.

– Sempre a mesma coisa! Não entendo por que você fica constrangido num lugar onde é bem recebido por todos. É ridículo, *mon cher*.

– Que posso fazer *si je suis timide?*[115] Estou convencido de que você nunca ficou corado na sua vida; já eu, a todo instante, por qualquer besteira, fico vermelho! – disse ele, enrubescendo.

– *Savez-vous d'où vient votre timidité?...d'un excès d'amour-propre, mon cher*[116] – disse Dúbkov em tom protetor.

– Não há nenhum *excès d'amour-propre*! – respondeu Nekhliúdov, sentindo-se atingido. – Pelo contrário, sou acanhado justamente porque tenho muito pouco *amour-propre*; pelo contrário, estou sempre achando que comigo as pessoas ficam entediadas, aborrecidas... Por isso...

---

115. Se eu sou tímido? (N.A.)

116. Sabe de onde vem sua timidez? De um excesso de amor-próprio, meu caro. (N.T.)

– Vá se vestir, Volódia – disse Dúbkov, agarrando meu irmão pelos ombros e tirando seu paletó. – Ignat, ajude seu senhor a se vestir.

– Por esse motivo, comigo acontece sempre... – continuou Nekhliúdov.

Mas Dúbkov já não o escutava e cantarolava uma melodia qualquer.

– Você não escapa – disse Nekhliúdov. – Vou lhe provar que a timidez não é de maneira nenhuma consequência de amor-próprio.

– Pode provar indo conosco.

– Já disse que não vou.

– Então fique aqui e prove para o *diplomata*. Quando voltarmos, ele nos contará.

– Provo mesmo – retrucou Nekhliúdov, como uma criança caprichosa. – E tratem de voltar logo.

– O que você acha: tenho excesso de amor-próprio? – perguntou ele, sentando-se perto de mim.

Embora eu já tivesse opinião formada a esse respeito, fiquei tão intimidado com aquela interpelação inesperada que não pude responder-lhe de pronto.

– Penso que sim – disse eu, sentindo que minha voz tremia e o rubor subia pelo meu rosto ao simples pensamento de que chegara a hora de mostrar para ele que eu era *inteligente*. – Penso que todas as pessoas têm amor-próprio e que tudo que fazem é por causa do amor-próprio.

– Então, para você, o que é o amor-próprio? – disse Nekhliúdov, sorrindo de maneira um tanto desdenhosa, segundo me pareceu.

– Amor-próprio – respondi – é a convicção de que eu sou melhor e mais inteligente do que todas as outras pessoas.

– Mas como é que todos podem ter essa convicção?

– Eu não sei se isso é correto ou não, apenas sei que, além de mim, ninguém confessa isso. Estou convencido de que sou mais inteligente do que todos no mundo e tenho certeza de que o senhor também tem essa convicção com relação a si mesmo.

– Não, quanto a mim, afirmo que já encontrei pessoas mais inteligentes do que eu – disse Nekhliúdov.

— Não pode ser — respondi com firmeza.

— Será possível que você realmente pense assim? — indagou Nekhliúdov, olhando-me fixamente.

— Falo sério — respondi.

E de repente veio-me à cabeça uma ideia que expressei de imediato.

— Vou lhe provar isso. Por que nós amamos a nós mesmos mais que aos outros? Porque nos consideramos melhores do que os outros, mais merecedores de amor. Se achássemos que os outros são melhores que nós, nós os amaríamos mais do que a nós mesmos, e isso nunca ocorre. E, se ocorrer, da mesma forma tenho razão — acrescentei com um sorriso involuntário de satisfação.

Nekhliúdov ficou um minuto calado.

— Pois nunca pensei que você fosse tão inteligente! — disse ele, com um sorriso tão bondoso e simpático que de repente me deu a impressão de que eu estava extremamente feliz.

Um elogio tem um poder tão monumental, não só sobre os sentimentos, mas também sobre a inteligência das pessoas, que, sob sua agradável influência, tive a impressão de que havia ficado muito mais inteligente, e as ideias, uma atrás da outra, acudiam à minha mente com uma rapidez fora do comum. Do amor-próprio, passamos sem notar para o amor e, nesse assunto, a conversa parecia interminável. Não obstante o fato de que nossos juízos poderiam parecer completamente sem sentido a algum ouvinte de fora, pois eram confusos e unilaterais, para nós tinham grande importância. Nossas almas estavam tão bem afinadas que o mínimo toque numa corda de um repercutia de imediato na do outro. Causava-nos satisfação exatamente essa harmonia das sonoridades das cordas que tocávamos enquanto conversávamos. E tínhamos a impressão de que nos faltavam palavras e tempo para expressar um ao outro todos os pensamentos que queriam emergir.

Capítulo XXVII

Começo de uma amizade

Desde aquele dia, entre mim e Dmítri Nekhliúdov estabeleceram-se relações um tanto estranhas, mas extraordinariamente agradáveis. Quando havia outras pessoas presentes, ele quase não me dava atenção, mas bastava ficarmos a sós que íamos nos sentar num canto confortável e começávamos as nossas reflexões, e esquecíamos de tudo e nem notávamos que o tempo voava.

Conversávamos sobre a vida futura, arte, trabalho, casamento, educação dos filhos, e jamais nos vinha à cabeça que tudo que dizíamos eram tremendos absurdos. Isso não nos ocorria porque os absurdos que dizíamos eram inteligentes e graciosos, e, na juventude, ainda se dá valor à inteligência e se crê nela. Na juventude, todas as forças do espírito estão direcionadas para o futuro, o qual adquire formas variadas, vivas e atraentes sob a influência da esperança, que se baseia não na experiência do passado, mas na imaginária possibilidade de ser feliz, e compartilhar com alguém sonhos sobre a felicidade futura, nessa idade, já é uma verdadeira felicidade. Nas reflexões metafísicas, que eram um dos principais temas de nossas conversas, eu gostava daquele momento em que as ideias seguem umas às outras cada vez com mais rapidez e, tornando-se cada vez mais abstratas, chegam enfim a um grau tal de nebulosidade que não se consegue mais expressá-las e que, quando alguém supõe que está expressando o que pensa, diz outra coisa completamente diferente. Eu gostava daquele momento em que, elevando-se cada vez mais alto no raciocínio, de repente você percebe que ele é inatingível e reconhece a impossibilidade de ir adiante.

Certa vez, durante o carnaval, Nekhliúdov esteve tão entretido em vários divertimentos que, embora tenha vindo à nossa casa várias vezes ao dia, não falou comigo nem uma vez, e isso me deixou muito ofendido, e novamente ele me pareceu orgulhoso e desagradável. Fiquei esperando uma oportunidade para lhe mostrar que não dava o mínimo valor à sua companhia e que não nutria por ele qualquer amizade especial.

Depois do carnaval, na primeira em vez que quis conversar comigo, eu disse que precisava preparar as lições e subi, mas, passados quinze minutos, alguém abriu a porta da sala de aulas e Nekhliúdov se aproximou de mim.

– Estou atrapalhando? – perguntou ele.

– Não – respondi, embora quisesse dizer que, de fato, estava ocupado.

– Então por que você saiu do quarto de Volódia? Já faz tempo que não filosofamos, e eu já estava tão acostumado que parece que falta alguma coisa.

Minha mágoa passou num instante, e Dmítri voltou a ser aos meus olhos o mesmo rapaz bondoso e agradável.

– O senhor com certeza sabe por que saí – disse eu.

– Talvez – disse ele, sentando-se perto de mim. – Mas, embora tenha uma vaga ideia a respeito, não posso dizer o motivo, mas o senhor pode.

– Vou dizer: saí porque estava zangado com o senhor... Zangado, não, aborrecido. É simples: estou sempre com medo de que o senhor me despreze porque ainda sou muito jovem.

– Sabe por que nos demos tão bem? – disse ele, com seu olhar bonachão e inteligente respondendo à minha sinceridade. – Sabe por que gosto mais do senhor do que das pessoas que conheço melhor e que têm mais em comum comigo? Acabei de descobrir. O senhor tem uma qualidade rara e admirável: a sinceridade.

– É verdade, sempre digo exatamente aquelas coisas que tenho vergonha de confessar – disse eu –, mas apenas para as pessoas em quem confio.

– Sim, mas para confiar numa pessoa é preciso ser seu amigo, e nós ainda não somos amigos, Nicolas – acrescentou ele, levantando-se e esfregando as mãos com um sorriso. – Vamos fazer uma coisa e você verá como isso será útil para nós dois: vamos dar nossa palavra de que confessaremos tudo um ao outro. Nós dois vamos nos conhecer e não sentiremos vergonha. E, para que não tenhamos de temer os estranhos, daremos a nossa palavra de que não vamos falar do outro *nada, nunca e com ninguém*. Façamos isso.

– De acordo – disse eu.

E, de fato, *fizemos* isso. O resultado contarei mais tarde.

Karr disse que em toda amizade existem dois lados: um ama, o outro permite ser amado; um beija, o outro oferece a face. Isso é inteiramente verdadeiro. Também na nossa amizade, eu beijava e Dmítri oferecia a face; mas ele também estava disposto a me beijar. Nós nos queríamos igualmente, porque nos conhecíamos e apreciávamos um ao outro. Mas isso não impedia que ele exercesse influência sobre mim nem que eu me submetesse a ele.

Naturalmente, sob essa influência, sem querer assimilei sua orientação, que consistia no endeusamento entusiástico do ideal da virtude e na convicção de que o homem está destinado a um permanente aperfeiçoamento. Naquela época, corrigir a humanidade toda, exterminar todos os vícios e todas as desgraças humanas pareciam uma coisa fácil de se fazer. Parecia fácil e simples corrigir a si mesmo, assimilar todas as virtudes e ser feliz...

No final das contas, só Deus sabe se eram ridículos esses sonhos juvenis cheios de nobreza, bem como quem é o culpado por eles não terem se realizado.

JUVENTUDE

Capítulo I

O que considero o início da juventude

Já mencionei que minha amizade com Dmítri abriu para mim uma nova visão da vida e de sua finalidade e relações. O âmago dessa visão era a crença de que a missão do ser humano é buscar o aperfeiçoamento moral, e que isso é fácil, possível e eterno. Mas naquela época eu me deleitava apenas com a descoberta de novas ideias, derivadas daquela convicção, e com a elaboração de planos brilhantes para um futuro virtuoso e cheio de atividades, enquanto minha vida continuava a mesma: mesquinha, desorganizada e ociosa.

Aquelas ideias virtuosas que costumava analisar com meu querido amigo Dmítri, o *maravilhoso Mítia*[117], como às vezes eu sussurrava para mim mesmo, agradavam somente ao meu intelecto, mas não ao meu sentimento. Mas chegou um momento em que elas invadiram minha cabeça com a força de uma descoberta moral tão nova que me assustei ao pensar no tempo que havia perdido em vão, e no mesmo instante desejei aplicá-las à vida, firmemente decidido a não trair esse objetivo.

Eu tinha quase dezessete anos. Ainda recebia professores particulares, e Saint-Jérôme supervisionava meus estudos, de modo que, obrigado e sem vontade, eu me preparava para a universidade. Além dos estudos, minhas ocupações consistiam de devaneios, meditações solitárias e incoerentes, exercícios de ginástica para me tornar o homem mais forte do mundo, perambulações por todos os cômodos da casa, especialmente o corredor do quarto das criadas, sem nenhum propósito ou pensamento, e de exames de minha figura no espelho, atividade, aliás, que me deixava uma sensação pesada de angústia e mesmo de aversão.

Minha aparência, eu estava convencido, era não apenas feia, como nem mesmo eu conseguia me consolar com as palavras de conforto que são ditas em casos semelhantes. Não conseguia dizer que meu rosto era expressivo, inteligente ou

---

117. Apelido do nome Dmítri. (N.T.)

nobre. Não tinha nada de expressivo – meus traços eram os mais comuns e grosseiros, tinha olhinhos pequenos, acinzentados, e meu olhar tendia mais para abobalhado do que para inteligente, sobretudo no momento em que eu me olhava no espelho. Masculinidade eu tinha ainda menos, apesar de não ser baixo e de ser muito forte para a minha idade, mas todas as feições do meu rosto eram suaves, caídas, indefinidas. Não havia nem mesmo alguma coisa de nobre; ao contrário, meu rosto era semelhante ao de um simples camponês, como também eram de camponês minhas mãos e pés grandes. Naquela época isso me deixava muito envergonhado.

Capítulo II

A primavera

No ano em que ingressei na universidade, a Semana Santa foi um pouco mais tarde, em abril, de modo que os exames foram marcados para a *Fomínaia*[118], duas semanas depois, e na Semana Santa tive de fazer jejum e terminar de me preparar.

Depois de uma neve úmida, que Karl Ivânytch costumava chamar de "o filho veio atrás do pai", já havia uns três dias que o tempo permanecia calmo, morno e claro. Não se via mais vestígio de neve nas ruas, e a camada suja deu lugar às calçadas molhadas e brilhantes, com rápidos filetes de água. Nos telhados, o gelo terminava de derreter ao sol; no jardim, os brotos das árvores inchavam; o caminho no quintal estava seco; na estradinha que levava à estrebaria, a relva verde e musgosa já aparecia entre as pedras, ao lado de um monte de esterco congelado e junto à entrada da casa. Era aquele período especial da primavera que influencia mais intensamente a alma humana: um sol claro iluminando tudo, mas ainda sem calor, regatos e lamaçais de neve derretida, um odor fresco no ar e um céu azul, claro e delicado, com nuvenzinhas compridas

---

118. Segundo o calendário da igreja ortodoxa russa, semana que sucede a semana da Páscoa (O nome vem de São Tomé – Fomá, em russo –, que não queria crer na ressurreição de Cristo). (N.T.)

e transparentes. Não sei por que, mas me parece que na cidade grande se sente ainda mais e com mais força na nossa alma a influência desse primeiro despertar da primavera – vê-se menos, mas pressente-se mais.

Eu estava de pé junto à janela; através dos vidros duplos, o sol matinal lançava raios poeirentos que iluminavam minha sala de aula, insuportável e entediante para mim àquela altura. Estava resolvendo uma comprida equação no quadro-negro. Numa das mãos, segurava uma brochura rasgada da *Álgebra* de Francoeur e, na outra, um pedaço de giz que já havia sujado minhas mãos, meu rosto e os cotovelos do meu casaco. Nikolai, de avental e mangas arregaçadas, retirava a massa de vidraceiro e, com uma torquês, arrancava os pregos da janela que dava para o jardim. Seu trabalho e o barulho que ele fazia me distraíam. Some-se a isso que eu estava aborrecido e num péssimo humor. Nada dava certo: cometi um erro no início dos cálculos e teria de começar tudo de novo; deixei o giz cair duas vezes; sentia que meu rosto e minhas mãos estavam sujos; o apagador sumira e o barulho que Nikolai fazia estava irritando meus nervos. A minha vontade era de me zangar e resmungar; larguei o giz e a *Álgebra* e comecei a andar pela sala. Mas de repente me lembrei de que era Quarta-Feira Santa e que nós teríamos de nos confessar, e era preciso evitar as más ações; de repente, passei para um estado de espírito especial, de humildade, e me aproximei de Nikolai.

– Deixe que o ajude, Nikolai – disse eu, esforçando-me para dar um tom o mais humilde possível à minha voz. E a ideia de que estava agindo bem, reprimindo minha irritação e ajudando-o, encheu ainda mais meu espírito de humildade.

A massa e os pregos foram retirados, mas, apesar de Nikolai puxar com todas as suas forças a moldura da vidraça[119], ela não cedia.

"Se a moldura sair agora de uma vez, quando eu puxar junto com Nikolai, significa que é um sinal, e não preciso mais estudar agora", pensava eu. A vidraça deslizou para um lado e saiu.

---

119. Referência ao costume de se colocar uma segunda vidraça nas janelas, no final do outono, para, com os vidros duplos, se manter o calor dentro das casas durante o inverno. Na primavera, essa segunda vidraça era retirada. (N.T.)

– Para onde a levo? – perguntei.

– Pode deixar, eu mesmo faço isso, é preciso não misturar, eu numero todas elas – respondeu Nikolai, visivelmente surpreendido e aparentemente aborrecido com minha colaboração.

– Vou marcá-la – disse eu, levantando a vidraça.

Acho que, se o depósito fosse longe, a duas verstas dali, e se a moldura tivesse o dobro do peso, eu teria ficado muito satisfeito. Queria sofrer ao fazer aquele favor a Nikolai. Quando voltei para a sala de aula, os tijolinhos e as pirâmides de sal[120] já estavam colocados sobre o parapeito da janela, e Nikolai varria com um espanador a areia e as moscas sonolentas para fora, pela janela escancarada. Um ar fresco e perfumado encheu o quarto. Ouviam-se o barulho da rua e o chilrear dos pardais no jardim.

Todos os objetos estavam fortemente iluminados, a sala ficou alegre e um ventinho primaveril sacudiu as páginas da *Álgebra* e os cabelos de Nikolai. Sentei-me no parapeito da janela, inclinei-me para o jardim e mergulhei em reflexões.

Um sentimento muito forte, agradável e novo penetrou de repente na minha alma. A terra molhada, onde aqui e ali surgiam os primeiros brotos de relva verde-clara com talinhos amarelos, os regatos que brilhavam ao sol, carregando torrões de terra e lascas de madeira, os ramos do arbusto de lilás, avermelhados e com os botões intumescidos, balançando bem embaixo da minha janela, o gorjeio dos atarefados e assanhados passarinhos que haviam ocupado esse arbusto, a cerca enegrecida, molhada pela neve que se derretia e, acima de tudo, aquele ar úmido e perfumado, somado ao sol alegre, tudo isso me falava com toda clareza de algo novo e maravilhoso. Embora eu não consiga expressar tudo aquilo que percebia, vou tentar transmitir o modo como me sentia. Tudo aquilo me falava de beleza, felicidade, virtude; dizia que todas eram possíveis para mim, e que nenhuma delas pode existir sem as outras, e até mesmo que beleza, felicidade e virtude são uma coisa só. "Como pude não entender isso, como fui burro, como poderia (e poderei) ser bom e feliz no futuro!", dizia

---

120. Entre as janelas duplas se colocavam tijolinhos, areia e sal, para evitar que os vidros se cobrissem de gelo. (N.T.)

para mim mesmo. "Eu preciso, agora mesmo, neste instante, me transformar numa outra pessoa, começar uma vida nova." Fiquei, porém, ainda muito tempo sentado na janela, sonhando, e não fiz nada.

Já lhe aconteceu, leitor, de dormir durante o dia no verão, numa tarde chuvosa e nublada, acordar quando o sol está se escondendo e ver pelo quadrilátero da janela, onde a tremulante cortina de linho bate no parapeito, o lado lilás e sombreado da aleia de tílias, molhado pela chuva, e o caminho úmido do jardim, iluminado pelos claros raios oblíquos do sol, e de repente ouvir a alegre e animada algazarra dos passarinhos, o zumbido dos insetos brilhantes que esvoaçam junto às frestas das janelas, sentir o aroma do ar após a chuva e pensar: "Eu deveria sentir vergonha de perder uma tarde destas dormindo", e saltar rapidamente da cama e ir para o jardim, para aproveitar a vida? Se já lhe aconteceu, esse é um pequeno retrato do forte sentimento que me dominava naquele momento.

Capítulo III

Sonhos

"Hoje vou me confessar, me limpar de todos os meus pecados e nunca mais vou...", aí me lembrei dos pecados que mais me atormentavam. "Aos domingos passarei a ir sem falta à igreja e ao voltar vou ficar uma hora lendo os Evangelhos; depois, da mesada que vou receber quando entrar na universidade, vou tirar dois rublos e meio (o dízimo) e distribuir entre os pobres. Vou fazer isso sem que ninguém fique sabendo, e não vou dar aos mendigos, e sim procurar pessoas pobres, órfãos ou velhinhas que ninguém conhece."

"Terei um quarto só para mim (provavelmente o quarto de Saint-Jérôme)", continuei pensando. "Eu mesmo vou limpá-lo e conservá-lo perfeitamente limpo. Não vou ter nenhum criado fazendo as coisas para mim, pois ele é uma pessoa, tanto quanto eu. Depois, irei a pé todos os dias para a universidade (se me derem uma carruagem, vou vendê-la e guardarei o dinheiro para dar aos pobres) e vou cumprir tudo com rigor (em que consistia esse 'tudo', não saberia dizer naquela ocasião, mas entendia e sentia vigorosamente que se tratava de uma vida sensata, moral e irrepreensível). Vou organizar meus apontamentos e até estudar com antecedência algumas matérias, de modo que no primeiro ano serei o melhor aluno e escreverei uma dissertação. No segundo, já entrarei sabendo a matéria e poderei ser promovido diretamente para o terceiro ano. Terminarei o curso com dezoito anos e ingressarei na pós-graduação como primeiro aluno, com duas medalhas de ouro. Depois defenderei o título de mestre e o de doutor, e serei o maior cientista da Rússia... até mesmo da Europa. Bem, e depois?", me perguntava, porém aí me lembrei de que esses sonhos eram vaidade, pecado, que eu deveria contar para o confessor, e voltei para o início dos meus pensamentos.

"Para me preparar para as aulas vou caminhar até as colinas Vorobiov[121]; escolherei um lugar debaixo de uma árvore e ficarei lendo a matéria da aula. Uma vez ou outra levarei alguma coisa para comer: queijo ou pastéis de Pedotti. Descansarei um pouco, depois pegarei um bom livro para ler, ou então desenharei uma paisagem ou tocarei algum instrumento (estou determinado a aprender a tocar flauta). Depois, *ela* também começará a passear nas colinas Vorobiov e um dia se aproximará de mim e perguntará: 'Quem é você?'. Olharei para ela com ar triste e direi que sou filho de um sacerdote e que unicamente ali sou feliz, quando estou inteiramente só e solitário. Ela me dará a mão, dirá alguma coisa e sentará ao meu lado. Desse modo, todos os dias nos encontraremos naquele lugar, seremos amigos, eu a beijarei... Não, isso não é bom. Ao contrário, a partir de hoje não vou mais olhar para as mulheres. Nunca, nunca mais vou me aproximar do quarto das criadas. Vou fazer tudo para nem passar perto. E dentro de três anos estarei emancipado e me casarei, com toda certeza. Vou me exercitar o máximo possível, fazer ginástica todos os dias,

---

121. Pitoresca região de Moscou onde há pequenas elevações, que os habitantes chamam de colinas. Na época soviética foram chamadas de Colinas de Lênin, mas atualmente foi-lhe devolvido o nome original. (N.T.)

de modo que, quando tiver vinte e cinco anos, serei mais forte que Rappo. No primeiro dia vou segurar meio *pud* com o braço estendido, por cinco minutos; no dia seguinte, vinte e uma libras, e no terceiro dia, vinte e duas libras, e assim por diante, até chegar a quatro *puds* em cada braço, e dessa maneira vou ser mais forte do que toda a criadagem. E se de repente alguém resolver me ofender ou faltar com respeito a *ela*, eu o levantarei com um braço só pela gola durante um certo tempo, a uma altura de uns dois *archins*[122], para que ele sinta a minha força, e depois o soltarei. Mas não, isso também não é bom. Não faz mal, pois não vou machucá-lo, só vou mostrar a ele que eu..."

Que não me censurem por meus sonhos da juventude serem tão infantis como os da meninice e da adolescência. Estou convencido de que, se me for dado viver até uma idade avançada, e se minhas memórias acompanharem minha idade, mesmo aos setenta vou sonhar sonhos tão pueris como agora. Sonharei com uma linda Maria que amará a mim, um velho banguela, da mesma forma que amou Mazepa[123], e também que meu filho retardado de repente se tornará ministro, por uma circunstância extraordinária, ou que, inesperadamente, terei uma montanha de dinheiro. Estou convencido de que não existe um ser humano nem uma idade que não tenha essa capacidade feliz e consoladora de sonhar. Mas, excetuando-se o traço geral da impossibilidade de realização, cada indivíduo e cada idade têm sua própria maneira de sonhar, e os sonhos são sempre mágicos.

No período que considero o limite entre a adolescência e a juventude, a base de meus sonhos era formada por quatro sentimentos: o primeiro deles era o amor por *ela*, a mulher imaginada, com quem eu sonhava e esperava a qualquer instante encontrar; ela tinha um pouco de Sônetchka, um pouco de Macha, esposa de Vassíli, quando lava roupa na tina, e um pouco de uma mulher de pescoço alvo com um colar de pérolas, que há muito tempo vi no teatro, num camarote ao lado do nosso. O segundo sentimento era a sede de amor. Eu gostaria

---

122. Um *archin* equivale a 0,71 metro. (N.T.)
123. Ivan Stepánovitch Mazepa (1639-1709), herói ucraniano. (N.T.)

que todos me conhecessem e me amassem. Gostaria que, quando eu dissesse meu nome – Nikolai Irtêniev –, todos ficassem estupefatos, me rodeassem e agradecessem, sabe Deus por quê. O terceiro sentimento era a esperança de uma felicidade extraordinária, da qual me gabaria, uma felicidade intensa e sólida, que se transformaria em loucura. Estava tão convencido de que em breve, em consequência de algum fato extraordinário, de repente me tornaria o homem mais rico e famoso do mundo, que sempre aguardava com ansiedade à espera de que algo feliz fosse acontecer por um passe de mágica. Estava sempre esperando que isso começasse a qualquer momento e que eu alcançasse tudo o que um homem pode desejar, e sempre apressado para chegar a todos os lugares, supondo que algo *começaria lá* onde eu não estava. O quarto sentimento e o mais importante era a aversão a mim mesmo e o arrependimento, mas um arrependimento a tal ponto fundido com a esperança de felicidade que não continha em si nada de triste.

Parecia-me muito fácil e natural me afastar de todo o meu passado, refazê-lo, esquecer tudo o que houvera e recomeçar minha vida em todos os aspectos, acreditando que o passado não me oprimia nem me atava. Eu até encontrava prazer na repulsa ao meu passado e procurava vê-lo ainda mais sombrio do que fora na realidade. Quanto mais negras eram as recordações, mais puro e claro se destacava o presente, e despontavam as cores do futuro como um arco-íris. Essa voz de arrependimento e um desejo apaixonado de me aperfeiçoar constituíam meus novos estados de alma na época do meu amadurecimento, e foi ela que inaugurou meu novo olhar sobre mim mesmo, sobre as outras pessoas e sobre o mundo de Deus. Benfazeja e alegre voz, que tantas vezes, nos momentos tristes em que a alma em silêncio submetia-se ao poder da mentira e da depravação, levantava-se de repente contra toda falsidade, desmascarando com indignação o passado, mostrando o ponto luminoso do presente, obrigando a amá-lo e prometendo bondade e felicidade no futuro – benfazeja e alegre voz! Será que algum dia deixará de soar?

Capítulo IV

Nosso círculo familiar

Naquela primavera, raramente papai ficava em casa. Em compensação, quando isso acontecia, ele mostrava uma alegria fora do comum, batucava no piano suas canções preferidas, lançava olhares brejeiros e inventava histórias engraçadas sobre todos nós, inclusive Mimi, como, por exemplo, que um príncipe georgiano viu Mimi num passeio e se apaixonou por ela a tal ponto que fez uma petição ao Sínodo para que lhe concedesse o divórcio; ou então que eu estava sendo nomeado assessor do embaixador em Viena – e tudo isso ele dizia com a cara mais séria. Ele assustava Kátenka com aranhas, que lhe faziam medo, demonstrava muito carinho pelos nossos amigos Dúbkov e Nekhliúdov e o tempo todo nos relatava seus planos para o ano seguinte.

Embora esses planos mudassem quase que diariamente e fossem contraditórios entre si, eram tão atraentes que nós o ouvíamos embevecidos, e Liúbotchka ficava olhando sem piscar para a boca de papai para não perder nem uma palavra. Ora o plano era deixar-nos em Moscou, cursando a universidade, e ir com Liúbotchka por dois anos para a Itália, ora era comprar uma propriedade no litoral sul da Crimeia e passar lá todos os verões, ora era mudarmos todos para Petersburgo e assim por diante. Mas, além dessa alegria fora do comum, em nosso pai ocorreu ainda outra mudança que me deixava muito admirado. Ele mandou fazer uma roupa nova – um fraque cor de oliva, com calças modernas de presilhas, e uma *bekecha*[124] que lhe assentava muito bem – e se perfumava com aromas maravilhosos quando saía a fazer visitas, especialmente a uma certa dama em relação à qual Mimi não conseguia conter os suspiros nem a expressão do rosto, onde se podia ler: "Pobres órfãos! Que paixão infeliz! Ainda bem que ela não está mais aqui etc.". Eu soube por Nikolai, pois papai não nos contava nada dos seus jogos, que ele tinha se saído muitíssimo bem no último inverno, que ganhara uma imensa

---

124. Casacão comprido, ajustado por pregas na cintura. (N.T.)

quantia, depositara o dinheiro no banco e, na primavera, não quis mais jogar. Talvez por isso, temendo não resistir, queria ir o mais depressa possível para a aldeia. Ele decidiu até mesmo ir com as meninas para Petróvskoie logo depois da Páscoa, sem esperar meu ingresso na universidade; eu e Volódia iríamos para lá mais tarde.

Durante todo o inverno e início da primavera Volódia e Dúbkov estavam inseparáveis. Já de Dmítri eles começavam a se afastar com uma certa frieza. Suas principais diversões, pelo que pude concluir de suas conversas, eram beber champanhe sem parar, passar de trenó debaixo da janela de uma certa senhorita, pela qual, parecia-me, os dois estavam apaixonados e dançar *vis-à-vis*, já não em festas infantis, mas em bailes de verdade. Isso nos separava, embora Volódia e eu fôssemos muito amigos. Sentíamos uma diferença muito grande entre um menino que ainda recebia aulas particulares e um rapaz que dançava em bailes para termos vontade de contar nossos pensamentos íntimos um para o outro.

Kátenka já era uma moça feita, lia muitos romances e a ideia de que logo poderia se casar já não me parecia uma brincadeira. Mas, ainda que Volódia já fosse adulto, eles não se entendiam e até me parecia que se desprezavam mutuamente. De modo geral, quando estava sozinha em casa, nada além de romances a interessava, e na maior parte do tempo ela se entediava. Mas, quando havia homens presentes, animava-se, tornava-se amável e lançava olhares cujo significado eu não conseguia entender. Só mais tarde, quando, numa conversa, a ouvi dizer que o único coquetismo que se permite a uma moça de família é o dos olhares, foi que pude entender aquelas estranhas caretas com os olhos, que pareciam não causar nenhuma estranheza a ninguém.

Liúbotchka começava também a usar vestidos quase compridos, de modo que mal se viam suas pernas tortas, mas continuava a mesma chorona de sempre. Agora já não sonhava em se casar com um hussardo, e sim com um cantor ou músico, e para isso estudava música com afinco.

Saint-Jérôme, sabendo que permaneceria conosco apenas até o final dos meus exames, buscava uma colocação na casa de um certo conde, e desde então olhava com desprezo para os nossos criados. Ele parava pouco em casa, começou a fumar cigarros, o que, na época, era considerado muito elegante, e assobiava sem parar umas musiquinhas alegres.

Mimi se tornava mais e mais amarga a cada dia e parecia que, à medida que crescíamos, ela não esperava mais nada de bom.

Um dia, quando cheguei para almoçar, encontrei na sala somente Mimi, Kátenka, Liúbotchka e Saint-Jérôme. Papai não estava em casa, Volódia estudava com os colegas no quarto e pedira que levassem para lá o almoço. Nos últimos tempos, na maioria das vezes era Mimi que ocupava o lugar principal à mesa, e o almoço perdia muito do seu encanto. Já não era um ritual, como no tempo de mamãe ou de vovó, que reunia toda a família e partia o dia em duas metades. Nós já nos permitíamos atrasar, chegar na hora do segundo prato, tomar vinho em copos (seguindo o exemplo do próprio Saint-Jérôme), recostar na cadeira, levantar da mesa antes de terminar o almoço e outras liberdades semelhantes. O almoço deixou de ser aquela cerimônia familiar e alegre. Não era assim em Petróvskoie, onde, cerca de duas horas da tarde, lavados e vestidos, ficávamos todos sentados na sala de estar, conversando alegremente e esperando chegar a hora da refeição. No exato momento em que o relógio começava a ranger na sala dos criados, preparando-se para bater as duas horas, entra Foka com seus passos leves e com um guardanapo no braço. "O almoço está servido", anuncia em voz alta e prolongada, com uma expressão digna e severa, e todos se dirigem à sala de jantar com rostos alegres e felizes, os mais velhos à frente, os mais novos atrás, farfalhando saias engomadas e rangendo botas e sapatos, conversando baixinho e tomando seus lugares à mesa. Nem em Moscou, quando todos nós, falando baixo, esperávamos, de pé na sala, em frente à mesa posta, que vovó chegasse após Gavrilo ter--lhe anunciado que a comida já estava na mesa. De repente abre-se a porta, ouvem-se um fru-fru de saias, batidas de pés, e a vovó, de touca, com um novo laço lilás, sorridente ou de cara fechada (dependendo do seu estado de saúde), surge dos seus aposentos. Gavrilo se atira para trazer-lhe sua poltrona, escuta-se o ruído das cadeiras e, com um friozinho na espinha, precursores do apetite, pegamos um guardanapo meio úmido e engomado, comemos uma casca de pão e, com uma fome impaciente e alegre, esfregamos as mãos sob a mesa e olhamos para os pratos de sopa fumegante que o mordomo vai servindo de acordo com a importância, a idade e a atenção que vovó dedica à pessoa.

Agora não sinto nem alegria nem emoção ao chegar para o almoço. A tagarelice de Mimi, Saint-Jérôme e as meninas sobre as horríveis botas do professor de russo, ou sobre os vestidos de babados das princesinhas Kornakov e outras coisas do gênero, anteriormente despertava em mim um desprezo sincero que no princípio eu não escondia, sobretudo em relação a Liúbotchka e Kátenka. Agora, com meu novo e virtuoso estado de espírito, aquela conversa não teve o menor efeito sobre mim. De maneira incomum fiquei humilde, ouvindo-os com um sorriso carinhoso, pedi com delicadeza que me passassem o *kvas* e concordei com Saint-Jérôme, que corrigiu o meu francês, dizendo que é mais bonito dizer *je puis* do que *je peux*[125]. Porém, devo confessar que me foi um pouco desagradável que ninguém tivesse notado minha humildade e minha virtude.

Liúbotchka mostrou-me depois do almoço um papelzinho em que havia escrito todos os seus pecados. Achei que ela tinha feito muito bem, mas que era ainda melhor escrever todos os seus pecados na sua alma, e que "aquilo não era o que deveria ser".

– E por que não é o que deveria ser? – perguntou ela.

– Deixa pra lá, isso está bom também; você não me entenderia.

E subi para meu quarto, dizendo a Saint-Jérôme que ia estudar, mas na verdade pretendia, antes da confissão, para a qual faltava cerca de uma hora e meia, escrever um plano para o resto dos meus dias, com todas as minhas obrigações e ocupações, expor no papel a finalidade da minha vida e as regras segundo as quais iria agir para sempre e sem desistir.

---

125. Eu posso. (N.A.)

Capítulo V

Regras

Peguei uma folha de papel e, antes de mais nada, quis escrever as obrigações e ocupações para o próximo ano, mas precisava traçar as linhas no papel. Como não encontrei a régua, usei para isso o dicionário de latim. Passei a pena ao longo do dicionário e, ao movê-lo, vi que em vez de uma linha eu havia feito no papel uma comprida mancha de tinta. Além disso, o dicionário era menor que a folha de papel, e o traço encurvou-se ao chegar ao canto macio do livro. Peguei outra folha de papel e, avançando aos poucos o dicionário, consegui mais ou menos traçar algumas linhas. Dividi minhas obrigações em três tipos: obrigações para comigo mesmo, para com o próximo e para com Deus, e comecei a escrever as primeiras, mas elas se mostraram tão numerosas, com tantos tipos e subtipos, que foi necessário escrever primeiro as "Regras de vida", e só depois ocupar-me em confeccionar um plano. Peguei seis folhas de papel, que costurei, formando um caderno, e escrevi no alto "Regras de vida". Esse título saiu tão torto e desengonçado que fiquei um longo tempo pensando se seria necessário fazer de novo. Sofri bastante ao olhar para o plano todo rasgado e para aquele título monstruoso. Por que tudo é tão maravilhoso e claro na minha alma e sai tão horrível no papel e em geral na vida, quando quero aplicar nela alguma coisa do que penso?

– O senhor sacerdote já chegou, queiram descer para ouvir a preleção – veio Nikolai nos comunicar.

Escondi o caderno na gaveta da mesa, olhei-me no espelho, penteei o cabelo para cima, o que, eu estava convencido, me dava um ar pensativo, e fui para a sala dos divãs, onde já havia uma mesa com toalha, um ícone e velas acesas. Papai entrou no mesmo instante que eu, por outra porta. O confessor, um monge de cabelos brancos e severo rosto de ancião, abençoou papai, que beijou sua mão pequena e seca. Eu fiz o mesmo.

– Chamem Voldemar – disse papai. – Onde está ele? Ou melhor, não, ele deve estar jejuando na universidade.

– Ele está estudando com o príncipe – disse Kátenka, olhando em seguida para Liúbotchka. Esta ficou de repente vermelha, fez uma careta, fingindo uma dor, e saiu da sala. Segui-a. Na sala de visitas ela parou e escreveu alguma coisa no seu papelzinho.

– O que foi, cometeu mais um pecado? – perguntei.

– Não, não foi nada. Bobagem – respondeu ela, corando.

Nesse momento, na porta da frente, ouviu-se a voz de Dmítri, que se despedia de Volódia.

– Está vendo? Para você tudo são tentações – disse Kátenka, entrando na sala e dirigindo-se a Liúbotchka.

Não consegui entender o que se passava com minha irmã: ela ficou tão confusa que as lágrimas começaram a correr dos seus olhos, e seu constrangimento foi tal que acabou se transformando em raiva de si mesma e de Kátenka, que visivelmente a estava provocando.

– Logo se vê que você é *estrangeira* (nada podia ser mais ofensivo para Kátenka do que ser chamada de *estrangeira*, e Liúbotchka fez isso de propósito), na hora de um mistério importante como este você de propósito me perturba... Deveria entender que não se trata de uma brincadeira – disse ela com ar importante.

– Você sabe, Nikólenka, o que foi que ela escreveu? – disse Kátenka, ofendida com o *estrangeira*. – Ela escreveu...

– Não esperava de você tamanha maldade – falou Liúbotchka, caindo no choro e se afastando de nós. – Num momento destes, de propósito, me induz a pecar. Não me meto com seus sentimentos nem com o que a faz sofrer.

Capítulo VI

A confissão

Voltei para a sala dos divãs com alguns pensamentos esparsos e, quando todos já estavam reunidos lá, o sacerdote levantou-se e se preparou para ler a oração que antecede a confissão. Mas quando, no silêncio geral, soou sua voz austera e expressiva lendo a oração, especialmente quando se dirigiu a nós com as palavras: "Exponham todos seus pecados sem se envergonhar, sem nada ocultar nem se justificar, e sua alma ficará limpa diante de Deus; mas, se esconderem alguma coisa, irão cometer um grande pecado", voltou-me aquela sensação de terror reverente que eu sentia de manhã, quando pensava no mistério que ia acontecer comigo. Encontrava até prazer ao tomar consciência dessa sensação e esforçava-me por prolongá-lo, interrompendo todos os pensamentos que me vinham à cabeça e forçando-me a temer alguma coisa.

Papai foi o primeiro a se confessar. Ficou muito tempo no quarto de vovó e, durante esse tempo, nós ficamos calados na sala dos divãs, sussurrando para decidir quem seria o próximo. Por fim ouviu-se outra vez atrás da porta a voz do monge rezando, e depois soaram os passos de papai. A porta rangeu e ele saiu, erguendo um ombro, como de hábito, dando uma tossidinha e sem olhar para nenhum de nós.

– Bom, agora vá você, Liúba, veja lá, hein, conte tudo. Você é a minha grande pecadora – disse ele, rindo e beliscando a bochecha dela.

Liúbotchka empalideceu, em seguida ficou vermelha, tirou o papelzinho do avental e novamente o escondeu, e, baixando a cabeça e encolhendo o pescoço, como se esperasse um golpe vindo de cima, atravessou a porta. Permaneceu no quarto pouco tempo, mas, ao sair, seus ombros estavam sacudidos pelos soluços.

Enfim, depois de Kátenka, que saiu pela porta bonitinha e sorridente, chegou a minha vez. Com aquele mesmo terror obtuso e o desejo de intencionalmente despertar em mim mesmo esse terror, entrei na penumbra do quarto. O sacerdote estava de pé diante do pedestal do ícone e voltou o rosto para mim com lentidão.

Não fiquei mais que cinco minutos no quarto de vovó, mas saí de lá feliz e, no meu modo de pensar de então, completamente limpo, renascido moralmente e um homem novo. O velho ambiente me causava uma estranheza desagradável, os quartos, os móveis e até minha figura (eu queria que tudo ficasse diferente também no aspecto exterior, do mesmo modo que pensava que havia mudado por dentro), mas, apesar disso, fiquei numa ótima disposição de espírito até a hora de dormir.

Estava quase adormecendo, repassando na mente todos os pecados de que havia me limpado, quando de repente me lembrei de um pecado vergonhoso que não havia revelado na confissão. As palavras do padre, proferidas antes da confissão, ressoavam nos meus ouvidos sem parar. Minha tranquilidade desapareceu de repente. "Mas, se esconderem alguma coisa, irão cometer um grande pecado...", esse trecho ressoava na minha cabeça sem parar, e me vi como um terrível pecador, para quem não havia castigo suficiente. Revirei-me na cama durante muito tempo, repensando minha situação e esperando a qualquer momento o castigo divino, até mesmo uma morte instantânea, pensamento que me causava um terror indescritível. Mas, de repente, tive uma ideia feliz: "Assim que amanhecer, vou, a pé ou de coche, ao mosteiro; vou procurar aquele monge e me confessar de novo". E isso me acalmou.

Capítulo VII

A ida ao mosteiro

Acordei várias vezes durante a noite, temendo não despertar a tempo de manhã cedo, e antes das seis já estava de pé. Pela janela via-se que mal começava a clarear. Vesti-me, calcei as botas que estavam ao lado da cama e que continuavam sujas, porque Nikolai ainda não tivera tempo de limpá-las, e, sem rezar nem lavar o rosto, saí para a rua, sozinho pela primeira vez na vida.

No outro lado da rua, atrás do telhado verde de um casarão, avermelhava-se uma aurora fria e nevoenta. O gelo da madrugada, bastante intenso, havia congelado a lama e os filetes de água. O frio espetava-me os pés, o rosto e as mãos. Na nossa travessa não havia nenhum veículo de aluguel, e eu estava contando com eles para ir e voltar do mosteiro rapidamente. Apenas algumas carroças de carga iam vagarosamente pela Rua Arbat. Dois pedreiros passaram conversando pela calçada. Quando eu já havia caminhado uns mil passos, comecei a avistar pessoas, mulheres com cestas que iam para o mercado, aguadeiros com seus barris indo buscar água. Numa esquina surgiu um vendedor de pastéis, e uma padaria abriu as portas. Perto dos portões da Arbat surgiu um coche de aluguel. O cocheiro velhinho cochilava, balançando-se sobre seu carro de pintura descascada e forro azul remendado. Talvez por estar meio dormindo, me pediu apenas vinte copeques para me levar ao mosteiro e voltar, mas depois despertou de repente e, mal fiz menção de subir no carro, chicoteou o cavalinho com a ponta da rédea e já ia se afastando de mim. "Tenho de alimentar o cavalo! Não posso, senhor", disse entredentes.

A muito custo consegui convencê-lo a parar, oferecendo-lhe quarenta copeques. Ele freou o cavalo, examinou-me com atenção e disse: "Suba, senhor". Confesso que estava com um pouco de medo de que ele me levasse a um beco deserto e me assaltasse. Agarrei-me à gola do seu capote roto, desnudando seu lastimável pescoço enrugado acima das costas arqueadas, subi para o bamboleante assento azul-claro e, sacolejando, descemos a Rua Vozdvijenka. No trajeto, pude observar que o encosto do assento era forrado com tecido esverdeado, igual ao do capote do cocheiro. Esse detalhe me tranquilizou e deixei de temer que ele fosse me levar a um beco deserto e me assaltar.

O sol já estava alto e iluminava com luz dourada as cúpulas das igrejas quando nos aproximamos do mosteiro. Onde havia sombra, permanecia ainda o gelo, mas por todo o caminho corriam pequenos regatos velozes e turvos, e o cavalo chapinhava na lama.

Entrei no pátio gradeado do mosteiro e perguntei à primeira pessoa que vi como poderia encontrar o sacerdote.

– Aquela ali é a cela dele – disse-me o monge que me acompanhava, parando um instante e indicando uma casinha com um pequeno alpendre.

– Sou-lhe muito grato – disse eu.

Que poderiam estar pensando sobre mim os monges que saíam da igreja em fila e me olhavam? Eu não era nem adulto, nem criança. Não tinha lavado o rosto nem penteado os cabelos, minha roupa não fora escovada e as botas estavam sujas e enlameadas. Como estariam me classificando mentalmente aqueles monges que me examinavam com atenção? Eu, porém, tomei a direção indicada pelo jovem monge. Um velhinho com hábito negro, de grossas sobrancelhas grisalhas, cruzou comigo na estradinha estreita que conduzia às celas e me perguntou o que estava procurando.

Tive ímpeto de responder "Nada", correr para o coche e voltar para casa, mas, apesar das sobrancelhas levantadas, o rosto do velhinho infundia confiança, e eu disse que precisava ver o confessor, mencionando seu nome.

– Venha comigo, jovem senhor, vou acompanhá-lo – disse ele, dando meia-volta, pelo visto adivinhando minha situação. – O padre está nas matinas e logo o atenderá.

Ele abriu a porta e me conduziu pelo vestíbulo e pela antessala, por uma passadeira de linho muito limpa, e me levou até a cela.

– Espere aqui – disse ele, com uma expressão bondosa e tranquilizadora, e se foi.

O quartinho em que eu estava era diminuto e arrumado com um asseio extraordinário. A mobília se resumia a uma mesinha coberta com um oleado entre duas pequenas janelas de duas bandas; nos parapeitos das janelas havia dois vasos com gerânios, uma pequena prateleira com imagens, diante das quais pendia uma lamparina, uma poltrona e duas cadeiras. Num canto da parede havia um relógio com um mostrador coberto de desenhos de flores e pesos de cobre presos a pequenas correntes. Numa parede divisória, que se unia ao teto por tabuinhas caiadas (atrás da qual provavelmente se encontrava a cama), estavam penduradas duas batinas.

As janelas davam para uma parede branca que ficava a mais ou menos dois *archins* de distância. Nesse espaço havia uma pequena touceira de lilases. Nenhum som de fora chegava até esse quarto, de modo que a batida regular e agradável do relógio parecia um ruído forte naquele silêncio. Assim que fiquei sozinho naquele cantinho tranquilo, todos os meus pensamentos e lembranças anteriores de repente sumiram da minha cabeça como se nunca tivessem existido, e mergulhei totalmente em agradáveis meditações, impossíveis de descrever. Aquela batina amarelada, de algodão rústico e com o forro puído, as capas dos livros de couro preto arranhado, com fechos de cobre, aqueles vasos de flores com folhas de um verde opaco, lavadas e regadas com cuidado e, principalmente, aquele ruído monótono e intermitente do relógio me falavam com clareza de uma nova vida até então desconhecida para mim, uma vida de solidão, de orações, de uma felicidade tranquila e serena...

"Passam-se os meses, passam-se os anos e ele continua sozinho, tranquilo, sentindo que sua consciência está limpa diante de Deus e que suas orações são ouvidas", pensava eu. Durante uma meia hora fiquei ali, sentado na cadeira, procurando não me mexer nem respirar alto para não perturbar a harmonia dos sons que me transmitiam tantas coisas. O pêndulo continuava sua batida – mais forte para a direita e mais fraco para a esquerda.

Capítulo VIII

A segunda confissão

Os passos do confessor tiraram-me dessas meditações.
– Bom dia – disse ele, ajeitando com a mão os cabelos grisalhos. – Que deseja?

Pedi-lhe a bênção e com um prazer especial beijei sua pequena mão amarelada.

Depois que lhe expliquei meu pedido, ele, sem dizer nada, se aproximou dos ícones e iniciou a confissão. Após eu vencer a vergonha e dizer tudo o que escondia na alma, a confissão terminou e o padre colocou as mãos na minha cabeça, dizendo com sua voz sonora e serena: "Que o pai celestial o abençoe, meu filho, e conserve sempre sua fé, humildade e resignação. Amém".

Eu estava plenamente feliz. Lágrimas de júbilo desciam pela minha garganta. Beijei uma prega de sua batina de lã e levantei a cabeça. O rosto do monge estava totalmente sereno.

Deliciava-me com aquele sentimento de ternura e, temendo afugentá-lo com alguma coisa, despedi-me às pressas do confessor, saí do pátio gradeado sem olhar para os lados, para não me distrair, e embarquei de novo no coche listrado bamboleante. Mas os solavancos do veículo e o colorido variado dos objetos que passavam diante dos meus olhos logo dissiparam aquele sentimento. Eu já imaginava que, naquele momento, na certa o sacerdote estaria pensando que um jovem com a alma tão maravilhosa como a minha ele nunca havia encontrado na vida e nem haveria de encontrar, e que nem devem existir seres semelhantes. Estava convencido disso e essa certeza me encheu de um júbilo tão grande que senti necessidade de transmiti-la a alguém.

Tinha uma vontade terrível de conversar com alguma pessoa, mas como não havia ninguém à mão, além do cocheiro, resolvi falar com ele.

– E então, demorei muito? – perguntei.

– Mais ou menos. Já passou da hora de dar comida ao cavalo. Sou cocheiro noturno – respondeu o velhote que, agora, com o solzinho, parecia mais alegre do que mais cedo.

– Quanto a mim, tive a impressão de ter ficado lá só um minuto – disse eu. – Sabe para que estive no mosteiro? – acrescentei, mudando-me para o assento afundado, junto com o velho cocheiro.

– Que nos importa? Para onde o passageiro manda nós o levamos – disse ele.

– De qualquer modo, o que você acha? – insisti.

– Decerto para enterrar alguém, comprar uma sepultura – disse ele.

– Não, meu amigo. Sabe para que eu vim?

– Não posso saber, senhor.

– Quer que eu lhe conte? O negócio é o seguinte...

E lhe contei tudo, descrevendo todas as coisas maravilhosas que estava sentindo (agora fico até vermelho quando me lembro disso).

– Está certo, senhor – disse o cocheiro, meio desconfiado.

Daí em diante ele ficou um longo tempo calado e sem se mover, apenas vez por outra ajeitava a aba do casaco que teimava em sair de sob sua perna, calçada com uma enorme bota, e que saltitava no estribo do coche. A essa altura eu pensava que ele, assim como o sacerdote, achava que eu era um rapaz maravilhoso, como não existia igual na face da terra, mas de repente ele se virou e disse:

– Então, patrão, o senhor tinha um assunto de senhores para tratar.

– O quê? – perguntei.

– O seu assunto é um assunto de senhores – respondeu, mascando com a boca desdentada.

"Não, ele não me entendeu", pensei, e não lhe dirigi mais a palavra até chegar em casa.

Durante todo o percurso conservei não exatamente os mesmos sentimentos de humildade e piedade, e sim uma satisfação por tê-los experimentado apesar das pessoas que enchiam de colorido as ruas sob os raios brilhantes do sol. Mas, assim que cheguei em casa, esses sentimentos desapareceram por completo. Eu não tinha os quarenta copeques para pagar o cocheiro. O mordomo Gavrilo, a quem já devia dinheiro, não quis mais me emprestar. O cocheiro, ao ver-me passar correndo duas vezes pelo pátio, tentando conseguir o dinheiro, com certeza adivinhou o motivo de minha correria e desceu do carro. Apesar da impressão que eu tivera de que ele era bondoso, pôs-se a falar alto, com evidente desejo de me ofender, dizendo haver muitos pilantras que não pagam as corridas.

Dentro de casa todos ainda dormiam, de modo que, fora os criados, não tinha a quem pedir emprestados quarenta copeques. Finalmente, Vassíli, a quem dei a minha mais sagrada palavra de honra, na qual (vi pela sua cara) ele não acreditava nem um pouco, pagou o cocheiro, e fez isso porque gostava de mim e se lembrava do favor que eu lhe havia prestado. E, dessa forma, aquele sentimento esvaiu-se que nem fumaça. Quando fui me vestir para ir à igreja comungar junto com todos e verifiquei que meu traje não ficara pronto, cometi um monte de pecados. Vestido com outra roupa, fui para a comunhão numa estranha disposição de ânimo em que meus pensamentos se atropelavam, e com uma completa falta de fé nas minhas maravilhosas inclinações.

Capítulo IX

Como me preparei para os exames

Na Quinta-Feira Santa, papai, minha irmã, Mimi e Kátenka foram para a aldeia, de modo que no casarão de vovó ficamos só Volódia, eu e Saint-Jérôme. Aquele estado de espírito em que estava no dia da confissão e na ida ao mosteiro havia passado inteiramente, tendo deixado em mim apenas uma recordação confusa, embora agradável, que ia cada vez mais se esvaindo devido às novas impressões de uma vida livre.

O caderno intitulado "Regras de vida" fora escondido no meio de outros cadernos de rascunho. A ideia de traçar regras para todas as circunstâncias de vida e de me guiar por elas me agradava, parecia muito simples e ao mesmo tempo grandiosa, e tencionava realizá-la. Mas, apesar disso, parece que me esqueci de que isso deveria ser feito logo, e ia sempre adiando. Porém, consolava-me o fato de que qualquer ideia que me vinha agora à cabeça encaixava-se direitinho em algumas das subdivisões das minhas regras e obrigações: regras em relação ao próximo, a mim ou a Deus. "Ainda vou colocar isso lá, e também muitas e muitas ideias que me ocorrerem sobre esse assunto", dizia para mim mesmo. Agora, muitas vezes me pergunto: quando fui melhor e mais correto: quando acreditava no poder ilimitado da inteligência humana, ou agora, que duvido da força e da importância da mente humana? E não encontro uma resposta definitiva.

A consciência da liberdade e aquela sensação primaveril de espera de algo, que já mencionei, me deixava tão agitado que eu não conseguia me controlar e preparava-me muito mal para os exames. Às vezes, de manhã, estou na sala de aulas estudando, com plena consciência da necessidade de me esforçar porque amanhã haverá prova de uma disciplina da qual há duas questões que não conheço nem por leitura, quando de repente vem pela janela um aroma de primavera – e é como se eu tivesse de me lembrar urgentemente de alguma coisa, e minhas mãos largam de modo mecânico o livro, as pernas começam a se mover sozinhas e a andar de um lado para o outro. Na minha cabeça, parece que alguém acionou uma mola e fez funcionar um mecanismo, e sonhos variados, coloridos e alegres começam a desfilar com tal velocidade que mal consigo perceber seu brilho. E uma hora, duas horas passam despercebidas.

Ou então estou sentado lendo um livro, tentando me concentrar na leitura e, de repente, ouço no corredor passos femininos e farfalhar de saias, e tudo foge da cabeça, já não consigo ficar sentado, embora sabendo perfeitamente que, além de Gacha, a velha camareira de vovó, ninguém poderia passar pelo corredor. "Mas se de repente for *ela* e eu perder minha chance?", penso, e salto para o corredor, para constatar que é de fato Gacha. Mas durante muito tempo não consigo me concentrar. A mola foi acionada, e minha cabeça está de novo numa tremenda barafunda.

Ou então, à noite, estou no meu quarto, lendo à luz de vela; de repente, tiro os olhos do livro para ajeitar o pavio da vela ou para me ajeitar na cadeira e noto que por toda parte, nos cantos, nas portas, está escuro e percebo o silêncio que reina na casa. É impossível não interromper a leitura para ouvir esse silêncio, para olhar a treva pela porta aberta do quarto e para não ficar muito tempo imóvel ou não descer e caminhar pelos aposentos vazios. Muitas vezes, à noite, sentava no salão sem ser notado e ouvia o "Rouxinol", que Gacha batucava com dois dedos no piano à luz de uma vela. Quando havia luar, em hipótese alguma eu conseguiria ficar deitado na cama, e me levantava, debruçava-me na janela que dava para o jardim e ficava ali admirando o telhado iluminado da casa de Chápochnikov, o esguio campanário da paróquia e as sombras noturnas da cerca e dos arbustos que se estendiam no caminho do jardim. Não conseguia evitar uma longa permanência ali, de modo que no dia seguinte acordava a muito custo às dez da manhã.

Não fosse o fato de que os professores continuavam a vir me dar aulas em casa, não fosse Saint-Jérôme provocar de vez em quando, sem muita vontade, meu amor-próprio e, principalmente, não fosse meu desejo de parecer aos olhos do meu amigo Nekhliúdov um rapaz aplicado, ou seja, passar nos exames com a nota máxima, coisa que ele valorizava muito – não fosse tudo isso, e a primavera e a liberdade me teriam feito esquecer até o que eu já sabia e com certeza eu seria reprovado.

Capítulo X

A prova de história

No dia 16 de abril, sob a proteção de Saint-Jérôme, eu entrei pela primeira vez no grande salão da universidade. Chegamos no nosso elegante faeton. Eu vestia um fraque pela primeira vez na vida, e toda a minha roupa, incluindo a camisa e as meias, era nova e da melhor qualidade. Quando o porteiro tirou meu casaco na entrada e surgi na sua frente em toda a beleza dos meus trajes, fiquei até um pouco constrangido por estar tão deslumbrante. Mas, assim que entrei no salão assoalhado e claro, cheio de gente, e vi centenas de jovens, uns em uniformes de ginasianos, outros de fraque, dos quais alguns olhavam com indiferença para mim, e também, num canto distante, os professores catedráticos, com ar de importância, andando ao redor das mesas ou sentados em grandes poltronas, no mesmo instante perdi a esperança de chamar a atenção geral. Meu rosto, que em casa e ali, no vestíbulo, expressava constrangimento por eu estar, contra minha vontade, com uma aparência tão aristocrática e importante, de repente assumiu uma expressão de total timidez e até de uma certa angústia. Cheguei a cair no extremo oposto e fiquei muito alegre quando vi, num dos bancos de trás, um senhor pouco asseado, muitíssimo malvestido e quase totalmente grisalho, embora não fosse velho, que se mantinha afastado dos demais. Fui sentar-me perto dele e pus-me a examinar os candidatos ao exame, tirando minhas conclusões sobre eles. Havia ali figuras e rostos muito variados, mas todos, de acordo com meus conceitos de então, dividiam-se facilmente em três gêneros.

Havia aqueles que, como eu, chegaram para as provas com preceptores ou pais. Entre eles estavam o mais moço dos Ívin, acompanhado de Frost, que eu também conhecia, e Ilinka

Grap com seu velho pai. Os desse gênero tinham todos uma penugem no queixo e o colarinho da camisa virado para fora; ficavam quietos, calados, e não abriam os livros e cadernos que haviam trazido. Olhavam para os professores e as bancas com visível timidez.

O segundo tipo era o dos rapazes de uniforme de ginasiano, muitos dos quais já se barbeavam. Na grande maioria eles se conheciam, falavam alto, sabiam o nome e o patronímico dos professores, preparavam as questões ali mesmo, trocavam cadernos, andavam por entre os bancos e traziam do vestíbulo pastéis e sanduíches, que comiam no local, abaixando a cabeça na altura dos bancos.

Por último, o terceiro tipo, que, aliás, era o grupo menos numeroso, composto de homens mais velhos, de fraque ou, na maioria, de sobrecasaca, sem que aparecesse a camisa. Ficavam separados, muito sérios, com um ar bastante sombrio. Aquele que havia me deixado consolado por estar mais malvestido do que eu pertencia a esse tipo. Ele lia um livro, com a cabeça apoiada nas mãos, e entre seus dedos surgiam mechas de cabelos grisalhos. Lançou-me de má vontade uma olhadela rápida com seus olhos brilhantes, franziu o cenho de modo sombrio e ainda apontou para mim um cotovelo lustroso, para que eu não me aproximasse dele.

Os ginasianos, pelo contrário, eram extremamente comunicativos e me causavam um pouco de medo. Um deles enfiou na minha mão um livro e disse: "Passe para aquele ali". Um outro, ao passar por mim, disse: "Com licença, meu amigo". Um terceiro, saltando sobre o banco, apoiou-se no meu ombro como se fosse o encosto. Tudo aquilo me parecia selvagem e desagradável, pois me considerava muito superior àqueles ginasianos e achava que não deveriam se permitir aquela familiaridade comigo.

Enfim começaram a nos chamar pelos sobrenomes. Os ginasianos avançavam com coragem, respondiam bem, na maioria das vezes, e voltavam alegres. Os iguais a mim ficavam muito mais intimidados e aparentemente se saíam pior. Entre os mais velhos, alguns respondiam magnificamente, e outros, muito mal. Quando chamaram Semiônov, meu vizinho de cabelos grisalhos e olhos brilhantes, ele me empurrou com grosseria, saltou sobre minhas pernas e aproximou-se da banca. Pela expressão dos professores percebia-se que ele havia respondido de maneira excelente e corajosa. Ao retornar a seu lugar, sem procurar saber sua nota pegou com calma seus cadernos e saiu.

Eu já havia estremecido várias vezes ao ouvir a voz que nos chamava pelo sobrenome em ordem alfabética, mas não chegava a minha vez, embora já tivessem sido chamados alguns nomes começados por K. "Ikônin e Têniev", gritou alguém do canto dos professores. Senti um frio correr pela minha espinha e pelos meus cabelos.

– Quem foi que chamaram? Quem é Bartêniev? – perguntaram perto de mim.

– Vá, Ikônin, estão chamando. E quem é Bartêniev ou Mordêniev? Eu não sei, apresente-se – disse um ginasiano alto e rosado que estava de pé atrás de mim.

– Estão chamando você – disse Saint-Jérôme.

– Meu sobrenome é Irtêniev – disse eu ao ginasiano rosado. – Será que disseram Irtêniev?

– Claro que sim. Por que não vai? Mas que almofadinha! – acrescentou ele em voz baixa, mas alta o suficiente para que eu ouvisse enquanto me levantava do banco.

Na minha frente caminhava Ikônin, um rapaz de uns vinte e cinco anos, da categoria dos mais velhos. Estava vestido com um fraque apertado verde-oliva, com uma gravata de cetim azul, sobre a qual caíam, na parte de trás, longos cabelos ruivos penteados *à la* mujique. Notei sua aparência ainda nos bancos. Não era feio e gostava de conversar. Fiquei impressionado com os estranhos fios ruivos que ele deixava soltos no pescoço e com seu hábito ainda mais estranho de desabotoar constantemente o colete e coçar o peito debaixo da camisa.

Três professores estavam sentados atrás da mesa da qual me aproximei junto com Ikônin. Nenhum deles respondeu a nosso cumprimento de cabeça. Um professor jovem misturava as fichas com as questões da prova como se fossem um baralho de cartas; outro professor, com uma condecoração em forma de estrela no fraque, olhava para o ginasiano que respondia muito depressa alguma coisa sobre Carlos Magno e a cada palavra do estudante acrescentava "Finalmente". O terceiro, um velhinho de óculos, baixou a cabeça, olhou-nos através das lentes e apontou para os cartões. Senti que seu olhar abarcou-nos a ambos e que alguma coisa em nós não o agradou (talvez os cabelos ruivos de Ikônin), porque ele fez um gesto impaciente com a cabeça para que sorteássemos logo os pontos, sempre olhando para nós dois. Fiquei aborrecido e achei ofensivo que ninguém tivesse respondido à nossa saudação, e também porque, pelo visto, estavam me associando a Ikônin, sob o rótulo de *examinandos*, e já estariam com indisposição contra mim por causa dos cabelos ruivos do outro candidato. Sem timidez, tirei um cartão e me preparava para responder, mas o professor indicou Ikônin com o olhar. Li minha questão: era assunto conhecido e, com calma, esperando a minha vez, observava o que se passava à minha frente. Ikônin não se intimidou nem pouco, avançou até com desembaraço excessivo para pegar um bilhete e, sacudindo a cabeça, leu rapidamente o que estava escrito no cartão. Tive a impressão de que ele já ia abrindo a boca para responder quando o professor com a estrela no fraque, que acabara de despachar o ginasiano com um elogio, olhou para ele. Ikônin pareceu ter se lembrado de alguma coisa e estacou. O silêncio geral se prolongou por uns dois minutos.

– E então? – indagou o professor de óculos.

Ikônin abriu a boca e de novo se calou.

– O senhor não é o único aqui; vai ter a bondade de responder ou não? – disse o professor mais moço, mas Ikônin nem olhou para ele. Com os olhos fixos no bilhete, não pronunciava nem uma palavra. O professor velhinho olhava para ele através dos óculos, por cima dos óculos e até sem os óculos, porque tivera tempo de tirá-los, limpar as lentes com cuidado e recolocá-los. Ikônin não disse uma palavra. De repente, um sorriso perpassou pelo seu rosto, ele sacudiu os cabelos, acercou-se da mesa andando de lado, colocou lá o bilhete, olhou para todos os professores, um por um, depois para mim, virou-se e voltou para os bancos, com passo enérgico, balançando os braços. Os professores se entreolharam.

– Bom garoto! – disse o professor jovem. – Não é bolsista!

Cheguei mais perto da mesa, mas os professores continuavam sussurrando entre si, como se não desconfiassem da minha presença. Naquele instante, estava firmemente convencido de que os três professores estavam muito preocupados comigo, se eu iria ou não conseguir fazer a prova e se responderia bem, mas, apenas para manter sua importância, fingiam que isso lhes era completamente indiferente e que não estavam me notando.

Quando o professor de óculos se dirigiu a mim com indiferença, convidando-me a responder à questão, fitei-o nos olhos e fiquei com um pouco de vergonha por ele, pela sua hipocrisia para comigo, e empaquei um pouco no início da resposta. Daí em diante, porém, foi ficando mais e mais fácil, e, como a pergunta era sobre a história da Rússia, que eu conhecia muito bem, terminei o exame com brilhantismo. Fiquei tão empolgado que, desejando fazer ver aos professores que eu não era Ikônin e que não podia ser confundido com ele, propus tirar mais um cartão. Mas o professor balançou a cabeça e disse: "Está bom", e anotou alguma coisa no caderno. Ao voltar ao meu banco, soube no mesmo instante, pelos ginasianos, os quais, só Deus sabe como, obtinham todas as informações, que eu recebera um cinco.

Capítulo XI

A prova de matemática

Nas provas seguintes, eu já tinha um montão de novos conhecidos com quem conversar, excetuando-se Grap, que eu considerava indigno de minha amizade, e do jovem Ívin que, por alguma razão, me evitava. Ikônin até ficou alegre quando me viu e me comunicou que iria fazer outra vez a prova de história, e que o professor dessa matéria tinha raiva dele desde os exames do ano anterior, quando o teria *perturbado*. Semiônov, que pretendia ingressar na mesma faculdade que eu, a de matemática, continuou evitando todo mundo e permanecia sentado sozinho e calado, com a cabeça apoiada nas mãos e os dedos entre seus cabelos grisalhos. Em todas as provas foi brilhante e ficou em segundo lugar. O primeiro foi um ex-aluno do Ginásio Nº 1, um rapaz moreno, alto, magro e muito pálido. Estava com uma bochecha amarrada num lenço preto e tinha a testa coberta de espinhas. Suas mãos eram magras, vermelhas, com dedos incrivelmente longos, unhas roídas até o sabugo. Tudo isso me pareceu maravilhoso, exatamente como deveria ser um *ginasiano que tirou o primeiro lugar*. Ele conversava com todo mundo da mesma maneira que os outros, fez amizade até comigo, contudo, na sua maneira de andar, de mover os lábios e nos seus olhos negros percebia-se alguma coisa incomum, *magnética*.

Cheguei mais cedo do que de costume no dia da prova de matemática. Sabia razoavelmente a matéria, mas havia duas questões de álgebra que eu não tinha mostrado ao professor particular e que desconhecia totalmente. Eram elas, segundo me recordo, a análise combinatória e o binômio de Newton. Sentei-me no banco traseiro e dei uma olhada nas duas questões que não sabia, mas a falta de costume de estudar no meio do barulho e a provável escassez de tempo me impediam de me aprofundar no que estava lendo.

– Ali está ele, venha cá, Nekhliúdov – soou atrás de mim a voz conhecida de Volódia.

Virei-me e vi meu irmão e Dmítri, que vinham ao meu encontro, passando por entre os bancos, de casacos desabotoados e agitando os braços. Surgiram vários estudantes do segundo ano, que se sentiam em casa na universidade. Só o fato de andarem com os casacos desabotoados já expressava o desprezo que tinham pela turma que desejava ingressar, e na qual infundiam inveja e respeito. Envaidecia-me pensar que todos os que nos rodeavam poderiam ver que eu conhecia dois estudantes do segundo ano e levantei-me rapidamente para encontrá-los.

Volódia não pôde se conter e expressou seu sentimento de superioridade.

– E aí, sofredor – falou ele –, ainda não fez a prova?
– Não.
– Que está lendo? Não diga que não se preparou!
– É, não sei bem duas questões. Isto aqui eu não entendo.
– O quê? Isto aqui? – disse Volódia, e começou a me explicar o binômio de Newton. Mas fazia isso com tanta rapidez e de maneira tão confusa que, lendo nos meus olhos desconfiança quanto ao seu saber, deu uma olhadela para Dmítri e viu o mesmo nos olhos dele. Ficou vermelho, mas continuou falando alguma coisa ininteligível para mim.

– Não, espere, Volódia, deixe que eu ensino a ele, se houver tempo – disse Nekhliúdov e, dando uma olhada no canto dos professores, sentou-se perto de mim.

Notei logo que meu amigo estava com aquele humor de quem está satisfeito consigo mesmo, que tanto me agradava. Como sabia bem matemática e se expressava com clareza, deu-me uma explicação tão maravilhosa daquela questão que até hoje me lembro dela. Mas, assim que Dmítri terminou, Saint-Jérôme sussurrou: "*À vous, Nicolas!*".

Levantei-me do banco, atrás de Ikônin, sem ter tido tempo de dar uma olhada na segunda questão. Aproximei-me da mesa, junto à qual estavam sentados dois professores e onde havia ainda um ginasiano de pé, diante do quadro-negro. Este desenvolvia uma fórmula com agilidade, fazendo barulho com o giz na madeira, e não parava de escrever, embora o professor já lhe tivesse dito "É o bastante" e nos mandado sortear nossos pontos. "E se eu tirar análise combinatória?", pensei, enquanto retirava com a mão trêmula um bilhete da pilha de papéis cortados. Com o mesmo gesto corajoso da véspera, balançando o corpo de um lado para o outro, Ikônin pegou sem escolher o bilhete de cima da pilha, deu uma olhada e fechou a cara com raiva.

– Só caem essas coisas do diabo! – disse entredentes.

Eu olhei o meu. Que horror! Era análise combinatória!

– Qual é o seu? – perguntou Ikônin.

Mostrei a ele.

– Isso eu sei – disse ele.

– Quer trocar?

– Não, dá na mesma, sinto que hoje não é meu dia – mal pôde ele me cochichar, porque o professor já estava nos chamando para o quadro-negro.

"É, está tudo perdido!", pensei. "Em vez do exame brilhante que eu imaginava fazer, vou me cobrir de vergonha para o resto da vida. Pior do que Ikônin." Porém, de repente, Ikônin, bem na frente do professor, virou-se para mim, arrancou das minhas mãos o meu bilhete e me deu o dele. Dei uma olhada: era o binômio de Newton.

O professor não era velho, tinha uma expressão inteligente e agradável, especialmente devido à parte inferior da testa, bastante saliente.

– Que é isso, estão trocando os bilhetes, senhores?

– Não, ele apenas me deixou ver o bilhete dele, senhor professor – disse Ikônin, com presença de espírito.

E mais uma vez as palavras *senhor professor* foram as últimas que ele pronunciou naquele lugar. Novamente, ao fazer o caminho de volta, ele olhou para os professores, para mim, sorriu e deu de ombros, com uma expressão que dizia: "Não é nada, irmão!" (Soube depois que era o terceiro ano em que Ikônin comparecia para fazer as provas).

Respondi com brilhantismo a questão que acabara de aprender. O professor disse que eu me saíra melhor do que o exigido e me deu cinco.

Capítulo XII

A prova de latim

Tudo correu às mil maravilhas até a prova de latim. O ginasiano com o rosto enrolado no lenço foi o primeiro. Semiônov foi o segundo e eu, o terceiro. Até já começava a ficar orgulhoso de mim mesmo e a pensar seriamente que, apesar de minha pouca idade, eu não era brincadeira.

Desde o primeiro exame todos falavam com pavor do professor de latim, que era uma fera que se deliciava com o fracasso dos jovens, sobretudo os não bolsistas, e que só falava em latim e em grego. Saint-Jérôme, que tinha sido meu professor de latim, tentava me animar, e eu mesmo pensava que, uma vez que podia traduzir sem dicionário Cícero e um pouco de Horácio, e conhecendo perfeitamente a gramática de Zumpt, não estava menos preparado que os outros. Mas sucedeu o contrário. A manhã inteira só se ouvia falar do fracasso dos que foram examinados antes de mim: para um, o professor deu zero; para outro, a nota um; e um terceiro levou uma descompostura e a ameaça de ser expulso da sala, e assim por diante. Só Semiônov e o ginasiano que fora o primeiro da classe se apresentaram com tranquilidade e assim regressaram, tendo recebido ambos a nota cinco. Eu já estava pressentindo a desgraça quando, junto com Ikônin, fui chamado para a mesa, atrás da qual o terrível professor estava sentado sozinho. Era um sujeito pequeno, magro, amarelo, com cabelos longos e ensebados e uma fisionomia muito concentrada.

Ele deu a Ikônin um livro com os discursos de Cícero e mandou que ele traduzisse. Para minha grande surpresa, Ikônin não apenas leu, como também traduziu algumas linhas, auxiliado pelo professor, que soprava para ele. Sentindo a minha superioridade diante de um competidor tão fraco, não pude deixar de sorrir, até mesmo com um certo desprezo, quando a prova chegou ao momento da análise e, como anteriormente, Ikônin fechou-se num silêncio do qual não conseguia sair. Com aquele sorriso inteligente e levemente zombeteiro, eu quis agradar ao professor, mas saiu exatamente o contrário.

– O senhor por certo sabe mais, já que está sorrindo – disse o professor em péssimo russo. – Vejamos. Venha responder.

Posteriormente eu soube que o professor protegia Ikônin, que até morava na casa dele. Respondi na mesma hora a questão de sintaxe que tinha sido feita a Ikônin, mas o professor fez uma cara triste e me deu as costas.

– Muito bem, sua vez chegará, veremos o quanto o senhor sabe – disse ele, sem me fitar, e pôs-se a explicar a Ikônin aquilo que havia lhe perguntado.

– Pode ir – falou ele, e eu o vi colocar no caderno a nota quatro para Ikônin.

"Bom, ele não é tão severo quanto dizem", pensei.

Depois que Ikônin saiu, durante uns cinco minutos, que me pareceram cinco horas, ele ficou arrumando os livros e os pontos, assoou o nariz, endireitou a poltrona, deixou-se cair nela, olhou para o salão, para os lados e para qualquer coisa, menos para mim. Todo esse fingimento, porém, pareceu-lhe insuficiente, e ele abriu um livro e simulou lê-lo, como se eu não estivesse ali. Cheguei mais perto e dei uma tossidinha.

– Ah, é mesmo! Ainda falta o senhor! Bem, traduza para mim alguma coisa – disse ele, entregando-me um livro. – Não, é melhor este aqui.

Ele folheou o livro de Horácio e abriu num trecho que, na minha opinião, ninguém conseguiria traduzir.

– Isto eu não preparei – eu disse.

– O senhor quer responder sobre aquilo que decorou. Que ótimo! Não, é isto que vai traduzir.

De alguma forma, eu conseguia encontrar o sentido, mas, a cada olhar interrogativo meu, o professor balançava a cabeça, suspirava e só respondia "Não". Por fim, ele fechou o livro com tanta rapidez e nervosismo que prendeu o dedo entre as páginas. Retirou-o com raiva e me deu uma questão de gramática, atirando-se para trás na poltrona, e fechou-se num silêncio feroz. Eu tentava responder, mas sua expressão me tolhia a língua e tudo que eu dizia me parecia errado.

– Não, não é isso, não é nada disso – disse ele de repente, com seu sotaque asqueroso, remexendo-se rapidamente, mudando de posição e brincando com um anel de ouro que estava frouxo num dedo magro de sua mão esquerda. – Assim, senhores, não é possível preparar-se para uma instituição de ensino superior. Os senhores só querem é vestir o uniforme com a gola azul. Estudam por alto a matéria e acham que podem ser universitários. Não, senhores, é preciso estudar as matérias a fundo.

E foi por aí afora.

Durante esse discurso, dito numa linguagem estropiada, eu olhava com uma atenção estúpida para seus olhos abaixados. No início me torturava a decepção de não tirar o terceiro lugar. Depois, o terror de ser reprovado e, enfim, a isso veio somar-se a consciência da injustiça, do meu orgulho ferido e da humilhação imerecida. Acima de tudo, sentia desprezo pelo professor porque ele, de acordo com meus critérios, não era uma pessoa *comme il faut*, o que descobri ao ver suas unhas curtas, fortes e arredondadas. Esse desprezo atiçava ainda mais aqueles meus sentimentos e os tornava mais venenosos. Lançando-me um olhar e vendo meus lábios trêmulos e meus olhos cheios de lágrimas, ele provavelmente traduziu meu sofrimento como sendo um pedido para que aumentasse minha nota. Como se tivesse ficado com pena de mim, ele disse, na presença de outro professor que acabara de se aproximar:

– Está bem, vou lhe dar nota para passar (isso significava a nota dois), embora o senhor não mereça, mas estou fazendo isso somente em respeito à sua juventude e na esperança de que, na universidade, o senhor não seja tão irresponsável.

Sua última frase, dita na presença de um professor estranho que me olhava como se também dissesse: "É, está vendo, meu jovem?", me deixou totalmente confuso. Durante alguns instantes meus olhos ficaram opacos como uma névoa, o terrível professor e sua mesa pareciam distantes, e à minha cabeça, com uma clareza terrível, veio uma ideia selvagem: "E que tal se eu... O que aconteceria?". Mas não fiz nada, não sei por que; pelo contrário, sem ter consciência do que fazia, inclinei-me com respeito para os dois professores e me afastei da mesa, sorrindo ligeiramente, com o mesmo sorriso de Ikônin, segundo me pareceu.

Essa injustiça teve um efeito tão grande sobre mim naquela ocasião que, se eu fosse livre para agir como quisesse, não teria continuado a comparecer aos exames. Perdi toda a ambição (já não adiantava mais pensar em tirar o terceiro lugar) e fiz as provas restantes sem me esforçar nem um pouco e até sem preocupação. Porém minha média final foi quatro e pouco, mas isso já não me interessava. Decidi para mim mesmo, e demonstrei-o com muita clareza, que era tremendamente tolo e até *mauvais genre*[126] tentar ser o primeiro, que é preciso ser nem ruim demais nem bom demais, como Volódia. Eu pretendia seguir isso dali para a frente na universidade,

---

126. De mau gosto. (N.A.)

embora nesse caso, pela primeira vez, discordasse das opiniões do meu amigo.

Só me preocupava agora com o uniforme, o chapéu de três bicos, minha própria carruagem, meu próprio quarto e, mais que tudo, com a minha liberdade.

Capítulo XIII

Já sou adulto

Esses pensamentos, aliás, também tinham seu encanto.

No dia 8 de maio, ao voltar da última prova, a de religião, encontrei em casa o oficial do alfaiate Rozánov, que eu já conhecia, e que já havia trazido anteriormente para prova meu uniforme alinhavado e também uma sobrecasaca de lã preta lustrosa, na qual havia marcado com giz a lapela, e agora trazia esses trajes inteiramente prontos, com brilhantes botões dourados embrulhados em pedacinhos de papel.

Após vestir a roupa, que achei magnífica, apesar de Saint-Jérôme dizer que nas costas da sobrecasaca havia rugas, desci com um sorriso de satisfação que, sem que eu pudesse evitar, espalhava-se pelo meu rosto. Fui para o quarto de Volódia fingindo não notar os olhares, fixos em mim, dos criados apinhados no vestíbulo e no corredor. O mordomo Gavrilo alcançou-me na sala, cumprimentou-me pelo ingresso e, seguindo uma ordem de papai, entregou-me quatro notas branquinhas[127] e disse que, também por ordem de papai, a partir daquele dia o cocheiro Kuzmá, o cabriolé e o cavalo baio Krassávtchik estavam à minha inteira disposição. Fiquei tão contente com essa felicidade quase inesperada que não pude fingir indiferença diante de Gavrilo e, um pouco perplexo e sem fôlego, disse a primeira coisa que me veio à mente – parece-me que era "Krassávtchik é um ótimo trotador". Vendo as cabeças que despontavam nas portas do corredor e do vestíbulo, não consegui me conter e dei uma corrida, trotando pela sala na minha sobrecasaca nova de botões dourados e reluzentes.

---

127. Notas de 25 rublos. (N.T.)

Quando estava entrando no quarto de Volódia, ouvi atrás de mim as vozes de Dúbkov e de Nekhliúdov, que vinham me felicitar e propor que fôssemos almoçar fora e tomar champanhe em comemoração ao meu ingresso. Dmítri disse que, embora não gostasse de beber champanhe, naquele dia iria conosco para beber comigo e começarmos a nos tratar por "você". Dúbkov disse que eu estava parecendo um coronel. Volódia não me felicitou e com bastante secura me disse apenas que poderíamos partir para a aldeia dali a dois dias. Parecia que, embora estivesse feliz com meu ingresso, estava um pouco desgostoso porque eu já era tão adulto quanto ele. Saint-Jérôme também veio se juntar a nós para dizer, com muita afetação, que sua missão estava terminada, e que ele não sabia se tinha sido bem ou mal cumprida, mas que fizera o melhor que podia, e que no dia seguinte iria se mudar para a casa do seu conde. Ao responder a tudo que me diziam, eu sentia que, contra minha vontade, em meu rosto resplandecia um sorriso doce, feliz e um tanto abobalhado e vaidoso, e eu notava que esse sorriso até se transmitia a todos que falavam comigo.

E eis que não tenho mais preceptor, tenho meu próprio cabriolé, meu nome está na lista de estudantes da universidade, tenho uma espada à cinta, as sentinelas podem de vez em quando me fazer continência... Sou adulto e, me parece, estou feliz.

Decidimos almoçar no Iar, às cinco horas. Mas, como Volódia foi à casa de Dúbkov e Dmítri, como de hábito, também desapareceu, dizendo que antes do almoço tinha um assunto a tratar, pude empregar minhas duas horas da maneira que quisesse. Durante bastante tempo caminhei por todos os cômodos da casa, contemplando-me em todos os espelhos, ora com o casaco abotoado, ora com ele totalmente desabotoado, ora abotoado somente no botão de cima, e todas as maneiras me pareceram muito boas.

Em seguida, por mais que me envergonhasse de mostrar uma alegria tão grande, não pude me conter e fui à estrebaria e ao galpão das carruagens dar uma olhada em Krassávtchik, em Kuzmá e no cabriolé. Depois voltei e continuei a andar pelos cômodos, lançando olhares para os espelhos e calculando o dinheiro no bolso, sempre com um sorriso de felicidade. Não havia, porém, passado nem uma hora e senti um certo aborrecimento ou pesar por ninguém estar me vendo naquela brilhante situação, e fiquei com vontade de ver movimento e de fazer alguma atividade. Por isso, mandei atrelar o cabriolé e decidi que o melhor era ir a Kuznétski Most[128] para fazer compras.

Lembrei-me de que, quando Volódia ingressou na universidade, comprou litografias de Victor Adam, com pinturas de cavalos, e ainda cachimbos e tabaco, e me pareceu indispensável que eu fizesse o mesmo.

Com olhares de todos os lados dirigidos a mim, o brilho do sol sobre meus botões, o distintivo do meu chapéu e a minha espada, cheguei a Kuznétski Most e estacionei junto à loja de quadros de Daziaro. Depois de olhar em todas as direções, entrei na loja. Não queria comprar os cavalos de Victor Adam para que não me acusassem de macaquear Volódia. Mas, sentindo vergonha do incômodo que estava causando ao prestativo empregado da loja, apressei-me em escolher alguma coisa e comprei um retrato de mulher, feito a guache, que estava na vitrine e paguei por ele vinte rublos. Porém, mesmo depois de pagar, continuava constrangido por ter incomodado dois vendedores bem-vestidos por aquela ninharia, e ainda por cima me pareceu que eles olhavam para mim com pouco-caso. Desejando mostrar quem eu era, fixei a atenção num objeto de prata na vitrine e, quando me disseram que era um *porte-crayon*[129] e que custava dezoito rublos, mandei embrulhar. Os vendedores me informaram que na tabacaria ao lado era possível comprar boas piteiras e fumo. Inclinei-me com cortesia para os dois vendedores e saí para a rua com o retrato debaixo do braço. Na loja ao lado, que tinha uma placa com a pintura de um negro fumando charuto, desejando não imitar ninguém comprei tabaco *do sultão*, em vez do de Júkov, e ainda um cachimbo de Istambul e duas piteiras turcas, uma de madeira de tília e outra de roseira.

Quando saí da loja e me dirigia para o cabriolé, avistei Semiônov, de sobrecasaca comum, andando de cabeça baixa a

---

128. Rua no centro de Moscou onde havia, no tempo de Tolstói, muitas lojas elegantes. (N.T.)
129. Porta-lápis. (N.A.)

passos apressados pela calçada. Fiquei aborrecido porque ele não me reconheceu. Eu disse em voz bastante alta: "Vamos embora!". Montei no cabriolé e alcancei Semiônov.

– Boa tarde – eu lhe disse.

– Meus cumprimentos – respondeu ele, sem parar de caminhar.

– Por que não está de uniforme? – perguntei.

Semiônov parou, semicerrou os olhos e franziu o rosto mostrando os dentes brancos, como se lhe doesse olhar para o sol, mas, na verdade, querendo mostrar sua indiferença em relação ao meu cabriolé e ao meu uniforme, e, olhando-me em silêncio, continuou seu caminho.

De Kuznétski Most fui a uma confeitaria na Rua Tverskaia e, embora quisesse fingir que estava mais interessado nos jornais, não pude me conter e pus-me a comer um doce atrás do outro. Apesar da vergonha que sentia de um senhor que olhava com curiosidade para mim de trás do seu jornal, comi com rapidez impressionante uns oito doces, de todos os tipos que havia na confeitaria.

Ao chegar em casa senti uma leve azia, mas não dei atenção e fui examinar as compras que fizera. O retrato não me agradou nem um pouco, resolvi não emoldurá-lo nem pendurar no meu quarto, como Volódia fizera, e escondi-o com cuidado atrás da cômoda para que ninguém o visse. Em casa, também não gostei do *porte-crayon*. Coloquei-o em cima da mesa, consolando-me com a ideia de que era um objeto de prata, valioso e muito útil para um estudante. Já os artigos para fumantes, resolvi inaugurá-los e experimentá-los sem demora.

Abri o pacote de fumo, enchi cuidadosamente o cachimbo de Istambul com o tabaco miúdo amarelo-avermelhado, coloquei sobre ele um pequeno pedaço de estopa acesa e, pegando-o entre o dedo médio e o anular (essa posição da mão me agradava de modo especial), comecei a aspirar a fumaça.

O aroma do tabaco era muito agradável, mas minha boca estava amarga e eu não conseguia respirar. Fazendo, porém, um esforço, dava tragadas bastante longas, tentava fazer anéis de fumaça e tragar. Em breve o quarto todo se encheu de fumaça azulada, o cachimbo começou a estalar, o tabaco incandescente pulava e senti um gosto amargo na boca e a cabeça girando. Já estava com vontade de parar com aquilo e desejava apenas dar uma olhada no espelho para ver como ficava com o cachimbo, quando, ao levantar-me, para minha surpresa minhas pernas cambalearam, o quarto começou a girar e, olhando para o espelho, do qual me aproximei com dificuldade, vi que meu rosto estava pálido como um lençol. Mal tive tempo de desabar no divã e senti um enjoo e uma fraqueza tão grandes que, imaginando que o cachimbo era mortal para mim, tive a impressão de que estava morrendo. Fiquei quase morto de susto, quis chamar os criados para me socorrerem e mandar alguém buscar o médico.

Porém esse pânico não durou muito. Logo entendi o que estava acontecendo e, com uma terrível dor de cabeça e enfraquecido, fiquei um longo tempo deitado no divã, olhando com ar estúpido para o escudo de Bostonjoglo[130], estampado no pacote de fumo, para o cachimbo e para as baganas e restos de doces espalhados no chão, e pensava triste e decepcionado: "Com certeza ainda não sou totalmente adulto, já que não posso fumar como os outros e, pelo visto, não fazem parte do meu destino segurar o cachimbo entre o dedo médio e o anular, tragar e soltar a fumaça por entre os bigodes louros".

Antes das cinco horas, Dmítri chegou para me buscar e me encontrou nessa situação desagradável, mas, bebendo um copo de água, fiquei quase bom e pronto para ir com ele.

– Que necessidade você tem de fumar? – disse ele, olhando os vestígios da minha tentativa. – Tudo isso é uma tolice e um dinheiro gasto à toa. Prometi a mim mesmo que não iria fumar... Mas apresse-se, ainda temos de apanhar Dúbkov.

Capítulo XIV

O que estavam fazendo Volódia e Dúbkov

Assim que Dmítri entrou no meu quarto, pelo seu rosto, seu modo de andar e por seu gesto peculiar de inclinar a cabeça para um lado fazendo uma careta e piscando, como se

---

130. Uma das maiores fábricas de tabaco na Rússia, naquela época. (N.T.)

estivesse ajeitando a gravata, logo percebi que estava de mau humor e naquela disposição de espírito fria e teimosa que o atacava quando estava insatisfeito consigo mesmo e que sempre enfraquecia meu sentimento em relação a ele. Nos últimos tempos eu começara a observar e a fazer julgamentos sobre o caráter do meu amigo, mas nossa amizade não mudou nem um pouco em consequência disso, pois era nova e forte, de modo que, por qualquer ângulo que eu olhasse para Dmítri, não podia deixar de ver sua perfeição. Havia dentro dele duas pessoas diferentes e, para mim, ambas eram maravilhosas. Uma delas, de quem eu gostava com ardor, era um ser bondoso, carinhoso, modesto, alegre e consciente dessas amáveis qualidades. Quando ele se encontrava nesse estado de espírito, toda a sua aparência, sua voz, seus movimentos pareciam dizer: "Sou humilde e virtuoso e me apraz ser humilde e virtuoso, e todo mundo pode ver isso". O outro Dmítri, que só agora eu começava a conhecer e diante de cuja excelência eu me curvava, era um homem frio, severo consigo mesmo e com os outros, orgulhoso, fanático religioso e pedantemente moralista. Naquele exato momento ele era essa segunda pessoa.

Com a franqueza que constituía a condição indispensável para a nossa amizade, eu lhe disse, assim que embarcamos no cabriolé, que era triste e doloroso vê-lo naquele estado de espírito, pesado e desagradável, num dia tão feliz para mim.

– Com certeza alguma coisa o aborreceu. Por que não me conta? – perguntei.

– Nikólenka! – respondeu devagar, inclinando de maneira nervosa a cabeça para um lado e pestanejando. – Se dei minha palavra de não esconder nada de você, significa que você não tem motivo para desconfiar de que não estou sendo aberto. Não se pode estar sempre com a mesma disposição de espírito, e se alguma coisa me aborreceu, eu mesmo não consigo atinar com o que seja.

"Que pessoa incrivelmente aberta, que caráter honesto!", pensei, e não puxei mais conversa com ele.

Chegamos calados à casa de Dúbkov. Seu apartamento era de uma beleza fora do comum, ou assim me pareceu. Por toda parte havia tapetes, quadros, cortinas, papéis de parede coloridos, retratos, cadeiras recurvadas e poltronas voltairianas, espingardas penduradas nas paredes, pistolas, bolsas para tabaco e cabeças de animais feitas de papelão. Ao ver esse escritório entendi quem Volódia imitou ao decorar seu quarto.

Encontramos Volódia e Dúbkov jogando cartas. Um senhor que eu desconhecia (não devia ser ninguém importante, a julgar por sua modesta posição) estava sentado junto à mesa e, concentrado, observava o jogo. Dúbkov estava com um robe de seda e calçados macios. Volódia, sem casaco, estava sentado de frente para ele no divã e muito absorto no jogo, a julgar por seu rosto ruborizado e pelo olhar inquieto e aborrecido que nos lançou, desviando por um segundo a atenção das cartas. Quando me viu, ruborizou-se ainda mais.

– É a sua vez de dar as cartas – disse ele a Dúbkov.

Percebi que a minha descoberta de que ele jogava o deixava aborecido, mas seu rosto não expressava constrangimento, como se me dissesse: "É verdade, jogo cartas, e você se espanta com isso somente porque ainda é jovem. Não só isso não é ruim, como também é necessário na nossa idade". Essa mensagem logo foi percebida e entendida por mim.

Porém Dúbkov não repartiu as cartas; ao contrário, levantou-se, apertou nossas mãos e fez-nos sentar, oferecendo cachimbos, que recusamos.

– Então nosso diplomata é o culpado da comemoração – disse Dúbkov. – Nossa! Está terrivelmente parecido com um coronel!

– Hum! – mugi, sentindo de novo que meu rosto se desmanchava num sorriso abobalhado de satisfação.

Tinha por Dúbkov o respeito que um moleque de dezesseis anos pode ter por um ajudante de campo de vinte e sete anos, de quem todos os adultos dizem que é um rapaz extraordinariamente correto, que dança com perfeição, fala francês e que, embora no íntimo despreze minha juventude, faz um visível esforço para disfarçar isso.

Apesar de todo o meu respeito, sabe Deus por que, era-me difícil e embaraçoso encará-lo olho no olho durante o tempo que durou nossa amizade. Posteriormente descobri que para mim era embaraçoso olhar de frente para três tipos de pessoas – as que são muito piores do que eu, as que são muito melhores, e aquelas que não teriam coragem de me dizer, e nem eu a elas, algo que fosse do conhecimento de ambos. Pode ser que Dúbkov fosse melhor do que eu, ou talvez pior, mas por certo já havia o fato de que ele mentia com muita frequência e não reconhecia isso; notei essa sua fraqueza e, evidentemente, não me decidia a falar com ele sobre isso.

– Vamos jogar mais uma partida – disse Volódia, elevando um ombro como papai fazia e embaralhando as cartas.

– Como é insistente! – disse Dúbkov. – Mais tarde terminamos de jogar. Está bem, vamos lá, mais uma.

Enquanto jogavam observei suas mãos. Volódia tinha mãos grandes e bonitas; o formato do polegar e a curva dos outros dedos, quando ele segurava as cartas, eram tão parecidos com a mão de papai que, às vezes, eu pensava que ele fazia de propósito para parecer mais adulto, mas, olhando para seu rosto, via-se que ele não pensava em mais nada além do jogo. Dúbkov, ao contrário, tinha mãos pequenas e gorduchas, curvadas para dentro, extremamente ágeis e com dedos macios. Bem aquele tipo de mãos que quase sempre usam anéis e pertencem a pessoas que têm talento para trabalhos manuais e gostam de ter coisas bonitas.

Era provável que Volódia tivesse perdido, porque o senhor ali sentado, ao dar uma olhada em suas cartas, observou que Vladímir Petróvitch fora terrivelmente infeliz, e Dúbkov pegou uma pasta e escreveu num caderninho alguma coisa, depois mostrou a Volódia o que havia escrito e perguntou: "É isso?".

– É isso – disse Volódia, lançando um olhar fingidamente distraído para o caderninho. – Agora vamos.

Volódia levou Dúbkov, e Dmítri me levou no seu faeton.

– O que eles estavam jogando? – perguntei a Nekhliúdov.

– *Piquet*. É um jogo idiota e, em geral, jogar é uma coisa idiota.

– Eles apostam muito dinheiro?

– Não muito, mas mesmo assim é ruim.

– Você não joga?

– Não, jurei não jogar. Já Dúbkov, esse não pode deixar de ganhar de alguém.

— Isso não é bom da parte dele — falei. — Volódia com certeza joga pior do que ele.

— Naturalmente, não é bom, mas não há nenhum mal aqui. Dúbkov gosta de jogar e sabe jogar, e apesar disso ele é uma pessoa excelente.

— Mas eu não estava pensando... — falei.

— E não se pode pensar nada de mau dele, porque ele é uma pessoa excelente. Gosto muito dele e sempre vou gostar, apesar de suas fraquezas.

Não sei por que, mas me pareceu que, precisamente porque Dmítri veio com tanto ardor em defesa de Dúbkov, ele já não gostava dele nem o respeitava, mas não confessava isso por teimosia e para que ninguém pudesse acusá-lo de inconstância. Dmítri era uma dessas pessoas que amam seus amigos a vida inteira, não tanto porque estes continuam sempre amáveis quanto porque, uma vez tendo lhe dado sua amizade, mesmo por equívoco, consideram desonesto deixar de gostar deles.

Capítulo XV

Recebo felicitações

Dúbkov e Volódia conheciam todo o pessoal do Iar pelo nome e, do porteiro até o dono, todos os tratavam com grande respeito. Imediatamente nos conduziram a um lugar reservado e nos serviram um almoço esplêndido, escolhido por Dúbkov no cardápio francês. Já estava preparada uma garrafa gelada de champanhe francês, para a qual eu procurava olhar com a maior indiferença possível. O almoço transcorreu de maneira muito agradável e alegre, apesar de Dúbkov, como era seu costume, contar os casos mais estranhos como se fossem verídicos — como, por exemplo, que sua avó tinha matado a tiros de mosquetão três assaltantes que a tinham atacado (ao ouvir isso, fiquei vermelho, baixei os olhos e olhei para o outro lado) — e apesar de Volódia parecer se preocupar cada vez que eu começava a falar alguma coisa (o que era de todo desnecessário, porque, pelo que me recordo, eu não disse nada que particularmente pudesse causar vergonha).

Quando serviram champanhe, todos me felicitaram e bebi entrelaçando os antebraços com Dúbkov e Dmítri, e nós nos tratamos por "você" e nos beijamos. Como eu não sabia quem havia pedido aquela garrafa de champanhe (depois fiquei sabendo que a despesa seria dividida entre todos) e queria oferecer champanhe aos meus amigos com meu dinheiro, que eu apalpava sem cessar no bolso, peguei escondido uma nota de dez rublos, chamei o garçom, entreguei o dinheiro e pedi-lhe baixinho, mas de modo que todos ouvissem, que trouxesse, *por favor, mais meia garrafinha de champanhe*. Volódia ficou vermelho, franziu o rosto e olhou tão assustado para mim e para os outros que senti que havia cometido uma gafe, mas a meia garrafa foi trazida e todos a beberam com grande satisfação. Parecia que tudo continuava muito alegre. Dúbkov mentia sem parar, e Volódia também contou algumas piadas engraçadas e muito bem narradas, o que eu nunca havia esperado dele, e todos rimos muito. A natureza da comicidade de Dúbkov e de Volódia consistia na imitação, com mais ênfase ainda, daquela conhecida brincadeira: "Então, o senhor já esteve no exterior?", diz o primeiro. "Não, eu não estive, mas meu irmão toca violino", responde o outro. Nesse gênero de comicidade do absurdo, eles tinham atingido uma tal perfeição que já contavam a piada assim: "E meu irmão também nunca tocou violino". E a cada pergunta eles respondiam dessa maneira um ao outro e, às vezes, até sem a pergunta eles procuravam unir as coisas mais incompatíveis, dizendo esse disparate com a cara mais séria – e o resultado era muito engraçado. Comecei a entender o mecanismo da coisa e quis também fazer uma piada, mas todos olharam para mim com espanto e desviaram o olhar enquanto eu falava, de modo que minha brincadeira não surtiu efeito. Dúbkov disse: "Exagerou na mentira, caro diplomata", mas eu estava me sentindo tão bem, devido ao champanhe e à companhia dos adultos, que essa observação apenas me arranhou um pouco. Somente Dmítri continuava na sua severa disposição de espírito, embora tivesse bebido o mesmo que nós, e isso inibia um pouco a alegria geral.

— Agora ouçam-me, senhores — disse Dúbkov. — Depois do jantar, temos de cuidar do diplomata. Que tal irmos à casa da *titia*? Lá, resolvemos o que fazer com ele.

— Mas Dmítri não irá — disse Volódia.

— Ah, que santarrão insuportável! Você é um santarrão insuportável! — disse Dúbkov para Dmítri. — Venha conosco e verá que a titia é uma dama excelente.

— Não apenas não vou como não permitirei que ele vá com vocês — respondeu Dmítri, corando.

— Quem? O diplomata? Mas você quer ir, diplomata? Vejam, ele até ficou radiante quando falamos da titia.

— Não é que eu não permita — continuou Dmítri, levantando-se e caminhando pela sala sem olhar para mim —, só que o aconselho a não ir e não desejo que vá. Ele já não é uma criança e se quiser pode ir sozinho, sem vocês. E você deveria se envergonhar, Dúbkov; o que você faz de errado, quer que os outros também façam.

— O que há de mau no fato de eu convidá-los para irmos tomar uma xícara de chá na casa da titia? — disse Dúbkov, piscando para Volódia. — Bem, se isso o desagrada, então permita que Volódia e eu vamos. Você vai, Volódia?

— Hum-hum! — disse Volódia afirmativamente. — Vamos dar uma chegada lá, depois vamos para minha casa e continuamos a jogar *piquet*.

— E então, você quer ir com eles ou não? — perguntou-me Dmítri.

— Não — respondi, afastando-me no divã para abrir um espaço ao meu lado, onde ele se sentou. — Apenas não quero, e se você me desaconselha, não irei de jeito nenhum. Não — acrescentei depois —, estou mentindo ao dizer que não quero ir com eles, mas estou feliz por não ir.

— E faz muito bem — disse ele. — Viva do seu jeito e não dance conforme a música de ninguém, que é o melhor.

Essa pequena discussão não apenas não perturbou nossa alegria como até a aumentou. De repente, Dmítri entrou naquele estado de espírito tranquilo de que eu tanto gostava. Como posteriormente notei várias vezes, isso acontecia com ele quando tinha consciência de ter agido bem. Estava feliz consigo mesmo por ter me defendido. Ficou numa alegria extraordinária, pediu mais uma garrafa de champanhe (o que contrariava suas regras), convidou para o nosso reservado um senhor desconhecido e obrigou-o a beber, cantou *Gaudeamus igitur*[131], pediu que todos o acompanhassem e propôs que déssemos um passeio até Sokólniki[132], ao que Dúbkov respondeu que seria demasiado sentimental.

– Vamos nos divertir – disse Dmítri sorrindo. – Em homenagem ao ingresso dele, vou me embriagar pela primeira vez na vida. Que assim seja!

Essa alegria ficava muito estranha em Dmítri. Parecia um preceptor ou um pai bondoso que está satisfeito com suas crianças e organiza uma brincadeira para entretê-las e, ao mesmo tempo, provar que é possível divertir-se de maneira honesta e decente. Mas, apesar disso, essa alegria inesperada teve um efeito contagiante, ainda mais porque a cada um coubera já quase meia garrafa de champanhe.

Com essa agradável disposição de espírito, saí para o salão para fumar um cigarro que Dúbkov havia me dado. Quando me levantei, notei que minha cabeça girava um pouco, minhas pernas moviam-se sozinhas e os braços só ficavam numa posição natural quando eu prestava atenção neles; do contrário, as pernas iam para os lados e as mãos faziam alguns gestos estranhos. Concentrei toda a minha atenção nos meus membros, ordenei às minhas mãos que se levantassem e abotoassem meu casaco e alisassem meus cabelos (o que elas fizeram, elevando meus cotovelos a uma altura descomunal). Ordenei às minhas pernas que se dirigissem para a porta, o que foi feito, porém, pisando ora com muita força, ora com muita delicadeza, especialmente o pé esquerdo, que teimava em andar na ponta do pé. Uma voz me gritou: "Onde você vai? Vão trazer uma vela". Adivinhei que era a voz de Volódia e fiquei satisfeito com a ideia de que pelo menos percebi isso, mas, em resposta a ele, apenas sorri ligeiramente e continuei a caminhar.

---

131. Alegremo-nos (antigo canto festivo medieval em latim, que era cantado por estudantes). (N.T.)

132. Na época em que se passa este romance, era um subúrbio de Moscou, com bosques e casas de campo. (N.T.)

Capítulo XVI

A discussão

No salão grande estava sentado, almoçando, um senhor à paisana, baixo, robusto e de bigodes ruivos. Ele conversava em francês com um moreno alto, sem bigodes, que estava sentado a seu lado. O olhar que me lançaram deixou-me perturbado, mas mesmo assim resolvi acender meu cigarro numa vela que ardia em frente à mesa deles. Evitando seus olhares, aproximei-me da mesa e comecei a acender o cigarro. Aceso este, não me contive e olhei para o senhor que comia. Seus olhos cinzentos fitavam-me com dureza e animosidade. Ia dando-lhe as costas quando seus bigodes estremeceram e ele disse em francês:

– Não gosto que fumem quando estou almoçando, meu senhor.

Balbuciei alguma coisa incompreensível.

– É, não gosto – continuou com expressão severa o senhor de bigodes, olhando para seu companheiro sem bigodes, como a convidá-lo a admirar a lição que ia dar em mim. – Também não gosto, meu senhor, dos mal-educados que vêm fumar no meu nariz.

Compreendi no mesmo instante que aquele homem estava me passando uma descompostura, mas num primeiro momento eu me sentia como se fosse o culpado naquela história.

– Não pensei que iria incomodá-lo – disse eu.

– Ah, o senhor não pensou que fosse mal-educado, mas eu pensei – gritou ele.

– Que direito o senhor tem de gritar comigo? – falei, sentindo que ele queria me ofender e começando eu mesmo a ficar com raiva.

– O meu direito é que nunca permitirei que me faltem com respeito e darei sempre lições aos jovens atrevidos como o senhor. Qual é o seu sobrenome, caro senhor? E onde o senhor mora?

Eu estava furioso, com os lábios trêmulos e a respiração presa. Contudo, sentia-me culpado, talvez em consequência de ter bebido tanto champanhe, e não disse àquele cavalheiro nenhuma palavra grosseira. Ao contrário, meus lábios, da maneira mais submissa, pronunciaram meu nome e meu endereço.

– Meu sobrenome é Kolpikov, meu prezado senhor, e seja mais respeitoso daqui por diante. Nós ainda nos veremos (*vous aurez de mes nouvelles*[133]) – concluiu ele a nossa conversa, que transcorrera em francês.

Eu disse apenas "Com prazer" e, esforçando-me para que minha voz ficasse o mais firme possível, dei-lhe as costas e voltei para nosso reservado, levando o cigarro que, a essa altura, já havia se apagado.

Não contei a ninguém o que havia acontecido, ainda mais porque estavam entretidos numa calorosa discussão. Sentei-me sozinho num canto e fiquei meditando a respeito daquele estranho episódio. As palavras "O senhor é um mal-educado, meu senhor" (*un mal élevé, monsieur*), continuavam a soar nos meus ouvidos, causando-me cada vez mais indignação. A bebedeira passara totalmente. Refletindo sobre meu comportamento naquele caso, de repente me veio um pensamento terrível: de que havia me comportado como um covarde. "Que direito tinha ele de me agredir daquela forma? Por que não disse apenas que eu o estava incomodando? De modo que o culpado foi ele! Por que, quando me chamou de mal-educado, eu não lhe disse: 'Mal-educado, meu senhor, é aquele que se permite agir com grosseria'?. Ou, então, por que simplesmente não gritei 'Cale-se!', o que seria fantástico? Por que não o desafiei para um duelo? Não, não fiz nada disso, e como um reles covardezinho engoli a ofensa." A frase "O senhor é um mal-educado, meu senhor!" soava sem cessar nos meus ouvidos, enfurecendo-me. "Não, isso não pode ficar assim", pensei, e me levantei com a firme intenção de voltar ao salão e dizer àquele cavalheiro algo terrível e talvez até bater-lhe na cabeça com um candelabro. Com imenso prazer eu sonhava com essa última possibilidade, mas não foi sem pavor que entrei outra vez naquele salão. Por sorte, o senhor Kolpikov não estava mais lá; só havia um criado que tirava a mesa. Por pouco

---

133. O senhor terá notícias minhas. (N.T.)

não fui falar com o empregado para explicar-lhe que não tivera culpa nenhuma, mas, por alguma razão, desisti e voltei para o nosso reservado com um humor dos mais sombrios.

— Que terá acontecido com o nosso diplomata? — indagou Dúbkov. — Provavelmente ele agora está decidindo o destino da Europa.

— Ah, me deixe em paz — falei com ar carrancudo, dando-lhe as costas.

Depois fiquei caminhando pela sala e pensando que Dúbkov não era de modo algum uma pessoa boa. "Para que essas brincadeiras intermináveis, por que me chama de *diplomata*? Não há nada de amável nisso. Ele só pensa em ganhar de Volódia no jogo e tomar seu dinheiro, e também em visitar uma certa tiazinha... Ele não tem nada de agradável. Tudo o que diz é mentira ou vulgaridade, e está sempre caçoando dos outros. Parece que não passa de um bobo, e de um sujeito mau, ainda por cima."

Fiquei uns cinco minutos nessas reflexões, e, não sei bem por que, crescia em mim uma animosidade contra Dúbkov. Ele não estava prestando atenção em mim, e isso me irritava ainda mais. Fiquei até zangado com Volódia e Dmítri porque estavam conversando com ele.

— Sabem de uma coisa, senhores? É preciso jogar água no diplomata — disse Dúbkov de repente, olhando para mim com um sorriso que me pareceu zombeteiro e até mesmo traiçoeiro. — Ele está mal, está mal de verdade!

— É preciso jogar também no senhor, o senhor também está mal — respondi, sorrindo com maldade e esquecendo que havíamos passado a nos tratar por "você".

Esta resposta decerto surpreendeu Dúbkov, mas ele me deu as costas com indiferença e continuou conversando com Volódia e Dmítri.

Ia tentar juntar-me à conversa deles, mas senti que de maneira alguma eu poderia fingir e voltei ao meu canto, onde permaneci até o momento de partirmos.

Quando estávamos vestindo nossos casacos, após pagar a conta, Dúbkov disse a Dmítri:

– E então, para onde vão Orestes e Pílades[134]? Provavelmente para casa, palestrar sobre o *amor*; nós, por outro lado, vamos visitar nossa querida tiazinha, e isso é melhor do que a amizade azeda de vocês.

– Como o senhor ousa caçoar assim de nós? – perguntei de repente, chegando muito perto dele e agitando os braços. – Como o senhor ousa zombar de sentimentos que não compreende? Não permitirei que o senhor faça isso. Fique calado! – gritei, e eu próprio me calei, sem saber o que dizer em seguida e sem fôlego, de tanta emoção.

A princípio, Dúbkov ficou surpreso, depois quis sorrir e levar tudo na brincadeira e, por fim, para minha grande surpresa, ficou assustado e baixou os olhos.

– Não estou de maneira nenhuma zombando de vocês e dos seus sentimentos, eu falei por falar – disse ele evasivamente.

– Está vendo?! – gritei, mas, nesse instante, fiquei envergonhado de mim mesmo e com pena de Dúbkov, cujo rosto vermelho e constrangido expressava um sentimento sincero.

– Que há com você? – disseram ao mesmo tempo Volódia e Dmítri. – Ninguém quis ofendê-lo.

– Não, ele quis me insultar.

– Mas que senhor exaltado é o seu irmão – disse Dúbkov, no exato momento em que já havia saído pela porta, de modo que não poderia ouvir o que eu iria dizer.

Talvez eu tivesse corrido para alcançá-lo e dito ainda algumas grosserias, mas nesse momento o criado que havia assistido à minha história com Kolpikov entregou meu casaco e eu de imediato me acalmei; só fingi que estava zangado para Dmítri, o suficiente apenas para que meu brusco arrefecimento não lhe parecesse estranho. No dia seguinte Dúbkov e eu nos encontramos no quarto de Volódia e não mencionamos essa história, mas continuamos a nos tratar por "o senhor", e tornou-se ainda mais difícil para nós olharmo-nos nos olhos.

A lembrança da discussão com Kolpikov – que, aliás, nunca me procurou nem no dia seguinte, nem nos outros, para transmitir *ses nouvelles*[135] – permaneceu durante muito tempo

---

134. Personagens da mitologia grega, símbolos da amizade verdadeira. (N.T.)
135. Notícias suas. (N.A.)

terrivelmente viva e penosa para mim. Até uns cinco anos depois eu me contraía e gemia cada vez que me lembrava da ofensa não vingada, e me consolava, satisfeito comigo mesmo, ao me lembrar de como fora corajoso no episódio com Dúbkov. Só muito mais tarde eu mudei totalmente a maneira de ver essa questão, passei a encarar a discussão com Kolpikov como uma coisa cômica e divertida e a me arrepender pela injusta ofensa que fizera ao *bom rapaz* Dúbkov.

Naquela mesma noite, contei a Dmítri minha aventura com Kolpikov, descrevendo com detalhes a aparência deste. Meu amigo ficou extremamente admirado.

– Mas é ele mesmo! – falou. – Você pode imaginar que esse Kolpikov seja um conhecido patife, um trapaceiro e, acima de tudo, um covarde, que foi expulso do regimento pelos colegas porque recebeu uma bofetada e não quis bater-se em duelo? De onde foi que ele tirou agora essa presteza? – disse ele com um sorriso bondoso, olhando para mim. – Mas ele não disse nada além de mal-educado?

– Não – respondi, corando.

– Não foi uma boa coisa, mas também não chega a ser uma desgraça – disse Dmítri para me consolar.

Apenas muito tempo depois, quando pude refletir com serenidade sobre aqueles fatos, tirei uma conclusão bastante verossímil: a de que, passados muitos anos, Kolpikov sentiu que a mim ele poderia afrontar e, diante do moreno sem bigodes, vingar-se da bofetada que recebera, da mesma forma que eu sem tardar me vinguei do seu "mal-educado" no inocente Dúbkov.

Capítulo XVII

Preparo-me para fazer visitas

Ao acordar no dia seguinte, meu primeiro pensamento foi para o incidente com Kolpikov. Corri pelo quarto soltando uns mugidos, mas não havia nada a fazer. Além disso, era o último dia que passaria em Moscou e, por ordem de papai, deveria fazer uma série de visitas que ele mesmo listara num papel. A preocupação de papai conosco não era tanto com nosso caráter e nossa educação, e sim com as relações sociais. Com sua letra desigual e apressada, no papel estava escrito: 1) visita ao príncipe Ivan Ivânovitch (obrigatória); 2) aos Ívin (obrigatória); 3) ao príncipe Mikhailo; 4) à princesa Nekhliúdova e a Valákhina, se houver tempo. E, naturalmente, ao curador, ao reitor e aos catedráticos.

As últimas visitas Dmítri me aconselhou a não fazer, dizendo que não só era desnecessário como seria até inconveniente; mas as primeiras deveriam ser feitas, e naquele mesmo dia. De todas, as duas primeiras, marcadas com *obrigatórias*, me assustavam em particular. O príncipe Ivan Ivânovitch era general de exército, velho, ricaço e solitário, e eu, um estudante de dezesseis anos, deveria cultivar uma amizade com ele, o que eu pressentia que não poderia ser agradável para mim. Os Ívin também eram ricaços, e o pai era um importante general civil[136] que apenas uma vez nos visitara, quando vovó era viva. Depois da morte de vovó, notei que o caçula dos Ívin passou a nos evitar e parecia dar-se ares de importante. O mais velho, como vim a saber por boatos, já terminara o curso de direito e trabalhava em Petersburgo; o segundo, Serguei, que idolatrei uma certa época, estava também em Petersburgo e tornara-se um cadete grande e gordo do Corpo de Pajens[137].

Quando jovem, não apenas eu não gostava de me relacionar com pessoas que se julgavam superiores a mim, como tais relações eram indescritivelmente torturantes em consequência do constante pavor que tinha de que pudessem me insultar e do fato de ser obrigado a manter tensas todas as minhas forças mentais para mostrar minha independência. Contudo, já que não ia cumprir a última ordem de papai, era preciso compensar o mal, cumprindo as primeiras. Eu andava pelo quarto, examinando as roupas estendidas nas cadeiras, a espada e o chapéu, e decidia-me a ir, quando chegou para me felicitar o

---

136. Na Rússia tsarista os funcionários civis tinham postos paralelos aos dos militares e os que se equiparavam aos generais eram chamados informalmente por esse título. (N.T.)

137. Estabelecimento de ensino médio militar para jovens oriundos da nobreza na Rússia tsarista. (N.T.)

velho Grap, trazendo consigo Ilinka. Grap pai era um alemão russificado, insuportavelmente meloso, adulador e contumaz beberrão. Na maioria das vezes vinha à nossa casa apenas para pedir alguma coisa e papai levava-o para o escritório, mas nunca o convidou para sentar-se à mesa conosco. Sua subserviência e seu hábito de pedinchar estavam tão unidos ao seu aspecto bondoso e ao costume de vê-lo em nossa casa que todos consideravam um grande mérito dele sua propalada afeição por nós. Mas, por alguma razão, eu não gostava dele, e ficava envergonhado quando ele falava.

Fiquei muito aborrecido com a chegada dessas visitas e não tentava disfarçar isso. Estava tão acostumado a olhar para Ilinka de cima para baixo, e ele, a considerar-nos no direito de fazer isso, que me era um pouco desagradável que ele fosse um estudante igual a mim. Pareceu-me que também ele se sentia um pouco culpado diante de mim por essa equiparação. Cumprimentei-os com frieza, sem convidá-los a sentar, pensando que poderiam fazer isso sem precisar do meu convite, e mandei atrelarem o cabriolé. Ilinka era um rapaz bom, muito honesto e bastante inteligente, mas era o que se costuma chamar de *garoto ruim da cabeça*; tinha um temperamento instável e sem motivo aparente punha-se ora a chorar, ora a rir e a fazer caçoadas, e às vezes ficava ofendido por qualquer bobagem. Naquele dia, tudo indicava que estivesse nesse último tipo de humor; não dizia nada, olhava com raiva para mim e para o pai e, quando alguém se dirigia a ele, apenas sorria com seu sorriso forçado e submisso com o qual se habituara a esconder todos os seus sentimentos, particularmente o sentimento de vergonha pelo pai, que ele não podia evitar em nossa casa.

– Então é isso, Nikolai Petróvitch – dizia-me o velho, seguindo-me pelo quarto enquanto eu me vestia, girando entre os dedos a tabaqueira de prata que fora presente de vovó –, assim que soube pelo meu filho que o senhor se saiu brilhantemente nos exames... aliás, sua inteligência é do conhecimento de todos... sem demora corri para felicitá-lo, meu caro; pois eu o carreguei nos meus ombros, e Deus é testemunha de que os amo como se fossem meus parentes, e meu Ilinka insistiu para que viéssemos visitá-lo. Ele também se habituou a vocês.

Nesse momento, Ilinka estava mudo, sentado junto à janela, parecendo examinar meu chapéu de três bicos, e apenas rosnou alguma coisa entredentes, com ar zangado.

– Pois é, eu queria perguntar ao senhor, Nikolai Petróvitch – continuou o velho –, como foi o meu Iliúcha nos exames? Ele disse que vai estudar junto com o senhor, portanto, não o abandone, cuide dele, dê-lhe conselhos.

– Ora, ele se saiu muito bem – disse eu, dando uma espiadela em Ilinka que, ao sentir meu olhar, corou e parou de mexer os lábios.

– Ele poderia passar este dia com vocês? – perguntou o velho com um sorriso tão tímido que dava a impressão de que ele tinha um medo enorme de mim. Ele me seguia de perto aonde quer que eu fosse, de modo que eu sentia o tempo todo o bafo de vinho e de tabaco que estava entranhado nele.

Eu estava aborrecido porque ele me colocara naquela situação difícil com relação a seu filho, e também porque desviava a minha atenção da tarefa, muito importante para mim, que era vestir-me para sair. O pior era que aquele cheiro de tabaco queimado que me perseguia me deixou tão enjoado que eu lhe disse com frieza que não podia me ocupar de Ilinka porque ia estar fora o dia inteiro.

– Lembre-se de que o senhor queria visitar a irmã, paizinho – disse Ilinka sorrindo e sem olhar para mim. – Além do mais, tenho assuntos a tratar.

Fiquei ainda mais constrangido e envergonhado e, para amenizar um pouco minha recusa, apressei-me em informar-lhes que não estaria em casa porque deveria visitar o *príncipe* Ivan Ivânytch, a *princesa* Kornakova, o senhor Ívin, aquele mesmo que ocupava uma posição importante, e que provavelmente eu iria almoçar na casa da *princesa* Nekhliúdova. Parecia-me que, sabendo quantas pessoas importantes eu iria visitar, eles deixariam de exigir minha companhia. Quando se preparavam para sair, convidei Ilinka para vir visitar-me um outro dia, mas ele apenas emitiu um som ininteligível e sorriu com uma expressão forçada. Estava claro que não colocaria os pés em minha casa de novo.

Saí logo depois deles, para fazer minhas visitas. Volódia, a quem ainda cedo eu pedira que fosse comigo para que não me sentisse tão desajeitado, recusou-se, alegando que seria piegas demais dois irmãozinhos indo juntos no mesmo cabriolé.

Capítulo XVIII

As Valákhina

De modo que fui sozinho. Fiz a primeira visita a Valákhina, porque ficava mais perto, em Sívtsev Vrajek[138]. Havia uns três anos que não via Sônetchka, e meu amor por ela, como é natural, já havia acabado há muito tempo, mas em minha alma restava ainda uma lembrança viva e boa daquele amor infantil. Durante esses três anos, algumas vezes me lembrava dela com tanta intensidade e nitidez que até chorava e me sentia de novo apaixonado, mas isso durava apenas alguns minutos e custava a repetir-se.

Sabia que Sônetchka e sua mãe estiveram no exterior, onde passaram uns dois anos, e que lá a diligência em que viajavam havia tombado e Sônetchka teve o rosto cortado por vidros, o que a teria deixado muito feia. No caminho para a casa delas, lembrei-me vivamente da Sônetchka de antes e pensava em como seria nosso encontro. Por ter estado dois anos fora, eu a imaginava incrivelmente alta, com uma belíssima cintura, séria e importante, mas, como de hábito, encantadora. Minha fantasia se recusava a imaginá-la com o rosto deformado por cicatrizes. Ao contrário, tendo ouvido em algum lugar a respeito de um amante apaixonado que permanecera fiel à sua amada, apesar de desfigurada pela varíola, eu procurava pensar que estava apaixonado por Sônetchka para ter o mérito de lhe permanecer fiel, apesar das cicatrizes. O fato é que ao me aproximar da casa de Valákhina eu não estava apaixonado, mas, remexendo em velhas recordações, estava bem preparado para me apaixonar, e até desejava muito isso, ainda mais que fazia já muito tempo que ficava envergonhado ao ver que

---

138. Ruela no centro de Moscou, na região da Arbat. (N.T.)

todos os meus conhecidos estavam apaixonados e que eu tinha ficado para trás em relação a eles.

As Valákhinas moravam numa casa de madeira pequena e limpa, cuja entrada era pelo pátio. Toquei uma sineta de um tipo que ainda era raridade em Moscou e a porta me foi aberta por um menino muito pequeno, vestido com asseio. O garoto não sabia ou não queria dizer se as patroas estavam em casa e, deixando-me sozinho no vestíbulo escuro, correu para um corredor ainda mais escuro.

Durante bastante tempo permaneci sozinho nessa saleta sem luz, onde, além da porta para o corredor, havia outra porta fechada, e fiquei espantado com o ar sombrio da casa, supondo que deveriam ser assim as casas de pessoas que moraram no exterior. Passados uns cinco minutos, a porta para a sala foi aberta por dentro pelo mesmo garoto, o qual me conduziu a uma sala de estar bem-arrumada, embora sem luxo, na qual, logo depois de mim, entrou Sônetchka.

Ela estava com dezessete anos. Era muito pequena e magra, e sua face tinha uma cor amarelada e doentia. Não se notava nenhuma cicatriz no seu rosto, e seus maravilhosos olhos rasgados e seu sorriso alegre, claro e bondoso continuavam os mesmos que eu conhecia e amava na infância. Como não esperava vê-la com essa aparência, não consegui expressar-lhe imediatamente aqueles sentimentos preparados no caminho. Ela estendeu-me a mão à maneira inglesa, o que então era tão raro quanto a sineta, deu-me um aperto de mão sincero e fez-me sentar ao seu lado, no divã.

– Ah, como estou alegre em vê-lo, caro *Nicolas* – disse, fitando meu rosto com uma satisfação tão sincera que, nas palavras *caro Nicolas*, percebi amizade, e não um tom protetor.

Para minha surpresa, após ter estado fora da Rússia, Sônetchka estava ainda mais simples, amável e informal na sua maneira de me tratar. Percebi duas pequenas cicatrizes perto do nariz e na sobrancelha, mas os maravilhosos olhos e o sorriso eram exatamente fiéis à minha recordação, e tão radiantes como no passado.

– Como o senhor mudou! – disse ela. – Já é um adulto. Diga, e eu: como estou?

– Ah, não a teria reconhecido – respondi, embora ao mesmo tempo pensasse que a reconheceria sempre. Senti de novo aquela alegria e despreocupação que sentia cinco anos antes, quando dancei com ela o "Grossvater", no baile na casa de vovó.

– O que você acha, fiquei muito feia? – perguntou ela, balançando a cabecinha.

– Não, absolutamente; cresceu um pouco, está mais adulta – apressei-me em responder –, mas, ao contrário... até que...

– Bom, tanto faz. Lembra-se de nossas danças, das brincadeiras, de Saint-Jérôme, da *mademoiselle* Dorat? (Eu não me lembrava de nenhuma *mademoiselle* Dorat; pelo visto, ela havia se empolgado com as recordações da infância e as misturava.) Ah, foi uma época maravilhosa – continuou, e o mesmo sorriso, melhor até do que o que eu guardava na lembrança, e os mesmos olhos, brilhavam diante de mim.

Enquanto ela falava, tive tempo de pensar na posição em que me encontrava naquele instante, e decidi comigo mesmo que naquele momento eu estava apaixonado. Assim que decidi isso, desapareceu num instante meu estado de espírito feliz e despreocupado, e uma névoa encobriu tudo o que estava à minha frente – até os olhos e o sorriso dela –, e senti uma vergonha inexplicável, fiquei vermelho e perdi a capacidade de falar.

– Agora os tempos são outros – continuou ela, suspirando e levantando um pouco as sobrancelhas. – Tudo ficou pior, e nós ficamos piores, não é verdade, *Nicolas*?

Não pude responder e fiquei olhando para ela em silêncio.

– Onde estão agora os antigos amigos, os Ívin, os Kornakov? Lembra-se? – continuava ela, olhando com alguma curiosidade para meu rosto ruborizado e assustado. – Que bons tempos aqueles!

Eu continuava sem poder responder. Por algum tempo, dessa situação difícil me livrou a entrada no salão da Valákhina mãe. Levantei-me, inclinei-me e readquiri a capacidade de falar. Em compensação, com a entrada da mãe ocorreu em Sônetchka uma estranha mudança. Toda a alegria e o tom familiar desapareceram de repente, até o sorriso ficou diferente, e num piscar de olhos ela se tornou a moça que voltara do exterior, que eu imaginara encontrar nela, faltando apenas a estatura alta. Parecia que essa mudança não tinha motivo algum, porque sua mãe tinha um sorriso muito agradável, e seus movimentos expressavam a mesma simplicidade do passado. A senhora Valákhina sentou-se numa grande poltrona e indicou-me um lugar perto de si. Disse algo em inglês para a filha, que saiu sem demora, o que me aliviou ainda mais.

Valákhina perguntou-me acerca dos meus parentes, do meu irmão, do meu pai, e depois contou-me sua dor pela perda do marido. Enfim, sentindo que não havia mais assunto para conversar comigo, ficou olhando-me em silêncio, como se dissesse: "Se você se levantar agora, inclinar-se e sair, fará muito bem, meu querido". Mas comigo aconteceu algo estranho. Sônetchka voltara para a sala trazendo um trabalho manual e sentara-se no outro canto do aposento, de modo que eu sentia o olhar dela sobre mim. Enquanto Valákhina contava sobre a perda do marido, pensei de novo que estava apaixonado e que provavelmente a mãe já havia adivinhado isso, e tive um novo ataque de timidez, e tão forte que eu não me sentia em condições de mover com naturalidade nenhum dos meus membros. Sabia que para me levantar e sair eu deveria pensar onde colocar a perna, o que fazer com a cabeça e com o braço. Em suma, me sentia quase do mesmo modo que me senti na véspera, quando bebi meia garrafa de champanhe. Pressenti que não saberia lidar com tudo aquilo, por isso não poderia me levantar e, de fato, *não pude* me levantar. Valákhina com certeza estava espantada, olhando para meu rosto vermelho e para minha total imobilidade, mas decidi que era preferível ficar sentado naquela situação idiota do que me arriscar a levantar e sair de maneira atabalhoada. Desse modo, fiquei sentado bastante tempo, esperando que algum imprevisto me tirasse daquela situação. Esse imprevisto aconteceu na figura de um inocente jovem que entrou com desenvoltura no salão e inclinou-se com cortesia para mim. Valákhina levantou-se, dizendo que precisava falar com seu *homme d'affaires*[139], olhando-me com uma expressão de perplexidade, como se dissesse: "Se quer permanecer sentado, não o estou expulsando". Com grande esforço consegui me levantar, mas já não tinha capacidade

---

139. Secretário. (N.A.)

de fazer uma reverência e, ao sair, sob os olhares penalizados da mãe e da filha, tropecei numa cadeira que nem estava no meu caminho, pois toda a minha atenção estava concentrada em não tropeçar no tapete em que pisava. Quando saí e respirei ar puro, contorcendo-me e mugindo tão alto que Kuzmá teve de perguntar várias vezes o que eu desejava fazer, aquela sensação penosa foi passando e pude meditar com suficiente serenidade sobre meu amor por Sônetchka e sobre sua relação com a mãe, relação esta que havia me parecido estranha. Mais tarde, quando falei a meu pai sobre essas minhas observações e que Valákhina e a mãe não tinham um bom relacionamento, ele comentou:

– É verdade, ela tortura a filha, coitadinha, com sua terrível avareza, e é estranho, porque era uma mulher maravilhosa, agradável, fantástica – disse ele, com um sentimento mais forte do que deveria ter para com uma simples parente. – Você não viu por lá um tal de secretário? Que moda é essa de uma dama russa ter um secretário? – indagou ele irritado, afastando-se de mim.

– Vi – respondi.

– E então, pelo menos ele é bonito?

– Não, é muito feio.

– Não dá para entender – disse papai, levantando com raiva o ombro e tossindo.

"Estou apaixonado", pensava eu, seguindo adiante no meu cabriolé.

Capítulo XIX

Os Kornakov

A segunda visita, por ordem de distância, era aos Kornakov. Eles moravam no primeiro andar de um grande prédio na Rua Arbat. A escadaria era extraordinariamente elegante e limpa, mas sem luxo. Por toda parte havia passadeiras, presas por varinhas de cobre muito bem polidas, mas não havia flores nem espelhos. A sala, com parquê claro, que atravessei para chegar à sala de visitas, também tinha uma arrumação séria, fria e limpa. Tudo brilhava e parecia sólido, embora não totalmente novo, mas não havia nem quadros, nem cortinas, nem enfeites. Algumas das princesinhas estavam na sala de visitas, sentadas tão corretas e sem o que fazer que no mesmo instante se percebia que não costumavam ficar assim sentadas quando não havia visitas.

– *Maman* logo virá – disse-me a mais velha, sentando-se mais perto de mim.

Por cerca de quinze minutos essa princesinha me entreteve com uma conversa bastante descontraída, e o fez com tanta habilidade que não paramos de falar nem por um segundo. Mas ficava muito evidente que ela estava apenas me dando atenção, por isso não gostei dela. Entre outras coisas, me contou que seu irmão Stepan, que eles chamavam de *Étienne* e que dois anos atrás haviam encaminhado para a escola de cadetes, já tinha sido promovido a oficial. Quando estava falando sobre o irmão, especialmente ao contar que ele, contra a vontade de *maman*, tinha entrado para o corpo de hussardos, fez uma cara assustada e todas as irmãs mais novas, que estavam em silêncio, também fizeram caras assustadas. Quando ela se pôs a falar sobre a morte de vovó, fez uma cara triste, e todas as princesinhas mais jovens fizeram o mesmo; quando ela se lembrou de como eu havia batido em Saint-Jérôme e fora retirado da festa, deu uma risada, mostrando seus dentes feios, e todas as princesinhas também riram e mostraram dentes feios.

Entrou a princesa, a mesma mulher pequena, seca, de olhos inquietos e com o mesmo costume de voltar-se para os demais quando falava com alguém. Pegou-me pelo braço e levantou sua mão até meus lábios, para que eu a beijasse, o que eu jamais teria feito, por não supor que isso fosse necessário.

– Como estou feliz em vê-lo – disse ela, com sua loquacidade habitual, olhando para as filhas. – Oh, como ele se parece com a mãe. Não é verdade, *Lize*?

Lize concordou, embora eu esteja certo de que não tenho a menor semelhança com minha mãe.

– Mas veja só como o senhor está grande! O meu *Étienne* também. Há de se lembrar dele, pois é seu primo em segundo grau... não, em segundo grau não, como é mesmo, *Lize*? Minha mãe, Varvara Dmítrievna, era filha de Dmítri Nikoláitch, e sua avó era Natália Nikoláevna.

– Então são primos em terceiro grau, *maman* – disse a princesinha mais velha.

– Ah, você está confundindo tudo – gritou a mãe com raiva –, não é primo em segundo grau de jeito nenhum, e sim *issus des germains*[140]. É isso que o senhor e meu *Étiennotchka* são. Sabia que ele já é oficial? A única coisa ruim é que está muito solto. Vocês, jovens, devem ser mantidos à rédea curta, é isso aí! Não fique zangado com esta tia velha por lhe dizer a verdade. Mantive *Étienne* sob meu severo controle e penso que isso é necessário.

"Pois é, então somos parentes – continuou ela. – O príncipe Ivan Ivânovitch é meu tio e também era tio de sua mãe. Quer dizer que sua mãe e eu éramos primas em primeiro grau, não, em segundo. É isso. Mas me diga: o senhor já esteve na casa do príncipe Ivan, meu querido?"

Respondi que ainda não, mas iria naquele mesmo dia.

– Oh, como isso é possível?! – exclamou ela. – Essa visita o senhor deveria ter feito em primeiro lugar. Pois o senhor sabe que o príncipe Ivan é como se fosse um pai para vocês. Ele não tem filhos, de modo que seus herdeiros são apenas vocês e os meus filhos. Vocês devem respeitá-lo por sua idade, sua posição social e por tudo o mais. Sei que a juventude atual não valoriza o parentesco e não gosta de gente idosa, mas ouça esta velha tia, porque gosto de vocês, gostava de sua *maman*, de sua avó também, gostava e respeitava muitíssimo. Faça isso, vá visitá-lo sem falta. Não deixe de visitá-lo.

Disse-lhe que iria sem falta e, como a visita, na minha opinião, já durara bastante, levantei-me e fiz menção de sair, mas ela me deteve.

– Não, espere um pouquinho. Onde está o pai de vocês, *Lize*? Chame-o aqui. Ele ficará tão contente de vê-lo! – disse ela, dirigindo-se a mim.

Uns dois minutos depois, de fato entrou o príncipe Mikhailo. Era um senhor baixo e atarracado, muito desleixado no

---

140. Primo em terceiro grau. (N.A.)

vestir e com a barba por fazer. Sua expressão era tão indiferente que até lhe dava uma aparência de bobo. Não ficou nem um pouco feliz em me ver, ou pelo menos não expressou isso. Mas a princesa, que, pelo visto, ele temia muito, lhe disse:

– Não é verdade que *Voldemar* (ela com certeza esquecera meu nome) se parece com sua *maman*? – e fez-lhe um sinal com os olhos, após o qual o príncipe, provavelmente adivinhando o que ela queria, aproximou-se de mim e, com uma expressão a mais desinteressada possível, insatisfeita mesmo, ofereceu-me sua bochecha barbada para que eu a beijasse.

– Você ainda não se vestiu e precisa sair – disse-lhe logo depois disso a princesa num tom irritado, no qual, pelo visto, ela estava habituada a falar com todos os seus familiares. – Você outra vez quer me irritar, quer que todos fiquem contra você!

– Já vou, já vou, minha cara – disse o príncipe Mikhailo saindo.

Fiz uma reverência e saí também. Era a primeira vez que ouvia que éramos herdeiros do príncipe Ivan Ivânytch, e essa notícia me chocou de maneira desagradável.

Capítulo XX

Os Ívin

Tornou-se ainda mais penoso para mim pensar na visita iminente e obrigatória ao príncipe Ivan Ivânovitch. Porém, antes de me dirigir à sua casa, precisava passar na casa dos Ívin, que ficava no caminho. Eles moravam numa enorme e bela casa na Rua Tverskaia. Não foi sem temor que ingressei na entrada principal, onde havia um porteiro de pé, segurando um bastão. Perguntei-lhe se os moradores estavam em casa.

– Quem o senhor está procurando? O filho do general está em casa – disse o porteiro.

– E o general?

– Tenho de anunciá-lo. Seu nome, por favor? – disse ele, tocando a sineta.

Um lacaio de polainas apareceu no alto da escadaria. Não sei por que, fiquei tão atemorizado que disse ao lacaio que não me anunciasse, e que antes eu iria ver o filho do general. Enquanto subia por aquela escada, pareceu-me que eu havia ficado terrivelmente pequeno (não no sentido figurado, mas no sentido original dessa palavra). Essa mesma sensação tivera quando meu cabriolé se aproximava daquela imponente entrada: parecia que o cabriolé, o cavalo e o cocheiro haviam diminuído de tamanho.

O filho do general estava dormindo no divã com um livro aberto na frente quando entrei no quarto. Seu preceptor, o senhor Frost, que ainda continuava na casa, entrou atrás de mim com seu caminhar de homem valente e despertou seu pupilo. Ívin não expressou nenhuma alegria especial em me ver, e notei que, quando conversava comigo, ele olhava para as minhas sobrancelhas. Embora estivesse sendo muito atencioso comigo, tive a impressão de que, da mesma forma que a princesinha Kornakova, ele estava apenas me dando atenção, não tinha nenhuma simpatia especial por mim e não necessitava da minha amizade, pois com certeza já tinha seu próprio círculo de amigos. Deduzi tudo isso do fato de que ele fitava as minhas sobrancelhas. Em suma, por mais desagradável que seja para mim reconhecer isso, sua relação comigo era quase igual à minha com Ilinka Grap. Estava começando a me sentir irritado e, quando seu olhar se encontrava com o de Frost, eu percebia a pergunta: "Por que ele veio nos visitar?".

Depois de conversar um pouquinho comigo, Ívin disse que seu pai e sua mãe estavam em casa e perguntou se eu não queria ir com ele para vê-los.

– Vou me vestir num instante – acrescentou, passando para outro cômodo, embora estivesse bem-vestido, com uma sobrecasaca nova e um colete branco.

Alguns minutos depois ele voltou de uniforme abotoado até a gola e descemos juntos. Os aposentos principais por onde passávamos eram extraordinariamente grandes, de tetos altos e luxuosamente decorados, com mármores, objetos dourados, musselina e espelhos. Ao mesmo tempo que nós, a senhora Ívina entrou por outra porta numa sala pequena, que ficava depois da sala de visitas. Recebeu-me de modo muito amistoso, como a um parente, e perguntou com interesse sobre toda nossa família.

Eu a havia visto de relance umas duas vezes e agora, examinando-a, gostei muito dela. Era uma mulher alta, magra, muito branca, que parecia constantemente triste e esgotada. Seu sorriso era tristonho, porém bondoso ao extremo; seus olhos eram grandes, cansados e ligeiramente estrábicos, o que lhe conferia uma expressão ainda mais triste e atraente. Estava reclinada com a coluna reta e todos os seus movimentos eram lânguidos. Falava sem energia, mas o som de sua voz e sua pronúncia pouco distinta do *r* e do *l* eram muito agradáveis. Via-se que não conversava comigo por mera formalidade e que ouvia com tristonho interesse minhas respostas a respeito de minha família, como se, ao ouvir-me, recordasse com pesar de tempos melhores. Por algum motivo, o filho saiu, e ela, após olhar-me em silêncio por uns dois minutos, pôs-se de repente a chorar. Permaneci sentado na frente dela e não consegui pensar em alguma coisa que pudesse dizer ou fazer. Ela chorava sem olhar para mim. No início fiquei com pena dela, depois pensei se deveria consolá-la e como faria isso. Por fim, fiquei aborrecido com aquela situação constrangedora. "Será possível que minha figura seja tão deplorável?", pensava eu. "Ou será que ela está fazendo de propósito, para saber como agirei nesta situação? Ir embora agora é inconveniente, seria como se eu estivesse fugindo de suas lágrimas", continuei pensando. Remexi-me na cadeira, para lembrá-la da minha presença.

– Ah, como sou boba! – disse ela, olhando para mim e tentando sorrir. – Existem dias em que se chora sem motivo algum.

Ela começou a procurar um lenço no divã e, de repente, pôs-se a chorar mais ainda.

– Oh, meu Deus! Como é ridículo eu continuar chorando. Eu gostava tanto da sua mãe, éramos tão amigas e...

Ela encontrou o lenço, cobriu o rosto e continuou a chorar. Fiquei outra vez naquela situação difícil, desta vez bastante prolongada. Estava aborrecido, mas sentia ainda mais pena dela. Suas lágrimas me pareciam sinceras, e veio-me a ideia de que o seu choro não era tanto por minha mãe, mas sim porque ela própria não estava bem naquele momento, e antes, em outras épocas, tinha sido muito mais feliz. Não sei como esse episódio teria terminado se o jovem Ívin não tivesse entrado, dizendo que o velho Ívin precisava falar com ela. A mãe levantou-se para sair, mas o próprio Ívin entrou na sala. Era um senhor baixo, forte, de sobrancelhas grossas e negras, com cabelos muito curtos, completamente grisalhos e uma expressão dura e severa nos lábios.

Levantei-me e me inclinei para ele, mas Ívin, que tinha três condecorações no fraque verde, não só não respondeu ao meu cumprimento como quase não olhou para mim, de modo que de repente me senti como se não fosse uma pessoa, mas um objeto indigno de atenção – uma poltrona ou uma janela, ou, mesmo que fosse uma pessoa, seria de uma categoria tão insignificante quanto uma poltrona ou uma janela.

– Mas a senhora ainda não escreveu à condessa, minha querida – disse ele em francês, com uma expressão impassível e dura.

– Adeus, *monsieur Irteneff* – disse-me a senhora Ívina, repentinamente fazendo-me um aceno de cabeça um tanto altivo e, assim como o filho, olhando para minhas sobrancelhas.

Inclinei-me para ela e para o marido, e novamente meu cumprimento teve sobre o velho Ívin o mesmo efeito de uma janela abrindo ou fechando. O estudante Ívin acompanhou-me até a porta e pelo caminho contou-me que tinha pedido sua transferência para a universidade de São Petersburgo, porque seu pai tinha sido transferido para lá (ele mencionou um cargo muito importante).

"Bom, papai que aja como quiser", murmurei ao subir no cabriolé, "mas nunca mais colocarei os pés neste lugar. Aquela chorona se debulha em lágrimas olhando para mim, como se eu fosse um desgraçado, e o Ívin não me cumprimenta; ainda hei de lhe mostrar..." O que ainda iria lhe mostrar, não tenho a menor ideia.

Mais tarde tive de suportar os sermões de papai afirmando a necessidade de "cultivar" aquela amizade, e que eu não podia esperar que uma pessoa da posição de Ívin desse atenção a um moleque como eu. Porém mantive minha decisão por muito tempo.

Capítulo XXI

O príncipe Ivan Ivânytch

– Bom, agora a última visita, na Rua Nikítskaia – disse eu a Kuzmá, e rodamos para a casa do príncipe Ivan Ivânytch.

Tendo passado pela experiência de várias visitas, adquiri segurança e agora ia bastante tranquilo para a casa do príncipe. De repente, porém, lembrei-me das palavras da princesa Kornakova, dizendo que eu era herdeiro dele; além disso, vi na entrada de sua casa duas carruagens e senti a antiga timidez.

Tinha a impressão de que o velho porteiro que me abriu a porta, o lacaio que tirou meu casaco, as três damas e os dois senhores que encontrei na sala de visitas e, particularmente, o próprio príncipe Ivan Ivânytch, que estava sentado no divã, vestido com uma sobrecasaca de civil, todos olhavam para mim como para um herdeiro e, consequentemente, com má vontade.

O príncipe foi muito carinhoso comigo, beijou-me, ou seja, encostou por um segundo na minha bochecha seus lábios macios, secos e frios. Ele quis saber sobre meus estudos e planos, brincou e perguntou se eu ainda escrevia versos, como aqueles que havia feito no aniversário de vovó, e convidou-me para almoçar com ele naquela tarde. Mas, à medida que se tornava mais carinhoso comigo, mais me parecia que me tratava bem apenas para não deixar transparecer o quanto lhe desagradava a ideia de que eu era seu herdeiro. Devido aos muitos dentes postiços que tinha na boca, ele tinha o costume de levantar o lábio superior em direção ao nariz e dar uma pequena fungada, como se puxasse o lábio para dentro das narinas, e agora, quando fazia isso, me parecia que estava dizendo para si mesmo: "Moleque, moleque, não precisa me dizer, eu sei que é meu herdeiro". E assim por diante.

Quando éramos pequenos nós chamávamos o príncipe Ivan Ivânytch de vovô, mas agora, na posição de herdeiro, minha língua não se movia para chamá-lo de vovô; por outro lado, chamá-lo de "Vossa Alteza", como o tratava um dos senhores presentes, me parecia humilhante, de modo que durante toda a conversa eu procurava não chamá-lo de nada. Mas quem mais me constrangia era uma velha princesa, que também era herdeira do príncipe e que morava em sua casa. Durante todo o almoço fiquei sentado ao lado dela e supunha que ela não falava comigo porque me odiava pelo fato de que eu era tão herdeiro quanto ela, e que o príncipe não dava atenção ao nosso canto da mesa porque nós – a princesa e eu – éramos seus herdeiros e, portanto, igualmente detestáveis.

– Mas você não vai acreditar em como me foi desagradável – disse eu à noite a Dmítri, querendo me gabar diante dele tanto do meu sentimento de repugnância pela ideia de que era herdeiro (achava que esse sentimento era muito bom) quanto do aborrecimento que foi passar duas horas com o príncipe. – Ele é um homem excelente e foi muito carinhoso comigo – disse eu, desejando dar a entender ao meu amigo que estava dizendo aquilo não porque me sentisse humilhado na presença do príncipe, e sim porque a ideia de que poderiam olhar para mim como olham para a princesa, que mora na casa dele e se rebaixa diante dele, era terrível para mim. – Ele é um excelente velho, é bondoso e delicado com todos, mas dói ver como maltrata aquela princesa. Esse dinheiro asqueroso estraga todas as relações!

E continuei:

– Sabe, penso que é muito melhor explicar-me abertamente com o príncipe, dizer a ele que o respeito como pessoa, mas não penso na sua herança e lhe peço que não me deixe coisa alguma, e que só com essa condição eu continuarei a visitá-lo.

Dmítri não caiu na gargalhada quando lhe falei isso, e depois de alguns minutos de silêncio, me disse:

– Sabe de uma coisa? Você não está certo. Você não deve pressupor de maneira nenhuma que as pessoas podem pensar de você o mesmo que pensam da princesa não sei das quantas; ou, se você pressupõe isso, então continue pressupondo que podem pensar o que quiserem de você, mas que o que eles pensarem está tão longe de você que você simplesmente os despreza... e... em suma, é melhor não pressupor nada – disse ele, sentindo que estava se confundindo nos seus raciocínios.

Meu amigo estava com toda razão. Apenas muitíssimo tempo depois me convenci, com a experiência da vida, de como é nocivo pressupor, e ainda mais nocivo é dizer muita coisa que parece nobre demais, mas que deveria estar sempre escondida de todos no coração de cada um – e também de que palavras nobres raramente correspondem a ações nobres. Estou convencido de que, uma vez que alguém expressou uma boa intenção, isso já é motivo para que dificilmente ela seja cumprida, e, na maior parte das vezes, cumpri-la é impossível. Mas como conter as manifestações dos nobres arrebatamentos da juventude? Só muito mais tarde você as recorda e lamenta, como a flor que alguém não resistiu e arrancou do pé, e depois você a vê no chão murcha e pisada.

Passado pouco tempo que eu disse a meu amigo Dmítri que o dinheiro estraga as relações, no dia seguinte de manhã, antes de nossa partida para o campo, ao ver que havia esbanjado todo o meu dinheiro com quadros e cachimbos, tomei-lhe emprestados vinte e cinco rublos para a viagem, dinheiro que ele me havia oferecido, e depois demorei muito tempo para lhe pagar.

Capítulo XXII

Conversa sincera com meu amigo

A seguinte conversa aconteceu dentro do faeton, no caminho para Kúntsevo.[141] Dmítri me dissuadiu de ir visitar sua mãe pela manhã e veio me buscar depois do almoço, para passar o resto da tarde e até pernoitar na casa de campo, onde morava sua família.

---

141. No tempo de Tolstói, Kúntsevo era uma região rural a oeste de Moscou, com palácios, parques e casas de campo. Depois foi elevada à categoria de cidade e hoje é um distrito de Moscou. Neste trecho, como ocorre algumas vezes em Tolstói, há um erro de continuidade. Anteriormente, Nikólenka havia dito que no dia seguinte, ao término dos exames, Volódia e ele iriam para a propriedade da família na aldeia de Petróvskoie, para juntar-se ao pai e ao restante da família, mas aqui, sem nenhuma explicação, ele está indo para a casa de campo de Nekhliúdov, em Kúntsevo. (N.T.)

Somente quando saímos da cidade e as ruas coloridas e sujas e o som ensurdecedor e insuportável das rodas no calçamento deram lugar à ampla paisagem dos campos e ao suave deslizar da carruagem pela poeira da estrada, e o perfumado ar primaveril e a amplidão me invadiram por todos os lados, somente então eu pensei um pouco melhor sobre minhas novas e variadas impressões e sobre a sensação de liberdade, que nos últimos dois dias haviam me deixado completamente confuso. Nekhliúdov estava comunicativo e humilde, não ajeitava a gravata com movimento da cabeça, não dava piscadelas nervosas e não semicerrava os olhos. Eu estava feliz por ter-lhe falado a respeito dos meus nobres sentimentos, supondo que com isso ele já teria me perdoado definitivamente por aquela história vergonhosa com Kolpikov e não me desprezava por ela, e principiamos uma conversa tão sincera como raramente uma pessoa se abre com outra. Nekhliúdov contou-me a respeito de sua família, que eu ainda não conhecia, falou da mãe, da tia, da irmã e daquela a quem Volódia e Dúbkov consideravam a paixão do meu amigo e chamavam de *ruivinha*. A respeito de sua mãe ele fez um elogio frio e solene, como se quisesse se precaver contra qualquer objeção sobre esse assunto. Falou com entusiasmo sobre a tia, embora com um pouco de condescendência. Sobre a irmã falou muito pouco e parecia que tinha vergonha de conversar comigo sobre ela; porém, a respeito da *ruivinha*, cujo nome na realidade era Liubov Serguêievna e que era uma solteirona que vivia na casa dos Nekhliúdov devido a certas relações de parentesco, ele falou com animação.

– É uma moça extraordinária – disse ele, enrubescendo envergonhado, mas tomando coragem e olhando-me nos olhos. – Ela já não é nova, é até velha, pode-se dizer, não é nada bonita, mas que bobagem, que coisa sem sentido, amar pela beleza! Não consigo entender isso, de tão idiota que é (ele falava como se tivesse acabado de descobrir a verdade mais recente e extraordinária); por outro lado, uma alma, um coração, uma integridade... garanto que você não encontrará uma moça assim no mundo de hoje (não sei de quem Dmítri tirou esse costume de dizer que tudo que é bom é raro no mundo de hoje, mas ele gostava de repetir essa expressão, que de alguma forma lhe caía bem).

Depois de aniquilar completamente com argumentos as pessoas que tolamente amam pela beleza exterior, ele prosseguiu com mais calma:

– Só temo que você não a compreenda e não a conheça bem no primeiro momento. Ela é modesta e até mesmo fechada, e não gosta de exibir suas maravilhosas e extraordinárias qualidades. Minha mãe, por exemplo, que você vai ver, é uma mulher fantástica e inteligente, conhece Liubov Serguêievna há muitos anos e não pode ou não quer entendê-la. Ontem mesmo... Vou lhe contar por que ontem eu estava mal-humorado. Anteontem Liubov Serguêievna queria que eu fosse com ela visitar Ivan Iákovlevitch. Você já deve ter ouvido falar de Ivan Iákovlevitch, que alguns consideram um louco, mas que na realidade é um homem extraordinário. Liubov Serguêievna é extremamente religiosa, devo lhe dizer, e ela compreende com perfeição Ivan Iákovlevitch. Ela o visita com frequência, conversa com ele e lhe dá dinheiro para os pobres, dinheiro ganho por ela mesma. É uma mulher admirável, você vai ver. Então fui com ela visitar Ivan Iákovlevitch e fiquei-lhe muito grato por ter visto esse homem extraordinário. Mas mamãe não quer de maneira nenhuma entender isso e acha que é superstição. E ontem, pela primeira vez na vida, minha mãe e eu tivemos uma discussão, e bastante acalorada – concluiu ele, mexendo com violência o pescoço, como se estivesse revivendo o que havia sentido durante aquela discussão.

– Bem, o que você pensa fazer? Quero dizer, quando você imagina que... Ou vocês não conversam sobre o futuro e em como terminará o amor, ou a amizade, de vocês? – perguntei, querendo desviá-lo daquelas recordações desagradáveis.

– Você está perguntando se penso em me casar com ela? – indagou ele, enrubescendo novamente, mas virando-se com coragem e olhando-me nos olhos.

"De fato, que mal há aqui?", pensei, tranquilizando-me. "Somos dois amigos adultos viajando num faeton, refletindo sobre nosso futuro. Qualquer um nos olharia com prazer se nos visse e ouvisse nossa conversa."

– E por que não me casaria? – disse ele, depois que lhe respondi afirmativamente. – Pois meu objetivo, como o de qualquer pessoa sensata, é ser feliz e bom, na medida do possível; e com ela, se ela desejar isso, quando eu for completamente independente, com ela serei mais feliz e melhor do que com a beldade número um do mundo.

Entretidos com essa conversa, não notamos que já estávamos próximos de Kúntsevo, nem que o céu se enchera de nuvens e ameaçava cair uma chuvinha. À direita, por cima do arvoredo do jardim de Kúntsevo, o sol já estava baixo, e metade do disco vermelho e brilhante estava encoberta pela nuvem cinzenta, quase opaca. Da outra metade desprendiam-se raios afogueados que iluminavam vivamente as velhas árvores do jardim, com suas copas verdes, densas, imóveis e brilhantes destacando-se no forte azul do céu, no pedaço que ainda não tinha sido coberto por nuvens e que fazia um contraste com a pesada nuvem lilás que, diante de nós, baixara sobre o bosque de jovens bétulas divisado no horizonte.

Um pouco à direita podiam-se ver, atrás dos arbustos e das árvores, os telhados de cores variadas das casinhas de campo, alguns dos quais brilhavam com os raios do sol; já outros absorviam a aparência melancólica da metade escura do céu. À esquerda, embaixo, destacava-se em azul o imóvel açude, rodeado de salgueiros escuros que se refletiam na sua superfície opaca que parecia abaulada. Além do açude estendia-se em negro um campo em pousio, e a linha reta verde-clara da divisa que o atravessava sumia ao longe no horizonte cinza-chumbo. Dos dois lados da estrada macia, pela qual ia balançando cadenciadamente o faeton, salientava-se com intensidade o verde suculento do centeio que crescia, e que aqui e ali já formava espigas. O ar estava totalmente parado e havia um aroma de coisas frescas. A folhagem das árvores, da relva e do centeio estava imóvel, muito limpa e verde. Parecia que cada folha e cada matinho vivia sua própria vida, completa e feliz. Junto à estrada notei uma trilha escura, que serpenteava entre o centeio verde em crescimento, este já com pouco mais de um quarto de sua altura habitual, e essa trilha me recordou vivamente minha aldeia. Em consequência dessa recordação, por uma estranha associação de ideias, lembrei-me com extraordinária nitidez de Sônetchka e de que estava apaixonado por ela.

Apesar de toda a minha amizade por Dmítri e do prazer que me proporcionava sua sinceridade, eu não queria saber mais nada sobre seus sentimentos e intenções para com Liubov Serguêievna. O que eu ansiosamente queria era lhe contar sobre meu amor por Sônetchka, amor que me parecia ser de uma categoria bem mais elevada. Mas, não sei por que, não tomei coragem para lhe falar abertamente sobre minhas expectativas de como seria bom quando me casasse com Sônetchka e nós dois fôssemos morar na aldeia, e quando tivéssemos filhos pequenos, que iriam engatinhar pelo chão e me chamar de papai, e da alegria que teria quando ele e sua esposa Liubov Serguêievna fossem me visitar, em trajes de viagem... Em vez disso, eu lhe disse, mostrando o pôr do sol: "Dmítri, olhe, que maravilha!".

Nekhliúdov não disse nada, pelo visto descontente, porque diante daquela sua confidência, que provavelmente tinha sido difícil para ele, eu lhe respondi chamando a atenção para a natureza, para a qual ele era em geral indiferente. A natureza agia sobre ele de maneira totalmente diferente de como agia sobre mim: ele se interessava por ela não tanto pela beleza, mas pela curiosidade em entendê-la. Ele a amava mais com a inteligência do que com o sentimento.

– Estou muito feliz – eu lhe disse, sem notar que ele estava visivelmente absorto em seus pensamentos e completamente indiferente em relação ao que eu poderia lhe comunicar. – Eu já lhe falei a respeito de uma moça pela qual fui apaixonado quando era menino, lembra-se? Há pouco tempo eu a vi – continuei com empolgação –, e agora estou decididamente apaixonado por ela...

Falei-lhe a respeito do meu amor, apesar da prolongada indiferença estampada no seu rosto, e também sobre meus planos para a futura felicidade conjugal. E, estranho, assim que fui contando com todos os pormenores acerca da força de meu sentimento, na mesma hora senti que este começava a diminuir.

A chuva fina nos apanhou quando virávamos para entrar na aleia de bétulas que levava à casa, mas não nos molhou. Soube que estava chovendo apenas porque alguns pingos caíram no meu nariz e na minha mão e porque algo tamborilou sobre as folhas novas das bétulas que, inclinando os galhos cacheados, recebiam essas gotas transparentes com visível prazer, a se julgar pelo intenso aroma que espalhavam pela aleia.

Descemos da carruagem e corremos pelo jardim até a casa. Mas, junto à entrada, de maneira inesperada nos encontramos com quatro damas – duas tinham nas mãos trabalhos de costura, outra, um livro, e a quarta carregava um cachorrinho – que vinham a passos apressados do lado oposto. Dmítri me apresentou ali mesmo à sua mãe, à irmã, à tia e a Liubov Serguêievna. Elas pararam por um segundo, mas a chuva começou a engrossar.

– Vamos para a varanda e lá você faz novamente as apresentações – disse a dama que tomei como sendo a mãe de Dmítri, e todos juntos fomos para a varanda.

Capítulo XXIII

Os Nekhliúdov

De saída, de todo aquele grupo quem mais me causou impressão foi Liubov Serguêievna, que, carregando nos braços um *bichon* bolonhês, ia atrás de todos, calçada com grossos sapatos de tricô. Ao subir a escada, ela parou duas vezes, olhou-me com atenção e em seguida beijou o cãozinho. Era muito feia: ruiva, magra, baixa e com a coluna um pouco torta. O que enfeava ainda mais seu rosto nada bonito era o estranho penteado, com o cabelo partido de um lado (um daqueles penteados que as mulheres que têm pouco cabelo inventam). Por mais que, para ser agradável ao meu amigo, eu me esforçasse, não consegui encontrar nela nem um traço bonito. Nem mesmo seus olhos castanhos, que, embora expressassem bondade, eram pequenos demais, sem brilho e decididamente feios. Até as mãos – um traço importante –, ainda que fossem pequenas e tivessem uma forma bonita, eram vermelhas e ásperas.

Quando atrás delas entrei na varanda, todas me disseram algumas palavras antes de retomar os trabalhos que estavam fazendo, à exceção de Várenka, irmã de Dmítri, que se limitou a olhar-me atentamente com seus grandes olhos cinza-escuros e pôs-se a ler o livro que tinha sobre os joelhos, com a página marcada com um dedo.

A princesa Mária Ivânovna era uma mulher alta e esguia, de uns quarenta anos, ou talvez mais, a julgar pelos cachos de cabelos grisalhos que escapavam da touca, mas parecia ter muito menos, devido a seu rosto extremamente suave, quase sem rugas e, em particular, ao brilho vivo e alegre de seus olhos castanhos, grandes e muito abertos; os lábios eram finos em demasia e um pouco severos; o nariz era bastante reto, um tanto torto para a esquerda; suas mãos, sem anéis, eram grandes, quase masculinas, com belos e longos dedos. Trazia um vestido azul-escuro, fechado, muito apertado na cintura, acentuando sua silhueta esbelta, de que, pelo visto, se orgulhava. Estava sentada extraordinariamente reta, costurando um vestido. Quando entrei na varanda, ela tomou minha mão e puxou-me para junto de si, como se quisessse me examinar de perto. Olhando-me com aquele olhar frio e direto, igual ao de seu filho, disse-me que já me conhecia há muito tempo pelo que Dmítri contava e que, para que eu os conhecesse melhor, convidava-me a passar um dia inteiro com eles.

– Faça tudo que tiver vontade, não faça cerimônia conosco, da mesma forma que não vamos fazer com o senhor. Passeie, leia, ouça ou durma, se isso lhe der prazer – acrescentou ela.

Sófia Ivânovna era uma solteirona, irmã mais nova da princesa, mas parecia mais velha. Tinha aquela compleição típica das solteironas baixinhas e gordas, que usam espartilho. Parecia que toda a sua gordura tinha subido para cima da cintura, e com tanta força como se fosse sufocá-la a qualquer instante. Seus bracinhos gordos e curtos não conseguiam se unir sobre o corpete abaulado, cuja extremidade apertadíssima ela já não alcançava ver.

Apesar da princesa Mária Ivânovna ter olhos escuros e de Sófia Ivânovna ser loura, com grandes olhos azuis, vivos e ao mesmo tempo calmos (combinação muito rara), havia entre as irmãs uma grande semelhança familiar, ou seja, a mesma expressão, o mesmo nariz, os mesmos lábios. Apenas o nariz e os lábios de Sófia Ivânovna eram mais grossos e voltados para a direita quando ela sorria, enquanto os da princesa eram para a esquerda. A julgar pela roupa e pelo penteado, Sófia Ivânovna queria ainda parecer jovem, e não deixaria à mostra cabelos grisalhos, se os tivesse. No primeiro momento, por seu olhar e pela maneira de me tratar pareceu-me muito orgulhosa e me deixava constrangido. Já com a princesa, pelo contrário, me senti completamente à vontade. Talvez sua gordura e alguma semelhança com o retrato de Catarina, a Grande conferissem aquele ar orgulhoso que eu vi nela. Fiquei todo intimidado quando ela disse, olhando-me fixamente: "Os amigos de nossos amigos são nossos amigos". Apenas quando ela se calou, abriu a boca e suspirou profundamente, eu me despreocupei e de repente mudei minha opinião sobre ela. Talvez devido à gordura, tinha o hábito de, depois de dizer algumas palavras, dar um suspiro profundo, abrindo um pouco a boca e revirando os grandes olhos azuis. Esse costume deixava transparecer uma bondade tão encantadora que, após aquele suspiro, perdi todo o medo e ela passou a me agradar muito. Seus olhos eram lindos, a voz era sonora e agradável, e até mesmo aquelas formas arredondadas pareceram-me, naquela etapa da minha juventude, ter sua beleza.

Eu pensava que, na qualidade de amiga do meu amigo, Liubov Serguêievna deveria logo de início dizer-me algo muito amigável e cordial. Ela até olhou em silêncio para mim durante muito tempo, como se hesitasse e pensasse se não seria demasiado amigável aquilo que pretendia me dizer. Porém, interrompeu esse silêncio apenas para me perguntar em qual faculdade eu estava. A seguir, outra vez ficou olhando fixamente para mim durante muito tempo, pelo visto hesitando se deveria ou não dizer alguma palavra cordial e afetuosa. Notando essa hesitação, eu, pela expressão de meu rosto, implorava-lhe que me dissesse tudo, mas o que ela falou foi:

"Dizem que hoje em dia na universidade já se estudam pouco as ciências", e chamou sua cachorrinha Suzette.

Durante toda aquela noite, Liubov Serguêievna disse coisas que não tinham a ver com nada e nem com as pessoas presentes. Mas eu confiava muito em Dmítri, que olhava o tempo todo preocupado ora para mim, ora para ela, como se perguntasse: "E então, o que acha?". Como acontece com frequência, eu ainda estava muito longe de expressar minha opinião, nem que fosse para mim mesmo, embora no fundo da alma eu estivesse convencido de que Liubov Serguêievna não tinha nada de especial.

Por fim, a última pessoa dessa família, Várenka, era uma moça muito gorda, de dezesseis anos. As únicas coisas que ela tinha de belo eram os grandes olhos cinza-escuros, que expressavam ao mesmo tempo alegria e atenção serena e que tinham uma semelhança incrível com os olhos de sua tia, e ainda uma longa trança louro-escura e mãos delicadas e bonitas.

– Para o senhor, eu acho, será enfadonho ouvir a leitura a partir do meio, *monsieur Nicolas* – disse-me Sófia Ivânovna, dando seu suspiro bonachão e desvirando os pedaços do vestido que estava costurando.

Naquele momento a leitura tinha sido interrompida porque Dmítri saíra da sala por algum motivo.

– Ou talvez o senhor já tenha lido Rob Roy?

Naquela época, já que usava uniforme de estudante universitário, eu pensava que, ao conversar com pessoas pouco conhecidas, era minha obrigação dar respostas muito *inteligentes* e originais, mesmo para as perguntas mais simples, e achava que era uma vergonha imensa dar respostas curtas e claras como: "sim", "não", "é aborrecido", "é divertido", e assim por diante. Olhando para minhas calças novas, na última moda, e para os botões brilhantes do casaco, respondi que não havia lido Rob Roy, mas que teria um grande interesse em ouvir, porque gostava mais de ler livros a partir do meio do que a partir do início.

– É duas vezes mais interessante: pode-se adivinhar o que já aconteceu e o que ainda vai acontecer – acrescentei, com um sorriso de satisfação comigo mesmo.

A princesa deu uma risada que me pareceu artificial (depois notei que ela não tinha outra risada diferente dessa).

– É, isso deve ser verdade – disse ela. – E então, o senhor vai ficar aqui muito tempo, *Nicolas*? O senhor não vai se ofender se o chamo sem o *monsieur*? Quando o senhor vai partir?

– Não sei, talvez amanhã, mas pode ser que fiquemos bastante tempo – respondi, embora fosse mais provável que partíssemos no dia seguinte.

– Eu gostaria que vocês ficassem, pelo senhor e pelo meu Dmítri – disse a princesa, olhando para algum ponto distante. – Na idade de vocês a amizade é uma coisa muito boa.

Eu sentia que todos estavam olhando para mim, aguardando minha resposta, embora Várenka fingisse que estava olhando o trabalho de sua tia. Sentia que estavam me submetendo a uma espécie de exame e que deveria me mostrar da maneira mais vantajosa, então respondi:

– Para mim a amizade de Dmítri é muito proveitosa, mas não posso ser útil a ele: ele é mil vezes melhor do que eu (Dmítri não podia ouvir o que eu estava dizendo, pois, de outra forma, eu teria medo de que ele sentisse que não havia sinceridade nas minhas palavras).

A princesa deu novamente uma de suas risadas artificiais, que nela eram naturais.

– Mas se déssemos ouvido a ele, *c'est vous qui êtes un petit monstre de perfection*[142].

"*Monstre de perfection*, isso é formidável, preciso me lembrar", pensei.

– Contudo (não é o caso do senhor), ele é mestre em fazer isso – continuou ela, baixando a voz (o que me deu um prazer especial) e, apontando com o olhar para Liubov Serguêievna, disse: – Ele descobriu na pobre *tiazinha* (assim eles se referiam a Liubov Serguêievna), pessoa que já conheço há vinte anos junto com a sua Suzette, certas perfeições, de cuja existência nunca desconfiei... Vária[143], mande me trazerem um copo de água – acrescentou ela, fitando de novo um ponto distante,

---

142. É o senhor que é um pequeno monstro de perfeição. (N.A.)
143. Vária é apelido do nome Varvara (Bárbara); Várenka é diminutivo de Vária. (N.T.)

talvez supondo que ainda era cedo ou totalmente desnecessário introduzir-me nas relações de sua família. – Ou então não, é melhor que *ele* vá. *Ele* não está fazendo nada, e você continue a ler. Vá, meu amigo, siga reto até a porta e quinze passos adiante pare e diga com voz forte: "Piotr, leve um copo de água com gelo para Mária Ivânovna" – disse ela, e outra vez riu com sua risada artificial.

"Provavelmente ela quer falar de mim", pensei, saindo da varanda. "Talvez queira dizer que já notou que eu sou um jovem muito, muito inteligente." Ainda não havia dado os quinze passos, quando a gorda e ofegante Sófia Ivânovna, com passos incrivelmente leves e rápidos, me alcançou.

– *Merci, mon cher* – disse ela –, estou indo para lá, eu mesma digo.

Capítulo XXIV

O amor

Sófia Ivânovna, como vim a saber depois, era uma das raras mulheres já de certa idade que nasceram para a vida familiar e que foram privadas dessa felicidade pelo destino, e, em consequência disso, decidem derramar sobre alguns eleitos toda a reserva de amor que estava guardada há tanto tempo, crescendo e fortalecendo-se para o marido e para os filhos. E, nas solteironas, essa reserva de amor costuma ser tão inesgotável que, apesar de terem um grande número de eleitos, ainda sobra muito amor para ser espalhado por todos os que as rodeiam, e para todas as pessoas boas e más que vão encontrando na vida.

Existem três tipos de amor:

O amor belo.

O amor abnegado.

O amor ativo.

Não me refiro ao amor de um rapaz jovem por uma moça e vice-versa. Tenho medo desses sentimentalismos, e fui tão infeliz na minha vida que nunca encontrei nesse tipo de amor uma centelha sequer de verdade. Só encontrei mentira, na qual a sensualidade, as relações conjugais, o dinheiro, o desejo de unir-se ou separar-se complicavam de tal maneira esse sentimento que era impossível entender qualquer coisa. Refiro-me ao amor pelo ser humano, que, dependendo da força da alma, concentra-se em uma pessoa, em várias, ou se derrama sobre muitos, e ainda ao amor pela mãe, pelo pai, pelo irmão, pelos filhos, pelo amigo, pela amiga, pelo compatriota, o amor pelas pessoas de uma maneira geral.

O *amor belo* é o amor pela beleza do próprio sentimento e por sua expressão. Para os que amam assim, o objeto de seu amor só é digno de ser amado na medida em que desperta aquele sentimento agradável, com cuja expressão e consciência eles se deleitam. As pessoas que amam com o amor belo preocupam-se muito pouco com a reciprocidade, pois a consideram uma circunstância que não tem nenhuma relação com a beleza e com o prazer do sentimento. Eles trocam com frequência o objeto do seu amor, pois seu objetivo principal é apenas que o prazeroso sentimento do amor esteja sendo constantemente despertado. Para manterem esse sentimento agradável dentro de si, eles, usando as expressões mais elegantes, falam o tempo todo sobre seu amor, tanto para o objeto amado quanto para todos, inclusive para pessoas que não têm nenhuma ligação com o fato. No nosso país, pessoas de uma certa classe social, que cultivam o amor *belo*, não apenas falam sobre seu amor para toda a gente como ainda o fazem obrigatoriamente em francês. É engraçado e estranho o que vou dizer, mas estou convencido de que existiu, e existe ainda, um grande número de pessoas de uma certa classe social, em especial mulheres, cujo amor pelos amigos, maridos e filhos desapareceria no mesmo instante se simplesmente fossem proibidas de falar sobre ele em francês.

O segundo tipo de amor, o *amor abnegado*, consiste no autossacrifício em favor do objeto amado, sem que a pessoa que ama se preocupe nem um pouco se será pior ou melhor para ela esse sacrifício. "Não existe nenhum sacrifício que eu não faça para mostrar ao mundo todo, e a *ele* (ou *ela*) a minha dedicação." Eis a fórmula desse tipo de amor. As pessoas que amam assim nunca creem na reciprocidade (porque há mais mérito em sacrificar-se por quem não nos compreende) e são doentias, o que também aumenta o valor do sacrifício; a grande maioria é constante, porque lhe seria penoso perder o mérito dos sacrifícios feitos em prol do objeto amado; tais pessoas estão sempre prontas a morrer, para provar a *ele* ou *ela* toda a sua dedicação, mas menosprezam as pequenas demonstrações diárias de amor, para as quais não são necessários arroubos especiais de autossacrifício. Os amantes desse tipo pouco se importam se você se alimentou ou dormiu bem, se está alegre ou saudável, e são incapazes de fazer alguma coisa para lhe proporcionar esse tipo de bem-estar, mesmo isso estando ao alcance deles; mas oferecer o peito para uma bala, atirar-se à água ou ao fogo, definhar de amor – para isso estão sempre prontos, desde que se apresente a ocasião. Além disso, as pessoas que têm tendência para esse tipo de amor estão sempre orgulhosas de seu sentimento, são exigentes, ciumentas, desconfiadas e, o que é mais estranho, desejam que o objeto de seu amor enfrente perigos (para que possam salvá-lo), sofra desgraças (para que possam consolá-lo) e até mesmo que tenha defeitos (para que possam corrigi-los).

Um homem vive no campo com sua esposa, que o ama com abnegação. O homem é saudável, tranquilo e dedica-se a coisas que lhe dão prazer. A esposa amorosa está tão fraca que não consegue ocupar-se nem com os trabalhos domésticos, que deixa nas mãos dos criados, nem com os filhos, entregues às babás, nem com alguma atividade que seja de seu agrado, porque, além daquele homem, ela não gosta de nada. Vê-se que está enferma, mas, não querendo causar desgosto, não comunica este fato; vê-se que está entediada, mas, por aquele a quem ama, está pronta a entediar-se pelo resto da vida; é visível que se angustia com o fato de o marido se concentrar tanto nas suas ocupações (quaisquer que sejam: caçadas, livros, administração da propriedade, emprego); ela vê que essas preocupações vão fazer mal a ele, mas cala-se e suporta. De repente o marido cai doente: sua amorosa esposa esquece a própria doença e passa todo o tempo à sua cabeceira, apesar dos pedidos dele para que não se martirize em vão. O homem, a cada instante, sente sobre si o olhar de compaixão da esposa, que significa: "Pois é, eu avisei, mas para mim tanto faz, de qualquer maneira não o abandonarei". Pela manhã o homem está um pouco melhor e vai para outro cômodo, mas este não está aquecido nem arrumado; a sopa que ele pode comer não foi encomendada ao cozinheiro; não mandaram ninguém buscar seu remédio; mas, esgotada pela noite em claro, a esposa amorosa continua a olhar para o marido com compaixão, anda nas pontas dos pés e aos sussurros dá ordens inusitadas e confusas aos criados. O homem quer ler, e a esposa amorosa diz, suspirando, que ela sabe que ele não obedecerá, ficará zangado com ela, mas que já está acostumada, e que é melhor que não leia; o homem quer caminhar pelo quarto – ele também não deve fazer isso; ele deseja conversar com um amigo que veio visitá-lo – é melhor para ele não falar. À noite o homem voltou a ter febre, ele quer adormecer, mas a esposa amorosa, magra e pálida, suspirando de tempos em tempos, na penumbra da lâmpada de cabeceira, está sentada à sua frente numa poltrona e, com o menor movimento ou ruído, causa no marido desgosto e impaciência.

O marido tem um criado que o serve há vinte anos, ao qual já está acostumado e que o atende com satisfação e eficiência, pois dormiu e descansou durante o dia, e também recebe um salário para fazer seu trabalho, mas ela não permite que ele o sirva. Ela faz tudo pessoalmente, com seus dedos frágeis e desacostumados ao trabalho. O marido não pode deixar de observar, com um ódio contido, quando aqueles dedos brancos tentam com muito esforço abrir um frasco, ou apagam a vela, ou colocam seu remédio no copo, ou tocam com temor em seu corpo. Se o marido for um homem impaciente e explosivo e lhe pedir que se afaste, ouvirá, com seu ouvido irritado e doente, a esposa submissa suspirando e chorando atrás da porta e dizendo baixinho alguma coisa absurda para seu criado de confiança. Enfim, se o marido não morrer, sua amantíssima esposa, que passou vinte noites em claro por causa da doença dele (o que ela repetirá constantemente), adoece, definha, sofre e fica ainda mais incapaz para qualquer atividade, e, ao mesmo tempo em que ele já está se sentindo bem, ela expressa seu amor abnegado apenas por meio de um tédio dócil que sem querer contagia o marido e todos os que os rodeiam.

O terceiro tipo – o *amor ativo* – consiste no desejo de satisfazer todas as necessidades, todos os anseios, os caprichos e até os vícios do ser amado. As pessoas que amam assim amam a vida inteira, porque, quanto mais amam, mais ficam conhecendo o objeto amado e mais fácil lhes é amar, ou seja, satisfazer seus desejos. Esse tipo de amor raramente é expresso em palavras e, quando acontece sê-lo, é sem prazer e beleza, e sim de maneira envergonhada e desajeitada, porque quem ama assim está sempre temendo que não ame o suficiente. Tais pessoas amam até os defeitos do ser amado, porque esses defeitos lhes dão a possibilidade de satisfazer novos desejos. Elas procuram reciprocidade, enganam a si mesmas com fervor, acreditam que são correspondidas e ficam felizes quando o são; mas amam da mesma forma mesmo se não são correspondidas, e não só desejam a felicidade do objeto do seu amor como ainda se esforçam para proporcioná-la por todos os meios morais e materiais, grandes e pequenos, que estejam a seu alcance.

E era essa espécie de amor ativo ao sobrinho, à sobrinha, à irmã, a Liubov Serguêievna e até a mim, porque era amigo de Dmítri, que brilhava nos olhos, em cada palavra e em cada movimento de Sófia Ivânovna.

Só muito tempo depois eu apreciei totalmente Sófia Ivânovna e, ao mesmo tempo, fiz-me a seguinte pergunta: por que Dmítri, que tentava compreender o amor de maneira inteiramente diferente da dos jovens em geral, e que sempre teve diante dos olhos a meiga e afetuosa Sófia Ivânovna, de repente se apaixonou pela incompreensível Liubov Serguêievna, e, em relação a sua tia, admitia apenas que esta tivesse algumas qualidades? Pelo visto, é certo o ditado: "Ninguém é profeta em sua terra". De duas uma: ou é fato que no ser humano há mais coisas ruins do que boas, ou ele é mais receptivo para as coisa más do que para as boas. Ele conhecera Liubov Serguêievna recentemente, mas o amor da tia ele experimentou desde que nasceu.

Capítulo **XXV**

Conheço novas pessoas

Quando voltei para a varanda, não falavam sobre mim, como eu havia suposto, mas Várenka não estava lendo e, com o livro fechado, discutia acaloradamente com Dmítri, que andava de um lado para o outro, endireitando a gravata com o pescoço e semicerrando os olhos. Os motivos da discussão pareciam ser Ivan Iákovlevitch e superstição, mas discutiam com tanto ardor que era bastante plausível supor que o motivo real da discussão era outra pessoa, mais próxima de toda a família. A princesa e Liubov Serguêievna estavam sentadas em silêncio e ouviam cada palavra, parecendo às vezes querer participar da discussão mas contendo-se, deixando que Várenka falasse por uma delas e Dmítri pela outra. Quando entrei, Várenka olhou para mim com uma expressão tão indiferente que era visível que estava interessada na discussão, e que tanto se lhe dava se eu ouvisse ou não o que ela dizia. A mesma expressão estava no olhar da princesa, que parecia estar do lado de Várenka. Mas Dmítri pôs-se a discutir com mais ardor ainda quando entrei, enquanto Liubov Serguêievna pareceu ficar muito assustada com minha presença e disse, sem se dirigir a ninguém em particular: "É verdade o que os mais velhos dizem: *si jeunesse savait, si vieillesse pouvait*"[144].

Mas esse ditado não fez cessar a discussão e apenas me fez pensar que o lado de Liubov Serguêievna e de meu amigo era o errado. Embora me fosse um pouco constrangedor presenciar aquele pequeno desentendimento familiar, era-me agradável ver as verdadeiras relações dessa família, que se evidenciavam com aquela discussão, e sentir que minha presença não os impedia de se manifestar.

Com frequência você vê durante anos uma família através de uma falsa cortina de decoro, mas as verdadeiras relações de seus membros continuam a ser para você um mistério. Até já notei que quanto mais impenetrável e bela é essa cortina, tanto mais grosseiras costumam ser as verdadeiras relações que os

---

144. Se a juventude soubesse, se a velhice pudesse. (N.A.)

membros da família ocultam de você. Mas, às vezes, de modo inesperado, surge no seio daquele grupo um conflito aparentemente sem importância, a respeito de alguma renda de seda, por exemplo, ou sobre uma visita a ser feita na carruagem do marido e, sem nenhum motivo aparente, a discussão vai se tornando cada vez mais acalorada, atrás da cortina já não há espaço para a elucidação das desavenças e, de repente, para horror dos próprios envolvidos na discussão e para surpresa dos espectadores, as relações reais e grosseiras vêm à tona, a cortina já não esconde nada e oscila, sem função, entre os dois lados beligerantes, apenas lembrando a você do longo tempo em que foi por ela enganado. Muitas vezes é menos dolorido bater com toda a força a cabeça na travessa da porta do que roçar de leve num ponto sensível. E esses pontos sensíveis existem em quase todas as famílias. Na casa dos Nekhliúdov esse ponto sensível era o estranho amor de Dmítri por Liubov Serguêievna, que despertava em sua irmã e em sua mãe um sentimento que, se não era de ódio, era de parentesco ofendido. Por isso a discussão sobre Ivan Iákovlevitch e sobre superstição tinha para todos eles aquela importância e seriedade.

– Você sempre procura ver naquilo de que todos riem e que todos desprezam alguma coisa extraordinariamente boa – dizia Várenka com sua voz sonora e sua pronúncia nítida de todas as sílabas.

– Em primeiro lugar, só alguém muito *leviano* pode falar sobre desprezo por uma pessoa tão notável como Ivan Iákovlevitch – respondeu Dmítri, fazendo movimentos convulsivos com a cabeça para o lado oposto ao de sua irmã –; em segundo lugar, *você*, pelo contrário, procura de propósito não ver as coisas boas que estão diante dos seus olhos.

Ao retornar à varanda, Sófia Ivânovna olhou várias vezes assustada ora para o sobrinho, ora para a sobrinha, ora para mim e, como se falasse consigo mesma, abriu a boca e deu um suspiro profundo.

– Vária, por favor, continue logo a leitura, estou ansiosa para saber se ele a encontrou – disse ela, entregando o livro à sobrinha e acariciando sua mão.

Aparentemente, nada havia no romance sobre alguém à procura de outra pessoa.

– E você, Mítia, faria melhor se amarrasse um lenço no rosto, meu querido, pois está frio e você vai ter de novo dor de dentes – disse ela ao sobrinho, apesar do olhar descontente que este lhe lançou, provavelmente por ela ter interrompido a sequência lógica de seus argumentos.

A leitura teve prosseguimento. Essa pequena discussão não perturbou nem um pouco a tranquilidade familiar e a harmonia sensata que uniam aquele grupo feminino.

Esse grupo, orientado e dirigido pela princesa Mária Ivânovna, tinha para mim um feitio atraente e novo, no qual eu via lógica e, ao mesmo tempo, simplicidade e elegância, que transpareciam na beleza, no asseio, na solidez dos objetos – a campainha, a encadernação dos livros, as poltronas, a mesa, a postura ereta, sustentada pelo espartilho da princesa, os cachinhos grisalhos que ela deixava à mostra, a maneira de se dirigir a mim como *Nicolas* e *ele*, na primeira vez que me viu, e os afazeres, a leitura, a confecção de vestidos e a extraordinária brancura das mãos das damas (todas tinham um mesmo traço de família: as palmas das mãos se distinguiam por uma linha nítida e vermelha da extraordinária brancura das costas das mãos). Mas o caráter desse grupo se expressava na maneira como as três falavam com perfeição o russo e o francês, pronunciando com nitidez cada som e terminando com pedante exatidão cada palavra e cada frase. Tudo isso e, sobretudo, o fato de me tratarem com simplicidade e seriedade, como a um adulto, comunicando-me suas opiniões e ouvindo as minhas – fato com o qual eu não estava acostumado, tanto que, apesar dos botões brilhantes e dos punhos azuis, eu estava sempre com medo de que de repente me dissessem: "Será que está acreditando que estamos falando sério com o senhor? Vá estudar!" –, tudo isso contribuía para que, na companhia delas, não me sentisse nem um pouco intimidado. Eu me levantava, mudava de lugar, dirigia-me confiante a todos, com exceção de Várenka, com quem me parecia que ainda era inconveniente e, por algum motivo, proibido falar, pois era a primeira vez que a via.

Durante a leitura, ouvindo sua voz agradável e sonora, eu olhava ora para ela, ora para o caminho arenoso do canteiro, onde se formavam manchas redondas e escuras de chuva, e para as tílias, em cujas folhas continuavam a cair algumas gotas da nuvem pálida que deixava ver o azul do céu, a mesma que nos havia surpreendido no caminho, e novamente para a leitora, e de novo para os últimos raios rubros do sol poente, que iluminavam as velhas bétulas de copas densas, molhadas de chuva, e outra vez para Várenka – e pensava que ela não era nem um pouco feia como me pareceu no início.

"Que pena que já estou apaixonado", pensei, "e que Várenka não é Sônetchka. Como seria bom se me tornasse membro desta família e de repente ganhasse uma mãe, uma tia e uma esposa." Pensando nisso, eu olhava fixamente para Várenka, que estava lendo, e tive a ideia de que a estava magnetizando e que ela iria olhar para mim. A moça ergueu a cabeça, lançou-me um olhar e, ao encontrar meus olhos fixos nela, desviou a vista.

– A chuvinha não quer parar – disse ela.

De repente senti algo estranho: veio-me à lembrança que tudo que estava acontecendo era a repetição do que já havia se passado certa vez comigo, e que da outra vez também caía uma chuvinha fina, o sol se punha atrás das bétulas, eu olhava para *ela*, e ela lia, e eu a magnetizava, e ela olhou para mim, e até mesmo me lembrei de que isso já tinha acontecido antes.

"Será possível que ela... é *ela*?", pensei. "Será que *está começando*?" Mas logo decidi que Várenka não era *ela*, e que nada estava começando. "Em primeiro lugar, ela é feia" pensei, "é uma moça como outra qualquer, eu a conheci da maneira mais comum, já *aquela* será fora do comum, eu a encontrarei num lugar muito especial; além disso, esta família me agrada apenas porque ainda não vi nada, e pessoas assim provavelmente existem sempre por aí e ainda vou encontrar muitas pela vida afora", concluí.

Capítulo XXVI

Mostro-me pelo meu lado mais favorável

Durante o chá, a leitura foi interrompida e as damas puseram-se a falar de pessoas e circunstâncias que eu desconhecia, o que faziam, segundo me pareceu, apenas para que eu sentisse a diferença que havia entre nós, pela idade e pela posição social, apesar da maneira carinhosa com que me receberam. Mas, quando o assunto era geral e eu podia participar, para compensar meu silêncio anterior esforçava-me para mostrar minha extraordinária inteligência e minha originalidade, o que me julgava obrigado a fazer devido ao uniforme de universitário. Quando se falou em casas de campo, de repente eu disse que o príncipe Ivan Ivânytch possui perto de Moscou uma *datcha* tão magnífica que já vieram pessoas de Londres e Paris para vê-la, e que lá há uma grade que custou trezentos e oitenta mil rublos, e que o príncipe Ivan Ivânytch é um parente muito próximo meu e recentemente eu havia almoçado na sua casa, quando ele me convidou para passar um verão inteiro com ele nessa *datcha*, mas que eu havia recusado, porque conheço muito bem o lugar, já estive lá várias vezes e todas essas grades e pontes não me chamam a atenção porque não suporto luxo, acima de tudo no campo, onde se espera estar num ambiente genuinamente campestre... Tendo dito essa mentira terrível e complicada, fiquei vermelho e confuso, e é provável que todos tenham notado que eu estava mentindo. Várenka, que nesse momento me passava uma xícara de chá, e Sófia Ivânovna, que olhava para mim enquanto eu falava, viraram os rostos para o outro lado e puseram-se a falar de outra coisa, com uma expressão que mais tarde encontrei com frequência em pessoas bondosas, quando um rapaz muito jovem começa a mentir descaradamente na sua frente, e que significa: "Nós sabemos que ele está mentindo; pobrezinho, para que ele faz isso?".

Disse que o príncipe Ivan Ivânytch possuía uma *datcha* apenas porque não achei um pretexto melhor para contar que ele era meu parente e que eu havia almoçado com ele; mas não tenho a menor ideia de por que me pus a falar de uma grade que custara trezentos e oitenta mil rublos e de que eu ia frequentemente à sua casa de campo, onde eu nunca fora nem poderia ter ido, pois o príncipe morava apenas em Moscou ou em Nápoles, fato que os Nekhliúdov conheciam muito bem. Nem na infância, nem na adolescência, nem depois, numa idade mais madura, nunca observei em mim o vício de mentir. Ao contrário, eu era até muito verdadeiro e sincero. Mas nesse início de juventude muitas vezes era atacado por um estranho desejo de mentir desesperadamente, e o fazia sem qualquer motivo aparente. Digo desesperadamente porque mentia sobre coisas em que poderia ser desmascarado com facilidade. Penso que o desejo presunçoso de me mostrar completamente diferente do que eu era, e junto a isso uma esperança irrealizável de mentir sem ser apanhado, eram as principais causas daquela estranha tendência.

Depois do chá, uma vez que a chuvinha cessara e o tempo, no crepúsculo, estava calmo e limpo, a princesa sugeriu que fôssemos dar um passeio no jardim que ficava num plano abaixo do terreno da casa, para admirar seu local preferido. Seguindo meu princípio de ser sempre original e achando que pessoas inteligentes, como a princesa e eu, devem estar acima de uma amabilidade banal, respondi que não suportava passeios sem nenhuma finalidade e que, se fosse passear, gostava de fazê-lo inteiramente só. Não percebi que aquilo não passava de pura grosseria, mas naquela época eu pensava que não existia nada mais vergonhoso do que elogios vulgares e que a coisa mais simpática e original era certa dose de sinceridade indelicada. Feliz com minha resposta, fui, porém, passear com todo o grupo.

O recanto favorito da princesa ficava na parte mais baixa do jardim, numa pequena ponte que atravessava um estreito pântano. O panorama era limitado, mas muito acolhedor e gracioso. Nós nos acostumamos tanto a confundir arte com natureza que, muitas vezes, manifestações desta, que nunca encontramos na pintura, nos parecem não naturais, como se a natureza fosse artificial, e vice-versa: aquilo que se repete muito na pintura nos parece batido, já algumas vistas da natureza real, que contêm em si uma única ideia e um sentimento, nos parecem muito rebuscadas. A vista do recanto preferido da princesa era desse tipo. Havia um pequeno açude com as margens cobertas de capim; atrás dele, um morro íngreme onde despontavam enormes e velhas árvores e alguns arbustos, formando uma mistura de tons de verde; ao pé do morro, uma vetusta bétula, inclinada sobre o açude, com suas grossas raízes agarradas na margem úmida, apoiava a copa num álamo alto e esguio, deixando cair os galhos cacheados sobre a superfície lisa da lagoa, que refletia esses ramos pendentes e a vegetação ao seu redor.

– Que maravilha! – disse a princesa, balançando a cabeça, sem se dirigir a ninguém em especial.

– Sim, é fantástico, apenas, na minha opinião, parece um bocado com uma decoração – comentei, querendo demonstrar que a respeito de tudo eu tinha opinião própria.

Como se não tivesse ouvido minha observação, a princesa continuou admirando a paisagem e, dirigindo-se à irmã e a Liubov Serguêievna, apontava para alguns detalhes, como um galho torto, pendente, e seu reflexo na água, que ela achava muito bonitos. Sófia Ivânovna disse que tudo aquilo era maravilhoso e que sua irmã passava horas lá, mas via-se que dizia isso apenas para lhe ser agradável. Notei que as pessoas capazes do amor ativo raramente são sensíveis às belezas da natureza. Liubov Serguêievna também demonstrava sua admiração, entremeando seus elogios com perguntas do tipo: "Em que aquela bétula está presa? Será que ela vai permanecer assim muito tempo?". E não perdia de vista sua Suzette, que corria de um lado para outro na ponte com as perninhas tortas e abanando o rabinho peludo, com uma expressão muito concentrada, como se tivesse a oportunidade de ficar ao ar livre pela primeira vez na vida.

Conversando com sua mãe, Dmítri iniciou um raciocínio muito lógico, afirmando que um panorama não pode de maneira nenhuma ser maravilhoso se tem um horizonte limitado. Várenka não dizia nada. Quando a olhei, ela estava de perfil, apoiada no parapeito da ponte, olhando para frente. Parecia que algo a preocupava intensamente, ou até a emocionava, pois estava absorta em si mesma e nem se dava conta de que alguém a fitava. Na expressão de seus belos olhos havia tanta atenção concentrada e um pensamento claro e tranquilo, e em sua pose havia tanta naturalidade e imponência, apesar de sua baixa estatura, que novamente eu me admirei, pois era como se tivesse uma lembrança dela, e outra vez me perguntei: "Será que está começando?". E de novo me respondi que já estava apaixonado por Sônetchka, e que Várenka era apenas uma moça, irmã de meu amigo. Mas, naquele instante, ela me agradava e, em consequência disso, senti um desejo vago de fazer ou dizer alguma coisa que lhe fosse um pouquinho desagradável.

– Sabe o que acho, Dmítri? – disse a meu amigo, aproximando-me de Várenka para que ela pudesse ouvir. – Acho que mesmo se não houvesse mosquitos, nem assim haveria alguma coisa boa neste lugar, mas, assim, é simplesmente horrível – e dei um tapa em minha testa, esmagando um mosquito.

– Parece que o senhor não ama a natureza – disse Várenka, sem virar a cabeça.

– Considero isto uma ocupação ociosa e inútil – respondi, muito satisfeito por lhe dizer uma coisinha desagradável e que, ainda por cima, era original.

Várenka levantou de leve as sobrancelhas com expressão de pena e continuou tranquilamente a olhar para a frente. Fiquei aborrecido com aquela sua atitude mas, apesar disso, o parapeito acinzentado e desbotado da pontezinha em que ela se apoiava, o reflexo do galho da bétula na água escura do açude, que parecia querer unir-se aos ramos da árvore, o cheiro de pântano, a sensação do mosquito esmagado na testa e o olhar atento e a pose majestosa da moça em dias futuros voltariam com frequência à minha imaginação sem que eu esperasse.

Capítulo XXVII

Dmítri

Quando voltamos para casa depois do passeio, Várenka não quis cantar, coisa que fazia habitualmente à noite. Eu estava tão presunçoso que atribuí isso ao fato de ter-lhe dito aquelas coisas na pontezinha. Os Nekhliúdov não costumavam jantar e recolhiam-se cedo e, naquela noite, como predissera Sófia Ivânovna, os dentes de Dmítri começaram a doer, por isso fomos para seu quarto antes da hora habitual. Meu estado de espírito era extremamente prazeroso, pois supunha que havia cumprido tudo que era exigido por meu colarinho azul e pelos botões dourados e que tinha agradado muito a todos. Dmítri, ao contrário, estava sombrio e calado, em consequência da discussão e da dor de dentes. Sentou-se à mesa, pegou seus cadernos – um diário e um caderno nos quais todas as noites costumava anotar suas ocupações futuras e passadas e, fazendo caretas e tocando sem parar com a mão na bochecha, escreveu por muito tempo.

– Ah, deixe-me em paz – gritou ele para a camareira que Sófia Ivânovna enviara para lhe perguntar como estavam seus dentes e se ele não queria colocar uma compressa.

Depois ele me disse que logo arrumariam minha cama e que ele voltaria em seguida, e foi procurar Liubov Serguêievna.

Pus-me a devanear quando fiquei sozinho no quarto: "Que pena que Várenka não é bonitinha e que não seja Sônetchka. Como seria bom se, ao terminar a universidade, eu viesse pedir sua mão. Eu lhe diria: 'Princesinha, já não sou jovem, não posso amar com paixão, mas vou amá-la sempre, como a uma irmã querida. A senhora eu já respeito', diria eu à mãe dela. E a senhora, Sófia Ivânovna, acredite que a aprecio muitíssimo. Então, Várenka, responda-me simples e diretamente: quer ser minha esposa?'. 'Sim.' E ela me estenderia a mão, eu a apertaria e diria: 'Meu amor não está nas palavras, mas nas ações'".

Veio-me então à cabeça: "E que seria se, de repente, Dmítri se apaixonasse por Liúbotchka (pois Liúbotchka está apaixonada por ele) e quisesse se casar com ela? Nesse caso, algum de nós dois não poderia se casar.[145] E isso seria formidável. Eu faria o seguinte: ao notar tudo isso, não falaria nada,

---

145. A igreja ortodoxa russa proibia o casamento entre cunhados. (N.T.)

depois iria ter com Dmítri e diria: 'Inutilmente, meu amigo, nós estamos escondendo um do outro os fatos: você sabe que meu amor por sua irmã só terminará com o fim de minha vida; mas sei de tudo, e você me tirou minhas melhores esperanças, você me fez infeliz. Mas sabe como Nikolai Irtêniev recompensa pela desgraça de toda a sua vida? Eu lhe entrego minha irmã' e lhe daria a mão de Liúbotchka. Ele então diria: 'Não, por nada deste mundo!'. E eu diria: 'Príncipe Nekhliúdov! Em vão o senhor quer ser mais magnânimo do que Nikolai Irtêniev. Não há no mundo ninguém mais magnânimo do que ele'. Eu faria uma reverência e sairia. Dmítri e Liúbotchka, aos prantos, correriam atrás de mim e suplicariam que eu aceitasse seu sacrifício. E eu poderia concordar e ser muito, muito feliz, somente se estivesse apaixonado por Várenka...". Esses devaneios eram tão agradáveis que me deu muita vontade de contá-los a meu amigo, mas, apesar de nosso juramento de sermos sinceros um com o outro, por alguma razão sentia uma incapacidade física de fazê-lo.

Dmítri voltou do quarto de Liubov Serguêievna com o remédio que ela lhe havia colocado nos dentes. Ele estava sofrendo ainda mais de dor e, em consequência, ficara mais sombrio. Minha cama ainda não estava pronta, e um rapazote, criado de Dmítri, veio lhe perguntar onde eu iria dormir.

– Vá para o diabo! – gritou Dmítri, batendo com o pé. – Vaska[146]! Vaska! Vaska! – gritou ele assim que o garoto saiu, elevando cada vez mais a voz. – Vaska! Arrume minha cama no chão!

– Não, é melhor que eu durma no chão – falei.

– Tanto faz, arrume em qualquer lugar – continuou Dmítri no mesmo tom irritado. – Vaska, por que não vai arrumar a cama?

Mas Vaska, pelo visto, não estava entendendo o que queriam que ele fizesse e permanecia imóvel.

– E então, o que há com você? Arrume, arrume! Vaska! Vaska! – gritou, como num acesso súbito de loucura.

Mas Vaska, ainda sem entender e intimidado, não se movia.

---

146. Diminutivo com nuance pejorativa de Vássia, apelido de Vassíli (Basílio, em russo). (N.T.)

– Será que você jurou me matar de raiva ou me enlouquecer?

E, saltando da cadeira, Dmítri correu na direção do rapaz e com toda a força deu-lhe vários socos na cabeça. Vaska correu para fora do quarto. Dmítri parou junto à porta e olhou para mim, e a expressão de loucura e crueldade que momentos antes havia em seu rosto foi substituída por uma expressão tão dócil, envergonhada e amorosamente infantil que fiquei com pena dele e, por mais vontade que tivesse de desviar meu olhar de seu rosto, não consegui fazê-lo. Ele não me disse nada e caminhou durante muito tempo pelo quarto, olhando-me de vez em quando com aquela expressão de quem pede perdão; depois tomou o caderno que estava sobre a mesa, anotou alguma coisa, tirou o casaco, dobrou-o com cuidado, aproximou-se do canto onde estava pendurado um ícone, cruzou sobre o peito suas mãos brancas e grandes e pôs-se a rezar. Rezou tão demoradamente que Vaska teve tempo de trazer um colchão e estendê-lo no assoalho, depois que eu lhe sussurrei, explicando o que fazer. Despi-me e me deitei na cama arrumada no chão, e Dmítri ainda continuava a rezar. Olhando para suas costas ligeiramente arqueadas e para as solas de seus sapatos, que apareciam com humildade na minha frente quando ele se inclinava até o chão, passei a amá-lo ainda mais do que antes, e continuava a pensar: "Devo ou não devo contar a ele o que estava sonhando a respeito de nossas irmãs?".

Terminada a oração, Dmítri deitou-se na minha cama e, apoiando-se num braço, ficou olhando demoradamente para mim com um olhar carinhoso e envergonhado. Era visível que isso era penoso para ele, mas parecia que queria se punir. Sorri para ele. Ele também sorriu.

– Por que você não me diz que procedi de maneira infame? Pois você estava pensando sobre isso agora mesmo – disse ele.

– É verdade – falei, embora estivesse pensando em outra coisa, mas me parecia que eu de fato estava pensando naquilo. – É verdade, foi muito ruim, não esperava de você tal coisa – comentei, sentindo naquele instante um prazer especial em tratá-lo por *você*. – E como está sua dor de dentes? – acrescentei.

– Passou. Ah, Nikólenka, meu amigo! – principiou Dmítri e de maneira tão carinhosa que parecia que seus olhos brilhantes estavam cheios de lágrimas. – Sei e sinto como sou mau, e Deus está vendo como desejo e peço a ele que me torne melhor. Mas que fazer, se tenho esse temperamento infeliz e detestável? Que fazer? Tento me controlar, me corrigir, mas é impossível conseguir isso de uma hora para outra e sozinho. É preciso que alguém me apoie e me ajude. Veja Liubov Serguêievna, ela me compreende e já me ajudou muito. Pelas minhas anotações, sei que em um ano já melhorei muito. Ah, Nikólenka, meu bom amigo! – continuou ele com uma ternura não habitual e num tom já mais tranquilo, depois daquela confissão. – Como é importante a influência de uma mulher como ela! Meu Deus, como será bom quando eu for independente e puder me unir a uma amiga como ela! Junto dela sou outra pessoa.

Em seguida, Dmítri começou a expor seus planos para o casamento, para a vida no campo e para o trabalho constante de aperfeiçoamento pessoal.

– Vou viver na aldeia e você virá me visitar, talvez casado com Sônetchka – disse ele. – Nossos filhos vão brincar juntos. Isso parece engraçado e tolo, mas pode acontecer.

– E como! É muito possível – concordei, sorrindo e pensando que seria ainda melhor se eu me casasse com sua irmã.

– E sabe o que mais? – disse ele, após um pequeno silêncio. – Acho que você apenas imagina que está apaixonado por Sônetchka, mas me parece que isso é uma bobagem, você ainda não sabe o que é o sentimento verdadeiro.

Eu não o contradisse, porque estava quase de acordo com ele. Ficamos algum tempo calados.

– Com certeza você notou que hoje eu estava num péssimo humor e fiz mal em discutir com Vária. Depois me senti péssimo por isso, sobretudo porque foi na sua presença. Embora tenha muitas ideias erradas, ela é uma moça notável, você verá isso quando a conhecer melhor.

Essa mudança de conversa, de que eu não estava apaixonado para os elogios à sua irmã, me agradou demais e me fez enrubescer, mas mesmo assim não lhe disse nada sobre ela e continuamos a conversar sobre outros assuntos.

Desse modo, tagarelamos até o segundo canto do galo, e uma pálida aurora já começava a aparecer na janela quando Dmítri foi para a cama e apagou a vela.

– Bom, agora vamos dormir.

– Está certo – respondi –, mas somente mais uma palavrinha.

– O que é?

– É bom viver?

– Sim, é bom viver – respondeu ele, e com uma voz tal que, na escuridão, pensei ver a expressão de seus olhos alegres e carinhosos e seu sorriso de criança.

Capítulo XXVIII

Na aldeia

No dia seguinte, Volódia e eu fomos para a aldeia numa diligência postal. Pelo caminho, revolvendo em minha cabeça diversas lembranças de Moscou, lembrei-me de Sônetchka, mas isso só à tarde, quando já havíamos passado por cinco estações de muda. "Mas é estranho que eu esteja apaixonado e tenha esquecido totalmente disso. Preciso pensar nela", meditava. E pus-me a pensar nela do modo que se pensa em viagens – meio desordenadamente, mas com intensidade –, e mergulhei tanto no pensamento que, ao chegar à aldeia, durante dois dias julguei que era necessário parecer triste e pensativo na presença de todos os familiares, sobretudo diante de Kátenka, que eu considerava uma grande autoridade nesses assuntos e à qual eu fizera uma alusão ao estado em que se encontrava meu coração. Mas, apesar de todos os meus esforços para fingir diante dos outros e de mim mesmo, apesar da premeditada assimilação de todos os sintomas que havia notado em pessoas enamoradas, apenas durante dois dias me lembrei de que estava apaixonado, e ainda assim não o tempo todo e, de preferência, à noite. Por fim, assim que entrei na rotina e nas ocupações da vida na aldeia, esqueci-me totalmente de meu amor por Sônetchka.

Chegamos a Petróvskoie no meio da noite. Eu dormia tão profundamente que não vi nem a casa, nem a aleia de bétulas, nem qualquer dos moradores, pois todos já estavam dormindo havia muito tempo. O velho Foka, curvado e descalço, vestido com uma espécie de casaquinho acolchoado de sua mulher e com uma vela na mão, destrancou a porta para nós. Ao ver--nos, estremeceu de alegria, beijou-nos nos ombros, tirou às pressas seu casaco e começou a vestir-se. Passei pelo vestíbulo e pela escada ainda meio adormecido, mas, na antessala, a fechadura da porta, o trinco, as tábuas empenadas do assoalho, a arca, o velho castiçal com cera escorrida, as sombras do pavio torto e ainda frio da vela que acabaram de acender, a janela dupla, que nunca era retirada e estava sempre coberta de pó e atrás da qual, como me lembrava, havia um pé de sorveira – todas essas coisas eram tão familiares, tão cheias de recordações e combinavam entre si tão harmoniosamente, como se fossem unidas por uma só ideia, que de repente senti sobre mim o carinho dessa velha e querida casa. Uma pergunta me veio à mente: como pudemos, a casa e eu, ficar tanto tempo longe um do outro? E às pressas corri para ver se os outros cômodos ainda eram os mesmos. Todos estavam como antes, apenas menores e mais baixos, e eu parecia ter ficado mais alto, mais pesado e abrutalhado. Mas, mesmo com essa aparência, a casa me acolheu com alegria em seus abraços, e cada tábua do assoalho, cada janela, cada degrau da escada, cada ruído despertavam em mim uma infinidade de imagens, sentimentos, fatos de um passado feliz que não voltaria. Fomos ao nosso antigo quarto e todos os terrores infantis estavam ali escondidos nas sombras dos cantos e das portas; atravessamos a sala de visitas, onde o terno amor materno encontrava-se derramado em todos os objetos ali existentes; e o salão, onde a algazarra alegre e despreocupada das crianças parecia ter permanecido, esperando apenas que alguém a reavivasse. Na sala dos divãs, onde Foka arrumou nossas camas, tudo – o espelho, os biombos, o velho ícone de madeira, cada imperfeição da parede, coberta com papel branco – tudo lembrava sofrimento, morte e coisas que nunca mais voltarão.

Deitamo-nos. Foka desejou boa-noite e nos deixou.

– Não foi neste quarto que *maman* morreu? – perguntou Volódia.

Não lhe respondi e fingi estar dormindo, pois, se dissesse alguma coisa, eu começaria a chorar. Quando acordei na manhã seguinte, papai, ainda em roupa de dormir, de botas macias de Torjok[147] e de roupão, com um charuto nos dentes, estava sentado na cama de Volódia, conversando e rindo. Levantou-se com vivacidade, erguendo alegremente o ombro, aproximou-se de mim, dando-me palmadinhas nas costas com sua grande mão e ofereceu-me a face, apertando-a contra meus lábios.

– Então, você foi formidável! Obrigado, diplomata – disse na sua forma carinhosa e brincalhona, fitando-me com seus olhinhos brilhantes. – Volódia estava dizendo que você foi muito bem nas provas, o que é excelente. Quando não tem vontade de fazer besteiras, você também é um ótimo rapaz. Obrigado, amiguinho. Agora vamos passar uma temporada maravilhosa aqui, e no inverno, se Deus quiser, iremos para Petersburgo; só lamento que a temporada de caça tenha terminado, senão os levaria para se divertir. Você sabe caçar com espingarda, Voldemar? A caça miúda está abundante. Talvez eu mesmo vá com você qualquer hora dessas. Então, como ia dizendo, nos mudaremos para Petersburgo, vocês conhecerão pessoas, farão novas relações. Vocês agora são adultos. Ainda há pouco eu dizia a Voldemar que vocês já estão encaminhados, minha função terminou e vocês já podem andar por conta própria. Se quiserem o meu conselho, peçam, mas agora não sou um professor, e sim um amigo. Pelo menos, o que desejo ser é um amigo, um companheiro, e conselheiro no que puder, e mais nada. Como isso parece à sua filosofia, Koko? Que tal? É uma coisa boa ou ruim? Hein?

Evidentemente, respondi que estava ótimo e, de fato, pensava assim. Nesse dia papai estava com uma expressão especialmente atraente, alegre e feliz, e essa sua nova relação comigo, de igual para igual, como um amigo, me fez gostar dele ainda mais.

---

147. Pequena e antiga cidade russa. (N.T.)

– Mas então me conte: visitou todos os parentes? Esteve com os Ívin? Viu o velho? O que ele lhe disse? – continuou ele seu interrogatório. – Esteve na casa do príncipe Ivan Ivânytch?

E tanto tempo ficamos conversando sem nos vestirmos que o sol já começava a ir embora das janelas e Iákov (que continuava tão velho como antes e ainda mexia com os dedos atrás das costas e dizia *de qualquer forma*) veio ao nosso quarto e informou a papai que a carruagem estava preparada.

– Aonde você vai? – perguntei.

– Ah, quase ia me esquecendo – disse papai aborrecido, com um erguer de ombros –, vou à casa dos Epifânov. Lembra-se da Epifânova, *la belle Flamande*? Naquele tempo ela vinha visitar sua *maman*. Eles são ótimas pessoas.

Encolhendo o ombro, saiu do quarto um pouco constrangido, segundo me pareceu. Enquanto estávamos ali tagarelando, Liúbotchka veio várias vezes até nossa porta, perguntando se podia entrar, mas papai lhe gritava lá de dentro que não podia entrar de jeito nenhum, porque não estávamos vestidos.

– Que tem isso? Já não o vi de roupão?

– Você não pode ver seus irmãos sem ceroulas – gritava-lhe papai. – E se depois cada um deles for bater na sua porta, vai ficar feliz? Pode bater. Até mesmo falar com você nesses *négligés* é indecente.

– Ah, como vocês são insuportáveis! Então venham depressa para a sala de estar, pois Mimi está querendo muito ver vocês – gritava Liúbotchka atrás da porta.

Assim que papai saiu, vesti às pressas o uniforme de universitário e desci para a sala de visitas; Volódia, ao contrário, não se apressou e ficou muito tempo lá em cima, conversando com Iákov e perguntando onde havia narcejões e galinholas. Como já mencionei antes, não havia nada no mundo que ele temesse tanto quanto demonstrações de afeto com irmãozinhos, paizinhos, irmãzinhas, como ele dizia, e, ao evitar qualquer demonstração de sentimento, caía no extremo oposto – numa frieza que com frequência feria dolorosamente as pessoas que não compreendiam os motivos disso. Na antessala topei com papai, que se dirigia para a carruagem com seus passinhos miúdos e apressados. Estava vestido com sua sobrecasaca nova na última moda, comprada em Moscou, e cheirava a perfume. Ao ver-me, fez um aceno alegre com a cabeça, como se dissesse: "Está vendo como estou bem?", e fiquei de novo espantado com a expressão feliz de seus olhos, que eu havia notado ainda de manhã.

A sala de estar continuava a mesma – clara, de teto alto, com o piano de cauda inglês de madeira amarela, com suas grandes janelas abertas dando para o verde das árvores e para os caminhos alaranjados do jardim. Depois de beijar Mimi e Liúbotchka, aproximei-me de Kátenka, mas de repente veio-me à cabeça que não ficava bem beijá-la e fiquei parado, calado e vermelho. Sem se perturbar nem um pouco, Kátenka estendeu-me a mãozinha branca e me cumprimentou pelo ingresso na universidade. Quando Volódia chegou ao salão, aconteceu-lhe a mesma coisa ao avistar Kátenka. Era de fato difícil decidir, depois de termos crescido juntos e vermo-nos todos os dias, como deveríamos nos cumprimentar após essa primeira separação. Kátenka ruborizou-se mais do que nós todos. Volódia não se perturbou nem um pouco, fez-lhe uma leve reverência, foi ter com Liúbotchka, com quem trocou algumas palavras sem importância, e saiu para passear sozinho.

Capítulo **XXIX**

As relações entre nós e as meninas

Volódia tinha um modo muito estranho de tratar as meninas. Era capaz de se interessar pela alimentação delas, em saber se dormiram o suficiente, se estavam adequadamente vestidas, se cometiam erros em francês que pudessem envergonhá-lo diante de estranhos, porém não admitia a ideia de que elas pudessem pensar ou sentir algo minimamente humano, e admitia ainda menos a possibilidade de discutir com elas sobre algum assunto. Se elas se dirigiam a ele com alguma pergunta séria (o que, aliás, elas já tentavam evitar), se lhe pediam sua opinião sobre um romance ou queriam saber sobre suas aulas na universidade, ele fazia uma careta e saía calado, ou então respondia com uma frase deformada em francês, do tipo "*comme si tri joli*", ou então, fazendo uma cara séria e idiota e, com um olhar opaco, pronunciava uma palavra qualquer, que não tinha sentido nem relação com a pergunta, como: "pãozinho", "foram", "repolho", e assim por diante. Quando, por acaso, eu mencionava assuntos que conversara com as meninas, ele sempre vinha com essa:

– Hum! Então você ainda conversa sobre coisas sérias com elas? Estou vendo que você ainda está muito mal.

E era preciso vê-lo nesse momento, para avaliar o desprezo profundo que havia nessa frase. Volódia atingira a maioridade havia já dois anos e apaixonava-se incessantemente por todas as mulheres bonitinhas que encontrava, mas, apesar de ver diariamente Kátenka, que também havia dois anos que vestia saia comprida e ficava mais bonita a cada dia, na cabeça dele nem passava a possibilidade de se apaixonar por ela. Não sei se isso tinha origem no fato de que recordações prosaicas da infância – a régua, o lençol, as pirraças – estavam ainda muito frescas na memória ou na repulsa que rapazes muito jovens sentem em relação a tudo que é caseiro, ou na fraqueza geral do ser humano que, ao encontrar logo no início da viagem algo bom e maravilhoso, desvia-se dele, dizendo para si mesmo: "Ora! Vou encontrar coisas assim ainda muitas vezes na vida!". Simplesmente, Volódia até então ainda não havia olhado para Kátenka como para uma mulher.

Durante todo aquele verão ele esteve muito aborrecido, o que era devido a seu desprezo por nós, que ele não procurava disfarçar. A expressão constante em seu rosto dizia: "Que droga! Como isso aqui é aborrecido! Não tenho nem com quem conversar!". Às vezes pegava a espingarda e ia sozinho caçar, ou então ficava em seu quarto lendo um livro, sem se vestir, até a hora do jantar. Se papai não estava em casa, ele chegava até a levar o livro para a mesa e continuava a lê-lo, sem falar com nenhum de nós, e isso, de certa forma, nos fazia sentir culpados diante dele. À noite, se deitava com os pés em cima do divã e dormia, ou, com a cara séria, dizia mentiras ou absurdos incríveis, nem sempre decentes, o que fazia Mimi se zangar e ficar com o rosto cheio de manchas vermelhas, enquanto nós morríamos de rir. Mas nunca e com ninguém de nossa família, à exceção de papai e às vezes de mim, ele se dignava a falar a sério. Na maneira de encarar as meninas, eu imitava, involuntariamente, meu irmão, embora não temesse, como ele, demonstrações de afeto, e meu desprezo por elas estivesse longe de ser tão profundo. Naquele verão até tentei algumas vezes, por tédio, aproximar-me de Liúbotchka e Kátenka e conversar com elas, mas sempre encontrava nelas uma incapacidade total para o pensamento lógico e tal ignorância sobre as coisas mais simples e corriqueiras, como, por exemplo, o que é dinheiro, o que é a guerra etc., e ainda uma tal indiferença pela explicação de todas essas coisas que essas tentativas só serviram para confirmar minha opinião desfavorável sobre elas.

Lembro-me de que certa vez, à noite, Liúbotchka martelava ao piano pela centésima vez um trecho insuportavelmente tedioso de uma música. Volódia estava deitado no salão, cochilando no divã e, de tempos em tempos, com uma ironia raivosa, resmungava, sem se dirigir a ninguém em particular: "Ai, ela continua a batucar... Que grande musicista... *Bithoven*[148]! (Este nome ele pronunciava com uma ironia especial). Com energia... mais uma vez...é isso aí". E assim por diante.

Depois do chá, Kátenka e eu permanecemos sentados à mesa, e, não me lembro como, ela conduziu a conversa para seu assunto preferido – o amor. Eu estava inspirado para filosofar e comecei com arrogância a definir o amor como o desejo de adquirir no outro aquilo que você mesmo não tem e por aí afora. Mas Kátenka me respondeu que, ao contrário, já não é amor se a moça pensa em se casar com um homem rico e que, na sua opinião, a riqueza é a coisa mais vazia que existe e que o amor verdadeiro é somente aquele que consegue suportar a separação (compreendi que isso era uma alusão a seu amor por Dúbkov). Volódia, que por certo ouvia nossa conversa, levantou-se de repente nos cotovelos e gritou:

Kátenka! Dos russos?

---

148. Em russo existe o verbo *bit'*, que é bater, martelar, daí a brincadeira sarcástica de Volódia, transformando Beethoven em *Bithoven*. (N.T.)

– Sempre as mesmas bobagens! – disse ela.
– *No vidro de pimenta*? – continuou Volódia, acentuando cada vogal. E eu não pude deixar de pensar que Volódia tinha absoluta razão.

Além das capacidades gerais de inteligência mais ou menos desenvolvidas nas pessoas, da sensibilidade e do senso artístico, existe uma capacidade particular, mais ou menos desenvolvida nos diferentes círculos da sociedade, particularmente nas famílias, que chamarei de *entendimento*. A essência dessa capacidade consiste num sentimento convencional de medida e num olhar particular sobre as coisas. Duas pessoas de um mesmo círculo ou de uma mesma família, tendo essa capacidade, sempre permitem a expressão de um sentimento até um determinado ponto, além do qual ambos já percebem uma frase; ao mesmo tempo, os dois percebem onde termina um elogio e começa a ironia, onde termina o entusiasmo e começa o fingimento. Para pessoas que não têm esse entendimento, tudo isso pode parecer diferente. Para facilitar o entendimento comum das pessoas de um mesmo círculo ou família, cria-se uma linguagem própria, com suas expressões e até com palavras que definem aquelas nuances de noções que não existem para os outros.

Na nossa família, entre papai e nós, rapazes, esse entendimento era desenvolvido em alto grau. Dúbkov também conseguiu integrar-se ao nosso grupo e *entendia*, mas Dmítri, apesar de ser muito mais inteligente do que ele, era incapaz nesse sentido. Mas ninguém chegou a atingir um tal grau de finura nessa capacidade como Volódia e eu, que crescemos e nos desenvolvemos juntos, nas mesmas circunstâncias. Até papai, havia muito, já tinha se distanciado de nós, e muita coisa que para nós era clara, como dois e dois são quatro, ele não compreendia. Por exemplo, entre Volódia e eu haviam sido estabelecidas, sabe Deus como, as seguintes palavras, com os respectivos significados: *uva-passa* significava um vaidoso desejo de mostrar que se tinha dinheiro; *pinha* significava algo fresco, saudável e elegante, sem afetação; um substantivo no plural indicava uma paixão injustificada por esse objeto; e assim por diante. Aliás, o significado dependia mais da expressão do rosto e do sentido geral da conversa, de modo que mesmo que criássemos uma nova expressão para um novo conceito o outro entenderia sem problemas no mesmo instante. As meninas não tinham nosso entendimento, e esse era o principal motivo de nossa separação mental e do desprezo que nutríamos por elas.

É possível que elas também tivessem um *entendimento* próprio, mas ele não se assemelhava nem um pouco ao nosso, de modo que onde nós já víamos uma frase, elas viam um sentimento, e nossa ironia era interpretada como verdade por elas, e assim por diante. Porém, naquela época, eu não entendia que isso não era culpa delas e que isso não as impedia de serem boazinhas e inteligentes, e eu as desprezava. Além disso, após ter um estalo um dia a respeito de sinceridade e levando essa ideia às últimas consequências no que se referia a mim mesmo, cheguei a acusar a reservada, serena e confiante Liúbotchka, que não via nenhuma necessidade de cavoucar e examinar todos os seus pensamentos e pendores, de ser hipócrita. Por exemplo, o fato de Liúbotchka todas as noites benzer papai e de que Kátenka e ela choraram na capela quando estavam assistindo à missa pela alma de mamãe, e de que Kátenka suspirasse e elevasse os olhos quando tocava piano... tudo isso me parecia um enorme fingimento e me perguntava: quando foi que elas aprenderam a fingir como adultos, e será que não sentem vergonha?

Capítulo XXX

Minhas ocupações

Apesar disso, naquele verão me aproximei bem mais de nossas meninas do que em outros anos, e isso porque surgiu em mim um interesse pela música. Na primavera, veio se apresentar e fazer uma visita um jovem, nosso vizinho. Assim que entrou no salão, não parou de olhar para o piano, e foi chegando sua cadeira para perto dele enquanto conversava com Mimi e Kátenka. Após comentar sobre o tempo e os prazeres da vida no campo, habilmente dirigiu a conversa para afinadores, música e piano de cauda, e por fim disse que ele próprio tocava. Em pouco tempo, tocou três valsas, enquanto Liúbotchka, Mimi e Kátenka assistiam, em pé, ao redor do piano. Esse rapaz não voltou mais à nossa casa, mas gostei muito de sua maneira de tocar, de sua pose ao piano, de como sacudia os cabelos e, principalmente, da maneira como alcançava as oitavas com a mão esquerda, separando com rapidez o polegar e o dedo mínimo na largura da oitava e depois lentamente juntando-os e outra vez separando-os com presteza. Esse gesto gracioso, a pose negligente, a sacudida dos cabelos, a atenção com que nossas damas olhavam – tudo isso me trouxe a ideia de tocar piano. Em consequência, me convenci de que tinha talento e paixão pela música e comecei a estudar. Nesse caso, fiz como milhões de pessoas do sexo masculino e, sobretudo, do feminino, que estudam sem um bom professor, sem vocação verdadeira e sem a menor ideia do que a arte pode proporcionar e de como se deve aprendê-la para se chegar a algum lugar. Para mim, a música, ou melhor, tocar piano, era um meio de atrair as moças com minha sensibilidade. Com auxílio de Kátenka, aprendi a ler partituras. Forçando meus dedos grossos, tarefa na qual gastei uns dois meses com tanto empenho que até durante o almoço, nos joelhos e na cama, no travesseiro, eu trabalhava meu dedo anular, o mais rebelde, logo comecei a tocar algumas *peças*, e tocava, evidentemente, com alma, *avec âme*, com o que Kátenka concordava, embora o fizesse inteiramente fora do compasso. A escolha das peças, como era de se supor, recaía sobre valsas, galopes, romanças (*arrangées*[149]) e assim por diante, todos de compositores simpáticos, peças das quais qualquer pessoa com um pouco de gosto sadio é capaz de reunir uma pilha numa loja de partituras e dizer: "Eis o que não se deve tocar, porque algo pior, de mais mau gosto e sem razão de ser jamais foi escrito em papel pautado", e que, provavelmente por isso, você encontrará sobre o piano de todas as moças russas. É verdade que aí também podem ser encontradas a "Sonata Patética" e a em "Mi menor" de Beethoven, eternamente deformadas pelas moças e que Liúbotchka tocava em lembrança de *maman*,

---

149. Em arranjos facilitados. (N.T)

junto com algumas outras obras de qualidade que lhe foram dadas por seu professor moscovita, às quais ele acrescentou algumas de sua autoria, como marchas e galopes absurdos, que Liúbotchka também tocava. Kátenka e eu não gostávamos de músicas sérias e preferíamos "Le fou"[150] e "O Rouxinol", que ela executava tão depressa que não se viam seus dedos, e que eu já começava a tocar com bastante força e coesão. Incorporei o gesto do jovem vizinho e muitas vezes lamentava não haver nenhum estranho para me ver tocar. Mas logo Liszt e Kalkbrenner se mostraram acima de minhas forças, e vi que me era impossível alcançar Kátenka. Em consequência disso, e pensando que a música clássica era mais fácil, e também em parte querendo ser original, de repente decidi que amava a música erudita alemã; eu sentia um grande enlevo quando Liúbotchka tocava a "Sonata Patética" e, para ser franco, apesar de estar havia muito enfarado dessa sonata, comecei eu próprio a tocar Beethoven, pronunciando *Beeethoven*.

No meio dessa confusão e fingimento, parece-me agora que em mim havia algo parecido com talento, porque muitas vezes a música me comovia até as lágrimas, e eu conseguia de algum modo tirar no piano, sem partitura, as coisas que me agradavam. Penso que se naquele tempo alguém tivesse me ensinado a ver a música como um objetivo a alcançar, como um prazer em si mesma, e não como um meio para atrair as moças pela rapidez e pelo sentimentalismo de minha execução, talvez eu pudesse ter chegado a ser um pianista razoável.

A leitura de romances franceses, trazidos em grande quantidade por Volódia, era outra das minhas atividades naquele verão. Começavam então a aparecer *O conde de Monte Cristo* e diversos romances de "mistério", e eu mergulhava na leitura de Sue, Dumas e Paul de Kock. Os personagens e acontecimentos mais artificiais pareciam-me tão verdadeiros como a vida real, e eu não ousava suspeitar que o autor pudesse mentir, pois o próprio autor não existia para mim, e eu via surgirem em minha frente pessoas e acontecimentos reais saídos das páginas dos livros. Se nunca havia encontrado

---

150. O louco. (N.A.)

pessoas semelhantes às dos livros, nem por um segundo duvidava de que as encontraria.

Eu via em mim as paixões descritas e semelhanças com as características dos personagens de cada romance que lia, tanto os heróis quanto os bandidos, assim como o hipocondríaco encontra em si sintomas de todas as doenças ao ler um livro de medicina. Nesses romances, eu gostava das ideias astutas, dos sentimentos impetuosos, de acontecimentos fantásticos e das personalidades monolíticas: se era uma pessoa boa, então era totalmente boa; se era cruel, então era cruel até o fim, do modo como eu, na minha primeira juventude, imaginava as pessoas.

Também agradava-me muitíssimo que tudo isso era dito em francês e que eu podia guardar na memória aquelas palavras cheias de nobreza, que os nobres heróis pronunciavam, e me lembrar delas num momento em que precisasse usá-las para uma causa elevada. Com o auxílio dos romances, construí uma grande quantidade de frases em francês para dizer a Kolpikov, se algum dia me encontrasse com ele, e também para dizer a *ela*, quando por fim a encontrasse e lhe declarasse meu amor. Preparei para eles algo tão espetacular que morreriam ao me ouvir. Com base nos romances, até formulei novos ideais de conduta moral que pretendia alcançar. Antes de mais nada, em todas as minhas ações eu desejava ser *noble* (digo *noble*, e não nobre, porque a palavra francesa tem outro sentido, o que os alemães perceberam ao adotar a palavra *nobel*, sem confundi-la com o significado da palavra alemã *ehrlich*). A seguir, eu queria ser *ardente* e, enfim, queria ser o mais possível *comme il faut*, para o que, aliás, anteriormente já tinha tendência. Até na aparência e nos hábitos eu procurava ficar parecido com os heróis que tivessem alguma dessas qualidades. Lembro-me de que em um dos inúmeros romances que li naquele verão havia um herói particularmente ardoroso que tinha sobrancelhas grossas e eu quis ficar parecido com ele no aspecto exterior (moralmente eu já me sentia idêntico). Ao examinar minhas sobrancelhas no espelho, tive a ideia de raspá-las um pouquinho para que crescessem mais espessas, mas raspei um lado mais do que o outro e tive de igualá-los, o que, no final, levou a que me visse no espelho sem sobrancelhas e muito feio. Porém, na esperança de que crescessem depressa e mais grossas, como as do herói ardoroso, me conformei, e minha única preocupação era o que dizer às pessoas quando me vissem sem sobrancelhas. Peguei um pouco de pólvora entre as coisas de Volódia, esfreguei nos lugares das sobrancelhas e aproximei deles uma vela acesa. A pólvora não pegou fogo, mas pareceu bastante que eu tinha me queimado e ninguém ficou sabendo da minha astúcia. E, de fato, quando já não me lembrava mais do ardoroso herói, cresceram-me umas sobrancelhas muito mais espessas.

Capítulo XXXI

Comme il faut

Várias vezes, no curso desta narrativa, mencionei a noção que corresponde ao título em francês deste capítulo, e agora sinto necessidade de dedicá-lo por inteiro a essa noção, que foi uma das mais nocivas e falsas que me foram inculcadas pela educação e pela sociedade.

Podemos dividir o gênero humano por uma série de critérios: ricos e pobres, bons e maus, militares e civis, inteligentes e burros etc. etc., mas cada um tem sua divisão preferida e mais importante, pela qual inconscientemente classifica cada pessoa nova que conhece. Naquela época, minha oposição favorita e mais importante era entre as pessoas *comme il faut* e as *comme il ne faut pas*. O segundo tipo subdividia-se ainda em pessoas propriamente não *comme il faut* e os plebeus. Eu respeitava as pessoas *comme il faut* e considerava-as dignas de se relacionarem de diversos modos comigo. As do segundo tipo, fingia que desprezava, mas na realidade as odiava e nutria por elas um sentimento de pessoa ofendida. Os terceiros para mim não existiam – meu desprezo por eles era total.

Meu *comme il faut* consistia sobretudo em falar com perfeição o francês, em especial no que se referia à pronúncia. Uma pessoa que falasse mal o francês de imediato despertava em mim um sentimento de ódio. "Para que você quer falar como nós, se não é capaz?", perguntava mentalmente, com um sarcasmo venenoso. A segunda condição para ser *comme il faut* eram as unhas, que deveriam ser longas, cuidadas e limpas; a terceira, saber fazer reverências, dançar e conversar; a quarta, e muito importante, era expressar uma indiferença em relação a tudo, um tédio desdenhoso e elegante.

Além de tudo isso, havia alguns critérios gerais, pelos quais, sem falar com uma pessoa, eu decidia a qual das subdivisões ela pertencia. Além da decoração da casa, do sinete, da caligrafia, da carruagem, o mais importante eram os pés. A combinação das botas com as calças logo indicava para mim a posição do indivíduo. Botas sem tacão e de bico fino e longo e a boca da calça estreita, sem presilhas, eram sinais de *plebeu*; bota com bico fino e arredondado com tacão e calças apertadas embaixo, com presilhas, justas nas pernas ou largas, com presilhas, caindo como um cortinado sobre o bico do calçado, eram marcas de um indivíduo *mauvais genre*[151] etc.

É estranho que eu, que tinha evidente incapacidade para ser *comme il faut*, me apegasse tanto a essa noção. Talvez tenha sido precisamente porque me custava um tremendo esforço alcançar esse *comme il faut*. É pavoroso recordar o quanto do meu tempo mais precioso, da melhor época de minha vida de rapaz de dezesseis anos, foi gasto na conquista dessa característica. Parecia que, para todos aqueles que eu procurava imitar – Volódia, Dúbkov, a maior parte de meus conhecidos –, tudo isso era alcançado sem esforço. Olhava para eles com inveja e, às escondidas, exercitava meu francês, a técnica de fazer reverências, não importava a quem, a arte de conversar, dançar, de como alcançar uma postura de indiferença e tédio em relação a tudo, e cuidava de minhas unhas, retirando as cutículas com a tesourinha. E ainda assim sentia que teria de trabalhar muito mais para alcançar meu objetivo. Quanto a meu quarto, minha escrivaninha, minha carruagem – nada disso eu conseguia arrumar de modo que se tornassem *comme il faut*, embora me esforçasse para isso, apesar de minha repugnância por trabalhos práticos. Com as outras pessoas, havia a impressão de que tudo isso acontecia sem o mínimo esforço,

---

151. De mau gosto. (N.A.)

como se não pudesse ser de outra forma. Lembro-me de que certa vez, depois de trabalhar arduamente e sem resultados em minhas unhas, perguntei a Dúbkov, que tinha unhas incrivelmente bonitas, se havia muito tempo que elas eram assim e como ele fazia para consegui-las. Ele me respondeu: "Pelo que me lembre, nunca fiz nada para que elas ficassem assim, e não compreendo como poderiam ser diferentes as unhas de uma pessoa da boa sociedade". Essa resposta me amargurou muito. Naquela época, eu ainda não sabia que uma das principais condições do *comme il faut* era manter segredo em relação ao trabalho que custava ser *comme il faut*.

Comme il faut, para mim, era não apenas um mérito importante, uma qualidade maravilhosa, uma perfeição que eu desejava alcançar; era a condição indispensável para a vida, sem a qual não poderia haver nem felicidade, nem glória, nem nada de bom neste mundo. Eu não respeitaria nem um artista famoso, nem um cientista, nem um benfeitor da humanidade se ele não fosse *comme il faut*. Uma pessoa *comme il faut* estava acima de qualquer um deles, com os quais não poderia ser comparada; ela lhes concedia a possibilidade de pintar quadros, compor músicas, escrever livros, fazer o bem, e até os louvaria por isso: por que não louvar o que é bom, não importa de quem venha? Mas eles não poderiam ficar no mesmo nível que ela, pois ela é *comme il faut* e eles não, e ponto final. Cheguei a pensar que se um membro de minha família – irmão, mãe ou pai – não fosse *comme il faut*, eu diria que isso era uma desgraça e que entre nós não poderia haver nada em comum.

Mas nem a perda de um tempo precioso, dedicado à constante preocupação com as condições, difíceis para mim, do *comme il faut*, que excluía qualquer interesse por alguma coisa séria, nem o ódio e o desprezo por nove décimos do gênero humano, nem a falta de atenção para com tudo de maravilhoso que acontecia fora do círculo dos *comme il faut* – nada disso era ainda o principal mal que me causou essa noção. O principal consistia na convicção de que *comme il faut* era uma posição independente na sociedade, de que o indivíduo não precisa se esforçar para ser um funcionário, um fabricante de carruagens, um soldado, um cientista, se ele é *comme il faut*, e que, tendo atingido essa posição, ele já está cumprindo sua missão e se torna até superior à maioria das pessoas.

Em determinada época da juventude, após muitos erros e paixões, cada pessoa geralmente se fixa na necessidade de tomar parte ativa na vida social, escolhe um campo de trabalho e se dedica a ele, mas com as pessoas *comme il faut* é raro que isso ocorra. Conheço inúmeros homens velhos autossuficientes, presunçosos, inabaláveis em seus julgamentos, que, se em outra vida lhes for perguntado: "Quem é você e o que fazia na terra?", só poderão responder: "*Je fus un homme très comme il faut*".

Esse era o destino que me aguardava.

Capítulo XXXII

Juventude

Apesar da confusão de conceitos que havia em minha cabeça, naquele verão eu era jovem, inocente, livre e, por isso, quase feliz.

Era comum acordar cedo, pois dormia ao ar livre, na varanda, e os raios oblíquos e brilhantes do sol matinal me despertavam. Vestia-me rapidamente, punha debaixo do braço uma toalha e um romance francês e ia banhar-me no rio, à sombra de uma bétula, a meia versta de casa. Deitava-me na relva e lia, desviando de quando em quando o olhar do livro para apreciar a superfície da água, que, na sombra, parecia lilás, e que começava a encrespar-se pelo vento matinal; ou o campo de centeio que já amarelava na outra margem; ou a luz avermelhada do sol matutino, que tingia os troncos brancos das bétulas, enfileiradas, uma atrás da outra, até o bosque ao longe. Deleitava-me, sentindo em mim a mesma força jovem e vital que a natureza a meu redor respirava. Quando havia no céu nuvenzinhas cinzentas e eu sentia frio após banhar-me no rio, com frequência eu me punha a caminhar pelo mato, nos campos e bosques, e me deliciava, encharcando as botas no orvalho matinal. Nesses momentos eu tinha vívidos sonhos com os heróis do último romance lido e me imaginava como um comandante, um ministro, um indivíduo com uma força extraordinária ou um homem apaixonado. Com um pouco de ansiedade, eu olhava o tempo todo a meu redor, na esperança de que *ela* estivesse em algum lugar perto dali, na campina ou atrás de uma árvore. Nesses passeios, quando encontrava camponeses e camponesas trabalhando, apesar de plebeus não existirem para mim, sempre sentia um forte constrangimento e fazia de tudo para que não me vissem.

Quando começava a fazer calor, mas nossas damas ainda não tinham saído de seus quartos para tomar chá, eu costumava ir para a horta ou para o pomar e comia todos legumes e frutas que estivessem maduros, atividade que me proporcionava imenso prazer. Embrenhava-me no pomar de maçãs, metia-me dentro de um pé de framboesa alto, frondoso e denso. Sobre minha cabeça, via o céu claro, ao meu redor, os pés de framboesa, espinhentos, verde-claros, misturados ao mato crescido. A urtiga verde-escura, pontuda e florida, cresce esbelta para o alto; uma bardana com folhas parecidas com patas de animal, com flores espinhentas de um lilás artificial, cresce de maneira abrupta, ultrapassando as framboeseiras e minha cabeça, e, em alguns lugares, junto com a urtiga, ela chega a atingir os galhos frondosos, verde-pálidos, das velhas macieiras, no alto dos quais, expondo-se diretamente ao sol quente, maçãs ainda verdes, redondas, brilhantes, semelhantes a caroços, estão amadurecendo. Embaixo uma framboeseira jovem, quase seca, sem folhas e toda torta, esforça-se para subir até um lugar ensolarado; a relva verde e espinhenta e uma jovem bardana que conseguiram atravessar as folhas apodrecidas do ano anterior, molhadas de orvalho, verdejam suculentas na sombra permanente, ignorando que o sol forte brinca nas folhas da macieira.

Dentro desse bosque está sempre úmido, há um cheiro de sombra permanente, de teia de aranha, de maçãs podres, já pretas, caídas no chão mofado, de framboesa e, às vezes, de percevejo do bosque, que me acontecia engolir por acaso junto com a fruta e, nesse caso, me apressava em comer logo outra. Ao caminhar, eu assustava os pardais, que sempre habitam locais como esse, e ouvia seu chilreio agitado e as batidas de suas rápidas asinhas nos galhos, e também o zumbido de uma abelha e, em algum ponto da estradinha, os passos do jardineiro, o bobo Akim, com seu eterno murmúrio nasalado. Eu pensava: "Não! Nem ele, nem ninguém no mundo me achará aqui...", e com ambas as mãos, à direita e à esquerda, colhia dos caules brancos as bagas maduras e as engolia, deliciado. As pernas estão encharcadas até as coxas, na cabeça passa constantemente uma coisa absurda (como, por exemplo, repetir mil vezes uma sequência sem sentido de palavras: *po-or vi-i-nte e-e po-or se-e-te*). Os braços e as pernas dentro das calças encharcadas estão ardendo por causa da urtiga, os raios verticais que penetram no bosque já começam a queimar minha cabeça, a fome passou por completo, mesmo assim continuo sentado no interior do bosque, contemplando tudo, ouvindo, pensando e arrancando maquinalmente as melhores bagas e engolindo-as.

Depois das dez horas em geral eu entrava na sala de estar, quase sempre quando o chá já havia terminado e as damas já estavam ocupadas com seus afazeres. Junto à primeira janela, cuja cortina de linho cru está abaixada para tapar o sol que consegue passar por fendas no tecido, lançando manchas redondas, claras e flamejantes por todo o salão, tão brilhantes que dói a vista olhar para elas, fica o bastidor, cheio de moscas que passeiam silenciosas pela tela branca. Atrás do bastidor está sentada Mimi, que sacode sem cessar a cabeça e muda o tempo todo sua cadeira de lugar, para fugir do sol que surge de repente e traça aqui e ali, em seu rosto e no braço, uma faixa de fogo. Através das outras três janelas o sol forma no chão não pintado quadriláteros luminosos, num dos quais Milka tem o hábito de se deitar e, de orelhas atentas, acompanhar as moscas que andam pelo chão. Kátenka faz tricô ou lê, sentada no divã, e agita impaciente suas mãozinhas alvas, quase transparentes à luz do sol, ou então, franzindo o rosto, sacode a cabeça para espantar alguma mosca que se debate no meio de seus cabelos densos e louros. Liúbotchka ou caminha de um lado para o outro pela sala, de mãos às costas, esperando a hora de irem para o jardim, ou toca ao piano alguma música que conheço de cor há muito tempo. Sento-me para escutar a música ou a leitura e espero minha vez de tocar piano.

Depois do almoço, às vezes eu condescendia em passear a cavalo com as meninas (considerava passeios a pé inadequados para a minha idade e posição social). Nossos passeios costumavam ser muito agradáveis e eu as guiava para lugares e barrancos incríveis. Às vezes aconteciam algumas peripécias, nas quais mostrava minha coragem, e as damas me elogiavam e diziam que eu era seu protetor.

À tardinha, se não surge nenhuma visita, após o chá, tomado na varanda sombreada, e depois do passeio com papai pela nossa propriedade para ver como iam os trabalhos, me recosto no meu lugar preferido, na poltrona voltariana, e fico ouvindo Kátenka ou Liúbotchka tocarem piano, leio e devaneio como no passado. Às vezes, quando estou sozinho no salão e Liúbotchka toca uma antiga melodia, inconscientemente abandono o livro, olho pela janela aberta do balcão para os galhos cacheados e pendentes das bétulas, que a penumbra noturna já vai cobrindo, e para o céu sem nuvens, no qual, fixando bem a vista, de repente surge um pontinho amarelo brilhante, que em seguida desaparece. Ouvindo a música da sala, o rangido do portão, as conversas das mulheres, o gado retornando à aldeia, de repente me lembro vivamente de Natália Sávichna, de *maman*, de Karl Ivânytch, e por um momento fico triste. Mas minha alma está tão cheia de vida e de esperanças que essas recordações apenas me roçam de leve com suas asas e voam para longe.

Depois da ceia e, eventualmente, de um passeio noturno pelo jardim na companhia de alguém (sozinho eu tinha medo de andar pelas aleias escuras), me deitava para dormir no chão da varanda, o que me dava um grande prazer, apesar dos milhões de mosquitos que me devoravam. Quando havia lua cheia, muitas vezes eu passava a noite toda sentado no colchão, apreciando a luz e as sombras, ouvindo o silêncio e os ruídos, sonhando com várias coisas, sobretudo com uma felicidade poética e sensual, que me parecia então a felicidade suprema da vida, e lamentava que até então tivesse podido apenas imaginá-la. Por vezes, assim que todos se recolhiam e as velas da sala de visitas eram levadas para os quartos do andar superior, onde já começavam a se ouvir as vozes das mulheres e o abrir e fechar de janelas, eu me dirigia à varanda e lá ficava, caminhando, escutando com avidez todos os sons da casa que adormecia. Enquanto restasse um fio de esperança gratuita de encontrar a felicidade com que eu sonhava, mesmo incompleta, eu não tinha ainda serenidade para construir para mim a felicidade imaginada.

A cada som de passos descalços, de tosse, suspiro, batida de uma janela, rumor de saias, eu saltava da cama e ficava à escuta, de olhos atentos como um ladrão e, sem um motivo aparente, ficava inquieto. Já se apagaram as luzes nas janelas superiores, os sons de passos e conversas foram substituídos pelo ressonar, o vigia noturno começou a bater sua matraca, o jardim ficava mais assustador e mais claro; assim que desaparecem as listras de luz avermelhada das janelas, a última vela passa do bufê para a antessala, lançando uma faixa de luz pelo jardim orvalhado, e pela janela vejo a figura curvada de Foka que, de camisa, com o castiçal na mão, dirige-se para sua cama na antessala. Muitas vezes sentia um prazer enorme e inquietante em ir pela relva molhada, sob a sombra da casa, me esgueirar até a janela da antessala, prender a respiração e ficar ouvindo os roncos do criadinho e os pigarreados de Foka, que supunha não estar sendo ouvido, e o som de sua voz senil rezando por muito, muito tempo. Afinal se apagava a última vela, a janela era fechada, eu ficava completamente só. Olhando temeroso para os lados, com medo de avistar junto aos canteiros ou ao lado da minha cama uma mulher vestida de branco, eu corria a galope para a varanda. Deitava-me com o rosto virado para o jardim, cobria-me por causa dos mosquitos e morcegos, olhava para fora, ouvindo os ruídos noturnos e sonhava com o amor e a felicidade.

Tudo então adquiria para mim outro significado: o aspecto das velhas bétulas ao luar, que brilhavam de um lado, com seus ramos cacheados, e, do outro, escureciam os arbustos e a estrada com suas sombras negras; o brilho crescente, calmo e deslumbrante do açude, o cintilar das gotas de orvalho nas pétalas das flores defronte à varanda; as sombras graciosas das flores sobre os canteiros; os pios da codorniz do outro lado do açude; a voz de um homem na estrada principal, o rumorejar suave de duas velhas bétulas roçando uma na outra, o zumbido de um mosquito perto de meu ouvido, debaixo do cobertor, a queda de uma maçã sobre as folhas secas e os pulinhos das rãs, que às vezes chegavam até os degraus do terraço e brilhavam meio misteriosas com suas costas verdes à luz da lua.

Tudo isso adquiria para mim um estranho significado – de uma beleza excessivamente grande e de uma felicidade de certo modo incompleta. E então surgia *ela*, com uma longa trança negra, o busto alto, sempre triste e maravilhosa, com seus braços nus e suas carícias voluptuosas. Ela me amava, e por um minuto de seu amor eu sacrificaria toda a minha vida. Mas a lua, cada vez mais alta e clara, continuava no céu, o brilho suntuoso do açude se tornava cada vez mais resplandecente, as sombras ficavam cada vez mais escuras, a luz, cada vez mais transparente. Observando e de ouvidos atentos a tudo aquilo, algo me dizia que *ela*, com seus braços nus e carinhos ardentes, estava ainda longe de ser a felicidade, que amá-la estava ainda muito distante da bem-aventurança. E quanto mais eu olhava para a lua cheia, mais a beleza verdadeira e o bem pareciam estar cada vez mais altos e mais puros, e mais próximos Dele, Daquele que é a fonte de tudo que é belo e bom, e lágrimas de uma alegria não satisfeita, mas inquietante, brotavam em meus olhos.

E eu continuava só, e ainda me parecia que a natureza misteriosa e imponente, o cativante disco da lua – parado em algum ponto do céu azul e, ao mesmo tempo, presente em toda parte, preenchendo com sua luz todos os espaços – e eu, um verme insignificante, já maculado por todas as miseráveis e rasteiras paixões humanas, mas com toda a incomensurável e poderosa força da imaginação e do amor – parecia-me que naquele instante era como se a natureza, a lua e eu fôssemos uma coisa só.

Capítulo XXXIII

Nossos vizinhos

Fiquei muito surpreso com o fato de papai ter dito, no primeiro dia de nossa chegada, que os nossos vizinhos, os Epifânov, eram pessoas maravilhosas e, mais ainda, com o fato de que ele os visitava. Havia muito tempo que tínhamos uma questão de terras com aquela gente. Quando era criança ouvi várias vezes papai ficar irritado por causa dessa questão, xingar os Epifânov e conclamar outras pessoas para, pelo que eu entendia, defenderem-se deles. Ouvia Iákov se referir a eles como nossos inimigos e como "gente baixa", "plebe", e me lembro de que *maman* pedia que em sua casa nem se mencionasse o nome daquelas pessoas.

Com tais informações, formei na infância a ideia clara e firme de que os Epifânov eram nossos inimigos e de que estavam sempre prontos a esfaquear ou estrangular papai ou até um filho seu, caso caíssemos em suas garras. Estava tão convicto de que eram de fato *gente baixa* que ao ver, por ocasião da morte de *mamã*, Avdótia Vassílievna Epifânova, *la belle Flamande*, cuidando de mamãe, mal pude acreditar que ela pertencia a uma família de *gente baixa*; mas, apesar disso, mantive a pior opinião sobre aquela gente. Embora os visse com frequência naquele verão, continuei estranhamente preconceituoso em relação a toda a família.

Resumidamente, a família Epifânov era constituída da mãe, uma viúva de cinquenta anos ainda bem conservada e alegre, de sua bela filha Avdótia Vassílievna e de um filho gago, Piotr Vassílievitch, tenente reformado, de caráter muito sério.

Anna Dmítrievna Epifânova vivera vinte anos separada do marido antes da morte deste; uma vez ou outra ela passava uma temporada em Petersburgo, onde tinha parentes, mas a maior parte do tempo ficava em sua aldeia, Mytíschi, localizada a três verstas de nós. Nas vizinhanças contavam sobre ela coisas tão horríveis que Messalina seria uma criança inocente, comparada com ela. Por isso mamãe pedia que não se mencionasse seu nome em nossa casa. Mas, sem nenhuma ironia, não se podia acreditar nem na décima parte dos mais cruéis de todos os mexericos, os dos moradores das aldeias. Porém, quando conheci Anna Dmítrievna, embora morasse em sua casa seu administrador Mitiúcha[152], um servo com os cabelos ondulados sempre untados de brilhantina e vestido com uma casaca em estilo circassiano que ficava durante o almoço de pé atrás da cadeira de Anna Dmítrievna enquanto esta, em francês, convidava os visitantes a admirarem os belos olhos e a boca de seu ajudante, não havia nada parecido com o que dizia o falatório da vizinhança. Ao que parece, uns dez anos antes, precisamente na ocasião em que Anna Dmítrievna chamara de volta seu respeitável filho Petrucha, ela havia mudado seu modo de vida por completo. Sua propriedade era pequena, umas cem almas[153] ou pouco mais, e, quando ela levava uma vida de diversões, suas despesas eram enormes. Como era natural, hipotecou várias vezes a propriedade e, como as hipotecas estavam vencidas, a fazenda teria de ser vendida em leilão. Nessa situação crítica, supondo que a tutela, o inventário dos bens, a visita dos representantes da justiça e outras coisas desagradáveis estavam acontecendo não devido à falta de pagamento dos juros, e sim porque ela era mulher, Anna Dmítrievna escreveu ao filho no regimento pedindo-lhe que viesse salvar sua mãe daquela situação. Apesar de ir muito bem na carreira militar, a ponto de esperar que em breve começasse a ganhar seu pão, ele abandonou tudo, pediu reforma e retornou à aldeia, como filho dedicado que era, acreditando que seu principal dever era tornar a velhice de sua mãe mais leve (o que ele com sinceridade escreveu na carta que lhe mandou).

Piotr Vassílievitch, apesar de ter um rosto feio e ser desajeitado e gago, era um homem de princípios férreos e de uma rara inteligência prática. Aos poucos, com pequenos empréstimos, manobras, pedidos e promessas, conseguiu salvar a propriedade. Tornando-se fazendeiro, vestiu a *bekecha* que fora de seu pai e estava guardada na despensa, desfez-se das

---

152. Diminutivo de Mítia, apelido do nome Dmítri. (N.T.)
153. Na Rússia, quando ainda vigorava o regime de servidão (abolido em 1861), os servos eram chamados de *almas*. (N.T.)

carruagens e dos cavalos, desacostumou as visitas de virem a Mytíschi, cavou açudes, aumentou a área plantável, diminuiu as terras dos camponeses, derrubou um bosque e vendeu com lucro a madeira – e assim acertou os negócios. Piotr Vassílievitch fez o juramento e o manteve de não vestir outra roupa além da *bekecha* de seu pai e de um capote de lona feito por ele mesmo, e também de só viajar nas carroças dos camponeses e com os cavalos destes. Ele procurava estender esse modo estoico de vida a toda a família, na medida em que o respeito apaixonado e o sentimento do dever que tinha pela mãe lhe permitiam. Na sala de visitas, gaguejava e se diminuía diante da mãe, realizando todos os seus desejos e repreendendo os criados quando não cumpriam as ordens de Anna Dmítrievna. Mas, em seu escritório, cobrava explicações se alguém matasse um pato para o almoço sem sua ordem, ou se, por determinação de Anna Dmítrievna, alguém fosse enviado a uma vizinha para perguntar sobre a saúde desta, ou se as moças camponesas fossem mandadas para colher framboesas no bosque em vez de irem capinar a horta.

Uns quatro anos depois as dívidas estavam pagas, e Piotr Vassílievitch foi a Moscou, de onde voltou com um traje novo e num *tarantás*[154]. Mas, apesar dessa florescente situação, continuou mantendo as tendências estoicas, das quais parecia se orgulhar. Com um humor sombrio diante dos de casa e de estranhos e gaguejando, dizia: "Quem quer de verdade me ver, ficará feliz de me ver de *tulup*[155] e vai partilhar comigo a sopa de repolho e o cereal cozido, pois é isso que como". Ele expressava em cada palavra, em cada gesto, o orgulho de ter-se sacrificado por sua mãe e de conseguir resgatar a propriedade e o desprezo pelas pessoas que nunca fizeram nada parecido.

A mãe e a filha tinham personalidades completamente diferentes da dele e também em muitas coisas eram diferentes entre si. A mãe era uma das mulheres mais agradáveis do seu círculo, sempre simpática e alegre. Tudo quanto era bonito e divertido causava-lhe uma alegria autêntica. Ela até mesmo

---

154. Carro de quatro rodas puxado a cavalo. (N.T.)

155. Capote comprido, rústico, feito geralmente de pele de carneiro com o pelo para o lado de dentro e ajustado na cintura por um cinto. (N.T.)

tinha em alto grau uma característica que só é encontrada em pessoas idosas e muito bonachonas: a capacidade de se deliciar com a visão de jovens se divertindo. Sua filha, Avdótia Vassílievna, ao contrário, era muito séria, ou, para ser mais exato, tinha uma postura de arrogância e indiferença e um ar distraído, que, sem nenhuma base para isso, costumam ter as solteiras muito belas. Quando pretendia ficar alegre, sua alegria saía um tanto estranha – não se sabia se estava rindo de si mesma, do ouvinte ou do mundo inteiro, o que na realidade ela não queria. Eu me espantava com frequência e me perguntava o que ela queria dizer com frases do tipo: "Sim, eu sou terrivelmente bonita. Como não?! Todos estão apaixonados por mim". E assim por diante. Anna Dmítrievna Epifânova estava sempre ativa, tinha paixão pela arrumação de sua casinha, de seu jardinzinho, cuidava das flores, dos canários e de coisinhas bonitas para enfeitar a casa. Os cômodos e o jardim eram pequenos e sem luxo, mas neles era tudo tão bem arrumado, limpo e alegre que pareciam ter a leveza de uma valsa ou de uma polca, e as visitas, querendo elogiar, diziam que seu jardim e sua casa pareciam brinquedinhos. A própria Anna Dmítrievna parecia um brinquedinho – pequena, magrinha, com um frescor no rosto e mãozinhas pequenas e bonitas, sempre alegre e com roupas que combinavam com ela. A única coisa que estragava um pouco esse quadro geral eram as veias de um lilás escuro que se destacavam em suas pequenas mãos.

Avdótia Vassílievna, ao contrário, ficava quase sempre ociosa, não gostava de enfeites ou flores e até se preocupava muito pouco consigo mesma, e quando chegavam visitas ela corria para se arrumar. Mas quando regressava, já vestida, estava sempre extraordinariamente bonita, exceção feita à expressão fria e imutável de seus olhos e lábios, comum a todas as pessoas muito belas. Seu lindíssimo rosto de feições corretas e sua figura esbelta pareciam estar o tempo todo dizendo: "Fiquem à vontade, podem me olhar".

Mas, apesar da personalidade alegre da mãe e do aspecto indiferente e distraído da filha, algo dizia que a primeira – antes como agora – não amara nada além de coisas bonitinhas e alegres, e que a segunda, Avdótia Vassílievna, era uma daquelas pessoas que, quando se apaixonam, sacrificam toda a sua vida pelo objeto de sua paixão.

Capítulo XXXIV

O casamento de meu pai

Meu pai tinha quarenta e oito anos quando se casou de novo, desta vez com Avdótia Vassílievna Epifânova.

Imagino que na primavera, ao chegar à aldeia com as meninas, papai estava num estado de ânimo especialmente inquieto, feliz e comunicativo, como ocorre em geral com jogadores que resolvem parar de jogar após terem ganho uma grande quantia. Ele sentia que tinha ainda uma boa parcela de sorte que, se não quisesse mais usar para o jogo, poderia empregar para obter êxito na vida. Além do mais, era primavera, de repente ele tinha muito dinheiro, estava completamente só e entediado. Ao conversar com Iákov sobre os negócios, lembrou-se da questão de terras com os Epifânov e da bela Avdótia Vassílievna, que não via fazia tempo. Imagino-o dizendo a Iákov: "Sabe, Iákov Kharlâmpytch, para que perdermos tempo com essa questão? Acho que seria melhor dar para eles essa maldita terra. Hein? O que você acha?".

Imagino os dedos de Iákov movendo-se negativamente atrás de suas costas ao ouvir essa pergunta e como ele demonstrou que *"não há dúvida* de que a razão está do nosso lado, Piotr Aleksândrovitch".

Mas papai mandou preparar o coche, vestiu seu sobretudo verde-oliva na última moda, penteou o restante de seus cabelos, borrifou o lenço com perfume e foi visitar os vizinhos num excelente humor, resultado da convicção de que estava agindo como um autêntico fidalgo e, principalmente, da esperança de encontrar uma mulher bonita.

Sei apenas que em sua primeira visita papai não encontrou em casa Piotr Vassílievitch, que estava no campo, e passou duas horas sozinho com as damas. Imagino como se desfez em amabilidades, como as encantou ao pisar com suas botas macias, sussurrando e lançando olhares adocicados. Imagino também como a alegre velhinha caiu de amores por ele e como a fria e bela Avdótia deve ter se alegrado.

Quando uma criada foi correndo avisar a Piotr Vassílievitch que o velho Irtênev em pessoa estava em sua casa, imagino que aquele tenha respondido irritado: "E daí que veio?", e que tenha voltado para casa fazendo o mínimo de barulho, entrado em seu escritório e colocando de propósito o casaco mais sujo que encontrou, e ainda que tenha mandado dizer ao cozinheiro que não ousasse acrescentar nada ao almoço, mesmo que as senhoras ordenassem.

Depois, muitas vezes vi papai na companhia de Epifânov, por isso tenho uma ideia bastante nítida desse primeiro encontro. Imagino que, apesar da proposta de papai de que a demanda terminasse de maneira pacífica, Piotr Vassílievitch estivesse sombrio e zangado por haver sacrificado sua carreira em prol de sua mãe, enquanto papai não fizera nada disso, como se nada o assustasse, e que papai, como se não notasse seu ar sombrio, estivesse brincalhão e alegre e se dirigisse ao vizinho como se este fosse um grande gracejador, coisa que às vezes ofendia Piotr Vassílievitch, mas à qual, contra sua vontade, algumas vezes ele acabava se rendendo. Com sua tendência de fazer brincadeira com tudo, papai chamava Piotr Vassílievitch de coronel, e apesar de Epifânov, gaguejando mais do que de costume e enrubescendo de desgosto, ter observado, e isso também na minha presença, que não era co-co-co-coronel, e sim te-te-te-tenente, cinco minutos depois papai tornou a chamá-lo de coronel.

Liúbotchka me contou que, quando nós ainda não havíamos chegado à aldeia, todos eles se encontravam diariamente com os Epifânov e era muitíssimo prazeroso. Papai sabia organizar diversões originais, alegres, simples e elegantes, e inventava ora uma caçada, ora uma pescaria, ora fogos de artifício, dos quais os Epifânov participavam. E tudo seria ainda mais alegre se aquele chato do Piotr Vassílievitch não estivesse presente, pois estava sempre gaguejando e estragando a festa, segundo Liúbotchka.

Depois que Volódia e eu chegamos, os Epifânov estiveram em nossa casa apenas duas vezes, e nós os visitamos uma vez. Depois do dia de São Pedro, santo de papai, quando na nossa casa havia uma multidão de convidados, entre os quais estavam eles, nossa relação com os Epifânov cessou em definitivo, e apenas papai continuou a visitá-los.

No breve espaço de tempo em que vi papai na companhia de Dúnetchka[156], como sua mãe a chamava, o que pude observar foi o seguinte: papai estava permanentemente naquele feliz estado de espírito que havia me deixado espantado no dia de nossa chegada. Estava tão alegre, remoçado, feliz e cheio de vida que irradiava essa felicidade para os que o rodeavam, contagiando a todos com a mesma disposição de espírito. Quando Avdótia Vassílievna estava presente, ele não se afastava dela nem um instante e lhe fazia incessantes e melosos elogios que me faziam ficar envergonhado por ele. Ou então ficava em silêncio, olhando para ela, elevava os ombros de maneira apaixonada e satisfeita e dava uma tossidinha, ou então, sorrindo, chegava a sussurrar-lhe alguma coisa, mas fazia tudo isso com aquela expressão de quem está apenas brincando, própria dele nos momentos mais sérios.

Aparentemente, Avdótia Vassílievna havia assimilado de papai a expressão de felicidade, que nessa época brilhava quase constantemente em seus grandes olhos azuis, à exceção dos momentos em que ela era dominada por uma timidez tão grande que eu, que conhecia tão bem essa sensação, ficava com pena dela e sofria ao vê-la. Nesses momentos parecia que Avdótia Vassílievna temia qualquer olhar ou movimento e pensava que todos estavam olhando para ela, preocupados exclusivamente com ela e achando que tudo nela era inconveniente. Olhava para todos assustada, ruborizava-se e empalidecia seguidas vezes e então começava a falar alto e com audácia, na maior parte das vezes dizendo bobagens, e percebia isso, percebia que papai também a estava ouvindo e enrubescia ainda mais. Mas papai não notava suas tolices e continuava olhando para ela com paixão e deslumbramento, tossindo com alegria. Notei que os ataques de timidez, embora

---

156. Diminutivo de Dúnia, apelido de Avdótia. (N.T.)

atingissem Avdótia Vassílievna sem nenhum motivo, às vezes aconteciam logo depois de alguém mencionar, na presença de papai, alguma mulher jovem e bonita. As frequentes mudanças da introversão para aquela sua alegria estranha e desajeitada, a repetição de palavras e expressões favoritas de papai, o fato de ela continuar com outras pessoas conversas que havia iniciado com papai... tudo isso, se o protagonista não fosse meu pai e eu fosse mais velho, teria explicado para mim as relações entre papai e Avdótia Vassílievna, mas naquela época eu não desconfiava de nada, nem mesmo quando, na minha presença, papai ficou muito perturbado ao receber uma carta de Piotr Vassílievitch e ficou sem visitar os Epifânov até o final de agosto.

Em fins de agosto, papai começou outra vez a visitar nossos vizinhos e um dia antes de nossa partida para Moscou (minha e de Volódia), ele nos comunicou que ia se casar com Avdótia Vassílievna Epifânova.

Capítulo XXXV

Como recebemos essa notícia

Na véspera dessa comunicação oficial, todos em casa já sabiam do fato, e os comentários a respeito eram os mais variados. Mimi não saiu do quarto durante o dia inteiro, onde ficou chorando, enquanto Kátenka lhe fazia companhia, saindo só na hora do almoço com uma expressão ofendida, com certeza por influência da mãe. Liúbotchka, ao contrário, estava muito alegre e durante o almoço dizia que tinha um segredo sensacional, mas que não contaria a ninguém.

– Não há nada de sensacional no seu segredo – disse-lhe Volódia, que não partilhava de sua alegria. – Se você tivesse capacidade de pensar sobre alguma coisa com seriedade, teria entendido que, pelo contrário, o que está acontecendo é péssimo.

Liúbotchka fitou surpresa o irmão e ficou calada.

Depois do almoço, Volódia quis tomar-me pelo braço mas, assustado com a possibilidade de que isso parecesse um gesto de carinho, só tocou em meu cotovelo e indicou com a cabeça o salão.

– Você sabe de que segredo Liúbotchka está falando? – perguntou ele, certificando-se de que estávamos sozinhos.

Era raro que meu irmão e eu conversássemos a sós sobre algo importante, de modo que, quando isso ocorria, sentíamos um embaraço mútuo e em nossos olhos apareciam uns meninos pulando, como dizia Volódia. Mas, naquele instante, em resposta ao constrangimento estampado em meus olhos, ele continuou a fitar-me com seriedade, como se dissesse: "Neste caso não há razão para embaraços. Afinal de contas, somos irmãos e devemos nos aconselhar sobre assuntos familiares importantes". Entendi o que ele queria, e ele continuou.

– Papai vai se casar com a Epifânova. Está sabendo?

Eu já tinha ouvido a respeito e fiz que sim com a cabeça.

– Mas isso é muito ruim – continuou Volódia.

– Por quê?

– Por quê?! – disse ele, aborrecido. – É muito agradável ter um titio gago, tenente, e toda aquela parentela. Além disso, agora ela parece ser uma pessoa boa e generosa, mas quem sabe como será no futuro? Para nós, admito, não fará diferença, mas Liúbotchka em breve deverá debutar na sociedade. Com uma *belle-mère*[157] dessas não será muito agradável. Ela, inclusive, fala muito mal francês. E que maneiras poderá ensinar a Liúbotchka? É uma *poissarde*[158] e nada mais. É bondosa, que seja, mas é uma *poissarde* – concluiu Volódia, visivelmente satisfeito com sua definição.

Por mais estranho que fosse para mim ouvir Volódia julgar com tanta tranquilidade a escolha de papai, tive a impressão de que ele tinha razão.

– Por que motivo papai vai se casar? – perguntei.

– É uma história obscura, só Deus sabe. Sei apenas que Piotr Vassílievitch convenceu-o a se casar, exigiu isso, e que papai não queria, mas depois começou a fantasiar, sentiu-se uma espécie de cavaleiro andante. É uma história obscura. Só agora comecei a entender nosso pai – continuou Volódia (o

---

157. Madrasta. (N.A.)

158. Mulher vulgar. (N.T.)

fato de ele o chamar de pai, e não de papai, me feriu dolorosamente) – e sei que é um homem maravilhoso, bom, inteligente. Mas essa leviandade e futilidade... isso é surpreendente! Ele não consegue ficar impassível diante de uma mulher. Você sabe que ele se apaixonou por todas as mulheres que conheceu. Até Mimi, você sabe disso.

– Que está dizendo?

– Posso afirmar. Há pouco tempo soube que ele foi apaixonado por Mimi, quando ela era jovem, fez poesias para ela, e houve algo entre eles. Mimi até hoje sofre por causa disso – disse Volódia, caindo na risada.

– Não pode ser! – falei, espantado.

– Mas o mais importante – continuou Volódia, de novo sério e repentinamente em francês – é como todos os nossos parentes vão receber esse casamento. E ela provavelmente terá filhos.

Eu estava tão surpreso com a sensatez e a clarividência de Volódia que não soube o que dizer. Nesse momento entrou Liúbotchka.

– Então vocês já estão sabendo? – disse ela com o rosto alegre.

– Já – disse Volódia. – Eu só me espanto com uma coisa, Liúbotchka: você não é mais um bebê de fraldas... que alegria pode sentir porque papai vai se casar com uma porcaria qualquer?

De repente o rosto de Liúbotchka ficou sério e pensativo.

– Volódia! Porcaria por quê? Como você ousa falar assim de Avdótia Vassílievna? Se papai vai se casar com ela, significa que ela não é uma porcaria.

– Está bem, não é uma porcaria, falei por falar. No entanto...

– "No entanto" coisa nenhuma – cortou-o Liúbotchka, exaltando-se. – Eu nunca disse que a moça pela qual você está apaixonado é uma porcaria. Como pode falar assim de papai e de uma moça excelente?! Embora você seja meu irmão mais velho, não me fale dessa maneira, você não deve falar assim.

– Mas por que não se pode refletir sobre...

– Você não pode refletir... – cortou-o outra vez Liúbotchka – não pode refletir sobre um pai como o nosso. Mimi pode refletir, mas você não, irmão mais velho.

– Não, você ainda não entende nada – comentou Volódia, com desprezo –, mas tente entender. Para você é uma coisa boa que uma Epifânova qualquer, essa Dúnetchka, venha substituir nossa finada *maman*?

Liúbotchka ficou calada um instante e então, de repente, seus olhos se encheram de lágrimas.

– Eu sabia que você era orgulhoso, mas não pensava que fosse tão cruel – disse ela, deixando-nos.

– E daí? – disse Volódia com uma cara cômica e olhos de bêbado. – É nisso que dá discutir com elas – continuou, como que se recriminando por ter se distraído e se rebaixado conversando com Liúbotchka.

No dia seguinte, o tempo estava ruim e nem papai, nem as damas haviam descido para tomar chá quando cheguei à sala de estar. Durante a noite havia caído uma garoa fria de outono, no céu corriam fragmentos da nuvem que causara a chuva noturna, por entre os quais o sol, já bastante alto, transparecia como um disco claro. O tempo estava úmido e soprava o vento norte. A porta que dava para o jardim estava aberta, e as poças de água da chuva no chão do terraço, enegrecido pela umidade, pouco a pouco iam secando. A porta aberta, que pendia das dobradiças, balançava com o vento; os caminhos no jardim estavam molhados e sujos. As velhas bétulas com galhos brancos e nus, os arbustos, matinhos, urtigas, groselheiras e os sabugueiros, que expunham o lado mais pálido de suas folhas, agitavam-se, como se quisessem se soltar de suas raízes. Da aleia de tílias, folhas amarelas perseguiam-se umas às outras em revoada e, encharcando-se, pousavam na estrada molhada e na várzea verde-escura rebrotada. Meus pensamentos estavam ocupados com o iminente casamento de meu pai e com a visão que Volódia tinha dele. O futuro de minha irmã, o nosso e até o de papai não me indicavam nada de bom. Incomodava-me que uma mulher estranha e, o que era mais importante, *jovem*, sem ter para isso nenhum direito, de repente iria ocupar, em vários sentidos, o lugar de quem? Uma moça qualquer iria ocupar o lugar de nossa finada mãe! Eu estava triste, e meu pai me parecia cada vez mais culpado. Nesse momento ouvi as vozes de papai e de Volódia na sala dos criados. Não queria ver meu pai naquele momento e me afastei da porta, mas Liúbotchka se aproximou de minhas costas e disse que papai estava me chamando.

Ele estava na sala de estar, de pé, com a mão apoiada no piano, olhando para mim. Parecia impaciente, mas solene ao mesmo tempo. Em seu rosto já não havia aquela aparência de juventude e de felicidade que eu notara nele todo aquele tempo. Parecia triste. Volódia andava pela sala com um cachimbo na mão. Fui até meu pai e o cumprimentei.

– Bem, meus amigos – disse papai com ar resoluto, erguendo a cabeça e falando com rapidez, como em geral se fala de coisas desagradáveis, mas que já não podem ser desfeitas –, vocês, acho eu, sabem que vou me casar com Avdótia Vassílievna.

Ele se calou por um instante.

– Eu nunca tive vontade de me casar depois de sua *maman*, mas... – e fez uma nova pausa – mas... mas, pelo visto, é o destino. Dúnetchka é uma moça boa, agradável, e já não é tão jovem. Espero que vocês a amem, pois é muito bondosa e já gosta de verdade de vocês. Agora – disse ele, dirigindo-se a mim e a Volódia, acelerando sua fala, talvez para que não tivéssemos tempo de retrucar-lhe –, está na hora de vocês partirem; ficarei aqui até o ano-novo e voltarei para Moscou – ficou pensativo mais um instante –, já com minha esposa e com Liúbotchka.

Senti uma dor no coração ao ver papai com aquele ar intimidado e culpado diante de nós; aproximei-me dele, mas Volódia continuava a fumar e a andar pela sala, de cabeça baixa.

– Pois é, meus queridos, vejam o que o seu velho foi inventar – concluiu papai, corando e tossindo, enquanto estendia as mãos para mim e para Volódia.

Seus olhos estavam cheios de lágrimas ao dizer isso, e a mão que estendeu a Volódia, que nesse momento se encontrava no outro extremo da sala, tremia um pouco. A visão dessa mão trêmula me abalou e, estranhamente, veio-me à mente que papai havia servido em 1812[159] e sabia-se que tinha sido um oficial muito corajoso. Segurei sua grande mão coberta de

---

159. Referência à invasão da Rússia pelo exército de Napoleão Bonaparte e à guerra que se seguiu. (N.T.)

grossas veias e beijei-a. Ele apertou minha mão com força e, de repente, com um soluço, segurou a cabeça escura de Liúbotchka e pôs-se a beijar seus olhos. Volódia fingiu que deixara cair o cachimbo, abaixou-se, enxugou os olhos com o punho e saiu da sala, tentando passar despercebido.

Capítulo XXXVI

A universidade

O casamento de meu pai deveria ser dali a duas semanas, mas as aulas iam começar e Volódia e eu fomos para Moscou no início de setembro. Os Nekhliúdov também voltaram do campo. Dmítri, que, ao nos despedirmos, firmara comigo o compromisso de nos escrevermos, promessa que, como é natural, nenhum dos dois cumpriu, fez-me uma visita assim que chegou, e nós decidimos que ele me levaria à universidade no dia seguinte, no meu primeiro dia de aula.

Fazia um tempo claro e ensolarado. Assim que entrei no auditório, senti que minha personalidade desaparecia naquela multidão de rostos jovens e alegres, que em algazarra perambulava a esmo pelas portas e corredores, iluminada pelos claros raios do sol que entravam pelas grandes janelas. A consciência de ser um membro dessa enorme comunidade dava-me uma sensação muito agradável. Mas entre todos aqueles rostos havia poucos que eu conhecia e, mesmo com esses, o conhecimento limitava-se a um aceno de cabeça e às palavras "Bom dia, Irtêniev!". Ao meu redor, porém, os rapazes se apertavam as mãos, diziam palavras de amizade seguidas de palmadinhas, sorrisos e gracejos. Eu sentia em toda parte a união que havia nesse grupo de jovens e com tristeza percebia que essa união não me incluía. Mas essa impressão durou pouco e, como consequência dela e da amargura que me causou, não tardei em concluir que aquilo era muito bom, que não pertencia a toda aquela sociedade, que deveria ter meu próprio círculo de pessoas de bom nível, e fui me sentar no terceiro banco, onde já estavam o conde B., o barão Z., o príncipe R., Ívin e outros senhores da mesma categoria. Naquele grupo eu conhecia Ívin e o conde B., mas esses senhores me olharam de tal maneira que senti não pertencer totalmente ao círculo deles.

Fiquei observando tudo o que se passava a meu redor. Semiônov, com seus cabelos grisalhos e desgrenhados, seus dentes brancos e o casaco desabotoado, estava sentado perto de mim e, apoiado num braço, mordia uma pena. O ginasiano que passara em primeiro lugar nos exames estava sentado na primeira fileira, ainda com o rosto envolvido por um pano preto, e brincava com a chavinha de prata do relógio que tinha no bolso de seu colete de cetim. Ikônin, que, afinal, entrara para a universidade, estava sentado na parte superior do auditório, de calças azul-claras com friso cobrindo totalmente as botas, e soltava gargalhadas, gritando que estava no Parnaso. Para minha surpresa, Ilinka fez-me uma reverência fria, até mesmo com um certo desprezo, como se quisesse me lembrar de que ali éramos todos iguais. Ele se sentou na minha frente e colocou as pernas finas sobre o banco de um jeito bastante desinibido (o que me pareceu ser por minha causa), e ficou conversando com outro estudante, olhando de vez em quando para mim. A meu lado, o grupo de Ívin conversava em francês. Esses senhores me pareciam terrivelmente tolos. Todas palavras que eu captava da conversa deles pareciam não apenas sem sentido, como ainda erradas. Simplesmente, aquilo não era francês (*ce n'est pas français*, dizia eu mentalmente). Mas as poses, conversas e maneiras de Semiônov, Ilinka e dos demais me pareciam nada aristocráticas, deselegantes, não *comme il faut*.

Eu não pertencia a nenhum daqueles grupos. Senti-me solitário e incapaz de me aproximar de alguém, e fiquei irritado. Um estudante, que estava sentado à minha frente, roía as unhas, e já se viam os sabugos de um vermelho vivo. Isso me pareceu tão nojento que mudei de lugar para ficar longe dele. Lembro-me de que fiquei muito triste nesse primeiro dia de aula.

Quando o catedrático entrou e, após um breve rebuliço, todos se calaram, estendi também ao professor meu olhar satírico. Fiquei espantado porque ele iniciou a aula com uma frase que me pareceu sem qualquer sentido. Eu queria que a aula fosse incrivelmente inteligente do princípio ao fim, de modo que nem uma palavra lhe pudesse ser acrescentada ou retirada. Decepcionado, debaixo do título "Primeira aula", que havia escrito no meu caderno belamente encadernado, desenhei dezoito perfis, ligados uns aos outros em círculo, como uma flor, e fiquei movendo de vez em quando a mão pelo caderno, para que o professor pensasse que eu estava tomando notas (estava convencido de que ele se preocupava muito comigo). Durante essa aula, decidi que era desnecessário anotar tudo que qualquer professor dissesse e que seria até uma tolice fazer isso, e fui fiel a essa regra até o final do curso.

Nas aulas seguintes já não senti com tanta força a solidão. Fiz amizade com muitos colegas, cumprimentava-os com apertos de mão, conversava, mas entre nós não se estabelecera uma aproximação verdadeira, sabe-se lá por que, e com frequência ainda me entristecia e disfarçava isso. No grupo de Ívin e dos *aristocratas*, como eles eram chamados, não pude entrar, porque, como me recordo agora, eu os tratava com grosseria e insolência, só os cumprimentava quando me cumprimentavam, e eles, pelo visto, necessitavam muito pouco de minha amizade. O mesmo se passava com a maioria dos outros colegas, mas por uma razão inteiramente diversa. Assim que sentia que um colega queria se aproximar de mim, eu logo o informava de que costumava almoçar com o príncipe Ivan Ivânytch e de que tinha minha própria carruagem. Dizia essas coisas apenas para mostrar meu lado mais favorável, para que o colega gostasse de mim. Mas, ao contrário, assim que ficava sabendo de meu parentesco com o príncipe Ivan Ivânytch e de minha carruagem, para minha surpresa, quase todas as vezes o colega começava a me tratar com frieza e altivez.

Na turma havia um bolsista, o estudante Óperov. Era um rapaz modesto, muito inteligente e esforçado. Ao cumprimentar, ele sempre estendia a mão reta como uma tábua, não a movia nem dobrava os dedos, e alguns colegas brincalhões às vezes faziam o mesmo com ele ao cumprimentá-lo, chamando isso de "cumprimentar com a tabuinha". Sentava-me quase sempre ao lado de Óperov e conversávamos, e eu gostava muito de ouvir as opiniões independentes que ele tinha a respeito dos professores. Ele definia com muita clareza e exatidão as qualidades e os defeitos do ensino de cada professor e às vezes até zombava deles, o que eu estranhava muito, sobretudo porque aquilo era dito com uma vozinha fraca que saía de sua boca minúscula. Apesar disso, ele anotava rigorosamente todas as aulas com sua letrinha miúda.

Entre nós já começava uma amizade e combinamos de estudar juntos, e os olhinhos cinzentos e míopes de Óperov começavam a se voltar para mim com satisfação quando eu chegava e me sentava no meu lugar, ao lado dele. Mas, certa vez, achei necessário lhe dizer, durante uma conversa, que, pouco antes de morrer, minha mãe pedira a meu pai que não nos colocasse em nenhum estabelecimento de ensino público, e que eu estava começando a me convencer de que os estudantes que vieram de tais escolas podiam até ser muito inteligentes, mas não serviam para mim, pois não eram *comme il faut*. Dito isso, fiquei perturbado e senti que estava enrubescendo. Óperov nada disse e, nas aulas seguintes, não foi o primeiro a me cumprimentar quando nos encontramos, não estendeu sua "tabuinha", não puxou conversa e, quando eu me sentava, ele se abaixava, escondia o rosto nos cadernos e fingia que estava mergulhado na leitura. Fiquei surpreso com esse esfriamento sem motivo, mas, *pour un jeune homme de bonne maison*[160], julgava inconveniente bajular um bolsista e deixei Óperov em paz, embora, reconheço, sua frieza me deixasse triste. Certa vez cheguei antes dele e, como a aula era do professor preferido da turma, todos os alunos compareceram, mesmo os menos assíduos, e todos os lugares estavam ocupados. Então me sentei no lugar de Óperov, coloquei meus cadernos sobre a carteira e saí. Quando voltei, percebi que meus cadernos tinham sido colocados num dos bancos de trás e que Óperov estava sentado no seu lugar. Disse-lhe então que havia deixado ali meus cadernos.

– Não sei de nada – respondeu ele, corando e sem me olhar.

– Estou dizendo ao senhor que coloquei meus cadernos aqui – falei, exaltando-me de propósito, com o intuito de

---

160. Para um rapaz de boa família. (N.A.)

assustá-lo com minha valentia. – Todos aqui viram – acrescentei, virando-me para os outros estudantes, que, embora me olhassem com curiosidade, nada disseram.

– Aqui não há lugares cativos; quem chega primeiro, senta-se – disse Óperov, ajeitando-se com raiva no banco e lançando-me um olhar indignado.

– Isso demonstra que o senhor é mal-educado – disse eu.

Tive a impressão de que Óperov resmungou alguma coisa do tipo: "E você é um garoto bobo", mas não ouvi. E que adiantaria se ouvisse? Brigar com ele, como *manants*[161], e só (eu gostava muito da palavra *manant*, que me servia de resposta e de solução em muitas situações complicadas). Talvez ainda lhe dissesse alguma coisa, mas, nesse momento, a porta se fechou e o professor, de fraque azul-marinho, cumprimentou a turma e dirigiu-se apressadamente para a cátedra.

Entretanto, antes dos exames, senti falta dos cadernos de Óperov. Ele se lembrou de sua promessa e propôs que estudássemos juntos.

Capítulo XXXVII

Questões sentimentais

Assuntos do coração ocuparam-me bastante naquele inverno. Apaixonei-me três vezes. Na primeira vez, apaixonei-me com ardor por uma dama muito gorda que costumava ir ao hipódromo de Freitag todas as terças e sextas-feiras. Em consequência, passei a ir àquele local nesses dias. Ia ao hipódromo para vê-la, mas tinha tanto medo de que ela me visse que ficava bem longe dela e fugia rapidamente dos lugares onde ela deveria passar. Eu virava o rosto de maneira tão displicente quando ela lançava um olhar para meu lado que nem pude examinar seu rosto como devia, e até agora não sei se ela era bonita de verdade.

Dúbkov, que conhecia essa dama, encontrou-me certa vez no hipódromo, escondido atrás dos lacaios que seguravam

---

161. Camponeses. (N.A.)

os casacos de pele. Ele soubera por Dmítri de minha paixão e deixou-me tão assustado com a proposta de me apresentar àquela amazona que corri desabalado dali. A simples ideia de que Dúbkov pudesse ter falado a ela sobre mim tirou-me toda a coragem de voltar ao hipódromo, com medo de encontrá-la.

Quando me apaixonava por mulheres desconhecidas, especialmente se fossem casadas, eu era dominado por uma timidez mil vezes mais forte do que a que eu sofria com Sônetchka. O que mais temia era que o objeto de minha paixão ficasse sabendo de meu amor e até mesmo de minha existência. Pensava que, se a dama soubesse do sentimento que eu lhe devotava, encararia isso como uma ofensa tão grande que jamais poderia ser perdoada. E, de fato, se aquela amazona soubesse em detalhes o que eu pensava, escondido atrás dos lacaios, e que imaginava raptá-la e levá-la para a aldeia para vivermos juntos, e o que lá faria com ela, talvez se ofendesse muito, e com razão. Mas eu não tinha ideia clara de que, se fôssemos apresentados, ela não poderia adivinhar de imediato todos os meus pensamentos e, portanto, não haveria nada de vergonhoso em conhecê-la.

Em seguida me apaixonei de novo por Sônetchka, ao vê-la na companhia de minha irmã. Já fazia tempo que terminara a minha segunda paixão por ela. Apaixonei-me pela terceira vez porque Liúbotchka me deu um caderno de poesias copiadas por Sônetchka, no qual muitas passagens de "O demônio" de Lérmontov falavam de amores sombrios sublinhadas com tinta vermelha e marcadas com florzinhas. Lembro-me de como, no ano anterior, Volódia beijava o porta-moedas de sua amada; tentei fazer o mesmo e quando estava sozinho no meu quarto, pus-me a sonhar, olhando a florzinha. Levando-a aos lábios, senti uma emoção agradável e triste. Apaixonei-me novamente durante vários dias, ou, pelo menos, eu assim pensava.

Na terceira vez, naquele inverno, apaixonei-me por uma jovem por quem Volódia estava enamorado e que costumava nos visitar. Essa moça, tal como me lembro agora, não tinha nada de interessante, nem, acima de tudo, aquelas qualidades que em geral eu apreciava. Era filha de uma conhecida senhora de Moscou, uma dama inteligente e culta. A moça era pequena, magrinha, de cabelos louro-escuros, com cachinhos à moda inglesa e traços delicados. Dizia-se que essa jovem era ainda mais inteligente do que a mãe, mas nunca pude avaliar isso, porque sentia um terror humilhante à simples menção de sua inteligência e cultura, e falei com ela só uma vez, expressando-me em meio a uma tremedeira incompreensível. Mas o entusiasmo de Volódia, que nunca se encabulava diante dos presentes ao falar de sua paixão, contaminou-me com tanta força que me apaixonei perdidamente por essa moça. Pressentindo que Volódia não iria gostar do fato de que *dois irmãozinhos estavam apaixonados pela mesma donzela*[162], não falei a ele sobre o meu amor. Ao contrário de meu irmão, naquele sentimento o que me causava mais satisfação era a ideia de que nosso amor era tão puro que, embora o objeto dele fosse o mesmo ser sublime, nós continuávamos amigos e, se necessário, até mesmo nos sacrificaríamos em benefício um do outro. Volódia, porém, ao contrário de mim, não parecia muito disposto a se sacrificar, pois tinha vontade de dar uma bofetada e desafiar para um duelo um diplomata de verdade que, pelo que se dizia, estava para se casar com a jovem. Para mim, ao contrário, era muito agradável sacrificar meu sentimento, talvez porque isso não desse muito trabalho, pois apenas uma vez conversei com essa moça, ocasião em que discorri com afetação sobre as qualidades da música erudita. Por mais que me esforçasse para fazê-lo durar, meu amor por ela terminou na semana seguinte.

Capítulo XXXVIII

A alta sociedade

Ao entrar para a universidade, os prazeres mundanos, aos quais sonhava me entregar, a exemplo de meu irmão mais velho, naquele inverno deixaram-me completamente decepcionado. Volódia dançava com muita frequência, papai

---

162. Frase no estilo dos contos populares russos. (N.T.)

também ia a bailes com sua jovem esposa, mas, quanto a mim, provavelmente me consideravam ainda muito jovem ou sem talento para essas distrações, e ninguém me apresentava às famílias que costumavam dar bailes. Apesar da promessa de contar tudo a Dmítri, nem a ele, nem a ninguém eu falava sobre minha vontade de ir a bailes e de como sofria e ficava aborrecido por se esquecerem de mim e por me considerarem uma espécie de filósofo, e, em consequência disso, acabava de fato bancando o filósofo. Mas, naquele inverno, houve um baile na casa da princesa Kornakova, e todos nós fomos convidados, inclusive eu, que pela primeira vez iria a uma diversão desse tipo. Antes de sairmos, Volódia foi a meu quarto para ver como eu ia me vestir. Fiquei muito surpreso e preocupado com esse procedimento por parte dele. Pensava que o desejo de se vestir bem era algo muito vergonhoso e devia ser camuflado, escondido. Volódia, ao contrário, considerava esse desejo tão natural e necessário que, com toda a franqueza, me disse que temia que eu passasse vergonha. Obrigou-me a calçar botas de verniz, ficou horrorizado quando eu quis vestir luvas de camurça, colocou o relógio no meu bolso de um jeito diferente e levou-me a um cabeleireiro na Kuznétski Most, onde frisaram meu cabelo. Quando o cabeleireiro terminou, Volódia se afastou para me olhar de longe.

– Agora está bom. Apenas, será que não é possível abaixar esses redemoinhos? – perguntou ao cabeleireiro.

Mas, por mais que *monsieur* Charles tivesse untado meus redemoinhos com uma essência pegajosa, eles ficaram em pé novamente quando coloquei o chapéu, e, de maneira geral, minha figura com cabelo frisado me parecia muito pior do que antes. Minha única salvação era assumir um ar de displicência afetada. Só assim minha aparência poderia corresponder a alguma coisa.

Volódia, pelo visto, tinha a mesma opinião, porque me pediu para desfazer o frisado e, quando fiz isso e continuou feio, durante todo o trajeto até a casa dos Kornakov ele evitou olhar para mim e manteve-se calado e com ar triste.

Junto com Volódia, entrei no salão dos Kornakov cheio de coragem, mas, quando a princesa me convidou para uma contradança, embora eu tivesse ido com a intenção de me esbaldar, respondi que não sabia dançar. Fiquei solitário e amedrontado entre pessoas desconhecidas e caí na minha usual e insuperável timidez, que ia aumentando com o passar do tempo. Permaneci calado e imóvel no mesmo lugar a noite inteira.

Durante a valsa, uma das princesinhas se aproximou de mim e com a amabilidade oficial, comum a toda a sua família, perguntou-me por que eu não dançava. Lembro-me de ter entrado em pânico com essa pergunta, mas, ao mesmo tempo, de modo totalmente involuntário, no meu rosto se estampou um sorriso presunçoso. Comecei a fazer em francês um discurso empolado, cheio de orações introdutórias, e disse tantos absurdos que até hoje, algumas dezenas de anos depois, tenho vergonha quando me recordo do fato. Provavelmente teve influência sobre mim a música, que irritava meus nervos e abafava a parte menos compreensível do meu discurso. Falei alguma coisa sobre a alta sociedade, sobre como os homens e as mulheres eram vazios e, ao final, me atrapalhei com minhas próprias mentiras e parei na metade de uma palavra, sem conseguir terminar a frase.

Até a princesinha, acostumada desde o berço à vida social, ficou confusa e olhava com reprovação para mim. Mas continuei sorrindo. Nesse instante crítico, Volódia, notando que eu estava conversando com ardor, provavelmente quis saber como eu compensava o fato de não dançar falando daquele jeito e, junto com Dúbkov, aproximou-se de nós. Ao ver meu rosto sorridente e a careta assustada da princesinha, e tendo ouvido o final da minha terrível asneira, ficou ruborizado e deu-me as costas. A princesinha levantou-se e me deixou. Continuei sorrindo, apesar de tudo, mas sofria tanto naquele instante com a consciência de minha idiotice que estava pronto para me enfiar terra adentro. Por outro lado, queria a todo custo movimentar-me e dizer alguma coisa para tentar salvar minha situação. Aproximei-me de Dúbkov e lhe perguntei se havia dançado muitas valsas com *ela*. Eu fingia estar alegre e brincalhão, mas na realidade estava implorando por socorro àquele mesmo Dúbkov para quem eu gritara "Cale-se!" no almoço do Iar. Dúbkov fingiu que não me ouvia e virou-se para o outro lado. Aproximei-me de Volódia e, a duras penas, esforçando-me para dar um tom de brincadeira à minha voz, disse-lhe: "Então, Volódia, já está esfalfado de tanto dançar?". Mas Volódia olhou para mim como se dissesse: "Você não fala comigo dessa maneira quando estamos a sós", e afastou-se em silêncio, temendo, pelo visto, que me grudasse nele.

"Meu Deus, até meu irmão está me abandonando!", pensei.

Porém, não encontrei forças para ir embora. Aguentei de pé no mesmo lugar até o final da festa, e só quando todos se acotovelavam no vestíbulo e o lacaio vestiu-me o capote, prendendo-o na ponta de meu chapéu e levantando-o, comecei a rir e chorar de maneira doentia e, sem me dirigir a ninguém em especial, disse: *"Comme c'est gracieux"*.[163]

Capítulo XXXIX

A farra

Apesar de, por influência de Dmítri, ainda não ter me entregado aos divertimentos próprios dos estudantes, que chamávamos de *farras*, aconteceu-me já naquele inverno participar de uma dessas diversões, da qual saí com uma sensação não muito agradável. O caso foi assim: no início do ano letivo, durante uma aula, o barão Z., um rapaz louro, alto, de traços corretos e muito sério, convidou toda a turma para uma festa em sua casa. Toda a turma significava: todos os colegas mais ou menos *comme il faut* do nosso ano, que, naturalmente, não incluíam nem Grap, nem Semiônov, nem Óperov e nenhum dos plebeus. Volódia sorriu com desdém ao saber que eu ia participar de uma farra de calouros, mas eu acreditava que ia ver algo fora do comum e esperava me divertir muito naquela brincadeira ainda completamente desconhecida para mim, e às oito em ponto estava na casa do barão Z.

Este, de casaca desabotoada e colete branco, recebia as visitas no salão muito iluminado e na sala de estar de uma pequena mansão onde viviam seus pais, que lhe haviam cedido

---

163. Como isto é gracioso. (N.A.)

os aposentos principais para aquela festa. Nos corredores era possível avistar vestidos e rostos de criadas curiosas e, no bufê, vislumbrei uma senhora que imaginei ser a própria baronesa. Havia uns vinte convidados, todos estudantes, exceto pelo senhor Frost, que viera com Ívin, e por um senhor alto e corado, à paisana, que dirigia a festa. Esse último foi apresentado a todos como sendo parente do barão e ex-estudante da universidade de Derpt[164]. No princípio, a forte iluminação da sala e a decoração muito formal dos aposentos esfriaram o ânimo daquele grupo de jovens, que se mantinham grudados às paredes, com exceção de alguns corajosos e do ex-estudante de Derpt, que, já de colete desabotoado, parecia estar em todos os cômodos ao mesmo tempo e em cada canto das salas, inundando com sua incansável voz de tenor, sonora e agradável, todo o aposento. Os outros colegas estavam discretamente calados ou conversavam em voz baixa sobre professores, ciências, provas e coisas sérias e desinteressantes. Todos lançavam olhares para a porta do bufê e, embora tentassem disfarçar, a expressão de seus rostos queria dizer: "E então? É hora de começar". Eu também sentia que era hora de começar e esperava aquele *começo* com alegria impaciente.

Depois do chá, servido pelos lacaios, o estudante de Derpt perguntou em russo a Frost:

– Você sabe preparar o ponche, Frost?

– Oh! *Ja!* – respondeu Frost em alemão, fazendo tremer os músculos da panturrilha.

O estudante de Derpt, ainda em russo, lhe disse:

– Então você fica responsável por ele (eles se tratavam por você porque eram ex-colegas da universidade de Derpt).

Dando grandes passadas com as pernas arqueadas e musculosas, Frost pôs-se a andar para cá e para lá, entre a sala de visitas e o bufê, e, em pouco tempo, na mesa apareceu uma grande sopeira, dentro da qual havia um pão de açúcar de dez libras[165], sustentado por três espadas de estudantes cruzadas.

---

164. Outro nome da cidade de Tartu, na Estônia, onde existe uma famosa universidade. (N.T.)

165. Cone de açúcar cristalizado. A libra russa correspondia a aproximadamente 400 gramas. (N.T.)

Enquanto isso, o barão Z. andava sem descanso, aproximando-se dos grupinhos de convidados na sala de visitas e, olhando para a sopeira, com uma expressão inabalável e séria dizia para todos: "Senhores, bebamos uma rodada como estudantes, como uma *Bruederschaft*[166], ou não há companheirismo na nossa turma. Vamos, desabotoem seus uniformes, ou livrem-se deles, como fez este aqui". De fato, o estudante de Derpt, sem casaco e com as mangas arregaçadas acima dos cotovelos brancos, as pernas firmemente afastadas, estava acendendo o fogo dentro da sopeira.

– Senhores! Apaguem as velas – bradou de repente o experiente estudante de Derpt o mais alto que podia, pois todos nós estávamos gritando. Ficamos em silêncio, olhando para sua camisa branca e sentindo que o momento solene havia chegado.

– *Löschen Sie die Lichter aus, Frost!*[167] – gritou outra vez o estudante de Derpt dessa vez em alemão, provavelmente porque estava muito animado.

Frost e todos nós apagamos as velas. A sala ficou às escuras, e só as mangas brancas e as mãos que seguravam o pão de açúcar sobre as espadas estavam iluminadas pela chama azulada. A forte voz de tenor do estudante de Derpt já não soava solitária, porque em todos os cantos da sala começaram os risos e as conversas. Muitos tiraram os casacos (em particular aqueles que tinham camisas finas e limpas). Fiz o mesmo e percebi que *havia começado*. Embora não tivesse acontecido ainda nada de divertido, eu estava totalmente convencido de que seria ótimo quando todos bebêssemos um copo da bebida que estava sendo preparada.

A bebida ficou pronta e o estudante de Derpt distribuiu o ponche pelos copos, deixando cair fartamente na mesa, e gritou: "Venham, senhores, vamos começar!". Cada um pegou um copo cheio daquele líquido viscoso enquanto Frost e o estudante de Derpt entoavam uma canção alemã, na qual se repetia a exclamação *Juche*! Num coro desafinado, cantávamos com eles e batíamos com os copos nos copos uns dos outros, gritávamos louvando o ponche e, de braços entrelaçados, bebíamos

---

166. Irmandade, fraternidade, em alemão. (N.T.)

167. Apague as velas, Frost! (N.A.)

com os colegas aquela bebida forte e doce. Não havia mais nada a esperar, a farra estava no auge. Bebi meu copo de ponche e o encheram de novo. Senti minhas pernas latejarem, o fogo tinha um tom escarlate, ao meu redor todos gritavam e riam. Porém, não apenas não parecia haver alegria, como eu estava convencido de que todos nós estávamos entediados, e de que eu tanto como os demais apenas achávamos que era necessário fingir que estávamos nos divertindo muito. Talvez o único que não estava fingindo era o estudante de Derpt, que ficava cada vez mais corado. Onipresente, ele enchia os copos vazios e lambuzava cada vez mais a mesa. Não me lembro em que sequência isso aconteceu, mas sei que naquela noite gostei muito do estudante de Derpt e de Frost, aprendi de cor a canção alemã e beijei os lábios açucarados dos dois. Tenho lembrança também de que naquela festa passei a odiar o estudante de Derpt e quis bater nele com uma cadeira, mas me contive, e ainda me lembro que, além daquela sensação de que meus membros não me obedeciam, igual à que havia sentido no almoço no Iar, nessa noite a minha cabeça doía e girava e eu temia morrer naquele instante. Tenho a lembrança de que todos nós sentamos no chão e ficamos movendo os braços, como se estivéssemos remando, e cantamos "Descendo o rio-mãe Volga"[168], e que eu pensava que isso era inteiramente desnecessário. Lembro-me também de ter deitado no chão e, trocando as pernas, lutar à moda cigana, e que torci o pescoço de alguém, e nesse momento pensava que isso não teria ocorrido se o outro não estivesse bêbado. Tenho a lembrança ainda de que ceamos e bebemos uma bebida diferente, e que saí para o pátio para tomar ar fresco e senti frio na cabeça, e que, ao ir para casa, notei que estava terrivelmente escuro. Tive a sensação de que o estribo da carruagem tinha ficado inclinado e escorregadio e de que não podia me segurar em Kuzmá porque ele se tornara fraco e balançava como um pedaço de pano.

Mas, de tudo o que me lembro, o mais importante foi que durante toda aquela noitada não parei de sentir que estava procedendo de maneira muito estúpida, fingindo que estava muito alegre, que gostava demais de beber e que não

---

168. Célebre canção folclórica russa. (N.T.)

estava embriagado, e que o mesmo acontecia com os demais. Tinha a impressão de que cada um, no íntimo, não achava aquilo agradável; mas, como eu, cada um supunha que era o único a ter aquela sensação desagradável e considerava-se obrigado a parecer alegre para não estragar a diversão geral. É estranho confessar, mas, além disso, me julgava na obrigação de fingir apenas porque na sopeira do ponche tinham sido jogadas três garrafas de champanhe de dez rublos cada e dez garrafas de rum de quatro rublos cada, o que já dava setenta rublos, além da ceia.

Estava tão convencido de meu ponto de vista que, no dia seguinte, na aula, fiquei extremamente surpreso ao ver que os colegas que estiveram na festa do barão Z. não apenas não se envergonhavam ao se lembrar do que haviam feito, como ainda contavam como fora a farra, para que todos pudessem ouvir. Afirmavam que a farra fora excelente, que os ex-estudantes de Derpt eram mestres nesse assunto, que naquela noite vinte pessoas beberam quarenta garrafas de rum e que muitos ficaram caídos, meio mortos, debaixo das mesas. Não consegui entender por que eles diziam essas coisas, nem por que contavam mentiras sobre si próprios.

Capítulo XL

A amizade com os Nekhliúdov

Naquele inverno estive não só com Dmítri, que ia bastante a minha casa, como também com toda sua família, com a qual comecei a fazer amizade.

Os Nekhliúdov – a mãe, a tia e a filha – ficavam em casa todas as noites, e a princesa gostava de receber jovens que, como ela dizia, fossem capazes de passar uma noite inteira sem jogos de baralho ou danças. Mas pelo visto havia poucos rapazes desse tipo, porque eu, que ia quase todas as noites a sua casa, raras vezes encontrava por lá algum visitante.

Acostumei-me às pessoas daquela família, a seus diferentes estados de humor, já havia criado uma ideia clara de suas relações mútuas, habituei-me aos cômodos e móveis e, quando não havia outras visitas, sentia-me muito à vontade, com exceção dos momentos em que ficava sozinho com Várenka. Eu achava que, por não ser uma moça muito bonita, ela deveria desejar muito que me apaixonasse por ela. Mas esse constrangimento também começava a diminuir. Ela demonstrava com tanta naturalidade que lhe era indiferente conversar comigo, com seu irmão ou com Liubov Serguêievna que acabei me acostumando a vê-la como uma pessoa a quem era possível mostrar que sua companhia me proporcionava prazer sem que isso tivesse algo de vergonhoso ou de perigoso. Durante todo o tempo em que estávamos nos conhecendo, por vários dias ela me parecia ora muito feia, ora não muito feia, mas nunca, com relação a ela, me perguntava se estava ou não apaixonado. Às vezes eu conversava diretamente com ela, mas o mais comum era eu lhe falar dirigindo-me a Liubov Serguêievna ou a Dmítri na sua presença. Esse último método me agradava de maneira especial. Sentia um grande prazer em falar quando ela estava presente, em ouvi-la cantar e, de modo geral, em saber que ela estava no mesmo aposento que eu. Mas raramente me vinham à cabeça perguntas sobre como seriam no futuro minhas relações com Várenka, ou ainda os sonhos de me sacrificar por meu amigo, caso ele se apaixonasse por minha irmã. E, se me ocorressem tais ideias e sonhos, satisfeito com o presente, de um jeito inconsciente eu procurava expulsar os pensamentos sobre o futuro.

Apesar dessa amizade crescente, continuava considerando que era minha obrigação indispensável esconder de toda a família dos Nekhliúdov, sobretudo de Várenka, meus verdadeiros sentimentos e inclinações, e esforçava-me por parecer um rapaz completamente diferente do que era na realidade. Inclusive procurava parecer alguém que não podia existir de verdade. Fazia de tudo para me mostrar ardente, entusiasmava-me, suspirava, fazia gestos apaixonados quando algo aparentemente me agradava e, por outro lado, esforçava-me para parecer indiferente em relação a qualquer acontecimento fora do comum que eu houvesse presenciado ou ouvido. Fazia de tudo para bancar o caçoador cáustico, sem nada de santo, e, ao mesmo tempo, um fino observador. Procurava parecer um indivíduo que em tudo procede com lógica, exato e correto na vida, mas que, ao mesmo tempo, despreza tudo o que é material. Posso afirmar sem receio que eu era muito melhor na vida real do que aquele estranho ser que me esforçava por parecer. Contudo, os Nekhliúdov gostaram de mim, mesmo do jeito que eu fingia ser e, para sorte minha, parece que não acreditaram no meu fingimento. Somente Liubov Serguêievna, que me considerava um grande egoísta, ateu e caçoador parecia não gostar de mim e discutia muito comigo, irritava-se e me deixava atônito com suas frases truncadas e sem sentido. Mas Dmítri ainda se relacionava com ela daquela maneira estranha, mais do que amigável, e dizia que ninguém a compreendia e que ela lhe havia feito um bem extraordinário. Essa amizade continuava amargurando toda a família.

Certa vez, conversando comigo sobre essa ligação, incompreensível para todos nós, Várenka deu-me a seguinte explicação:

– Dmítri tem muito amor-próprio. É orgulhoso demais e, apesar de sua grande inteligência, gosta muito de elogios e de aplausos, gosta de ser sempre o primeiro, e a tiazinha, na inocência de seu coração, sente grande admiração por ele e não tem tato para esconder isso. O resultado é que ela o lisonjeia, mas com sinceridade, sem fingimento.

Nunca esqueci esse seu raciocínio e, mais tarde, analisando-o, tive de reconhecer que Várenka era muito inteligente e, em consequência, tive prazer em elevar o conceito que tinha dela. Mas a melhora de seu conceito, que veio em seguida à minha descoberta de que ela era inteligente e que tinha outras qualidades morais, se deu dentro de limites de severa moderação, embora me causasse prazer, e nunca se transformou em entusiasmo. Assim, quando Sófia Ivânovna, que não se cansava de falar sobre sua sobrinha, contou-me que na aldeia, quatro anos antes, Várenka, ainda criança, distribuíra sem pedir permissão todos os seus vestidos e sapatos entre os filhos dos camponeses, sendo necessário mais tarde tomá-los de volta, não encarei de imediato esse fato como algo que pudesse melhorar minha opinião sobre ela e, mentalmente, ainda fiz pouco-caso dela por ter uma visão tão pouco prática das coisas.

Quando os Nekhliúdov recebiam outras visitas, inclusive, às vezes, Volódia e Dúbkov, eu me retirava com presunção para o segundo plano e, com a tranquilidade de quem se considerava uma pessoa da casa, não participava das conversas e apenas ouvia o que os outros diziam. E tudo que diziam me parecia tão idiota que, em meu íntimo, me espantava com o fato de que uma mulher tão inteligente como a princesa, que raciocinava com tanta lógica, e também toda a sua brilhante família, conseguiam ouvir aquelas bobagens e responder a elas. Se naquela época tivesse me ocorrido comparar aquelas conversas com o que eu mesmo dizia quando era a única visita, não ficaria nem um pouco espantado como fiquei. Ainda menos espantado eu ficaria se acreditasse que as mulheres de minha casa – Avdótia Vassílievna, Liúbotchka e Kátenka – fossem iguais às outras, que em nada eram inferiores, e se me lembrasse do que falavam a noite inteira Dúbkov, Kátenka e Avdótia Vassílievna, sorridentes e alegres, e de que quase sempre Dúbkov, encontrando para isso algum pretexto, declamava com sentimento estes versos: "*Au banquet de la vie, infortuné convive...*"[169], ou trechos de "O demônio", e se, de maneira geral, me lembrasse com que prazer conversavam durante várias horas seguidas sobre alguma bobagem.

É evidente que, quando havia visitas, Várenka me dava menos atenção do que quando estávamos a sós e, nesses dias, não havia nem leitura, nem música, que eu tanto gostava de ouvir. Quando conversava com as visitas, ela perdia, a meu ver, seu principal encanto: a tranquila sensatez e a simplicidade. Lembro-me de ter ficado espantado ouvindo-a falar sobre o tempo e sobre teatro com meu irmão Volódia. Eu sabia que Volódia desprezava e evitava mais que tudo no mundo as conversas banais. Várenka também se ria de conversas formais sobre o tempo e de coisas do gênero. Por que eles estavam sempre falando de vulgaridades insuportáveis quando estavam juntos e davam a impressão de sentir vergonha um do

---

169. No banquete da vida um infeliz conviva... (N.A.)

outro? Depois de tais conversas, sempre, sem demonstrar, eu ficava bravo com Várenka e, no dia seguinte, fazia chacota das visitas do dia anterior, mas encontrava mais prazer ainda em estar sozinho no círculo familiar dos Nekhliúdov.

De qualquer modo, começava a encontrar mais satisfação com a companhia de Dmítri quando estávamos no salão de sua mãe do que a sós com ele.

Capitulo XLI

Minha amizade com Nekhliúdov

Exatamente nessa época, minha amizade com Dmítri estava por um fio. Já havia tempo demais que eu começara a avaliá-lo para que não encontrasse defeitos nele. Mas na primeira juventude nós só sabemos amar com paixão, e só pessoas perfeitas. Porém, assim que começa pouco a pouco a se extinguir a névoa da paixão, ou, sem a nossa vontade, os claros raios da razão começam a atravessá-la e nós vemos o objeto de nossa paixão tal como é, com qualidades e defeitos – de repente apenas os defeitos, claros e ampliados, lançam-se aos nossos olhos. A atração por algo novo e a esperança de que não é impossível encontrar a perfeição em outra pessoa nos impulsiona ao esfriamento e até mesmo à repulsa com relação ao antigo objeto da paixão, e, sem pena, nós o abandonamos para buscar uma nova perfeição. Se isso não aconteceu comigo em relação a Dmítri, foi apenas graças a seu apego por mim, persistente, pedante, mais racional do que sentimental, de modo que eu ficaria com remorso se o traísse. Além disso, ainda nos unia nosso estranho pacto de sinceridade. Se rompêssemos nossa amizade, ambos iríamos temer deixar em poder do outro todos os segredos íntimos de cunho moral e vergonhosos que havíamos confiado um ao outro. Aliás, nosso pacto de sinceridade havia muito não era observado e com frequência nos constrangia e criava situações estranhas entre nós.

Naquele inverno, quase todas vezes que eu ia à casa de Dmítri encontrava lá um colega seu, o estudante Bezobédov[170], com quem ele estudava. Bezobédov era pequeno, magro e bexiguento. Tinha mãos minúsculas, cobertas de sardas, uma imensa cabeleira ruiva despenteada e andava sempre com roupas rasgadas e sujas. Não tinha cultura e nem ao menos era um bom aluno. Da mesma forma que acontecia com Liubov Serguêievna, a relação de Dmítri com ele era incompreensível para mim. A única razão para que ele o escolhesse entre todos os colegas para ser seu amigo só poderia ser o fato de que não havia na universidade nenhum estudante com aparência pior do que a de Bezobédov. E talvez por isso Dmítri achasse agradável afrontar todos e ser seu amigo. Na sua maneira de tratá-lo percebia-se um sentimento de orgulho do tipo: "Vejam, para mim é indiferente quem vocês sejam, para mim todos vocês são iguais; eu gosto dele, portanto, ele é bom".

Eu ficava admirado de ver que para Dmítri não era penoso se obrigar constantemente a desempenhar esse papel, e que o infeliz Bezobédov suportava sua desconfortável situação. Não me agradava nem um pouco aquela amizade.

Certa vez fui à casa de Dmítri para passarmos juntos a noite no salão de sua mãe, conversando, ouvindo música ou a leitura de Várenka, mas Bezobédov estava lá, no andar de cima. Em tom ríspido, Dmítri me respondeu que não poderia descer porque, como eu estava vendo, tinha visita.

– E o que há de bom lá? – acrescentou. – É bem melhor ficarmos aqui conversando.

Embora não me agradasse nem um pouco a ideia de ficar duas horas fazendo sala para Bezobédov, não me decidia a ir sozinho para o salão e, com uma irritação surda com as excentricidades de meu amigo, sentei-me na cadeira de balanço e fiquei me balançando em silêncio. Estava muito aborrecido com Dmítri e Bezobédov porque eles me privaram do prazer de estar lá embaixo e, imaginando se Bezobédov iria logo embora, me enraivecia com ele e com Dmítri, enquanto ouvia calado suas conversas. "Visita muito agradável! Pois fique aí

---

170. Sobrenome formado pelo prefixo *bez* (sem) e o substantivo *obed* (almoço). (N.T.)

com ele!", pensava eu, quando o criado trouxe o chá e Dmítri teve de insistir umas cinco vezes para que Bezobédov pegasse um copo, porque a tímida visita achava que era sua obrigação recusar o primeiro e o segundo copos, dizendo: "Não, é para o senhor". Dmítri se obrigava claramente a entreter a visita com conversas, em vão tentando várias vezes me atrair para participar também, mas eu continuava calado com ar soturno.

"Não há por que disfarçar que estou morrendo de tédio", pensava eu, dirigindo-me mentalmente a Dmítri e balançando-me pausadamente na cadeira. Com uma certa satisfação, acalentava em mim um sentimento crescente de ódio surdo por meu amigo. "Que idiota! Podia passar uma noite agradável com seus amáveis parentes, mas não, fica aqui sentado com esse animal. O tempo está passando, vai ficar tarde para descermos ao salão", refletia eu, espiando de longe meu amigo. E sua mão, sua pose, seu pescoço e, acima de tudo, sua nuca e seus joelhos me pareciam tão repulsivos e ofensivos que, naquele momento, eu lhe teria feito com deleite algo desagradável, até mesmo *muito* desagradável.

Finalmente Bezobédov levantou-se, mas Dmítri não podia deixar ir-se tão depressa uma visita tão agradável e sugeriu que ele ficasse para pernoitar, o que, felizmente, Bezobédov recusou, partindo em seguida.

Após levá-lo até a porta, Dmítri voltou e com um leve sorriso de satisfação, esfregando as mãos – provavelmente porque conseguira manter seu caráter e também por ter-se livrado do tédio –, ficou andando pelo quarto, lançando-me umas olhadelas de vez em quando. Achei-o ainda mais asqueroso. "Como ele ousa ficar assim, andando e sorrindo?"

– Por que está bravo? – indagou de repente, parando em frente à minha cadeira.

– Não estou nem um pouco bravo – respondi, como em geral se responde nesses casos –, só estou chateado porque você finge para mim, para Bezobédov e para você mesmo.

– Que idiotice! Nunca finjo diante de ninguém.

– Não me esqueço do nosso pacto de sinceridade e lhe digo com toda a franqueza: estou certo de que esse Bezobédov é tão insuportável para você como é para mim, porque é um bobo e sabe-se lá o que ele é, mas, para você, é agradável bancar o importante diante dele.

– Não! E, para início de conversa, Bezobédov é uma ótima pessoa...

– Mas eu digo que sim. É sim. E lhe digo mais: sua amizade com Liubov Serguêievna também está baseada no fato de que ela considera você um deus.

– Mas eu lhe afirmo que isso não é verdade.

– E eu lhe afirmo que sim, porque sei disso por experiência própria – disse eu com um ardor resultante do aborrecimento contido e querendo desarmá-lo com minha sinceridade. – Já lhe disse e repito que sempre me parece que eu amo aquelas pessoas que me dizem coisas agradáveis, mas, quando analiso bem, vejo que não existe uma amizade verdadeira.

– Não – respondeu Nekhliúdov, ajeitando a gravata com um movimento raivoso do pescoço. – Quando eu gosto de alguém, nem elogios, nem censuras podem modificar meu sentimento.

– Não é verdade. Já confidenciei a você que, quando meu pai me chamou de imprestável, durante algum tempo eu o odiei e desejei sua morte. Você é igual.

– Fale por si. É uma pena que você seja assim...

– Pelo contrário! – gritei, levantando-me de modo brusco da cadeira e, com uma valentia desesperada, olhando nos olhos dele. – Não é bonito o que você está dizendo. Por acaso você não me falou de meu irmão? Não o fico lembrando disso porque não seria honesto, mas por acaso você não me disse... Vou lhe dizer como agora eu o compreendo...

E, tentando feri-lo mais profundamente do que ele a mim, pus-me a demonstrar que ele não gostava de ninguém, e a pôr para fora tudo aquilo pelo que, na minha opinião, tinha direito de recriminá-lo. Fiquei muito satisfeito por ter-lhe dito tudo, esquecendo-me por completo de que o único objetivo possível dessas afirmações, que era o de tentar fazer com que confessasse os defeitos que eu desmascarava nele, não podia ser alcançado num momento em que ele estivesse exaltado. Numa ocasião tranquila, quando poderia reconhecer que eu tinha razão, eu nunca havia falado com ele dessas coisas.

A discussão já estava se tornando uma briga quando Dmítri se calou de repente e foi para outro quarto. Ainda falando, quis ir atrás dele, mas não obtive resposta. Eu sabia que na lista de defeitos de Dmítri estava a raiva e, naquele momento, ele estava tentando se conter. Amaldiçoei todas as suas anotações e todos os seus programas.

Aí está aonde nos levou nossa regra de *dizer um ao outro tudo que sentíamos e de nunca falar do outro para terceiros*. No ímpeto de sermos sinceros, às vezes chegávamos a confessar um ao outro coisas de que nos envergonhávamos, fazendo, para nosso vexame, uma suposição ou um sonho passar por desejo e sentimento, como, por exemplo, aquilo que eu acabara de lhe dizer. E essas confissões não apenas não estreitavam mais os laços que nos uniam, como ainda esvaziavam o próprio sentimento e nos distanciavam um do outro. Naquele instante, de repente, o orgulho não permitiu que ele admitisse a coisa mais simples e, no calor da discussão, usamos as armas que nós mesmos fornecemos um ao outro, e que feriam com uma dor terrível.

Capítulo XLII

A madrasta

Apesar do desejo de papai de vir para Moscou com sua esposa somente depois do ano-novo, ele chegou em outubro, no outono, quando ainda havia excelentes passeios a cavalo com cachorros. Ele disse que mudara de ideia porque deveria ser ouvido na Justiça, por uma questão particular. Mas Mimi contou que Avdótia Vassílievna estava tão entediada na aldeia, falava com tanta frequência sobre Moscou e fingia-se de doente que papai resolveu atender ao desejo dela.

– O fato é que ela nunca o amou, apenas fazia alarde do seu amor para todo mundo, pois desejava se casar com um homem rico – acrescentou Mimi, pensativa e suspirando, como se dissesse: "*Outras pessoas* o teriam tratado de outra maneira, se ele lhes tivesse dado valor".

Mas *outras pessoas* estavam sendo injustas com Avdótia Vassílievna, cujo amor a papai, um amor apaixonado e desprendido, era visível em cada palavra, olhar e gesto. Porém, esse amor não a impedia nem um pouco de, além de não querer se separar do marido adorado, desejar também uma touquinha encantadora de madame Annete, chapéus com fantásticas plumas de avestruz, um vestido azul de veludo veneziano, que habilmente deixava à mostra seu colo alvo e seus braços, que até então ela não mostrara a ninguém além do marido e das camareiras. Kátenka, como é natural, ficava do lado da mãe. Já entre nós e nossa madrasta estabeleceram-se desde sua chegada formas estranhas e jocosas de relacionamento. Assim que ela desceu da carruagem, Volódia, com uma cara séria e olhar de bêbado, fazendo uma série de reverências, aproximou-se bamboleando e disse, como se estivesse interpretando um papel:

– Tenho a honra de cumprimentar por sua chegada a amável mãezinha e beijar sua mão.

– Ah, querido filhinho! – disse Avdótia Vassílievna, com seu sorriso belo e imutável.

– E não se esqueça do segundo filhinho – disse eu, aproximando-me também de sua mão e, de maneira inconsciente, imitando a expressão do rosto e a voz de Volódia.

Se a madrasta e nós estivéssemos seguros de nossa afeição recíproca, tal manifestação poderia significar um desdém por demonstrações de carinho. Se já estivéssemos indispostos uns com os outros, poderia indicar ou ironia ou desprezo pelo fingimento, ou desejo de esconder de papai nossas reais relações, e ainda muitos outros sentimentos e ideias. Mas, naquele caso, a maneira de nos expressar, que agradou muito a Avdótia Vassílievna, a rigor nada significava e apenas mascarava a ausência de qualquer tipo de relação. Posteriormente, em outras famílias, notei muitas vezes que, quando seus membros pressentem que as relações verdadeiras não serão muito boas, começam a se tratar dessa maneira jocosa e falsa. Foi esse tipo de relação que sem querer estabelecemos com Avdótia Vassílievna. Quase nunca abandonávamos esse tom, tínhamos sempre um respeito fingido por ela, conversávamos em francês, fazendo mesuras e chamando-a de *chère maman*, ao que ela respondia sempre com gracejos do mesmo tipo e com seu belo sorriso sempre igual. Apenas a chorona da Liúbotchka, com suas pernas de ganso e conversas inocentes, gostou da madrasta e, de maneira muito ingênua e às vezes desastrada, tentava aproximá-la de toda a família. Por seu lado, a única pessoa em todo o mundo pela qual, além de seu amor apaixonado por papai, Avdótia Vassílievna tinha ao menos uma gota de afeição era Liúbotchka. Avdótia Vassílievna até mesmo tinha por ela uma admiração entusiástica e um respeito humilde, o que muito me causava espanto.

Nos primeiros tempos, Avdótia Vassílievna, chamando a si própria de madrasta, muitas vezes gostava de aludir ao fato de que os filhos e criados veem injustamente a madrasta com maus olhos, e que por isso sua situação é muito penosa. Porém, tendo previsto todo o lado desagradável de sua posição, ela nada fez para evitar suas consequências, com atitudes como acariciar um, presentear outro e não ser resmungona, o que lhe seria muito fácil, porque era por natureza pouco exigente e muito bondosa. E não só ela não fez isso, como, pelo contrário, prevendo todas as coisas desagradáveis inerentes à sua posição, sem ter sido atacada, preparou-se para a defesa e, supondo que todos na casa queriam por todos os meios causar-lhe dissabores e ofendê-la, via em tudo segundas intenções, e supunha que o mais digno seria suportar calada. É evidente que, com sua passividade, não conseguia amor, e sim nossa má vontade. Além disso, ela não tinha aquela capacidade de entendimento de que já falei, e que era altamente desenvolvida na nossa família, e seus hábitos eram tão opostos aos nossos que só isso já era suficiente para nos indispor contra ela. Na nossa casa bem organizada e limpa, ela vivia como se tivesse acabado de chegar: não tinha hora certa para se levantar ou se deitar; ora aparecia para almoçar, ora não; algumas vezes jantava, outras não. Quando não havia visitas, andava quase sempre seminua e não se envergonhava diante de nós nem dos criados por mostrar-se com uma saia branca e um xale sobre os ombros, com os braços nus. No início essa simplicidade me agradava, mas, depois, logo me fez perder a última parcela de respeito que tinha por ela. Ainda mais estranho para nós era o fato de que havia nela duas pessoas diferentes: uma quando havia visitas e outra quando não havia. Diante das visitas, ela era uma beldade jovem, saudável e fria, vestida com luxo, esperta, embora não fosse inteligente, e alegre. Sem visitas, era uma mulher já não tão jovem, exausta, entediada, descuidada, embora fosse amorosa. Muitas vezes, ao vê-la quando regressava de alguma visita, sorridente, corada pelo frio do inverno, feliz por se saber tão bonita, tirando o chapéu e olhando-se no espelho, ou então quando, fazendo farfalhar seu luxuoso vestido de baile decotado, constrangida e ao mesmo tempo orgulhosa diante dos criados, encaminhava-se para a carruagem, ou em casa, quando havia pequenos saraus, num vestido fechado, de seda, com rendas finas ao redor do delicado pescoço, ela irradiava para todos os lados seu monótono e belo sorriso – eu pensava, olhando para ela: o que diriam aqueles que ficam deslumbrados com ela se a vissem como a vejo, à noite, só, em casa, após as doze horas, esperando o marido voltar do clube, vestida com uma bata qualquer, com cabelos despenteados, andando como uma sombra pelos cômodos mal iluminados? Às vezes ela se aproximava do piano e, franzindo o rosto de tensão, tocava a única valsa que conhecia, ou então pegava um romance, lia algumas frases no meio do livro e o abandonava, ou ainda, para não acordar os criados, ia pessoalmente até o bufê, pegava pepinos e assado frio de vitela e comia de pé, junto à janelinha; ou, outra vez, cansada e aborrecida, vagava sem objetivo pelos quartos.

Mas o que mais nos distanciava dela era sua falta de compreensão, que se manifestava sobretudo na maneira característica de mostrar uma atenção condescendente quando alguém falava com ela de coisas a respeito das quais não entendia. Ela não era culpada de ter criado um hábito inconsciente de sorrir ligeiramente, apenas com os lábios, e inclinar a cabeça quando conversavam com ela sobre coisas que pouco lhe interessavam (além dela mesma e do marido, não se interessava por nada); mas o sorriso e a inclinação da cabeça, repetidos muitas vezes, tornaram-se insuportáveis e repulsivos. Suas demonstrações de alegria, que pareciam caçoadas dela mesma, do ouvinte e do mundo inteiro, também eram inoportunas e não se comunicavam aos demais; seu sentimentalismo era excessivamente adocicado. E o principal: ela não se envergonhava de falar o tempo inteiro a qualquer um sobre seu amor por papai. Embora não mentisse nem um pouco quando dizia que sua vida consistia em amar o marido, e embora demonstrasse isso com seu modo de viver, no nosso entendimento aquela afirmação inconveniente e constante do seu amor era intolerável, e ficávamos mais envergonhados quando, na presença de estranhos, ela falava essas coisas, do que quando ela cometia erros em francês.

Ela amava o marido mais que tudo no mundo e ele também a amava, especialmente nos primeiros tempos, quando percebeu que não era o único a quem ela agradava. A única finalidade da vida dela era conquistar o amor de seu esposo, mas ela parecia fazer de propósito tudo que pudesse desagradá-lo com a finalidade de mostrar a ele toda a força do seu amor e sua disposição de se sacrificar por ele.

Ela gostava de se vestir bem, meu pai sentia prazer em vê-la brilhar na alta sociedade como uma beldade que despertava elogios e admiração; ela sacrificava sua paixão por roupas bonitas e cada vez mais acostumava-se a ficar em casa, vestida com uma blusinha cinzenta. Papai, que sempre considerou a liberdade e a igualdade condições indispensáveis nas relações familiares, esperava que sua queridinha Liúbotchka e a jovem e bondosa esposa se tornassem amigas sinceras, mas Avdótia Vassílievna se sacrificava e achava que era necessário demonstrar um respeito inconveniente à *verdadeira dona da casa*, como ela se referia a Liúbotchka, ofendendo dolorosamente papai.

Naquele inverno meu pai jogou muito e perdeu dinheiro demais e, como sempre, não querendo misturar o jogo com a vida familiar, escondia de nós sua atividade de jogador. Avdótia Vassílievna se sacrificava e mesmo às vezes estando doente, e no final do inverno, grávida, considerava sua obrigação receber papai, de blusa cinzenta e cabelos despenteados, nem que fosse às quatro da manhã, com passadas inseguras e oscilantes. Ele chegava do clube envergonhado por ter perdido no jogo. Ela lhe perguntava distraidamente se tinha sido feliz e, com uma atenção condescendente, sorrindo e balançando a cabeça, ouvia-o contar o que fizera no clube, e também que ele lhe pedia que não o esperasse acordada. Mas, apesar de não se interessar pelos ganhos e perdas, dos quais dependia toda a fortuna de papai, ela continuava a ser a primeira a recebê-lo quando ele voltava do clube. Aliás, esse comportamento, além de servir para seu sacrifício pessoal, era ainda motivado por um ciúme disfarçado, que a fazia sofrer em alto grau. Nada no mundo conseguiria convencê-la de que era do clube que papai regressava altas horas da noite, e não de alguma possível amante. Ela tentava descobrir no rosto dele seus segredos amorosos e, não encontrando nada, com um certo deleite amargurado suspirava e pensava na própria infelicidade.

Em consequência desses e de muitos outros sacrifícios constantes, nos últimos meses daquele inverno, em que ele perdeu muito no jogo e por isso ficava aborrecido a maior parte do tempo, nas relações de papai com sua esposa começaram a notar-se reações de *ódio silencioso*, de uma repulsa contida quanto ao objeto de afeição, uma tentativa inconsciente de fazer pequenas coisas que fossem desagradáveis à outra pessoa.

Capítulo XLIII

Novos colegas

O inverno acabou sem que se notasse, e novamente começava o degelo da neve. Na universidade já estavam expostos os horários dos exames e, de repente, me dei conta de que teria de provar meus conhecimentos em dezoito matérias, cujas aulas havia assistido, mas sem prestar atenção, sem anotar ou estudar. É estranho que esta pergunta tão óbvia: "Como vou passar nas provas?", nem uma vez tenha me ocorrido. Mas eu tinha vivido aquele inverno numa espécie de névoa, satisfeito por já ser adulto e por ser *comme il faut*, de modo que, se me vinha à mente a questão de como eu iria fazer os exames, eu me comparava com os colegas e pensava: "Eles vão fazer as provas, e a maioria deles não é *comme il faut*, portanto, ainda levo vantagem sobre eles, e também devo me sair bem".

Eu ia às aulas apenas por hábito e porque papai me mandava ir. Além disso, tinha muitos amigos, e estar na universidade era divertido. Gostava do barulho, das conversas, das risadas nos auditórios; gostava de me sentar no último banco durante a aula e, ao som da voz monótona do professor, sonhar ou observar os colegas. Gostava de correr com alguém até a taverna de Matern, beber um copinho de vodca e comer um salgadinho e, sabendo que, por isso, poderiam passar uma descompostura no professor, timidamente abria com um rangido a porta do auditório e entrava. Gostava de participar das bagunças dos estudantes de todas as séries, que se amontoavam nos corredores e riam às gargalhadas. Tudo isso era muito divertido.

Quando todos já haviam começado a frequentar com assiduidade as aulas e o professor de física encerrou seu curso, despedindo-se da turma até a época dos exames, os estudantes começaram a juntar os cadernos e a reunir-se em grupos para estudar. Também achei que precisava me preparar. Óperov e eu continuávamos a nos cumprimentar, mas nossa relação era das mais frias. Como já havia dito, ele me ofereceu não apenas seus cadernos, como também me convidou para estudar com ele e com outros colegas. Agradeci e aceitei, esperando que com a honra que eu estava lhe concedendo nossa desavença anterior fosse apagada. Apenas pedi que todos se reunissem sempre em minha casa, porque eu tinha boas acomodações. Responderam-me que iriam estudar ora na casa de um, ora na de outro, de preferência onde fosse mais perto para todos. Na primeira vez a reunião foi na casa de Zúkhin, que morava num pequeno quarto em uma grande casa no Bulevar Trubnói. No primeiro dia atrasei-me e, quando cheguei, eles já estavam lendo a matéria. O quarto estava cheio de fumaça, não de fumo bom, mas do ordinário que Zúkhin fumava. Na mesa havia uma garrafa de um litro de vodca, um cálice, pão, sal e um osso de carneiro.

Sem se levantar, Zúkhin ofereceu-me vodca e sugeriu que eu tirasse o casaco:

– O senhor, eu acho, não está acostumado com esse tipo de bebida.

Todos tinham camisas de chita sujas e peitilhos. Tentando não demonstrar desprezo por eles, tirei meu casaco e me deitei no divã, como se fosse um de seus companheiros. Zúkhin estava lendo e de vez em quando consultava os cadernos. Os demais o interrompiam de vez em quando, faziam perguntas, que ele respondia explicando de forma concisa, inteligente e exata. Fiquei prestando atenção, mas não entendia muita coisa, porque havia perdido o início, e assim resolvi fazer uma pergunta.

– Olhe, meu caro, não adianta o senhor ficar ouvindo, pois não conhece o assunto – disse Zúkhin. – Vou lhe emprestar os cadernos e o senhor prepara isso para amanhã. De outro modo, como vou poder lhe explicar isso?

Fiquei envergonhado de minha ignorância e, sentindo que a observação de Zúkhin era justa, parei de prestar atenção e fiquei observando aqueles novos amigos. Era evidente que não eram *comme il faut* e, por isso, despertavam em mim não apenas sentimento de desprezo, como até um ódio pessoal, que eu sentia porque, não sendo *comme il faut*, parecia que me consideravam um igual e até estavam generosamente me ajudando.

Tudo me causava ódio: os pés, as mãos sujas, com unhas roídas, a unha comprida do dedo mínimo de Óperov, as camisas cor-de-rosa, os peitilhos, os palavrões com que se tratavam amistosamente, o quarto sujo, o hábito que tinha Zúkhin de assoar o nariz constantemente, fechando com o dedo uma das narinas, e, sobretudo, a linguagem deles, a entonação e o emprego particular de certas palavras. Por exemplo, diziam *bobalhão* em vez de *tolo*, *formidável* em vez de *maravilhoso*, *feito* em vez de *como*, formas menos usadas de particípios etc., o que me soava livresco e terrivelmente errado. Mas o que mais me indignava era a acentuação errada de algumas palavras russas e estrangeiras, destas em especial, como *máchina* em vez de *machína*.

Mas, apesar de naquela época isso me parecer uma barreira intransponível, eu sentia que havia alguma coisa de bom naqueles rapazes e sentia atração por eles, invejava a camaradagem alegre que os unia e desejava me aproximar do grupo, por mais difícil que fosse para mim. Eu já conhecia o humilde e honesto Óperov; depois, o esperto e inteligente Zúkhin, que, pelo visto, liderava o grupo, me agradou muitíssimo. Era um moreno baixo e robusto, com um rosto um pouco inchado e lustroso, mas extraordinariamente inteligente, vivaz e independente. O que lhe dava essa expressão eram a testa não muito alta, abaulada, sobre os olhos profundos e negros, os cabelos curtos à escovinha e uma barba espessa e escura que lhe dava a impressão de nunca estar barbeado. Parecia não pensar em si mesmo (qualidade que sempre apreciei nas pessoas), mas via-se que sua mente nunca descansava. Tinha um daqueles rostos expressivos que, algumas horas depois que você os vê pela primeira vez, de repente se transformam aos seus olhos. Com o rosto de Zúkhin isso aconteceu ao final da noite, na minha frente. De uma hora para outra surgiram novas rugas em sua face, os olhos ficaram mais fundos, o sorriso mudou e ele ficou tão diferente que eu mal o reconheceria.

Quando terminaram a leitura, Zúkhin, alguns estudantes e eu bebemos um cálice de vodca para estreitar nossa amizade, e na garrafa não ficou quase nada. Zúkhin perguntou quem tinha uma moeda de cinco copeques, para que mandasse sua criada, uma velha que o servia, buscar mais vodca. Eu quis oferecer o dinheiro, mas ele, como se não tivesse me ouvido, dirigiu-se a Óperov e este apanhou seu porta-moedas bordado com miçangas e deu-lhe o dinheiro.

– Veja lá, não vá se embebedar – disse Óperov, que não bebia.

– Fique tranquilo – respondeu Zúkhin, chupando o tutano do osso de carneiro que estava sobre a mesa (lembro-me de ter pensado naquele momento: é por isso que é tão inteligente, porque come muito tutano).

– Fique tranquilo – repetia Zúkhin, sorrindo ligeiramente, com um sorriso irresistível. – Mesmo que eu fique bêbado, isso não é uma tragédia. Mas vamos ver quem de nós vai se extraviar, se ele ou eu. Já estou preparado, irmão – acrescentou, dando uma palmadinha na testa. – Agora, será que Semiônov não vai rodar nas provas? Parece que ele caiu de vez na orgia.

De fato, aquele Semiônov de cabelos grisalhos, que no dia da primeira prova tinha me deixado feliz porque sua aparência era pior do que a minha e que, tendo passado em segundo lugar, havia frequentado com assiduidade as aulas durante um mês, caiu na farra e no final do curso sumiu completamente da universidade.

– Onde ele está? – alguém perguntou.

– Já o perdi de vista – respondeu Zúkhin. – Na última vez, nós dois quebramos o Lissabon. Foi fantástico. Dizem que depois houve uma história estranha... Mas que cabeça aquela! Que fogo tem aquele homem! Que inteligência! É uma pena que se perca. E vai se perder, na certa. Não é mais criança para ficar sentado na universidade, com aqueles seus impulsos.

Após mais algum tempo de conversa, todos começaram a se preparar para sair, combinando que nos próximos dias também se reuniriam na casa de Zúkhin, porque seu apartamento ficava mais perto para os demais. Quando saímos para o pátio, fiquei envergonhado porque todos estavam a pé e eu era o único que tinha uma carruagem. Constrangido, propus a Óperov levá-lo em casa. Zúkhin desceu conosco e, após pedir emprestado a Óperov uma moeda de um rublo de prata, foi passar a noite na casa de alguém.

Pelo caminho, Óperov me contou muita coisa sobre o caráter de Zúkhin e sobre como ele vivia e, chegando em casa, custei a pegar no sono, pensando em meus novos conhecidos. Durante muito tempo, vacilei entre o respeito por eles – motivado pelo conhecimento que demonstravam, sua simplicidade, honestidade e sua poética juventude e coragem – e a repulsa por sua aparência desmazelada. Embora quisesse muito tornar-me amigo deles, naquele tempo isso era impossível para mim. Nossa maneira de pensar era completamente diferente. Entre nós havia um abismo composto de pequenas coisas, que, para mim, eram muito importantes e constituíam o encanto e a razão de viver, e que, para eles, eram de todo incompreensíveis e vice-versa. Mas o principal motivo da impossibilidade de nossa aproximação era o tecido de lã de vinte rublos do meu casaco, minha carruagem e a camisa de linho holandês. Eu atribuía a isso muita importância e me parecia que os ofendia sem querer com esses sinais de minha riqueza.

Sentia-me culpado na presença deles e ora me comportava com humildade, ora me revoltava contra minha humilhação imerecida, tornando-me temporariamente arrogante, e nunca consegui lidar com eles de igual para igual nem relacionar-me com sinceridade. E, naquela época, aquele lado grosseiro e inclinado ao vício do caráter de Zúkhin abafava em mim a visão de bravura poética que eu havia percebido nele e agia sobre mim de modo um tanto desagradável.

Durante umas duas semanas fui à noite estudar na casa de Zúkhin. Eu próprio estudava muito pouco porque, como já disse, estava muito atrasado em relação aos colegas e, sem coragem de estudar sozinho para alcançá-los, ficava apenas ouvindo e fingindo acompanhar o que eles liam. Penso que os colegas percebiam meu fingimento, pois muitas vezes notava que eles saltavam algumas passagens já conhecidas e nunca me perguntavam nada.

A cada dia que passava eu desculpava mais a falta de ordem daquele grupo e me adaptava a seus hábitos, encontrando neles muitos aspectos poéticos. Só minha palavra de honra, dada a Dmítri, de que nunca iria farrear com eles, refreou meu desejo de partilhar de suas diversões.

Certa vez me deu vontade de me gabar diante deles de meus conhecimentos de literatura, especialmente a francesa, e puxei esse assunto. Para minha surpresa, verifiquei que, embora citassem os livros estrangeiros por seus títulos em russo, eles haviam lido muito mais do que eu e conheciam e apreciavam muito mais Lesage e autores ingleses e até espanhóis dos quais eu nunca havia ouvido falar. Púchkin e Jukóvski eram considerados por eles grandes escritores, e não, como eu pensava, livrinhos de capa amarela que eu lia e aprendia quando era criança. Tinham desprezo por Dumas, Sue e Féval, e faziam julgamentos sobre literatura, em particular Zúkhin, muito melhores do que eu, e era impossível não reconhecer isso. No conhecimento musical eu também não tinha nenhuma vantagem em relação a eles. Para meu espanto ainda maior, Óperov tocava violino, e outro participante do grupo, violoncelo e piano, e ambos faziam parte da orquestra da universidade, conheciam bastante música e sabiam apreciar as de boa qualidade. Em resumo, à exceção da pronúncia correta do francês e do alemão, tudo aquilo de que pretendia me gabar diante deles eles sabiam melhor do que eu, e não se vangloriavam nem um pouco disso. Eu poderia me gabar da minha posição na alta sociedade, mas não tinha para isso o traquejo de Volódia. Então, o que era aquela altura da qual eu olhava para eles? Minha relação com o príncipe Ivan Ivânytch? Minha pronúncia correta em francês? Minha carruagem? Minha camisa de linho holandês? Minhas unhas? Mas não seria uma besteira tudo isso? Era o que começava de vez em quando a vir à minha cabeça, quando sentia inveja da camaradagem e da alegria jovem e tolerante que eu via diante de mim. Eles se tratavam por *você*. Às vezes sua falta de cerimônia beirava a grosseria, mas, mesmo nesses momentos, era visível o receio de ofender um ao outro. Eu era o único que se chocava com o *bobalhão* e *porco*, usados como tratamento carinhoso entre eles, e zombava mentalmente deles por isso, mas aquilo não os ofendia e não atrapalhava suas relações amigáveis e sinceras. Entre si, eles eram tão cuidadosos e sinceros como só acontece com pessoas muito jovens e muito pobres.

Mas o mais importante é que eu pressentia que havia algo de grande e devasso no caráter de Zúkhin e em suas incursões ao Lissabon. Pressentia que essas farras provavelmente eram algo muito diferente daquele simulacro com rum flambado e champanhe do qual participei na casa do barão Z.

Capítulo XLIV

Zúkhin e Semiônov

Não sei a que classe social pertencia Zúkhin, sei apenas que viera do ginásio de S., não tinha nenhum dinheiro e, ao que parece, não era nobre. Tinha uns dezoito anos naquela época, embora aparentasse mais. Era extraordinariamente inteligente e compreendia tudo com facilidade. Para ele era mais fácil captar de uma só vez um assunto complexo e deduzir suas particularidades e consequências do que analisar com elementos conhecidos as leis que permitiam aquelas conclusões. Ele sabia que era inteligente, orgulhava-se disso e, em consequência desse orgulho, tratava a todos com a mesma simplicidade e benevolência. Ele deve ter sofrido muito na vida. Sua natureza impetuosa e receptiva já refletia naquela época experiências no campo do amor, da amizade, dos negócios e do dinheiro. Embora em pequena escala e de isso ter se passado nas camadas inferiores da sociedade, não havia coisa alguma pela qual ele, tendo experimentado, não tivesse desprezo, indiferença ou falta de interesse, devido à imensa facilidade com que conseguia o que quisesse. Parecia que se lançava a algo novo com tanto ardor apenas para, uma vez alcançado seu objetivo, passar a desprezar o que conseguira. Por ser naturalmente capaz, alcançava sempre sua meta e o direito de desprezá-la.

Com relação aos estudos acontecia a mesma coisa: estudava pouco e não anotava as aulas, mas sabia matemática a fundo e não estava se vangloriando quando dizia que ainda ia deixar o professor em dificuldade. Ele achava que havia muita bobagem no que ensinavam, mas, com sua personalidade prática e sua esperteza natural, fingia ser o que os professores desejavam que fosse e era querido por eles. Era direto e franco com seus superiores, mas estes o acatavam. Ele não apenas não respeitava nem amava as ciências como chegava a desprezar aquelas que se ocupavam com seriedade de uma coisa que era tão fácil para ele. As ciências, do modo como ele as entendia, não ocupavam nem a décima parte das suas capacidades; sua vida estudantil não representava para ele nada a que pudesse se dedicar por inteiro, sua natureza ardorosa e ativa exigia que vivesse com intensidade, e ele se entregava ao tipo de farra que sua situação financeira permitia. Entregava-se a esse modo de vida com ardor e paixão, desejando dar cabo de todas suas forças nessas diversões, e agora, nas vésperas das provas, a previsão de Óperov se confirmara. Ele sumiu durante umas duas semanas, e, em consequência, nós passamos a estudar na casa de outro colega. Mas, na primeira prova, ele apareceu na sala pálido, esgotado e com mãos trêmulas, e passou brilhantemente para o segundo ano.

No início do ano, na turminha da farra chefiada por Zúkhin havia umas oito pessoas. Entre elas estava Ikônin e Semiônov, mas o primeiro se afastou do grupo por não conseguir acompanhar a vida de desregramento exacerbado a que eles se entregavam no início do ano letivo. Já o segundo se afastou porque para ele aquilo ainda era pouco. Nos primeiros tempos todos de nossa turma olhavam para eles com horror e contavam uns aos outros suas façanhas.

Os heróis principais dessas façanhas eram Zúkhin e Semiônov, este já no final do ano. Todos já olhavam para Semiônov com um certo terror quando ele aparecia na aula, o que acontecia muito raramente, e notava-se certa agitação na sala.

Bem nas vésperas dos exames, Semiônov pôs um fim a sua carreira de farrista da maneira mais decisiva e original, e eu testemunhei isso graças a minha amizade com Zúkhin. Foi assim: certa noite, assim que chegamos à casa de Zúkhin, Óperov enfiou o rosto no caderno, colocando perto de si uma vela espetada no gargalo de uma garrafa, além da vela que já havia num castiçal, e começou a ler com sua vozinha fina as anotações de seus cadernos de física, escritos com uma letrinha miúda. Nesse instante a dona da casa entrou e comunicou a Zúkhin que havia uma pessoa lá fora com um bilhete para ele. Zúkhin saiu e logo depois voltou, de cabeça baixa e rosto pensativo, tendo nas mãos um bilhete escrito em papel de embrulho e duas notas de dez rublos.

– Senhores! Aconteceu um fato fora do comum – disse ele, levantando a cabeça e lançando um olhar sério e solene para nós.

– O quê? Recebeu o dinheiro das aulas particulares? – perguntou Óperov, folheando o caderno.

– Bem, vamos continuar a leitura – disse alguém.

– Não, senhores! Não vou ler mais – continuou Zúkhin no mesmo tom. Estou lhes dizendo que o fato é fora do comum! Semiônov me mandou estes vinte rublos que eu lhe tinha emprestado e me escreveu dizendo que, se quiser vê-lo, que eu vá ao quartel. Sabem o que isso significa? – acrescentou, percorrendo-nos com o olhar. Ficamos calados. – Eu vou vê-lo agora – continuou Zúkhin. Quem quiser, venha.

No mesmo segundo todos vestiram os casacos e se prepararam para ir ver Semiônov.

– Não fica estranho irmos todos, como se quiséssemos ver algo fora do comum? – perguntou Óperov.

Ainda que concordasse totalmente com Óperov, sobretudo no meu caso, que conhecia muito pouco Semiônov, estava gostando tanto de participar das atividades dos colegas e tinha tanto interesse em ver Semiônov que não disse nada.

– Bobagem! – disse Zúkhin. – Que há de estranho em irmos nos despedir de um colega, seja onde for? Não há nada de mais! Quem quiser, venha.

Conseguimos vários coches de aluguel, convidamos o soldado a subir conosco e partimos. O suboficial de plantão não queria nos deixar entrar no quartel, mas Zúkhin deu um jeito de convencê-lo, e o mesmo soldado que havia levado o bilhete nos conduziu a um cômodo amplo, fracamente iluminado por algumas lamparinas. Dos dois lados, junto às paredes, estavam sentados ou deitados em catres os recrutas, vestidos com capotes cinzentos e com as cabeças raspadas. Ao entrar no quartel, estranhei o cheiro forte e opressivo e o som dos roncos de algumas centenas de pessoas. Acompanhando nosso guia e Zúkhin, que ia na frente, passando entre os catres com passos firmes, eu observava com um tremor a atitude de cada recruta e comparava-os com a figura de Semiônov que tinha na lembrança: magro, cabelos grisalhos desgrenhados, dentes brancos e olhos brilhantes. No último canto do quarto, junto a um pote de barro cheio de óleo negro, onde ardia um pavio que soltava fumaça, Zúkhin acelerou o passo e parou de repente.

– Olá, Semiônov – disse ele a um recruta com a cabeça raspada, igual aos outros, vestido com um uniforme de tecido grosseiro e com um capote nos ombros, sentado com os pés sobre o catre, comendo alguma coisa e conversando com outro recruta.

Era *ele*, de cabelos grisalhos cortados à escovinha, com a testa raspada e a expressão sempre enérgica e sombria. Temi que meu olhar o ofendesse, por isso não o encarei. Parece que Óperov era da mesma opinião, pois ficou atrás de todos; mas a voz de Semiônov, quando cumprimentou Zúkhin e os outros com sua maneira truncada de falar, nos tranquilizou inteiramente, e fizemos questão de nos adiantar para lhe estender – eu, a minha mão, Óperov, sua tabuinha –, mas Semiônov se antecipou e estendeu a mão grande e morena, o que nos livrou da sensação desagradável de estarmos lhe fazendo uma grande honra. Sem muita vontade e de maneira calma, como sempre, ele disse:

– Boa noite, Zúkhin. Obrigado por ter vindo. Mas, senhores, sentem-se. Dá licença, Kudriachka. Depois conversamos – disse ele ao recruta com o qual estava jantando. – Mas sentem-se! E então, está espantado comigo, Zúkhin? Está?

– Nada que vem de você me espanta – disse Zúkhin, sentando-se perto dele no catre, com a expressão parecida com a de um médico sentado à cabeceira de um doente. – Eu ficaria espantado se você aparecesse nas provas, isso sim. Mas conte, por onde andou metido e como aconteceu isto aqui?

– Onde andei metido? Em tavernas, botequins, lugares desse tipo – respondeu Semiônov com sua voz encorpada e forte. – Mas, vamos lá, sentem-se, senhores, aqui há muito lugar. Encolha suas pernas – gritou ele com voz de comando para o recruta que estava deitado no catre à sua esquerda, com a cabeça apoiada no braço e olhando com preguiça para nós. – Bem, então, eu estava farreando. Às vezes, era asqueroso, outras vezes era bom – continuou, mudando a cada frase a expressão do seu rosto enérgico. – Você sabe da história com o comerciante: o canalha morreu. Queriam me expulsar. Esbanjei todo o meu dinheiro. Mas isso ainda não foi nada. Fiquei com um montão de dívidas, e das piores. Não tinha como pagar. É isso aí.

– Mas como você pôde ter uma ideia como esta aqui? – perguntou Zúkhin.

– Foi assim: estava farreando em Iaroslavl, na Stojenka, sabe? Estava na farra junto com um senhor de uma família de comerciantes. Ele procurava recrutas para o exército. Eu lhe disse: "Se o senhor me der mil rublos, eu vou". E fui.

– Mas como? Você é nobre[171] – disse Zúkhin.

---

171. Na Rússia de antes da Revolução de 1917, toda a sociedade estava dividida em três classes, com correspondentes privilégios e deveres: nobreza, pequeno-burgueses e camponeses. No documento de identidade constava a classe a que a pessoa pertencia. No serviço militar, os nobres não podiam ser soldados rasos: já entravam como oficiais. (N.T.)

– Foi fácil. Kirill Ivânov deu um jeitinho.

– Quem é Kirill Ivânov?

– O que me comprou (ao dizer isso, seus olhos brilharam com expressão estranha, divertida e zombeteira e ele esboçou um leve sorriso). Conseguimos autorização na Justiça. Continuei na farra mais um pouco, paguei minhas dívidas e me apresentei. Veja só, açoitar-me eles não podem[172]... Tenho cinco rublos... E pode ser que haja uma guerra...

Depois ficou contando a Zúkhin suas estranhas e incompreensíveis andanças; a expressão de seu rosto mudava sem cessar e seus olhos brilhantes estavam sombrios.

Quando nossa permanência no quartel já não era mais possível, nos despedimos. Semiônov estendeu a mão a todos, apertou nossas mãos com força e, sem se levantar para nos acompanhar, disse:

– Voltem outras vezes, senhores, nós vamos partir só daqui a um mês, pelo que dizem – e pareceu sorrir de novo.

Zúkhin, porém, após haver dado alguns passos, retrocedeu. Eu queria ver a despedida deles e também parei, e pude ver Zúkhin tirar do bolso o dinheiro e estendê-lo a Semiônov, mas este empurrou sua mão. Em seguida eles se beijaram e ouvi Zúkhin, já perto de nós, gritar-lhe:

– Até a vista, mestre! Com certeza você será oficial antes que eu termine o curso.

Em resposta a isso, Semiônov, que nunca ria, deu uma gargalhada sonora que me surpreendeu, deixando uma impressão dolorosa. Nós saímos.

Voltamos a pé e durante todo o caminho Zúkhin ficou em silêncio, assoando-se a todo instante, apertando com o dedo ora uma narina, ora a outra. Ao chegar em casa, ele não se juntou a nós e passou a beber até o dia das provas.

---

172. No exército tsarista havia castigos físicos para os soldados rasos, mas os nobres não podiam ser açoitados. (N.T.)

Capítulo XLV

Sou reprovado

Por fim chegou o dia da primeira prova, que era a de cálculo diferencial e integral. Eu continuava mergulhado naquela estranha névoa e não me dava conta de maneira clara do que me esperava. À noite, depois de ter estado na companhia de Zúkhin e dos outros colegas, vinha-me a ideia de que eu precisava modificar alguma coisa em minhas convicções, que algo nelas não estava bom, mas, pela manhã, com a luz do sol, eu voltava a ser *comme il faut*, ficava muito satisfeito comigo mesmo e não queria modificar nada em mim.

Nesse estado de espírito cheguei para a primeira prova. Sentei-me num banco no lado em que estavam os príncipes, condes e barões e pus-me a conversar em francês com eles. Por mais estranho que seja confessar uma coisa destas, nem me veio à cabeça que dali a pouco eu teria de responder a perguntas sobre uma disciplina que ignorava completamente. Com a maior indiferença olhava para os que eram chamados para a prova oral, e até mesmo me permitia caçoar de alguns deles.

– E então, Grap – disse eu a Ilinka, quando ele voltava da banca examinadora –, ficou com medo?

– Vamos ver como o senhor se sai – disse Ilinka, que, depois que entrou para a universidade, tinha se rebelado de todo contra minha influência, não sorria quando eu falava com ele e demonstrava má vontade para comigo.

Sorri com desdém ao ouvir a resposta de Ilinka, embora a dúvida que ele expressou me tivesse assustado por um momento. Mas a névoa novamente abafou esse sentimento, e eu continuei distraído e indiferente, a tal ponto que combinei com o barão Z. de irmos logo após a prova comer alguma coisa na taverna de Matern, como se o exame fosse a coisa mais fácil do mundo. Quando me chamaram junto com Ikônin, endireitei o casaco do uniforme e fui com todo sangue-frio em direção à mesa de exame.

Só senti um leve calafrio de medo no instante em que o jovem professor, o mesmo que me examinara na prova de ingresso, olhou para meu rosto e toquei nas questões da prova, escritas em papel de correio. Gingando o corpo, como fazia em todas as provas, Ikônin tirou um ponto. Conseguiu responder alguma coisa, ainda que muito mal. Eu fiz a mesma coisa que ele fizera nos exames de ingresso, e até pior, porque tirei um segundo ponto e neste não respondi nada. O professor olhou para mim com pena e disse baixinho, mas com voz firme:

– O senhor não vai passar para o segundo ano, senhor Irtêniev. É melhor não vir mais fazer as provas. É preciso limpar esta faculdade. E o senhor também, senhor Ikônin.

Ikônin pediu permissão para repetir o exame, como se estivesse implorando uma esmola, mas o professor lhe respondeu que em dois dias ele não conseguiria fazer o que não fizera em um ano, e que não passaria em hipótese alguma. Ikônin tornou a implorar com voz chorosa, humilhando-se, mas o professor tornou a recusar.

– Podem ir, senhores – disse ele em uma voz baixa, porém firme.

Só então resolvi me afastar da mesa e fiquei envergonhado porque, com minha presença silenciosa, parecia que eu havia participado das súplicas humilhantes de Ikônin. Não lembro como atravessei a sala por entre os estudantes, que respostas dei às perguntas deles, como consegui andar até o vestíbulo e como consegui chegar à minha casa. Sentia-me ofendido, humilhado e estava realmente infeliz.

Durante três dias não saí do meu quarto, não vi ninguém e, como quando era criança, encontrei consolo nas lágrimas e chorei muito. Procurei pistolas com as quais pudesse me suicidar se viesse a ter muita vontade de fazê-lo. Eu pensava que Ilinka Grap iria cuspir na minha cara quando me encontrasse, e que isso seria justo; que Óperov ficaria feliz com minha infelicidade e iria contá-la para todo mundo; que Kolpikov estava com toda razão quando me ofendeu no Iar; que meu discurso idiota para a princesinha Kornakova não poderia ter tido outra consequência etc. etc. Todos os momentos penosos e dolorosos para meu amor-próprio que me aconteceram na vida passaram sucessivamente pela minha cabeça. Eu tentava pôr a culpa em alguém por minha desgraça: pensava que alguma pessoa havia feito aquilo de propósito, inventava toda uma intriga contra mim, queixava-me dos professores, dos colegas, de Volódia, de Dmítri e de papai por ter-me feito entrar na universidade; queixava-me da Providência porque Ela permitiu que eu vivesse até aquela horrível desonra. Por fim, sentindo que estava irremediavelmente destruído aos olhos de todos os que me conheciam, pedi a papai que me deixasse entrar para o corpo de hussardos ou ir para o Cáucaso. Papai estava descontente comigo, mas, vendo meu terrível desespero, tentava me consolar, dizendo que, mesmo sendo péssimo o que acontecera, ainda havia uma salvação se eu passasse para outra faculdade. Volódia, que também não via nada de tão terrível na minha desgraça, dizia que, pelo menos, em outra faculdade, eu não ficaria envergonhado diante dos novos colegas.

As mulheres de nossa casa não entendiam e nem queriam ou podiam entender o que é uma prova, o que é ser reprovado, e ficaram com pena de mim apenas porque viram meu sofrimento.

Dmítri me visitava todos os dias e esteve excepcionalmente carinhoso e humilde o tempo todo, mas, precisamente por isso, me pareceu que da parte dele nossa relação havia esfriado. Sentia-me ofendido, sofria quando ele subia a meu quarto e sentava-se perto de minha cama, com uma expressão semelhante à de um médico que se senta à cabeceira de um paciente gravemente enfermo. Sófia Ivânovna e Várenka mandaram livros que sabiam que eu desejava ter e quiseram que eu fosse visitá-las, porém nessa atenção eu via uma condescendência humilhante para uma pessoa que havia caído tão baixo. Uns três dias depois me tranquilizei um pouco, mas até partirmos para a aldeia não saí para parte alguma e fiquei vagando pelos quartos, ainda pensando em minha dor e evitando a presença dos familiares.

Pensei, pensei e, finalmente, já bem tarde da noite, quando estava sentado sozinho, ouvindo a valsa de Avdótia Vassílievna, de repente me levantei, subi correndo a meu quarto, encontrei o caderno em que havia escrito "Regras de vida", abri-o e num minuto senti arrependimento e uma exaltação de cunho moral. Comecei a chorar, mas já não eram lágrimas de desespero. Recompondo-me, tomei a decisão de começar outra vez a escrever minhas regras de vida e me convenci firmemente de que nunca mais iria fazer nada de ruim, de que não passaria nem um minuto desocupado e de que jamais trairia meus princípios.

Se esse arrebatamento durou muito tempo, em que consistia e que novos princípios ele colocou no meu aperfeiçoamento moral, vou contar na segunda metade de Juventude, certamente mais feliz.

24 de setembro
Iásnaia Poliana

Posfácio

Maria Aparecida Botelho Pereira Soares

Sem fronteiras entre a vida e a obra

Lev Nikoláievitch Tolstói é considerado por muitos o maior escritor russo de todos os tempos. Durante sua longa vida teve uma produção literária tão extensa que suas obras completas já atingiram um total de 130 volumes, dos quais 35 são de ficção. O restante são artigos, cartas, diários, obras de cunho pedagógico, sociológico, político, religioso etc., a que se dedicou em grande parte de sua existência, especialmente na idade mais avançada.

À medida que se conhece melhor esse homem, que teve uma vida das mais longas, movimentadas, ricas e emocionantes do seu tempo, mais se percebe que, neste caso em particular, é impossível entender a obra sem conhecer o autor. Não há, nesse escritor, uma linha divisória entre suas obras literárias e a vida pessoal, entre o pensamento e a atividade pública do homem Tolstói, pois uma é continuação da outra. Suas obras só se explicam por suas crenças e atitudes.

O conde Lev Tolstói nasceu em 26 de agosto de 1828 na propriedade rural de sua família, que tem o poético nome de Iásnaia Poliana (Campina Clara) e fica perto de Tula, capital da província do mesmo nome, localizada a cerca de duzentos quilômetros de Moscou.

O menino Lev (Leão, em russo) descendia, tanto pelo lado paterno como pelo lado materno, de antigas famílias nobres e importantes da Rússia. Era o quarto filho homem e, depois dele, nasceu Maria, sua única irmã, em cujo parto a mãe morreu, deixando-o com um ano e meio. Ao contrário do personagem Nikólenka, de *Infância*, Lev formou uma imagem de sua mãe apenas por meio de relatos de familiares e pelas cartas que se conservaram. Essa imagem era a de uma pessoa doce, amorosa e muito culta.

Seu pai, Nikolai Ilitch Tolstói, morreu quando ele tinha nove anos. Era coronel da reserva, tinha convivido com alguns dezembristas (militares revoltosos que tentaram um golpe em 14 de dezembro de 1825 para depor o tsar e instaurar uma monarquia constitucional com mais liberdades, que foi abortado devido a traições). Por seu caráter e postura, Nikolai Ilitch era altivo e independente nas relações com os poderosos. No Tolstói menino, ele deixou uma imagem de beleza, força e amor apaixonado pelas alegrias da vida. Ensinou-o a amar as caçadas com cães, tão bem descritas em seus romances.

Grande influência na vida de Tolstói tiveram seus irmãos. O primogênito, Nikolai (Nikólenka), era seis anos mais velho do que ele. O segundo, Serguei (Serioja), era dois anos mais velho. O terceiro, Dmítri (Mítenka), era um ano mais velho. Este último fora na infância seu companheiro de brincadeiras, porém mais tarde, na adolescência, Lev se aproximou mais de Serioja.

O temperamento desses quatro irmãos era muito diferente. Nikolai inspirava respeito aos menores, era inteligente, lia muito e gostava de inventar diversões para os pequenos. Uma delas, de que Tolstói fala em suas *Recordações,* era a brincadeira dos *irmãos formigas*. As formigas entraram aí por causa da semelhança das palavras *muravei* (formiga) e *morávi* (morávio). É possível que Nikolai tivesse lido ou ouvido falar a respeito da seita dos irmãos morávios (ou irmãos tchecos). Essa seita, fundada por Yan Hus no século XV, perdurou até o século seguinte, embora muito perseguida. Quando foram expulsos da Morávia e da Boêmia, seus membros se espalharam por muitos países da Europa, Ásia, África, América e da própria Rússia. Eles pregavam um modo de vida severo, simples, de acordo com os Evangelhos. Viviam em comunidades e não reconheciam a autoridade do papa. É interessante notar que as crenças e práticas dos irmãos morávios têm muitos pontos em comum com o tolstoísmo.

O segundo irmão, Serguei, era o que Tolstói mais admirava, pela beleza, pela agradável voz para o canto, pelo talento para o desenho, pelo temperamento alegre e até mesmo pelo caráter desligado e egoísta. Segundo suas próprias palavras, desde pequeno Lev Tolstói era preocupado demais com a opinião dos outros a seu respeito e isso o prejudicou muito, razão por que ele admirava e invejava Serguei, uma vez que este não dava nenhuma importância ao que achavam dele por pensar unicamente em si mesmo e por ser absolutamente sincero. Em sua infância, Lev Tolstói passou muito tempo imitando esse irmão, no qual vemos vários traços do Volódia da trilogia.

Em 1837, com nove anos de idade, Tolstói se muda com a família de Iásnaia Poliana para Moscou, pois o irmão mais velho, Nikolai, deveria se preparar para ingressar na universidade. Com muitos detalhes pitorescos, ele narra sua viagem em *Infância*. Naquela época, a distância de duzentos quilômetros era feita de carruagem e durava de dois a quatro dias.

No verão desse mesmo ano, o pai, que não voltara a se casar, morre de repente. Tolstói só o conheceu na infância e talvez por isso a figura do pai de Nikolai Irtêniev, em *Adolescência* e *Juventude*, pareça um pouco artificial e forçada, bem como a figura da madrasta.

Após a morte do pai, a tia paterna, Aleksandra Ilíitchna, é nomeada tutora dos cinco órfãos. Ainda em 1837, foi despedido o professor alemão que cuidara dos meninos enquanto crianças, Fiódor Ivânovitch, protótipo de Karl Ivânytch, de *Infância* e *Adolescência*; para orientar a educação dos três adolescentes, foi contratado um preceptor francês, Saint-Thomas, protótipo de Saint-Jérôme.

Pouco depois, em Moscou, morre também sua avó paterna. Essa fase moscovita deixou na memória do menino muitas lembranças do contato com pessoas sofisticadas da nobreza da antiga capital, de passeios, de lugares elegantes e bonitos, de crianças de famílias ricas.

Uma viva impressão deixou no espírito de Tolstói um castigo que Saint-Thomas lhe infligiu certa vez, por um motivo de que ele não se recorda, quando o prendeu no quarto e ameaçou açoitá-lo enquanto as outras crianças se divertiam. Esse episódio, diz ele, provavelmente foi o motivo do horror e repulsa por qualquer tipo de violência que sentiu ao longo de toda a vida.

A tia Aleksandra também morre quatro anos depois da morte do seu pai e a tutela das crianças passa para sua irmã, Pelagueia Ilíitchna, que morava em Kazan, onde os irmãos foram viver.

Uma das recordações mais vivas da infância de Tolstói era de que a casa de sua tia vivia cheia de beatos, videntes e romeiros de todos os tipos. Ela os recebia bem e até hospedava alguns deles. Embora, com exceção da tia, as pessoas da casa tivessem uma atitude de incredulidade em relação a esse tipo de gente, ficou gravado em sua consciência desde pequeno um sentimento de respeito para com os seres humanos que enfrentam críticas e o desprezo alheio e não desistem de sua fé, por mais estranha e incompreensível que pareça. O personagem Gricha, de *Infância*, embora ficcional, foi inspirado nessas figuras.

Pelo ano de 1840, quando moravam em Kazan, Lev tinha doze anos e Dmítri, treze. Este era um adolescente sério, não gostava de bailes e desfiles militares e era muito estudioso. Um dos professores particulares dos três meninos mais novos assim os definiu certa vez: Serguei tem vontade e é capaz; Dmítri tem vontade, mas não é capaz; Lev não tem vontade e não é capaz. Já adulto, Tolstói concordava com essa avaliação, com exceção da afirmação sobre Dmítri, que, segundo ele, era muito capaz.

O traço principal de Dmítri era o misticismo. Ele era fechado, escrevia poesias e era introspectivo. Tinha um temperamento violento e às vezes batia no criadinho que o servia, vindo mais tarde a se arrepender por isso e a lhe pedir perdão. Era muito alto, magro, meio curvado e tinha grandes olhos negros que impressionavam muito Tolstói. Adquiriu o tique de virar a cabeça como se quisesse se livrar de um laço apertado da gravata. Entrou jovem para a universidade, junto com o irmão mais velho, Serguei e, enquanto lá esteve, tornou-se muito religioso, observando com rigor os ritos e deveres da igreja ortodoxa russa. Era despojado, não ligava para a aparência pessoal, não ia a festas e não se importava com a opinião alheia, e sua única vestimenta era o uniforme de universitário.

Lev e Serguei, ao contrário, nessa época estavam empolgados com a vida social, levavam muito a sério o *comme il faut* (maneira fina e aristocrática de ser) e escolhiam seus amigos entre a nobreza local. Já Dmítri escolheu para seu amigo um estudante pobre, malvestido, de sobrenome Poluboiárinov (que significa algo como "dos semiboiardos"), e que os colegas maldosamente chamavam de Polubezobédov ("dos semi-sem-almoço"). Era com esse colega que ele mantinha amizade e se preparava para os exames. Vê-se que Dmítri serviu de modelo para o personagem Dmítri Nekhliúdov, de *Adolescência* e *Juventude*, e que esse episódio foi a origem do personagem Bezobédov, do capítulo XLI.

Ainda sobre esse irmão, Tolstói conta que de maneira incompreensível ele se aproximou e manteve amizade com uma criatura muito sofrida que vivia por caridade na casa de sua tia, em Kazan. Era uma parenta distante, enferma de uma doença desconhecida que provocava nela uma aparência repugnante, mas Dmítri dela se aproximou, entretinha-a conversando e lendo-lhe livros e não se importava com o que dissessem a respeito. Tolstói aproveitou-a como personagem e nem ao menos mudou o seu nome: Liubov Serguêievna.

Em 1844, Lev Tolstói ingressa na faculdade de filosofia na famosa universidade de Kazan, no departamento de línguas orientais. Não foi um bom estudante, faltava às aulas e foi reprovado no final do primeiro ano. Resolveu, então, ingressar no curso de direito, mas tampouco aí se saiu bem. Uma das matérias que mais detestava era história, pelo modo como era ensinada naquela época, e que o escritor descreve muito bem em *Infância*. Continuou faltando às aulas e se dedicando a outros tipos de atividades, como farras e diversões mundanas de todo tipo. Considerava-se melhor do que as demais pessoas e desprezava os plebeus.

Porém, em meio a esse comportamento rebelde, já é possível identificar nele os prenúncios de uma inteligência altamente crítica e rigorosa, que não se satisfazia com explicações superficiais. Embora pudesse ser classificado como aluno sofrível, "garoto vazio", como dizia seu irmão Serguei, o adolescente já se preocupava com questões filosóficas e tinha atitudes sérias em relação à vida futura, como atestam os diários e cadernos onde anotava seus projetos e inquietações, hábito que desde cedo adquiriu e que perdurou até o fim de sua vida.

Quando Dmítri fez vinte anos, foi efetuada a partilha das terras entre os irmãos. Lev ficou com a fazenda em que nascera, Iásnaia Poliana; Serguei, que gostava de cavalos, ganhou a propriedade de Pirogov, onde havia uma criação de equinos; Nikolai recebeu a herdade de Nikólskoie; Dmítri recebeu uma fazenda perto de Kursk, para onde se mudou aos vinte anos, logo que terminou a universidade, passando a se preocupar seriamente com a vida de centenas de servos que ele teria de administrar. Sofria muito com a ideia de possuir vidas humanas, de ter autoridade sobre elas, podendo utilizar até castigos físicos, mas essa questão permaneceu não resolvida para o jovem.

Em 12 de abril de 1847, com dezenove anos de idade, Tolstói pediu para ser desligado da universidade e mudou-se para Iásnaia Poliana, onde chegou repleto de idealismo, com a intenção de melhorar a vida de seus servos camponeses (a servidão na Rússia só seria abolida em 1861), porém foi derrotado nessas primeiras tentativas, pois os camponeses não o compreendiam e recusavam seus conselhos e sua ajuda. Essas impressões foram relatadas mais tarde, em 1856, na novela *A manhã de um proprietário de terras*.

O interesse pelo estudo da literatura cresce nesse período, como demonstram suas anotações. Passa temporadas em Moscou e em São Petersburgo. Em 1851 vai para o Cáucaso, onde seu irmão Nikolai servia como tenente e onde havia uma guerra entre tropas russas e tchetchenos. A esse respeito, Lev Tolstói escreveu vários contos mostrando os dois lados da guerra, o humano e o desumano, que foram publicados e angariaram para o escritor estreante uma fama imediata, pois neles já se percebe um talento notável para a narrativa e um estilo perfeitamente elaborado.

Em 19 de novembro de 1855, Tolstói vai para São Petersburgo, mas sua estada de menos de um ano na capital foi decepcionante. Os literatos, que o receberam com festas, lhe deram a impressão de serem vazios, preocupados com ninharias e rivalidades, e a vida que levavam parecia agitada e sem sentido. Nessa fase Tolstói foi ainda atraído para divertimentos caros, como jogos de cartas e farras com ciganos; por isso, em 1856 desliga-se do serviço militar e resolve voltar para Iásnaia Poliana, levando consigo uma herança de dívidas que o obrigou a vender uma boa parte do patrimônio deixado por seus pais.

Tolstói conta que desde a época da partilha das propriedades os irmãos passaram a ter pouco contato entre si. Dmítri estava longe, na província de Kursk, e ele mesmo fora para o Cáucaso, onde ingressou no serviço militar, e depois para a Crimeia, onde participou da defesa de Sebastopol. Tudo que assistiu na guerra deixou profundas marcas em seu psiquismo e em sua futura visão do mundo e da sociedade. Ao voltar, em 1855, foi para São Petersburgo, onde já era conhecido como escritor depois de publicar vários contos narrando o que vira durante sua experiência no Exército.

Enquanto esteve distante, ocorrera uma mudança incomum com seu irmão Dmítri. De uma hora para outra este começou a beber, fumar, esbanjar dinheiro e frequentar mulheres. Num gesto condizente com seu espírito cristão, comprou a liberdade de uma delas, Macha, e a levou para morar em sua casa. Pouco tempo depois ele contraiu uma tuberculose galopante que o fez definhar a ponto de se tornar irreconhecível. Lev Nikoláievitch saiu de São Petersburgo para visitá-lo e viu a pobre Macha cuidando dele. O irmão morreu pouco tempo depois de Tolstói partir para um evento literário e mundano, o que mais tarde trouxe-lhe muitos remorsos. (Em 1860, nova desgraça viria atingir os Tolstói: no sul da França, morre de tuberculose o irmão mais velho, Nikolai, que Lev Nikoláievitch amava como a um pai).

No outono de 1859, Lev começa então a dedicar-se à atividade que se tornaria outra paixão em sua vida, a pedagogia, e abre uma escola para filhos dos camponeses em Iásnaia Poliana, onde ele mesmo era um dos professores. Tolstói queria pôr em prática suas ideias acerca de educação, que antecediam em mais de meio século às experiências de "escolas livres", como a escola de Summerhill, por exemplo. Ele era contra o sistema educacional na Rússia e na Europa em geral, que achava opressor e ineficiente. Em 1862 a escola foi fechada após uma arbitrária batida policial, motivada por suspeitas das autoridades de que alguns estudantes que lá lecionavam praticavam atos contra o governo.

Outra atividade que se iniciou nessa época e que Tolstói exerceu por muito tempo foi a produção de matérias de cunho pedagógico. Em 1861 fundou uma revista chamada *Iásnaia Poliana*, onde propagava suas ideias sobre educação e onde criticava a política educacional do governo. A escola continuava funcionando, mas o único professor era ele. Durante essa atividade pedagógica, Tolstói descobre a imensa riqueza do mundo espiritual e cultural dos camponeses e começa a pensar que as chamadas classes "cultas" não têm nada a ensinar ao povo simples, mas, ao contrário, precisam aprender com ele.

Em 1862, depois de uma viagem à Europa Ocidental e outra à província de Samara, ele se casa com Sófia Andrêievna Bers, filha de um médico militar que vivia num pequeno apartamento dentro do Krêmlin de Moscou. Os recém-casados foram imediatamente morar em Iásnaia Poliana.

Segundo Tolstói, os primeiros anos do casamento foram muito felizes. Ele retornou à literatura e, em 1863, publicou a novela *Os cossacos*. Nesse mesmo ano nasce seu primeiro filho, Serguei. Durante seis anos, de 1863 a 1869, trabalha no romance *Guerra e Paz*, que foi publicado em volumes separados no decorrer desse tempo. Em 1873 começa a trabalhar no romance *Anna Karênina*, que foi publicado por partes na revista *O mensageiro russo*, de 1875 a 1877, com imenso êxito.

A partir dessa data, Tolstói, aos 53 anos e já com uma família numerosa, começou a manifestar mudanças no comportamento e em suas relações com o mundo e as pessoas. Ele chamou esse momento de *perelom* ("ruptura", "virada", "crise", "mudança"). A crise existencial e de consciência por que passou foi um processo tremendo e doloroso, como ele mesmo descreve em sua *Confissão* (de 1882). Batizado e educado na religião ortodoxa russa, muito cedo, aos 16 anos, perdeu a fé e abandonou as práticas religiosas. Na infância conviveu com as tias, que eram muito devotas, mas cuja fé era, a seu ver, muito simples e ingênua, cheia de superstições, e não o satisfazia.

Na juventude, acreditava firmemente no aperfeiçoamento pessoal, mas não sabia com exatidão em que consistia. Ele expressa muito bem isso nos livros *Adolescência* e *Juventude* e coloca nas figuras de Nikólenka e de Dmítri Nekhliúdov esses anseios. Nessa época Tolstói se ocupava com exercícios para fortalecer tanto suas forças físicas quanto as morais, mas sentia-se só nessa sua busca. O fato de ter sido criado sem os pais e por preceptores de mente limitada obrigou-o a percorrer sozinho um longo caminho de incertezas e angústias. Como ele mesmo disse em *Confissão*, "desejava com toda a alma ser bom, mas era jovem, tinha paixões e estava só, absolutamente só, quando procurava o bem. Cada vez que tentava exprimir o meu desejo mais íntimo, o de ser moralmente bom, encontrava desprezo e zombarias; quando me entregava às paixões baixas, era louvado e encorajado".

Assim que se tornou independente, e também durante o serviço militar, Tolstói se entregou a uma vida dissoluta de que muito se arrependeu mais tarde. Ele conta em sua *Confissão*: "Não posso me lembrar desses anos sem horror, desgosto e dor no coração. Matei homens na guerra, desafiei alguns para duelos com o intuito de matar, esbanjei dinheiro no jogo, gastei o produto do trabalho dos camponeses, castiguei-os, cometi adultério, enganei. Mentira, roubo, bebedeiras, violência, homicídio... não há crime que eu não tenha cometido. E por tudo isso me elogiavam, consideravam-me um homem relativamente moral. Assim vivi dez anos".

Nem mesmo a própria atividade literária desse período é vista por ele como uma coisa positiva, pois passou a encará-la como algo que começara a fazer por ambição, cupidez e orgulho. Revendo suas primeiras obras, passou a considerar que, buscando o dinheiro e a glória, não expressara aquelas aspirações que visavam ao bem, que davam sentido a sua vida, e sim o que sabia que iria agradar ao público e ao meio literário.

A partir dessa crise existencial, Tolstói atravessa um longo período sem escrever obras de ficção. Concentra-se na escrita de artigos de divulgação de suas ideias e de obras de cunho educativo, especialmente de textos em que explica a natureza de sua nova crença religiosa. Retorna à atividade pedagógica e em 1872 abre outra escola numa ala de sua própria casa, onde também lecionam sua mulher e seus filhos mais velhos. Monta uma editora (Posrédnik – O intermediário), onde são confeccionadas e publicadas dezenas de obras didáticas, como cartilhas e livros de leitura e obras de divulgação de cunho religioso. Dedica-se também a fazer uma nova tradução dos quatro Evangelhos, por acreditar que os textos usados pela igreja ortodoxa russa não eram exatos.

Nessa época Tolstói passa a questionar a noção de progresso. A intelectualidade de seu tempo justificava seus atos e suas afirmações a pretexto de que estavam a serviço do "progresso" e que este resolveria as questões candentes da humanidade, embora não soubesse defini-lo com clareza. Tolstói tornou-se tão avesso a essa ideia que preferia andar de carruagem puxada a cavalo para não utilizar o trem de ferro. Nessa época tinha grande interesse por todas as seitas e comunidades religiosas fechadas, na Rússia e fora dela, e sentia afinidade com seu modo de vida. A uma delas, a dos *dukhobortsi*, ele ajudou a emigrar para o Canadá, fugindo à perseguição tsarista.

Um fato que o marcou profundamente foi assistir a uma execução capital na guilhotina, em Paris. "Quando vi a cabeça se soltar do corpo e cair no cesto, compreendi, não pela razão, mas por todo o meu ser, que nenhuma teoria sobre racionalidade da ordem existente e do progresso poderia justificar aquele ato", escreveu ele.

O casamento havia trazido para Tolstói quinze anos de relativa paz. Estava feliz com a vida em família, surgiam os filhos (ao todo, o casal teve treze filhos, mas quatro morreram ainda na infância). Sua produtividade literária era grande, financeiramente vivia bem com a publicação de suas obras e esteve preocupado todos esses anos em aumentar seu patrimônio, adquirindo muitas propriedades rurais em vários rincões da Rússia, que mais tarde transferiu para a esposa e para cada um dos filhos e filhas.

Mas, passados esses quinze anos, alguma coisa nele começou a mudar. Cada vez com mais frequência tinha momentos em que parecia não saber como viver nem o que fazer, e ficava inquieto e triste. Algumas perguntas o atormentavam constantemente: para quê? E depois? Compreendeu que aquelas perguntas, que não o abandonavam, eram as mais importantes de sua vida, por mais simples e infantis que parecessem. Enquanto não descobrisse o porquê, nada poderia fazer, nem mesmo viver. Sua vida parou; comia, bebia, dormia, mas isso não era vida. Não sentia desejos cuja realização lhe trouxesse satisfação. Ele dizia que, se lhe aparecesse uma fada e lhe propusesse realizar qualquer desejo seu, não saberia o que pedir. A ideia do suicídio tornou-se para ele tão natural como outrora fora a ideia do autoaperfeiçoamento. Passou a esconder as armas de caça de si mesmo, para não se matar. Tinha medo da vida, desejava abandoná-la, mas dela ainda esperava alguma coisa.

Tolstói passou a buscar respostas nas ciências, tanto as naturais como as especulativas, e nas diversas religiões e filosofias existentes. Sua facilidade em ler em línguas estrangeiras permitiu-lhe conhecer os humanistas franceses e os filósofos alemães, mas nada encontrou neles que o satisfizesse. Procurou auxílio de teólogos, sacerdotes e monges, mas suas respostas tampouco foram suficientes.

Foi então que Tolstói passou a se interessar pelo modo de vida dos camponeses e das pessoas simples e ignorantes da Rússia. Percebeu que a fé que essas pessoas professavam era ingênua, mas lhes permitia suportar a vida árdua, penosa, e realizar seu trabalho infindável e difícil sem reclamar, sem maldizer a sorte ou tornarem-se infelizes. Ela era bastante diferente da fé das pessoas das camadas privilegiadas, onde todo o modo de viver estava em oposição aos mandamentos da sua religião, enquanto, junto do povo, a existência que levava era a confirmação do sentido da vida dado por suas convicções. Ele se pôs a estudar o modo de viver e as crenças desses homens e mulheres. Quanto mais os observava, mais se convencia de que eles tinham a verdadeira fé, que lhes era necessária e suficiente para, lhes dar um sentido e a possibilidade de continuar existindo.

Depois de anos de torturas interiores, Tolstói chegou à conclusão de que só acreditando em um Deus ele poderia viver, de que Deus era a condição para continuar vivendo. Voltou-se então para a religião que tinha abandonado na adolescência.

Mas a igreja ortodoxa, com seus rituais e dogmas, não podia corresponder àquilo que buscava, e tudo lhe parecia artificial e falso. Além disso, não aceitava que os ortodoxos se julgassem o único grupo religioso verdadeiro e aceito por Deus, e que todas as outras religiões fossem falsas e produto da tentação do demônio. Não podia aceitar que a igreja ortodoxa apoiasse guerras e rezasse pelo Exército russo, que matava pessoas, e também que as grandes religiões institucionais aceitassem a riqueza, a propriedade, as profundas diferenças sociais entre ricos e despossuídos.

Tolstói passou a questionar o direito das classes dominantes ao luxo, ao supérfluo, à riqueza e à propriedade, especialmente à propriedade sobre a terra, e de se apropriar do produto do trabalho alheio, e também seu parasitismo e sua indolência. Passou a pensar que um homem só tem direito àquilo que é fruto de seu trabalho, portanto, ninguém tem direito de possuir terra, que é de todos.

Tolstói começou a pregar um "anarquismo cristão" e a combater a ideia de Estado, uma vez que este defendia e praticava todo tipo de violência, justificando-a com o argumento de que ela é correta e necessária.

Tornou-se vegetariano por não mais concordar com a morte de animais e abandonou a caça de que tanto gostava. Passou vários anos em intensa atividade, escrevendo artigos para propagar suas ideias. Nesse tempo, seu trabalho propriamente literário, de cunho artístico, foi interrompido, e Turguêniev, em seu leito de morte, lhe dirigiu um apelo para que ele, o maior de todos os escritores russos, voltasse à literatura.

Não obstante, de 1881 a 1889, período de atividades catequéticas e divulgadoras de suas ideias e crenças, ele escreve duas de suas melhores novelas, a *Sonata a Kreuzer* e *A morte de Ivan Ilitch*, e, em dezembro de 1889, começa a escrever seu terceiro e último romance, *Ressurreição*. Esta obra conta a história de um homem da nobreza, cheio dos pecados e vícios inerentes a sua classe, que passa por um processo de iluminação, conscientizando-se aos poucos de como sua vida até então fora errada. Esse livro é um libelo contra o sistema penal e judiciário da Rússia daquela época, com todas as arbitrariedades e violências existentes e, para escrevê-lo, Tolstói visitou penitenciárias e colônias penais e estudou a fundo o sistema judiciário russo. As cenas que descreve são páginas de um vigor e realismo inigualáveis.

Em 1901, após vários conflitos entre Tolstói e a igreja ortodoxa russa, o Santo Sínodo, órgão máximo dessa igreja, proclama sua excomunhão, o que provoca manifestações nas ruas de Moscou em favor do escritor.

É natural que suas ideias desagradassem não só à igreja e às autoridades como também a sua mulher e a vários dos seus filhos, e ele começou a ter dificuldades de convivência dentro da própria casa. Sua última década de vida foi repleta de conflitos domésticos, principalmente com a esposa, que lutava para defender as propriedades da família em favor dos filhos. Tolstói queria distribuir suas terras entre os camponeses e também renunciar aos direitos autorais sobre seus escritos, tornando-os de domínio público. Para impedi-lo de realizar seus intentos, a esposa alegava que ela também tinha direito sobre aquelas obras, pois toda a vida colaborara com o marido, passando a limpo seus manuscritos até dez vezes e participando de sua vida intelectual, e, para defender o patrimônio da família, fez várias ameaças de suicídio. Tudo isso trouxe para o escritor muita angústia e infelicidade, e ele constatava que não conseguia angariar adeptos para as novas crenças nem mesmo dentro de sua casa.

No entanto, houve tentativas de aplicar na prática essas ideias, e comunidades tolstoianas foram fundadas na Rússia, uma das quais tinha o nome de Vida e trabalho. (Há notícia de que na época atual, depois da Perestroika, surgiu na Rússia uma comunidade tolstoiana composta de cerca de quinhentas pessoas).

Para caracterizar em poucas palavras a essência do tolstoísmo, pode-se dizer que, do cristianismo, ele aceitava apenas o Novo Testamento, ou seja, os ensinamentos de Cristo. Valorizava especialmente o Evangelho de São Mateus e o Sermão da montanha. Algumas das normas que procurava ensinar eram: não matar, não se encolerizar, não praticar adultério, levar uma vida de castidade, não ser inimigo de ninguém, não julgar os outros, amar a Deus e ao próximo como a si mesmo e, principalmente, não revidar quando agredido, não resistir ao mal usando de violência. Este último preceito era um divisor de águas entre ele e outros críticos da sociedade capitalista, como os socialistas, comunistas e anarquistas revolucionários. Também serviu para que Tolstói iniciasse uma campanha contra o serviço militar e para que recomendasse abertamente às pessoas que desobedecessem ao recrutamento obrigatório. Suas ideias chamaram a atenção de Gandhi, que nessa época vivia na África do Sul, e os dois defensores da não violência trocaram várias cartas.

Desde a crise moral e seu chamado *perelom*, passou a haver um afastamento cada vez maior entre Tolstói e sua mulher e alguns de seus filhos (as filhas lhe eram mais próximas e o apoiavam, servindo-lhe mesmo de ajudantes e secretárias). Além disso, o escritor sentia-se envergonhado de suas riquezas. As ameaças de distribuir tudo o que tinham para passarem a viver do próprio trabalho criou muitos conflitos entre ele e a família, e a esposa ameaçou declará-lo fora de suas faculdades mentais e incapaz. Em 1883 ele transferiu para a esposa a administração dos seus bens e em 1885 fez a partilha de todas as suas terras entre a mulher e os filhos.

Em 1910, às escondidas da esposa, Tolstói fez um testamento em que permitia a todos os editores publicarem livremente qualquer de suas obras. Ao descobrir isso, Sófia Andrêievna simulou mais uma tentativa de suicídio.

Como não houvesse uma atmosfera de paz para ele em sua casa, às cinco horas da manhã do dia 28 de outubro de 1910 Tolstói partiu de Iásnaia Poliana, acompanhado de seu médico particular, Makovítski. A única pessoa da família que sabia do acontecimento era a filha mais nova, Aleksandra. É provável que a intenção do ancião de 82 anos fosse ir para o sul da Rússia ou para o exterior. Em 31 de outubro, às seis e meia da manhã, o trem em que estava parou na pequena estação de Astápovo. O escritor estava febril, não pôde seguir viagem e ficou descansando no quarto do chefe da estação. Seu estado se agravou, e o médico diagnosticou pneumonia. Morreu às seis e cinco da manhã do dia 7 de novembro de 1910.

Os sonhos de Tolstói, de uma revolução moral, sem armas, sem violência, parecem até agora distantes e utópicos. Depois que o autor se foi, já houve duas guerras mundiais, dezenas de guerras localizadas e de revoluções sangrentas e um número infindável de atos terroristas. O abismo entre ricos e pobres não diminuiu, ao contrário, aumentou. Mas uma coisa é certa: seu legado de escritor realista, dezenas das mais belas páginas da literatura russa e universal, jamais perderão sua importância.

lepmeditores
www.lpm.com.br
o site que conta tudo

IMPRESSÃO:

PALLOTTI
GRÁFICA

Santa Maria - RS | Fone: (55) 3220.4500
www.graficapallotti.com.br